KB167669

가시꽃의 악야

가시꽃의 악야 2권

초판 인쇄 | 2016년 4월 4일
초판 발행 | 2016년 4월 8일

지 은 이 | 유엽미
펴 낸 이 | 이춘이
펴 낸 곳 | 도서출판 로담

등록번호 | 제 396-2011-000014호
등록일자 | 2011년 1월 19일
주   소 | 경기도 파주시 문발로 115, 세종출판벤처타운 201-A호
전   화 | (031) 8071-5201
팩   스 | (031) 8071-5204
E - mail | bear6370@hanmail.net

ISBN 979-11-5641-058-4 [04810]
     979-11-5641-056-0 [Set]

값 9,800원

ⓒ 유엽미, 2016

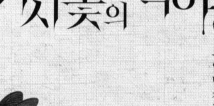

가시꽃의 악야

유엽미 장편소설

로딤

目次

육. 심고(深痼)

　반으로 접힌 낡은 책을 펼치자 보이는 거라곤 글자, 또 글자
뿐이다. 글자는 나무요, 책은 숲이라 할 만큼 먹물로 채워진 책
속이 시커멓다. 그런즉 고작 이삼백 자 가량을 깨우친 내가 내
용을 해석하기가 어찌 가능하겠는가. 아무렴, 불가능하고말고.

　그렇지만 아직 포기하기에는 일렀다. 내게는 이 불가능을 가
능케 할 수 있는, 나를 대신해 책의 내용을 읽어줄 수 있는 이
가 더도 말고 덜도 말고 딱 한 명 있기에.

　곧장 밖을 향하려다가, 문득 고민에 빠졌다. 이 고민을 이미
한번 떠올려 본 적이 있는 터다.

　지도를 주면 그는 기뻐할 것이다. 기뻐하며…… 더는 내게 볼
장이 없다는 듯 황궁을 떠날지 모른다.

　고민이 끝났다.

돌돌 말은 관방지도를 함에 집어넣은 나는 소건석이 탁자 위에 정리해 놓은 나머지 지도마저 챙겼다. 챙기든 그것들을 널찍한 방 한구석에 세워진 병풍 뒤에 정성스레 숨겼다. 아직은 아니야. 언젠가는 줄 것이지만, 아직은 아니야. 이 마음을 추스를 때까지만. 그렇게 되뇌면서.

"단규야."

새로이 만든 비밀을 뒤로하고, 무엇 하나 쥐지 않은 텅 빈 두 손으로 나와선 나에게 단규의 눈길이 쏟아진다. 그 깊은 눈동자에 날 향한 관심이 조금쯤은 담겨 있는 양 착각이 일어 마음이 설렜다.

"근래에 제가 쫓겨나는 일이 많군요."

하지만 동시에, 단규로부터 마지막으로 들은 의미심장했던 한마디가 떠오르매 초조하기도 했다.

"내 네게 부탁할 것이 있는데."

"……."

"도와줄 테야?"

왜 대답이 없지. 설마 하니 지도를 숨긴 것을 알 리는 없을 테고. 소심해져 눈치를 살피기를 잠시, 가짜 환관은 마침내 그 비싼 목소리를 들려주었다.

"물론입니다."

"그렇지? 허면 안으로……."

"이런 적, 오랜만이잖습니까."

무슨 뜻이지?

"황후께서 더는 저를 필요로 하지 않으시는가 싶었습니다."

"무어?"

"그런데 아니었나 봅니다. 아직은."

커다란 둔기에 머리를 맞은 것 같은 기분이 들어 한동안 말문을 트지 못했다. 이윽고 겨우 벌린 입술 새로 거친 숨결과 더듬거리는 말소리가 흘러나갔다.

"다, 당연히 아니지. 당연히……."

"그렇다면 어찌 제게 거리를 두십니까?"

"아니, 아니야. 난 그런 적……."

"……."

"그런 적 없어."

"황후께서 더는 저를 필요로 하지 않으시는가 싶었습니다."

어떻게 네가 필요하지 않을 수 있겠어.

"그런데 아니었나 봅니다. 아직은."

'아직은 아닌가 보다'라니. 그간에 나는, 자칫하면 가짜 환관을 잃을 뻔한 상황에 놓여 있었던 걸까? 가라앉을 기미라곤 없이 숨소리가 점점 거칠어져 갔다. 오장육부에서 끓어오른 불안이 숨통을 조였다. 더 이상은 불안을 참을 수가 없어 그만 와락 외쳤다.

"네 어찌 그런 말을 해! 어찌 사람 애를 이토록 말려!"

머릿속을 둥둥 떠다니는 사르네를, 사르네가 한 말을 완벽히 무시한 나는 참으로 간만에 단규의 허리춤을 끌어안았다. 예전에는 살 내음이라고만 생각했던, 지금은 사내처럼 느껴지는 그의 향기가 폐부를 채웠다. 어지럽던 시야가 정돈되어 가는 듯싶다.

"못됐기는! 어쩜 이리 못됐어! 내가, 내가 근래에 좀 우울하여 홀로 움츠리고 있었거니와 그딴 말을 하다니! 무어, 내 네가 필요치 않다하면 황궁 밖으로 도망이라도 놓을 참이었어?"

실로 그랬을지도 모른다고 상상하자 무서웠다. 무섭다 뿐인가. 원망까지 솟구쳐 암팡지게 쥔 주먹으로 단규의 가슴팍이며 팔 등등, 손에 닿는 곳을 족족 쳐댔다.

"네 이리 못된 줄 금일 처음 알았느니! 내가 장님이라도 되어 너를 본체만체하면 뒤도 안 돌아보고 날 버릴 것이지!"

왕왕 악을 쓰며 때릴 때는 언제고 나는 다시 사내의 다부진 허리를 끌어안았다. 그가 영원히 도망치지 못하게 하겠다는 것처럼 힘껏.

"나쁜 놈. 나쁜 놈 같으니라고."

서러운 울음을 터뜨리고픈 욕구를 참느라 욕지거리를 중얼거리는 내 한쪽 어깨에 큼직한 손이 닿았다. 단규의 목소리가 귀 아주 가까이에서 울렸다.

"환영해 주시는 것은 좋지만, 이곳에는 보는 눈이 많습니다."

그 말은 틀림없는 사실인 고로 복도에 좌르륵 선 아랫것들은 아니 보는 척, 꼭 붙어선 나와 단규를 틈만 나면 흘끔거렸다. 환관들의 얼굴에는 흥미로운 기색이, 여관들의 얼굴에는 망측함을 표현하는 듯한 홍조가 가득했다. 그리 구경거리에 신나하는 연놈들이 나 없는 자리에서 무어라 떠들지 눈에 선했다. 그렇지만.

떠들라지. 가서 나를 욕하라고 해. 음탕한 황후 년이 손자로 모자라 이제는 젊은 환관에게까지 침을 질질 흘린다, 저들끼리 쿵덕거리라 해. 그래봤자 저것들이 지저귈 소리에 난 관심 없으니까. 나란 년의 관심은 백이면 백, 어찌하면 연모하는 사내를 잡을 수 있는지에 쏠려 있을 뿐이야.

"무슨 상관이람."

짐승을 잡기 위한 올가미처럼 단규의 허리를 더 세게 부둥켜안았다.

"내 눈에는 너만 보이는 것을."

부루퉁히 되받아쳤거늘 참으로 의외로 단규는 엷은 웃음을 흘렸다. 슬쩍 나를 보듬은 그는 나만 들을 수 있을 정도의 목소리로 말했다.

"황후 폐하의 옥안(玉眼)에는 다른 이들이 아니 비출지 몰라도 제 눈에는 보여서 말입니다."

"왜, 네 나랑 엮여 추문의 대상이 될까 봐 겁나?"

"그렇지는 않지만 황후 폐하를 제대로 알지도 못하는 이들이 폐하에 관련해 좋지 못한 소릴 떠드는 것은 겁이 좀 납니다."

걱정하는 소리가 이다지도 달콤할 수 있다니, 이게 정녕 가능한 건가? 발가락 끝에서부터 홧홧한 불길이 끓어올랐다. 이대로 있다간 조만간에 심장이 터질 판이라 날름 단규에게서 몸을 떼었다.

"이, 이만 들어갈 테야."

내빼듯이 움직인 날 뒤따라 단규 또한 방 안에 들어섰다. 뜨끈한 몸이 조금이라도 빨리 식는 데 도움이 될까. 단규와 눈이 마주치지 않도록 주의하며 탁자에 올려놓은 시정기를 그에게 건넸다. 겉면을 슥 훑은 그는 단박에, 손때 가득한 책이 지난날 우리가 찾던 것이라는 사실을 알아챈 눈치였다.

"소건석이 주었어. 지난번에 너와 내가 찾아 헤맨 시정기가 맞는 것이지?"

"예. ……글공부를 열심히 하신다지만 아직은 홀로 내용을 살피시기에 무리일 테지요. 한 권을 살펴보려면 시간이 적잖이 걸릴 테니 정좌하심이 좋겠습니다."

"같이 앉아."

슬쩍 가짜 환관의 옷깃을 잡아당겨 조르고서 그의 옆에 바짝…… 약간의 거리를 두어 앉았다. 그는 책에 시선을 고정한 채로, 나는 무언가에 집중한 그의 옆모습을 흘끔거리는 채로 시간이 흘렀다.

옆에 있는 뉘가 다른 이였더라면 진작 꾸벅꾸벅 졸았을 테지만 끝까지 버티고 앉은 나를 단규는 책 마지막 장을 덮어서야 돌아보았다. 무어라 쓰여 있어. 대체 그 미친놈이 이십구 년도 시정기 타령을 해댄 이유가 무어야. 궁금함에 눈을 빛내는 나에게 단규가 물었다.

"태손의 아비가 병상에 누워 있는 황제의 명으로 자결한 사실을 알고 계셨습니까."

지헌의 아비가 늙은이의 명으로 죽었다고?

"아니. 몰랐어."

황궁에서 산 세월이 적지 않건만 그런 이야기는 들어보지 못했었다. 아니, '지헌의 아비' 그 자체에 관해 들은 적조차 많지 않았다. 없다시피 했다. 딱 한 번.

"황상, 태손의 아비는 어디에 있어요? 어찌 태손은 있고, 태자는 없나요?"

아직 지헌에게 나쁜 감정이라곤 없었던 내 나이 열일곱이었을 때. 항시 혼자 있는 것만 같은 지헌이 불현듯 딱하게 느껴져 늙은이에게 물었었다. 지헌의 어미가 지헌을 낳다가 병을 얻어 일찍 죽은 거야 널리 알려진 이야기이지만, 허면 지헌의 아비는 어찌 된 것이냐고. 어디에 있느냐고. 그때에 늙은이에게 들은 바가 황태자에 관해 알고 있는 전부였다.

"짐의 장자는 좋은 운을 타고나지 못해 부모보다 먼저 이승을 떠나는 불효를 저질렀다. ……좋지 않은 일이니 그 얘기는 더는 묻지 마여라."

늙은이가 처음이자 마지막으로 말해준 내용마저 부실하기 짝이 없었으나 더는 묻지 못했었다. 그만 물으라 하는 노친네의 표정이 돼지우리에라도 빠진 양 정녕 어두웠기에.

여하 간에 운이 좋지 못했다기에 대충, 몸이 약하게 태어났거나 병을 얻어 요절했으려니 치부했었는데. 한데 그게 아니라 자결을 했단 말인가. 그것도 늙은이의 명으로.

이유가 무엇이었을까? 아무리 늙은이의 성질머리가 괄괄했어도 그렇지, 어찌 제 자식에게 자결을 명했을까?

"태자가 자결을 했다는 말은 한 번도 들어보지 못했어. 까닭이 무어야?"

단규는 한 번 가벼이 고개를 저었다.

"본 시정기를 통틀어 태손의 부친에 관한 내용은 한 줄뿐입니다. '황태자의 타고난 성정이 포악하여 황궁 내의 사람들을 걸핏하면 해하기까지에 이르렀으니, 이를 방관할 수 없어 황제가 그 지위를 폐하고 자결을 명했다' ……이가 전부입니다."

"……."

"여관이나 환관, 견 태감에게서조차 들은 바가 없으십니까."

고개를 좌우로 흔들었다.

"없어. ……황궁의 그 뉘도 태손의 아비에 대해 떠들어댄 적이 없어."

그러고 보니 왜 이상타 생각지 않았을까. 죽은 이의 친어미

인 순황후는 물론, 노친네도, 노친네의 후궁도, 지헌도. 하다못
해 수다와 대식밖엔 기쁨이 없는 아랫것들도 단 한 번을 폐황
태자에 관해 떠들어댄 적이 없었는데. 그의 흔적이 황궁에서
이상하리만치 깨끗하게 지워져 버렸는데.

"십년을 황궁에서 보낸 나인데…… 아무 것도 몰랐어. 어찌
이럴 수 있지?"

"입조심을 잘 시켰군요. 본보기로서 죽어나간 이들이 한둘이
아니었을 겁니다."

도대체 몇 명을 죽이면 황궁 안 모든 연놈들의 그 가볍기 짝
이 없는 입들을 조용하게 만들 수 있는 걸까. 항시 추문의 중심
에 서 있는 나로서는 가늠키가 어려웠다.

"그건 그렇고, 시정기를 보았음에도 달라진 점이 없잖아."

지헌은 분명 시정기를 보면 까닭을 알 수 있을 거라 했다. 그
놈이 나에게 어찌 이러는지를. 하지만 변한 점이 없다. 여전히
그 역겨운 놈이 말하는 바를 모르겠다.

잠시간의 갈등 끝에 자리에서 일어섰다. 자진해서 끔찍한 곳
을 찾아가려니 치가 떨렸지만 시정기가 곤녕궁에 오고, 지헌이
안 하던 짓거릴 하고…… 이왕지사 이렇게 된 김에 끝까지 알고
싶기도 했다.

"흥룡전에 다녀와야겠어. ……혼자서!"

단규가 뒤를 따르려는 듯싶어 급히 덧붙였다. 그러나 단규는
시정기를 챙겨 도망치듯 부산스레 움직이는 내 팔목을 붙잡았
다. 잡힌 곳에 퍼지는 생생한 온기에 놀라 움찔한 탓에 하마터

면 책을 떨어뜨릴 뻔했다. 안 돼. 떨면 안 돼. 얼굴 빨개지면 안 돼. 열심히 주문을 외는 나를 단규는 돌려세웠다.

"혼자 나서시는 연유가 무엇인지 여쭤도 되겠습니까."

고개를 도리도리 저었다.

"아니, 묻지 말아."

"……저는 황후께서 주변에 아무도 없는 상태로 태손을 대면 하시는 것이 싫습니다."

무어야. 저렇게 말하면 나보고 어찌하라고. 날 불쌍한 년으로 밖에는 여기지 않으면서 자꾸 저렇게 내 가슴을 떨리게 하는 말을 하면, 내가 어찌 감정을 추슬러. 잡힌 팔을 비틀어봐도 단단한 손아귀가 여전해 별수 없이 입술을 떼었다.

"그래도 혼자 다녀올래."

'나도 물론 혼자 흥룡전에 가는 것이 끔찍하다만, 네가 지헌 그놈과 혹여라도 마주치는 상황이 오게 되는 건 훨씬 끔찍하다' 그리 솔직히 털어놓았다간 단규가 기필코 흥룡전까지 따라올 것인즉, 막무가내로 우길 수밖에 없었다.

"그냥 그러고 싶어."

그렇지만 한편으론 단규가 또 다시, 내가 저를 필요로 하지 않는다 생각할까 봐 무섭기도 한지라 조건을 붙였다.

"이번 한 번만, 마지막으로 그리할게. 아직은 내가 우울하여 서 그런 겐지 어쩐 겐지 모르겠지만, 홀로 걸으며 생각하고 싶 어서 그래."

"……"

"걱정하지 말아. 응? 그놈은 이제 나한테 함부로 하지 않을 거야. 소건석이 그러는데 그놈이 날 아껴보려 한대. 저기, 선물을 보낸 것도 그런 이유야. 게다가 간밤에는 날 욕한 후궁과 소려진이 아끼는 여관도 참하였다니, 정녕 달라질 모양인가 봐."

안심을 한 걸까. 단규의 손에서 힘이 빠졌다. 덕분에 자유로워졌지만 어쩐지 씁쓸했다.

"허면 이만……."

"그래서 좋으십니까."

다시금 단규를 올려다보았다.

"무어라 하였어?"

실은 못 들어서 되물은 게 아니었다. 똑똑히 들었으나 귀를 스쳐지나간 한마디가 단규가 소리 냈을 법하지가 않아서, 혹여나 잘못 들은 것이 아닐까 하는 의심이 들어 확인이 필요해서였다.

"태손이 황후 폐하를 아끼겠다니 좋으신 겁니까."

잘못 듣지 않았어.

저 무표정한 얼굴로, 평온한 목소리로 저런 것을 묻는 까닭이 무엇일까. 만약 화를 내고 있는 거라면 기분이 좋을 법도 하지만, 그렇진 않은 듯싶고. 그렇다고 설마 날 비꼬는 것은 아닐 테고.

질문의 의도를 모르겠으니 화를 내야 할지 희망을 가져야 할지 알 수가 없었다. 결국, 하나에 정착하지 못해 오만가지 감정을 느끼며 나는 내가 무슨 말을 하는지 생각도 않은 채, 아니,

심고(深痼) 17

정확하게 내가 원하는 바를 내뱉었다.

"네 그리 말하니까 꼭, 질투를 하는 것 같구나. 나를 계집으로 좋아하여 강샘을 놓는 것 같아."

"……."

"하지만 그럴 리가 없지. 내 환관은, 환관인데."

"……."

"너 아닌 다른 뉘가 그딴 것을 물었다면 뺨을 때렸을 테야."

다녀올게. 속으로 생각한 것인지 소리를 낸 것인지 구분이 가지 않을 만큼 작게 중얼거리고 뒤돌아섰다. 다행일까, 불행일까. 금번에는 날 제지하는 손길이 없었다.

홍룡전을 코앞에 두고 안뜰 한 가운데에 덩그러니 멈춰 섰다. 단규에게는 괜찮을 거라, 아무 일 없을 거라 말했지만 혹여나 그렇지 못할까 봐 안으로 들어가기가 꺼려졌다.

"황후낭랑! 오셨습니까! 그렇잖아도 오시지 않을까 하여 기다리고 있던 참이었습니다."

쪼르르 홍룡전 안에서 튀어나온 소건석이 다가왔다. 감히 황후인 나의 팔을 두 손으로 붙잡아 재촉하는 환관을 매몰차게 뿌리쳤다. 철썩 하는 소리가 홍룡전의 쓸쓸한 내정을 울렸다.

"들어가지 않을 것이야. 물을 말이 있으니 태손에게 나오라 전하여라."

"낭랑, 그러지 마옵시고 안으로 드시지요."

"싫어."

"황상의 옥체 상태가 썩 좋지 못하다만, 그럼에도 낭랑께서 다가오시는 모습을 보면 좋아하실 겁니다."

이놈이, 곤녕궁에서 들은 악다구니로는 부족하였던 게지. 흥룡전만 바라보던 나는 시선을 비틀었다. 그렇잖아도 싫은 곳에 와 있는지라 기분이 좋지 못한데 하찮은 치가 귀찮게 굴기까지 하니 소건석에게 향하는 눈길이 고울 수가 없었다.

"소건석. 받드는 이가 황태손이다, 네가 정녕 제대로 기고만 장한 게지."

"그것이 아니오라……."

"그것이 아니면 어찌 이리 말귀를 못 알아들어? 벌써부터 노망이 난 게야? 아니면 천치야? 내 이미 두 번씩이나 말하였지, 저 안으로 기어 들어가기 싫다고!"

"그만."

소건석을 뺨을 내려칠까 고민하던 차에 고개를 돌렸다. 패씸한 소건석의 고개도 돌아갔다. 흥룡전의 문지방을 이제 막 넘은 지헌은 안색이 그다지 좋아 보이지 않았다. 원래도 호리호리한 편이던 몸이 조금 마른 듯싶기도 했다.

"흥룡전에 소란이 일 까닭은 물론, 하나밖에 없겠지."

"……."

"네가 네 발로 예까지 찾아오다니. 금일 아침 해가 서쪽에서 떴던가?"

소건석이 예언한 대로 기분이 좋다는 것처럼 지헌은 입꼬리를 말아 올렸다. 금세 가까이 다가온 놈을 피해 반사적으로 뒷걸음질을 치는 나를 우악스런 손길이 냉큼 붙잡았다. 싫기만 한 게서 통해 전해지는 체온이, 귀를 스치는 숨결이 유독 뜨거웠다.

"벗고, 내 품에 달려들기까지 하면 완벽할 텐데."

"……."

"어떠해. 이제라도 그러는 것이."

으윽. 너무 싫어. 역겨운 상상을 떨치려 고개를 저었다. 목과 쇄골을 타고 내려가 가슴으로 향하는 하얀 손을 쳐냈다.

"원하던 것을 얻어내었다, 감사를 표하러 온 표정은 아니고…… 어느 수가 통한 거지. 온 이유가 뭐야, 명아원."

민망하지도 않은지 포기란 없이 뺨이며 목, 등허리 등등, 내이곳저곳을 쓰다듬는 지헌을 다시 한 번 밀친 나는 소매 속에 감춰둔 시정기를 꺼내 보였다.

"소건석이 주었어."

돌연히 돌덩이가 된 지헌은 말없이 시정기를 내려다보았다.

"고작 환관 나부랭이가 제 의지대로 움직여 이걸 내게 전해주었을 것 같지 않아."

즉, 네가 시킨 거지. 네가 소건석 편에 나에게 시정기를 보낸 거지. 암묵적으로 캐묻는 내게서 지헌의 손으로 낡은 책이 옮겨갔다. 애지중지하는 보물인 것처럼 한동안 시정기를 만지작거린 지헌은 그것을 소건석에게 건넸다.

"환관을 좋아하지 않는 내가 어찌하여 소건석 이놈의 사지를 멀쩡히 내버려 두었는지 알아, 명아원?"

네 그 속을 어떻게 알겠어? 아는 뉘가 있긴 해?

망나니는 환관의 손에 들린 책을 손등으로 톡톡, 건드렸다.

"아무리 하찮은 목숨이라도 당자에게는 중할 것을, 들키면 죽을 위험을 무릅쓰고 이것을 내게 훔쳐다주었거든. 유일하게 그분에 관한 기록이 남아 있는 이 시정기를."

"......"

"아주 오래전에 세운 그 공로 하나로 이 화자(火者)는 지금, 저가 누릴 수 있는 것은 모두 누리고 있지. 한데, 시정기의 효과란 애초의 내 기대 이상으로 좋군."

"......."

"네가 흥룡전에 왔을 때는 항상 내 강압에 의해서였건만 드디어 불문율이 깨어졌으니 말이야. 이럴 줄 알았으면 진작 줄걸 그랬어."

그러니까 네놈이 보낸 게 맞다? 이 개샷기, 빤히 저가 갖고 있었으면서 그렇지 않은 척을 하며 나한테 시정기를 찾아보라 했어. 날 놀렸어! 울컥 화가 치밀었다.

"나는 시정기를 찾아다녔어."

비록 잠시였지만, 어쨌든 찾아다녔다고.

"그랬을 만도 하지."

"괜한 헛수고를 하였잖아!"

"괜한 헛수고를 하기 전에 한 번이라도 내게 와 묻는 방법이 있었고 말이야."

"......없는 척하더니 이제 와서 준 이유가 무어야."

한동안 조용한 지헌은 나직이 뇌까렸다.

"금일은 네게, 조금 솔직해져 볼까."

"……."

"이제 와서 준 이유가 무엇이냐? 하여 네가 네 발로 날 찾아왔잖은가."

"무어?"

겨우 그깟 이유 때문에, 내가 자진해서 흥룡전에 오는 모습을 보려, 그토록 시정기 타령을 해댔다고. 헛물을 켠 내게 시정기를 슬쩍 찔러주었다고. ……무어 이런 놈이 다 있지. 정녕 제정신인가.

이 이상 말꼬리를 늘여봐야 짜증만 더할 게 분명해 화두를 돌렸다.

"네 아비가 자결한 것을 알고 있어."

순간, 이대로 지헌이 죽어버리는 게 아닐까 하고 생각했다. 그리 희망적인 생각이 떠오른 것이 무리가 아니었다.

눈 깜빡할 새에 창백하게 질린 지헌은 몸속 피를 모두 뽑힌 것처럼 보였다. 시체가 서 있는 듯하다 착각이 일 만큼, 파리하게 바란 얼굴이 허옜다. 조금쯤은 조소를 머금고 있은 듯하던 놈의 표정은 나락에 처박힌 죄 많은 이의 것처럼 어둡게 가라앉았다. 괜히 말을 꺼낸 걸까? 선불리 입을 떼지 못하는 나 대신 지헌이 입을 엶에 으스스한 음성이 울렸다.

"물렀거라. 둘만 남기고."

왜 이러는 거야. 무슨 꿍꿍이인 거야. 또 무슨 짓을 하려고.

긴장하여 주변을 살피는 내 시선을 불현듯 누군가가 강렬히 잡아끌었다.

소려진. 언제부터인지 모르겠지만, 편편한 얼굴 가득 질투를 머금은 소려진이 내정 한구석에서 나를 노려보고 있다. 표독스럽기 짝이 없는 저 두 눈을 보건데 만약 지헌이 지금처럼 살짝 미친 상태가 아니었다면, 덜 포악스러워 사람을 아무렇지 않게 해하지 않았다면, 소려진은 진작 나를 독살했을 것이다. 분명.

"황후 외에 보이는 자가 있다면 그것이 누구든지 간에 즉시 배를 가르리라."

"뱃속 창자를 보고 싶지 않거든 지위고하 막론, 모두들 흥룡전에서 멀어지어라!"

상전의 명령을 반복하며 꽥꽥거리는 소건석 탓에 주변이 황량해져 갔다. 아랫것이, 소려진이, 소건석까지 사라져 참새 한 마리 없는 흥룡전의 안뜰에 울리는 음(音)이라곤 거칠게 헐떡거리는 지헌의 숨결뿐이었다.

긴장을 말미암아 손발이 오스스 떨렸으나 그 꺼림칙한 기분을 떨치려 부러 입을 열었다.

"네, 네 아비가…… 황태자의 타고난 성정이 포악해 사람까지 해하다 폐위당해 자결한 게 나한테 이러는 거랑 대체 무슨 상관……."

"거짓말!"

고통스런 병에 걸린 환자의 것 같던 날카로운 고함을 끝으로 지헌은 내 양어깨를 움켜쥐었다. 정면으로 보이는 험악하게 일

그러진 얼굴이 무서워 거친 손길에도 불구, 아픈 신음을 뱉을 수 없었다.

"거짓말이야."

"……."

"타고나길 포악하였다고."

어깨 위의 두 손이 경련한다. 지금처럼 감정을 추스르지 못하는 지헌을 처음 보는 터다.

"처음부터 그러시진 않았어."

"……."

"내게는 다정하셨건만 그자가 망쳤어."

"……."

"제 기대에 부흥하지 못한다, 그 독사 같은 혀로 마주할 때마다 구박, 또 구박을 하여 망쳐 놓은 걸로 모자라 끝내는 내게서 빼앗아갔어!"

"……."

"자결이 아니라, 살육이었어!"

뿌리칠 생각조차 없이 울분을 토해내는 지헌을 황망히 올려다보았다. 정확히는, 악귀의 것 같은 지헌의 두 눈에서 떨어지는 눈물을 쳐다보았다. 지헌도 울 수 있다는 사실이 충격적이기 짝이 없었다.

"그러고는 나에게 아비를 입에 올리지 말 것을, 잊을 것을 종용하였지."

"……."

"어디 그뿐인가. 황궁은 물론 기록에서조차 그분의 흔적을 지우고, 또한 저의 죄를 감추려 무던히도 애썼지. 그자는."

"……."

"그자…… 그놈은 죄인이야. 너에게도. 나에게도."

"……."

"새파랗게 어린 너를 탐한, 내게서 소중한 이와 소중한 이의 기록까지 약탈한 죄인."

그놈이 뉘인지 알 법하다. 어찌해서 소건석이 영감을 병상 위의 죄인이라 불렀는지도 알 법하다. 그러나 당장 숨이 넘어갈 것처럼 대로하는 지헌의 제 할아비를 향한 증오와 원망, 그것이 얼마나 뿌리 깊을 것인가는, 그것만큼은 쉬이 가늠이 되지 않는다. 나 또한 지헌에게 악한 감정을 느끼고 있음에도 불구하고.

그간에 저다지도 커다란 원망을 숨겨왔단 말인가.

"화, 황상이, 아……."

금방이라도 아스라 질것처럼 어깨가 아파왔다. 지헌이 만족할 만한 칭호를 떠올려서야 다시 입을 열었다.

"늙은이가 황태자를 망쳤고, 그래놓고 자결을 명했다고 해도, 그게 나와 무슨 상관이야."

"……."

"내게 이러는 것과 대체 무슨 연관이 있느냔 말이야."

내 입으로 불쌍한 내 신세를 읊은 바람에 눈가가 촉촉해진 나와 달리 지헌의 눈에서는 더는 눈물이 쏟아지지 않았다. 흰

빰에 흐릿하게 남은 물기 자국만이 그토록 굵다랗던 눈물의 존재를 기념할 뿐이었다.

"내가 너에게 이러는 이유, 그것만큼은 정말이지 지독하게 궁금해하는군."

"나, 나에 관련한 것을 궁금해하는 게……."

"널 탓하는 게 아니야."

"……."

"나쁘지 않아. 미세한 관심이 무관심보다는 나은 법이지."

비식 웃는가 싶던 지헌은 돌연 숨도 제대로 못 쉴 정도로 나를 세차게 끌어안았다. 숨통이 막힌 내가 흘린 헛기침 소리가 옅어진 무렵, 음침한 음성이 피어올랐다.

"명아원."

끔찍한 뉘의 품속에 있다는 사실마저 잊고 이어질 말에 집중했다.

"너는 내 첫 승리야."

"……."

"내가 그 역한 자에게서 거둔 첫 승리의 산물, 명아원."

"……."

"내게 있어 너라는 계집의 시작은 그러했지."

늙은이가 아들인 황태자를 망치었다 했던가. 그래놓고 죽였다 했던가. 만약 황태손의 말이 거짓이 아니라면…… 늙은이는 손자까지 망친 격이었다.

참으로 다행히 지헌은 저를 밀어내고 도망치는 나를 뒤쫓지 않았다. 그 많은 얘기를 들었음에도, 뉘의 극악한 감정의 골을 보았음에도 이상하리만치 아무 생각이 없는 내가 홍룡문을 나와선 참. 새된 목소리가 날아들었다.

"황후낭랑."

어찌 또 성가시게 굴려 하느냐. 그와 같은 면박을 쏟아내는 대신 얌전히 멈춰선 나에게 다가온 소건석이 청했다.

"소인에게 잠시만 시간을 내어주시지요."

"······홍룡전이라면 다시 가지 않아."

"낭랑께오서 어화원 퇴수산에 오르시면 소인이 뒤따르겠습니다. 어차피 처소로 돌아가실 터, 곤녕궁에서 가까운 그곳이 좋잖겠는지요."

"······."

내 침묵을 긍정으로 간주하고 앞장서는 소건석을 뒤따랐다.

그의 아비에게 그는, 내리 일곱 아들을 먼저 떠나보낸 끝에 얻은 귀한 아들이었다. 귀하다는 표현으로는 한참 부족할 만큼 그러했다. ······하여 화변(禍變)이 일 거라 어느 누가 예상했으랴? 아비의 애정을 한 몸에 받으며 태어난 황장자를 황궁 안의 모든 이들은 축복했었고, 그네들은 그 만고의 축복이 영원하리라 착각도 했었다.

가장 본질적인 문제는 귀한 아들에게 향하는 아비의 관심과 기대가 과히 커다랬기에 부모에게 있어, 아이가 잘 먹고 잘 크는 것. 그것만으론 족하지 않았다는 거였다.

열심히 배우어라.

낮이고 밤이고 새벽이고 배우고 또 배우어라.

나중에 네가 다 커서 나의 뒤를 이었을 때 문치(文治)하여 너의 문경지치(文景之治)를 이룰 수 있도록 부지런히 학문을 연마하여라.

뉘가 보고 있건 그렇지 않건 항시 행동거지를 조심하라.

제왕처럼 굴어라.

그러한 자세, 태도, 생각은 아니 된다. 틀리고 부족하다. 시정하여라.

그 같은 애정과 이기심이 어린 요구들이 아비에게서 아들에게로 날마다 쏟아졌다. 그리고 아들은 아비의 요구들에 부흥을 하는 듯이 보였다.

잠시간은 말이다.

너무 일찍부터 학문에 몰두한 탓일까. 그리하여 배우고 익히는 것에 금방 질린 것일까. 열 살 무렵부터 아들은 아비가 닦아놓은 길이 아닌 다른 길을 걷기 시작했다.

아비는 <논어>, <맹자>, <한비자>에 몰두하라 닦달했거늘 아들은 <손자병법>, <오자병법>, <육도> 등의 병가나 기타 잡서를 탐독했다. 문(文)에 더 집중하란 아비의 요구와 달리 아들은 무(武)를 좋아하였다. 커갈수록 아들의 생각은, 관념은, 하는 행동은 아비의 이상(理想)과 거리를 두었다.

그러한 아들을, 자식이 자신이 원하는 모습과 다르다 한들 이해해 주는 것이 현명할 것을 이 아비는 그러하질 못하였으니, 언제부턴가 아들을 마주할 때마다 아비의 입 밖으로 튀어나오는 것은 훈계뿐이었다.

마음에 들지 않으면 너는 어찌 그러느냐, 나는 너 같지 않았다, 무언가가 부족하다 싶으면 너는 어찌 그것밖에 못하느냐, 간만에 잘하는 듯싶으면 그때마저도 칭찬 대신, 그래도 부족하니 더 잘하라. 얼굴을 맞대게 되면 듣는 말소리라곤 훈계뿐인데 아들이 아비를 반가워했겠는가? 무섭게만 느껴지는 아비를 아들이 기피하게 된 것은 물론이요, 부자간의 사이가 틀어지기 시작했다.

상황이 이리 흘러가니 자식을 향한, 한때에는 애정뿐이던 아비의 눈에 실망과 원망이 들어찼다. 어느 틈엔가 미움도 조금씩 들어찼다. 부모 되는 이의 마음속에 어찌 제 새끼를 향한 애정이 아예 없었겠느냐마는 그 애정이 비틀리고, 실망과 뒤섞이니 아비의 훈계는 꾸중이 되었다. 질타가 되었다. 비난이 되고, 윽박이 되더니 종내에는 학대가 되었다. 물리적인 학대가 아니었을지언정 헛바닥만으로도 뉘가 상처받기 충분함이랴. 자식에게 쏟아지는 것은 분명, 학대였다.

그리하여 마침내 아들이 망가지게 되었다.

음침해진 황태자의 속에 자리 잡은 마음의 병은 무럭무럭 커져만 가 소년의 나이 열다섯 무렵, 겉으로 드러날 정도에 이르렀다. 처음에 태자는 그저 소소하다면 소소하다고 표현할 만한 증상 몇 가지를 보였을 뿐이다. 가령 기분이 좋다가도 갑자기 나빠진다거나, 몇날 며칠 우울한 기분이 지속된다거나 하는.

부자간의 사이가 진작 틀어졌으매 황태자는 그 같은 증상을 아비인 황제에게 말하지 않았고 혹여나 황제의 귀에 들어갈까. 태의에게조차 말하지 않았다. 소년은 마음의 병, 심고(深痼)를 홀로 삭였다. 아니 실은, 그 전까지 두세 번쯤, 용기를 내어 아비에게 고변한 적이 있긴 하였다. 내가 화증이 있노라고. 당신에게 사랑을 받는 대신 꾸지람만 받으니 고통스럽다고.

몇 번을 그리 간할 때마다 '내 이제 너를 혹독하게 대하지 않으리'라 답한 황제는 그러나 실제로는, 전혀 달라지지 못했다. 한 번 미운 털이 박힌 아들에게 예전만큼의 애정이 가지 않았던 겐지, 혹은 황제에게 아들은 아들이기보다는 황위를 이어 황국을 이끌어 갈 존재일 뿐이었던지, 여하간에 황제는 더 나은 부모로 거듭나지 못했다. 그러기는커녕 이전과 마찬가지로 매서운 질타만을 내뱉고 또 내뱉었을 뿐이다. 그리고 그런 아비에게서 '변화'를 포기한 순간, 황태자의 병환은 급속도로 심각해져 갔다.

병환이 어찌 심각해졌느냐 하면 십대 후반 무렵부터 황태자에겐 발작 증세가 나타나기 시작했다. 발작이 왔을 때 그는 버럭 화를 내며 알 수 없는 말을 중얼거렸다. 아랫것들에게 짜증스러운 노친네, 죽어 마땅한 놈, 성정이 추하여 상종 못 할 인간 등등의 제 아비를 욕하는 말을 억지로 시키기도 했다. 병장기를 움켜쥐고 이번에야말로 아비를 해하겠다, 길길이 날뛰기도 했다. ……환관 혹은 여관을 살인하기도 했다. 이러한 증상

들은 그가 황궁에 기녀와 여승을 몰래 데리고 와 난잡하게 노니는 것에 비하면 한참 심각한 것들이었다.

세월이 흐를수록 황태자의 폭주는 끔찍해져 갔거늘 황제는 꽤 오랫동안 흥룡전에서 일어나는 일을 자세히 알지 못했다. 황제는 그저, 자신에게 문안 인사를 오지 않는 미운 아들을 가끔씩 강제로 불러들여 '요즘은 어찌 지내느냐'로 시작해 '너는 너무 부족하다. 네 정신과 몸을, 학문을, 부족한 점을 갈고 닦아 달라지라'는, 비판인지 비난인지 구분이 가지 않을 정도의 독설로 끝나는 일상을 반복했을 뿐이다.

한데, 어찌 황궁의 주인인 황제가 황태자전에서 일어나는 일을 모를 수 있었을까?

나이 지긋하여 언제 어떻게 죽을지 모르는 황제의 뒤를 이을 황태자의 눈 밖에 나는 위험을 감수하며 흉악의 전말을 고발할 환관과 여관이 있지 않았다. 몇몇 신료들, 예를 들어 황태자를 가르치는 스승, 그에게 여식을 시집보낸 그의 장인은 그가 심상찮음을 알고 있긴 했지만, 신료라 한들 궁인들과 다르지 못했다. 따지고 보면 그네들 또한 아랫사람이기는 마찬가지인즉. 모든 아랫것들에게 황제는 당연지사 두려운 존재이지만 늙은 황제의 다음 대(代)를 이을 젊은 황태자도 두려운 법이다.

게다가 흥룡전에는 황태자뿐만이 아니라 황태손도 있었다. 다음 대(代)와, 다다음 대(代)의 황제. 연이어 황위를 이어받을 그 부자에게 밉보이고 싶어 한 이가 없었기에 매년 십여 명의 환관과 여관이 광기에 휩싸인 황태자의 손에 죽어나가는 상태로 다시 몇 년이 흘렀다.

그리고 마침내 태손이 열한 살에 이른 해, 한껏 곪은 상처가 터졌다.

그해에는 홍룡전에 불이 났다. 어찌하다 불이 났는가를 따지자면 역시나, 황태자의 갑작스러운 발작이 원인이었다. 아랫것의 도움을 받으며 옷을 갈아입던 황태자는 무엇이 못마땅하였는지 목 부근이 답답하다는 평계로 말미암아 발광을 일으켰고 정신이 채 돌아오기 전, 자신의 수발을 들던 여관 둘을 죽였다. 그럼에도 분이 덜 풀려 몸부림치던 그가 촛대를 쓰러뜨려 홍룡전에 불이 붙었지만 다행이 크게 번지기 전에 화재는 진압이 되었다.

다만 이 일을 계기로 홍룡전의 늙은 환관 하나가 마음을 바꾸었다. 황태손을 업어 키운 그가, 하마터면 옆방에 있던 황태손까지 사지로 몰아갈 뻔한 황태자의 행실을 더는 참지 않기로 결심한 것이다.

그리하여 그날 밤. 일곱 살 나이 때부터, 제 아비가 난리를 부릴 때면 고사리 같은 손으로 상황을 수습하려 애써온 불쌍한 황태손을 성철전에 재우고 늙은 환관은 길을 나섰다. '내 아버님의 과오를 황제께 알리지 말아주오. 간절히 부탁하오.' 귓가에 울리는 앳된 목소리를 애써 무시하며 환관이 향한 곳은 건청궁이었다. ……홍룡전의 끔찍한 악몽이 끝나고, 새로운 악몽이 시작된 것은 그날 밤 직후였다.

"황상께서는 그러한 어린 시절을 보내셔야 했습니다. 자식을 박대하는 조부와 아비 때문에 광증을 얻은 부(父) 사이에서 항시 불안과 초조를 느껴야 했던, 그런 어린 시절을 말입니다."

"여담일지 모르지만, 지금 황궁에 있는 이들의 대부분은 '그 당시'에는 황궁에 있지 않았더랬지요. 소인이나, 황후전에 있던 견 태감 혹은 건청궁의 조 태감처럼 처신을 제대로 한 이들이야 잘 살아남았지만, 공연히 입방아를 찧은 아랫것들은 죽임을 당하거나 황궁 밖으로 죄 내쫓겨가야 했습니다. 병상 위의 죄인이 그토록 강경하게 나오니 궁비들과 환관들은 물론, 아비를 그리는 자식마저 당연히 그 마음을 오랜 세월동안 밖으로 표할 수가 없었고요."

소건석이 들려준 과거의 이야기를 곱씹으며 터덜터덜 걸은 내가 도착한 곳은 곤녕궁이 아니었다. 건청궁이었다.

"황후 폐하께서 간만에 오시었습니다."

유일하게 건청궁을 지키는 등이 잔뜩 굽은 비쩍 마른 백발의 환관이 아는 체를 해왔으나 치를 무시한 나는 계속해서 늙은이만 찾아 나섰다. 언제에는 휘황찬란했던 적이 있긴 했냐는 듯 초라하기만 한 처소의 한 구석, 침상 위에는 여전히 노인 하나가 시체처럼 누워 있었다.

"나가 있어라."

느릿하다 못해 불편한 걸음걸이로 내 뒤를 따라온 환관, 조 등을 쫓아내고 침상 옆에 자리 잡았다. 늙은이 자체도 싫거니와 늙은이에게서 퍼져 나오는 향기롭지 못한 내음이 싫어 어쩌다 한 번씩 건청궁에 왔었을 때조차 금방 돌아갔었건만, 오늘만큼은 그리하는 것을 까먹은 내가 처연하게 중얼거렸다.

"황상, 어찌 그랬어요."

이불 아래 숨겨진 쪼글쪼글한 손 하나를 슬쩍 움켜쥐었다. 움켜쥔 그것을 살살 쓰다듬다가…… 손톱으로 힘껏 꼬집었다.

"왜 그 따위로 자식교육을 시켜서, 그딴 자식을 낳아서 당신의 그 미친 손자로 하여금 내가 이 고생을 겪게 하느냔 말이에요. 이 쓸데라곤 없는 늙은이야!"

마른 손을 거칠게 내팽개쳐도 급 치솟은 분은 풀리지 않았다.

"네들 삼대(三代)는 다 똑같아. 악취를 풍기는 오물 덩어리들 같으…… 헉."

막말을 쏟아 붓던 입술 새로 놀란 소리가 튀어나갔다. 너무 화가 나서 잘못 보고 있는 걸까? 그럴까 싶어, 소매 끝으로 눈가를 문질렀지만 풍경에는 변함이 없다.

천천히 위로 말려 올라간 얇은 눈꺼풀 아래로 드러난 색 바랜 눈알이 나를 빤히 쳐다본다.

"화, 황상……."

방금 전까지 욕지거리를 지껄였단 사실을 싹 잊은 나는 얼굴 가득 갸륵하기 짝이 없는 표정을 채워 넣었다. 괴팍하게 팽개쳤던 늙은이의 볼품없는 손도 다시 붙들었다.

"황상, 정신이 들어요? 게 아무도 없……!"

유언장!

시선을 다시 늙은 놈에게 처박았다. 풍문으로 전해 듣기론 이 늙은이는, 내가 건청궁에 완전히 발길을 끊은 지난 몇 달 동안 대여섯 번 가량 깨어나긴 했었다 했다. 그렇지만 깨어나 있는 시간이 얼마 되지 못하여, 미음 따위를 겨우 들이키고 다시 잠들기가 일쑤라 하였다.

"황상."

이번에도 그럴까. 헛되이 시간을 낭비하게 될까 싶어 본론부터 꺼내기로 결정했다.

"황상, 다시 잠들지 말고 내 말을 들어봐요. 그럴 거죠?"

알았다 대답한다거나 고개를 끄덕이는 것과 같은 물리적인 반응이 없을지언정, 날 쳐다보는 황제가 분명하게 알아듣고 있는 듯싶었다. 가슴 속에 차오르는 희망을 느끼며 영감을 향해 상체를 바싹 숙였다.

"황상 나, 황궁에서 나가고 싶어요."

"……."

"감업사에 갈래. 그곳에서 먼저 출가한 황상의 후궁들과 같이 살래요."

금붕어가 뻐끔, 뻐끔거리듯 메마른 입이 움직이지만 아무런 소리가 나지 않는다.

"황상, 무어라 하는지 들리지 않아요. 조금 더 힘을 내봐요."

"네…… 네……."

"나, 나 무어요, 황상."

"네…… 황후잖느냐."

병든 황제가 흘린 소리란 마치 녹이 잔뜩 슬은 쇠붙이가 끽 끽거리는 것처럼 탁했다. 그러나 나는 그 추한 음성이 마냥 반가웠다.

"그래도 갈래. 나……."

나 더 이상 지헌과 그러기 싫어. 지헌의 음탕한 첩실 년으로 간주되어 손가락질 받고 싶지 않아. 그 같은 사연을 대체 무슨 재간으로 털어놓으리오. 한참을 조용히 머리를 팽팽 굴린 내가 물었다.

"황상, 태손의 아비에게 자결을 명했다면서요?"

영감의 손이 움찔했다. 병이 든 이의 것이라기엔 민첩하기 짝이 없는 반응이었다. 영감의 마음 한편엔 광증에 걸린 친아들에게 자결을 명한 일에 대한 후회 혹은 죄책감이 남아 있는 걸까?

"내게는 그저 태자가 좋은 운을 타고 나지 못해 일찍 죽었다 했잖아요."

"……."

"진실을 말해주지 않았다, 황상을 탓하는 건 아니에요. 다만……."

고개를 깊숙이 숙인 나는 왼쪽 눈가에 눈물방울이 맺혀서야 다시 늙은이를 쳐다보았다. 복받치는 설움을 애써 참고 있다는 듯, 입술을 바르르 떨며 울먹거렸다.

"그 일로 실은 황태손이 황상에게 앙금을 품은 거 알아요?"

"……."

"황상이 또 다시 쓰러진 후부터 지금까지, 황태손은 황상에게 품은 앙금을 나에게 대신 풀어왔어요. 무슨 뜻인지 알겠어요? 황상의 황장손이 나를 냉대한다고요."

"……"

"어찌 나를 냉대하는지 궁금하지요, 황상? 곤녕궁 아랫것들을 반절의 반절로 줄였고, 본래 내가 받아야 할 궁분(宮分)을 제대로 주지 않아요. 내가 춥다 해도 아깝다며 홍라탄(紅萝炭)과 흑탄도 못 쓰게 하고요. 태손이 그러하니 제 지아비를 따라해 태손비까지 어쩌나 못되게 구는지."

소매 끝으로 눈가를 찍었다.

"차라리 감업사에서 사는 게 나을 거예요. 황상은 병상에서 일어날 기미가 없고, 난 이제 겨우 스물다섯이라 앞으로 살날이 창창한데 계속 이리 살 순 없잖아요."

다시 두 손으로 늙은 손 하나를 꼭 붙들었다.

"허락해 줘요, 황상."

"……"

"그래줄 거지요?"

"……"

"허락해 줄 거지요, 황상?"

여전히 돌아오는 대답이 없었으나…… 대신 영감은 느릿하게 고개를 끄덕였다. 아! 드디어 감업사로 나갈 수 있는 건가! 희열이 치솟음과 동시에 절간으로 출가하게 되면 빼도 박도 못하고 단규와 헤어지게 되지 않을까, 하는 걱정이 뇌리를 스쳤지만 일단, 마땅히 기뻐해야 할 일을 기뻐하기로 마음먹었다. 환한 웃음을 지어 보이며 재차 늙은이를 재촉했다.

"그럼 유언장을 써줘요! 한데 황상은 거동하기 불편하고 나는 글을 모르니……."

"폐하!"

뉘에게 도움을 청할까. 경황이 없는 통해 뻔한 것을 고민하던 나는 뒤편을 돌아보았다. 방금 막 방 안으로 들어선 듯싶은 노쇠한 환관의 두 눈이 휘둥글었다.

"조등! 잘 왔느니! 네 글을 알지? 그렇지?"

"폐하께서 깨어나셨나이까."

"그래. 그러니 다시 쓰러지기 전에 네가 나를 도와……."

"황태손께 알려야 합니다."

"무어? 아니, 아직은 안…… 조등!"

황제가 나에게 감업사로 출가하라는 유언장을 내어주는 걸 지헌이 흡족해 하겠는가? 절대 그렇지 않을 터다. 게다가 그놈은 이미 한 번 제 의사를 표명했잖은가. 내가 감업사에 갈 일은 없을 거라고. 그런 고로 그놈을 불러서는 곤란하거늘, 늙은 환관은 불편한 걸음걸이를 서둘렀다.

"조등!"

뒤늦게 의자에서 벌떡 일어선 나는 안간힘을 다해 내달렸다.

"거기 서란 말이야!"

아무리 뒤늦게 출발했다 한들 젊은 내가 기력이 쇠할 대로 쇠한 견자근 또래의 환관을 따라잡는 것은 크게 어렵지 않았다.

황후의 명을 모르는 체하는 노인이 괘씸하다 못해 울분이 치솟아 조등의 마른 팔을 우악스레 움켜쥐었다.

"꼼짝 말라 하였어!"

악귀처럼 내지른 나를 차마 뿌리치지 못한 조등은 열심히 놀리던 발을 멈췄다.

"네가 감히 나를 무시해? 내 명을 거역하여?"

"송구하옵니다. 허나 황후 폐하……"

"닥치어라! 닥치고 내가 하는 말을 들어."

"……"

"내, 네 불경함에 대한 죄를 묻지 않을 테야. 대신 조건이 있느니."

"……"

"흥룡전에는 반 시진, 아니, 한 시진 후에 가거라. 나는 황상에게 받을 것이 있어."

"받을 것이라 하면 무엇을 이르시는지요."

한평생을 영감을 가장 가까이에서 받들어온 이놈에게 사실을 털어놓아도 괜찮겠지? 설마하니 영감의 뜻을, 내 뜻을 거스르려 하지 않겠지?

"황상이 나와 관련해 남길 유언이 잇다는구나. 황후인 나이지만 예외로서 감업사에 가도 된다, 허락을 하고 싶다 해. 그러니 네놈, 글을 알면 와서 받아 적거라."

조등이 순순히 알았다. 긍정할 거라 생각했다. 그러나 짧은 찰나 동안 겁에 질린 눈을 해보인 늙은 환관이 소리 낸 한마디는 실망스럽기 짝이 없었다.

"소인은 그럴 수 없사옵니다. 황태손께 황상이 깨어나셨음을 지금 바로 알리지 않을 수도, 황후 폐하께 도움이 될 만한 황상의 유언을 받아 적을 수도 없사옵니다."

"어찌해서!"

"소인이 아직 예 살아 있는 까닭이란 황상께서 깨어나시거든 황태손께 알리기 위함이니까요. 금번에는 아무리 멈추라 명하신들 따르지 않을 것이니, 황후께오서는 괜한 고생 마옵소서."

절름거리며 걷는 조등의 뒷모습을 멍하니 쳐다보던 나는 또한 번 그를 붙들었다.

"황후께오서 이리하시면 소인은 뿌리칠 수밖에……."

"제발 도와다오!"

"……."

멈칫한 노인을 더욱 세게 붙들고선 애원하듯 말했다.

"네가 황태손을 두려워한다는 것을 모르지 않지만, 이번 한번만 나를 도와주어!"

"……."

"황궁에 오래 있었으니 나와 태손에 관한 소문을 당연지사 들었을 테지? 나는 단 한 번도 종적(宗籍)상으로나마 손자 되는 이와 엮이길 바라지 않았어! ……태손은 미쳤어!"

"……."

"그놈이 내게 처음 마수를 뻗친 칠년 전부터, 이 황궁이 지옥 같지 않았던 적이 없었다고!"

"……."

"제발, 조등…… 내 여생을 계속 이렇게 살 순 없어. 그럴 순 없다고."

눈물을 머금고선 애걸복걸하는 나에게 측은지심을 느낀 걸까. 늘어진 살가죽으로 감싸인 얼굴 가득 고뇌를 묻힌 채 빤히 나를 쳐다볼 뿐, 환관은 미동이 없었다. 이윽고 큰 결심을 하는 것처럼 한 번. 무겁게 눈을 감았다 뜬 그가 입을 열었다.

"글을 알지만 여전히 황상의 유언을 받아쓸 수 없사옵니다."

"……."

"그것까지는 아니 되오나…… 소인은 황후 폐하께서 건청궁에 드신 이후로 지금까지, 폐하의 명에 따라 처소 바깥에 있는 중이지요."

"그게 무슨……."

'나가 있어라' 그렇게 말했을 때의 나 자신의 목소리가 귀를 스쳤다.

"그래. 그랬었지, 참. 막 건청궁에 당도하였을 때 내 분명 너에게 '나가 있으라' 하였어. 그리고 나는 건청궁에…… 내 환관 하나와 같이 왔었고 말이야."

"예. 그러셨지요."

조등은 날 위해 황상의 유언을 받아 적는 짓은 하지 않을 것이다. 하지만 그는 모르는 척을 해줄 것이다. 황상이 깨어난 것을. 내가 지금 당장 곤녕궁에 달려가 필요한 뉘를 데리고 돌아오는 것을. 그리하여 유언장을 만드는 것을.

"고, 고마우이. 모르는 척해주어 고마워. 내 곧장 돌아올게."

어두운 안색으로 덩그러니 서 있는 환관을 뒤로 하고 곤녕궁을 향해 내달렸다.

휘영청한 보름달 아래에 놓인 곤녕궁이 가까워진다. 곤녕궁이 가까워지고 내 숨소리가 요란해질수록 안뜰 앞쪽에서 서성이는 뉘의 인형이 커져간다.

"단규야!"

나 있는 쪽을 돌아본 그는 곧장 섬광처럼 빠른 걸음으로 석계를 내려왔다. 내게 다가왔다. 당장이라도 숨이 넘어갈 것 같은 꼴을 하고 있는 나를, 내 옷차림새를 훑은 단규의 입술 새로 흘러나온 목소리가 자못 사나웠다.

"무슨 일이 있은 겁니까."

달빛을 등에 진 가짜 환관의 얼굴이 경직되는 것이 생생해 움찔한 나는 한발 늦게 자초지종을 꺼내놓기 시작했다.

"따, 딱히 무슨 일이 있은 게 아니라…… 무슨 일이 있긴 하였는데…… 황상이 깨어났어."

"황상…… 흥룡전에서 곧바로 오신 것이 아니라 건청궁에 들르셨습니까."

한층 굳은 듯싶은 단규의 얼굴이 풀릴 기미가 없었다.

"으응. 그냥 어쩌다가…… 좌우지간, 그게 중요한 게 아니야. 황상이 내가 감업사로 나가도 된다 허락을 하였어."

"……."

"그 허락을 받아 적으려 했지만 내 글 솜씨는 부족하고, 조등은 글을 알면서도 지헌이 두려워 유언을 받아 적는 것을 도와줄 수 없다고 하잖아. 하여 이리 달려왔느니. 네게 도움을 청하려고."

조급한 나와 달리 무슨 생각을 하는 겐지 단규는 미동이 없었다. 가만히 둔다면 이미 진작 서산 너머로 사라진 해가 다시 동녘에서부터 떠오를 때까지 내리, 그는 빤히 나를 보고만 있을 것 같았다.

"영감이 언제 다시 쓰러질지 모르는데."

걱정스레 중얼거리매 단규는 내 한쪽 팔을 붙들었다.

"가시지요. 건청궁으로."

붙잡힌 팔을 비틀어 되레 단규의 손을 잡은 나는 오늘로서 두 번째, 건청궁으로 향했다. 실은 환관 따위가 아니라 귀한 이이기 때문인지 급한 상황임에도 뛰지 않는, 성큼성큼 걷는 그를 뒤따르느라 열심히 종종걸음을 치는 내가 다시 헐떡거리기 시작할 무렵. 우리는 어스름한 건물 안에 들어섰다.

아까의 자세 그대로 어둠 한편에 몸을 묻고 있는 조등을 본 체만체 지나쳐 영감의 곁에 다가섰다. 이쯤 되면 천운일까? 영감은 여전히 두 눈을 뜨고 있다.

"황상, 황상께선 정녕 정궁(正宮)의 감업사로의 출궁을 윤허하십니까."

확인하듯 묻는 단규를 거들어 나 또한 늙은이를 닦달했다.

"황상, 내가 감업사에 가는 것에 동의하면 한 번 더 고개를 끄덕여 봐요."

몇 번 깨어났을 때마다 미음 혹은 단물만 삼키고 다시 쓰러 졌다더니 이번은 다른 걸까. 실컷 쉬었기에 기운이 성하고 있 는 걸까. 첫 번째 번과 달리 두 번째인 지금, 늙은이는 꽤나 또 렷하게 고개를 끄덕거렸다.

"뜻을 명확히 알았으니 유언의 내용은 소인이 임의로 작성하 겠습니다."

"……."

기민히 움직인 단규는 영감이 사지 멀쩡하던 시절 사용한 커 다란 탁자에서 금세 유언장을 써내려갔다. 유언장 하나를 완성 하고, 또 하나를 완성했다.

"어찌 두 장씩이나 쓰는 게야?"

"만일의 경우를 대비해서."

만일의 경우? 그게 무얼까? 상황이 상황인즉 하잘 것 없는 질문을 후일로 미루기로 했다.

칠흑 같은 먹물로 장식된 귀한 종이 쪼가리 두 개와 벼루를 들고 침상 깨로 되돌아온 그는 이불 아래에 숨겨진 늙은이의 손을 꺼내 들었다.

"옥새는 황태손에게 있을 듯하니 수장(手章)으로 대신하겠습 니다."

"……."

용무늬가 새겨진 벼루에 늙은이의 손바닥을 대었다 뗀 단규 는 새카매진 그 손을 유언장들에 차례로 찍었다. 선이 굵은 필체로 쓰인 글자들뿐만이 아니라 종이에는 이제 영감의 손자국이 뚜렷이 새겨져 있다.

"황후 폐하께서는 유언을 받으십시오."

기쁜 내색은커녕 외려, 약간은 어둡다 싶은 낯빛을 하고 있는 단규를 흘끔거린 나는 그에게서 유언장을 받아들였다. 드디어 황궁을 나갈 수 있는 걸까? 설렌 것이 잠시, 시선을 다시 단규에게 붙박았다. 그는 이미 나를 내려다보고 있었다.

"나…… 황궁 밖으로, 감업사로 가게 될 테지?"

"……."

침묵하는 단규의 먹빛 눈동자에 수심이 일렁이는 듯싶다면. 나와 마찬가지로 그 역시 우리가 헤어지는 날을 떠올리고 있는 듯싶다면 착각일까.

그 언제까지라는 기약 없이 우리는 계속해서 서로만을 쳐다보았다.

"근심거리가 있다 싶으면 이제는 적국 황실의 후원부터 찾으시니, 이 무슨 모순이랍니까."

어화원 한구석, 빽빽이 들어선 측백나무들 사이를 헤치고 나타난 동명이 얄궂게 웃었다. 그리 태연한 동명을 돌아보는 적운의 두 눈에는 그러나 책망의 빛이 서려 있었다.

"동명 네게 경솔한 면이 없지 않음은 내 진작부터 알고 있던 터이다."

아무리 주변이 비었다 해도 그렇지 적국 황실 따위의, 뉘의 의심을 사기 충분한 용어를 입에 담아서야 되겠느냐. 그러한 의미의 우회적 비판을 똑똑히 알아들은 동명의 입술이 비죽였다. 삐친 양 한참을 조용한 그는 거의 마차만 한 크기의 황색 기석(奇石) 덩어리를 관찰하는 적운에게 다시 말을 붙였다.

"얼마간 얌전하더니 조그만 오랑캐 계집, 근래 들어 또다시 뭐 마려운 강아지 흉내를 내기 시작하더군요."

뭐 마려운 강아지 흉내라는 표현은 기실, 순화해도 한참 순화한 것이었다. 솔직히 말해서 동명은 제 뜻대로 되지 않는다 하여 난동을 부릴 때의 사르네의 모습이 흡사, 성나 달려드는 수소 같다고 생각해 온 지가 오래였다.

여하간, 사르네가 언제 어떻게 또 자신을 귀찮게 할까 염려스럽건만 제 마음을 아는지 모르는지 적운에게선 돌아오는 답이 없으매 굴하지 않은 동명은 홀로 대화를 이었다.

"조만간 다시 발광하기 시작할 거라는 거에 제 왼손을 걸 수 있습니다. 물론, '내 사랑'에게 밉보이고 싶지 않을 테니 계집애는 저만 달달 볶아댈 테죠."

"황제가 깨어났다."

저는 대체 무슨 죄랍니까. 어찌해서 제가 사르네의 시끄러운 아우성을 장군 대신 들어야 하냔 말입니다. 불만스레 중얼거리던 동명이 부루퉁히 맞받아쳤다.

"소식 들었습니다."

"그리고 황후는 감업사로의 출궁을 윤허하는 유언장을 얻어 내었지."

"그건 못 들었는데."

새로운 소식을 반가워하는 듯싶던 동명의 얼굴에 묘한 표정이 떠올랐다. 황후가 감업사로 갈 수 있게 된 이 마당에 기뻐하기는커녕, 어화원을 방황하는 표기장군은 무슨 걱정을 하고 있는 걸까?

문득 떠오른 사소한 의구심을 무시하고, 동명은 조롱하듯이 말했다.

"드디어 저희의 웃전이신 음탕한 황후께서 출궁하시겠네요. 사르네가 기뻐 날뛰겠습니다."

"음탕한 황후?"

의미 없이 기석을 바라보는 것을 멈춘 적운은 동명을 향해 고개를 돌렸다. 예기치 못하게 서슬 퍼런 눈길을 받게 된 동명의 어깨가 흠칫했다. 당황한 아랫사람에게 떨어지는 윗사람의 음성이 차디찼다.

"네게 황후의 사정을 일러주었을 텐데."

"……"

"한데 그리 부를 연유, 있더냐."

원치 않은 타국 생활. 자존심 상하는 환관 흉내. 오랑캐 계집 아이의 닦달. 그리고 이제는 상관의 구박까지. 그간에 내린 참아온 불만이 터질랑 말랑 해, '그래도, 저도 좋으니까 자결하기는커녕 계속 황태손을 받아들이는 거 아니겠습니까' 라고 반박할까. 잠시 갈등한 동명은 그러나 참을 인(忍) 자를 되새겼다. 아니 참았다간 불쾌감을 여과 없이 드러내고 있는 상관이 앞으로의 계획을 말해주지 않은 채 자리를 뜰 것 같았기에.

"없지요. 송구합니다. 환관들과 함께 생활하다 보니 닮아 가는지 입이 가벼워져 실언하였습니다."

눈에 담기 싫다는 듯 동명을 외면한 적운은 다시 거대한 돌덩이만을 바라보았다. 그런 그에게 동명은 조심스레 물었다.

"앞으로 어찌하실 겁니까."

"허울뿐인 황제의 유언장이 유효할지 확신이 서지 않는다."

이게 무슨 소리인가? 울컥한 동명은 두 번째로 참을 인을 되새겼지만 효과가 없었다.

"유언장이 유효할지 그렇지 않을지 모르겠으니까, 이번에는 감업사로 따라가시겠군요."

짜증이 폭발한 속이 부글거린다만, 그러한 속을 어찌 상관에게 곧이곧대로 내보이리. 그는 최대한 공손한 어투를 쓰려 애쓰며 타협안을 제시했다.

"그렇게 그 여자가 눈에 거슬리신다면, 안타까워 모른 체할 수 없으시겠다면, 차라리 남쪽으로 데려가십시오. 사르네와 마찬가지로 저 또한 하루라도 빨리 귀향하고 싶습니다."

"데려가면."

적운의 미간이 구겨졌다. 과거를 회상하는 그의 눈가에 수심이 서렸다.

"재, 재혼하지 말아요. 만약 다른 이를 맞아들인다면······ 당신의 무심함이 그 여자도 망칠 거예요. 그 여자도 나처럼 애태우고, 당신에게 관심을 받으려 발악하고, 그러다 죽을 거예요."

"나를 잊지 말아요. 평생 나만…… 세상 빛 한 번 제대로 못 보고 죽은 우리 아이와 나, 당신이 죽인 우리 모자만 되새기며 살아요. 다른 계집 따위, 안 돼……."

지독한 저주인 듯싶던 망자의 유훈을 떨친 적운이 무덤덤하게 말했다.

"무심함으로 말미암아 처와 자식을 죽인 내가 또 다른 누군가를, 그것도 여인을 책임지는 것이 가능하겠느냐."

"송구하오나 장군, ……태감의 그 같은 태도는 비약이고 청승입니다. 태감의 망처는 그저, 태감께서 재혼하실 것을 염려해 투기에 찬 여인의 마음으로 사특한 유훈을 남긴 겁니다. 이럴 때는 참, 여인을 모르심이 적나라하게 티가 납니다."

"수에서의 네 삶이 확실히 고단하긴 한가 보구나. 망자의 욕을 그의 바깥사람이었던 내 앞에서 소리 내는 건방을 떠는 걸 보면."

실수다!

눈에 보이지 않더라도 분명하게 존재하는 어떠한 선을 넘었음을 여실히 깨달은 동명이 흠칫했다. 이만 조용히 물러가는 편이 나을까? 그럴 듯싶어 슬슬 뒷걸음질 치던 그는 그러나, '이왕 이렇게 된 김에 그까짓 건방, 조금 더 떨자' 하는 생각이 머리통을 스치자 발을 멈췄다.

"어, 언짢으심을 알지만 마지막으로 한마디만 더 하렵니다.

그 여자를 데려간다는 것이 태감께서 그 여자를 남은 평생 책임져야 한다는 의미는 아니지 않겠습니까. 데려가서, 시집보내십시오. 후살이하게 하시란 말입니다. 대개의 사내들이라면 기피할, 이미 둘을 상대한 그런 여자라 한들 겉모습만큼은 그럴듯하니, 집안에 들이겠다 하는 호색한 이들이 아예 없겠습니까. 분명 있을 테죠. 정 없다 싶으면 지참금을 두둑이 챙겨주겠다고 조건을 내거시던가요."

고국으로의 귀환에 황후를 동행시킨다는 것은 앞으로도 계속. 어쩌면 평생을 그녀를 돌보고, 책임지겠다는 서약을 맺는 것과 같은 의미라 생각했거늘 아니었단 말인가. ……내 생각의 시야란 어찌 그리 좁았던가.

스스로에게 의구심을 느낀 게 찰나요. 적운의 굵직한 이목구비 가득 냉기가 서렸다. 아랫사람에게 쏟아지는 그의 날선 눈동자에서는 이제 불쾌감뿐만이 아니라 진한 노기마저 뿜어져나왔다.

"환관이 아니게 되는 날, 동명 너부터 칠 것이다."

이 반응이 무어지? 이전까진 한 번도 들어보지 못한 생소하면서 두려운 적운의 위협 탓에 동명의 이마에 땀방울이 송골송골 맺혔다.

"제, 제 잘못이 무엇이랍니까. 표현이 직설적이었어서 그렇지, 장군의 고민을 위한 충언이고 해답이었잖습니까."

열심히 자기변호를 늘어놓아 봐도 수풀 속은 자꾸만 싸늘해져 가는 고로, 무언가가 크게 잘못되었음을 직감한 동명은 다

급히 측백나무 숲을 빠져나갔다. 도망치는 듯싶은 그의 뒷모습
이 우습기 짝이 없었다.

"폐하, 표기장군의 서한이 왔나이다!"

"간만이로구만!"

씩 웃은 성운은 정실의 무릎을 베고 침상에 누운 상태 그대
로 손만 까닥였다. 가까이 다가온 환관에게서 자그마한 서한을
받은 그가 돌돌 말린 종이를 폈다. 작은 글자들을 흘끗 돌아본
가림은 다시, 금으로 만들어진 이자(耳子)로 낭군의 귓속을 정
리하는 일에 몰두했다.

"머잖아 오긴 올 모양인 듯한데…… 갈 때는 말을 타고 갔으
면서, 배를 보내 달라?"

처음과 마찬가지로 돌돌 말린 모양새가 된 서한을 또 한 번
흘끔거린 가림이 가볍게 물었다.

"표기장군이 배를 보내 달라 하나이까."

"무사(武士)도."

"……."

"'혹시 모를 상황을 위해 청하건대, 범선 한 척과 쓸 만한 이
들 오십여 명을 보내 주십시오.' 그리 쓰여 있어."

"……."

"내 종형께서 무슨 속셈으로 이것저것을 요구하시는 감이 잡
히지 않는군. 무언가 곤란한 일을 벌이려는 건 아니겠지?"

차라리 그랬으면. 거나한 사고를 저질러 그에게 흠이 생겼으

면. 그리하여 괘씸한 역적들이 그를 황태자 삼으라, 내 낭군에게 보챌 수 없도록. 부적절한 생각을 떠올려 버리고 만 찰나, 가림에게 질문이 떨어졌다.

"어찌 생각하오, 황후?"

"바깥일에 참여하는 것은……."

"바깥일에 참여하는 것은 아녀자의 소행이 아니다."

"……."

"그래, 그래. 그대에게 입버릇이 된 그 문구는 나 또한 아주 잘 알고 있어. 그러니 이제 말해보는 게 어떠하이."

"그리 놀리시니 신첩 앞으로는 아녀자의 덕목조차 마음껏 읊지 못하겠습니다."

짐짓 삐친 척을 해보이는 황국 황후의 모습은 황제인 성운만이 볼 수 있는 것이었다. 그 귀여운 모습에 유쾌한 웃음을 흘린 그는 검지로 가림의 코끝을 장난스럽게 톡톡 쳤다.

"폐하, 갈수록 젊어지시는 듯합니다."

"실은 아이 같이 유치하여진다 말하고 싶을 테지?"

"자꾸 그러시면 신첩, 정녕 삐칠 거예요."

성운은 또 한 번 소성(笑聲)을 흘렸다. 진지해진 그가 재촉했다.

"그만 놀릴 테니 말해보오. 더없는 충신인 내 종형의 속셈이 무얼까?"

"뉘의 속내를 어찌 콕 집어 말할 수 있겠느냐만, 배의 용도는 물건 혹은 사람을 실어 나르는 것이니 가져올 물건이 있거나…… 데려올 이가 있는 것 아니겠는지요."

"운 좋게 지도를 구하였는데 그가 너무 무거워 배를 내어 달라 하는 건 아닐 테고, 누굴 모셔오려 이리 지극정성이려나."

재미있다는 듯 입 꼬리를 올리는 성운과 달리 생각에 잠긴 가림의 안색이 뾰족했다. 글쎄. 누굴 데려오려는 걸까. 말 타기에 서툴고, 적국에서 신속히 빠져나오는 데에 도움이 되지 않는 이라면 설마하니…… 여인?

"그 사람이 좋은데, 표현하기가 어려워서 그랬어요. ……그이 관심을 받겠다고 내 몸 돌보기를 소홀히 했던 벌을 이렇게 받나 봐요."

바보 같은 사람. 망자와의 추억에서 빠져나온 가림이 작게 중얼거렸다.

"어쩌면 경사가 생길지도 모르지요."

"경사? ……내 꾐받이께선 종형이 여인을 데려올 거라 생각하시는군?"

"그저 여인네의 가벼운 추측이지요. 가부간, 표기장군이 무얼 하려건 간에 그처럼 이성적이고 황국의 안위를 염려하는 이가 없으니 무리한 일을 벌이겠나이까. 그가 필요하다는 것, 보내주소서."

"흠, 보내주는 거야 어렵지 않다만."

골똘히 생각하는 젊은 황제의 미간에 주름이 지었다.

"내 배를 수의 앞바닥에 떡하니 띄웠다간, 금세 잿더미가 될 텐데 말이야."

과거, 남쪽에 존재했던 제후국들과 달리 조공을 바치기를 거부한, 그로 모자라 황제의 나라를 자처하기까지 하는 유와, 삼백여 년을 군림하여 온 기존의 황제국인 수가 서로에게 적대적인 것은 너무나 당연한 현상이었다. 그러한데 성운의 배가 수의 바다에 침범한다면 무슨 일이 벌어지겠는가? 항구에 정박하기도 전, 불화살이 마중을 나올 게 뻔했다.

"남제(南齊)를 거쳐 가게 하시면 어떨는지요. 남제 그 작은 나라는 유와 수, 두 나라 모두와 우호적인 관계를 맺고 있으니 일단은 그곳에 정박하였다가……."

흐려진 가림의 말끝을 성운은 박자 좋게 이었다.

"그리했다가 남제의 배로 위장시켜 수로 보내야겠어. 남제의 왕 소도성은 실리를 추구하는 자이니 충분히 나를 도울 터, 묘수로다."

똑똑한 처 덕에 문제가 쉬이 해결됐으매 상체를 일으킨 성운은 가림의 뺨에 쪽 소리가 나도록 입을 맞췄다.

칠. 폭우(暴雨)

"단규야."

희미한 미소와 함께 단규를 부른 나는 쪼르르 그의 옆으로 다가섰다.

유언장의 효과가 좋을까? 만약 그렇다면, 감업사로 가게 된다면, 당연지사 단규와는 헤어지게 되겠지? 그 같은 상념들을 곱씹고 또 곱씹느라 한동안 조용한 나였다. 그리고 나 못지않게 생각이 많은 듯싶어 보이던 –무슨 생각인지는 모르겠으나– 단규 역시 평소보다 더욱 과묵했던즉.

"나가자꾸나. 같이 어화원으로 산보 가."

"그러시지요."

둘이서 대화를 나눈 것이. 산보를 나선 것이 오래간만이었다. 연리지 나무를 열 번은 지나치고, 해괴하기 짝이 없게 생긴 기석도 지나치고 흠안전(欽安殿)도 지나쳐, 퇴수산을 오르는 계단에 발을 디뎠다. 태호석으로 만들어진 인공산인 퇴수산의 꼭대기, 어경전(御景亭)에는 아랫것들이 함부로 오르지 못하는 고로 단규와 둘이서 이야기를 나누기에 안성맞춤인 장소였다.

그다지 높지 않은 돌산을 오른 지가 일각쯤 되었을까. 꼭대기에 도착한 나는 어경전 한가운데에 놓인 의자에 엉덩이를 붙였다.

"네게 긴히 할 말이 있어. 그러니 이리 와 옆에 앉아."

또 다른 의자를 손끝으로 가벼이 두드렸다. 단규가 자리하는 것을 확인하고, 황궁 바깥의 풍경을 가리켰다.

"나도 곧 저 밖으로 가게 될 테지?"

"……."

"지난 십년을 이곳에서 바라보기만 해온 황궁 밖인데, 이제는 직접 갈 테야. 그렇지?"

"……그러실 겁니다."

그토록 바라왔는데. 이 끔찍한 곳에서 나가는 날이 오면 한없이 기쁠 줄만 알았는데.

바삐 걸어 다니는 사람들. 다닥다닥 붙은 집채들. 푸르른 나무들, 굽이굽이 펼쳐진 산맥. 같은 하늘 아래에 있으되 황궁과는 다르게만 느껴지는 풍경에서 눈을 뗐다. 서글피 단규를 쳐다보았다.

"너도?"

"……."

"너도 나와 함께 감업사로 갈 테야?"

그럴 수 없음을 뻔히 아는데. 그러한데 나는 어째서 슬픈 사실을 군이 확인하려 하고 있는 걸까. 나도 잘 모르겠는 내 마음은 단규에게서 거짓으로나마, 너와 함께 갈 거라는 말을 듣고 싶은 걸까.

물끄러미 날 쳐다보는 그를 재촉했다.

"응?"

"……."

"어찌 대답이 없어? 네 설마, 부귀영화를 누릴 기회가 없는 감업사 따위엔 가고 싶지 않다 말하고픈 건 아니겠지?"

"그럴 리 있겠습니까."

"그러면, 날 따라 절간으로 나설 테야?"

"……그래야지요. 소인은 곤녕궁의 태감이잖습니까."

"……."

듣고 싶었던 대답을 들었지만 울적한 마음이 여전했다. 그러나 체한 듯도 싶고 돌덩이가 들어앉은 듯도 싶은 속내를 숨긴 나는 행복하다는 것처럼. 황궁 밖에서의 새로운 삶이 마냥 기대된다는 것처럼 함박웃음을 지어 보였다.

"시시껄렁한 소릴 늘어놓느라 본론을 말하지 못했구나. 유언장을 얻게 된 것은 잘된 일이나, 이를 어찌 사용해야 할지 모르겠어. 다짜고짜 황태손에게 내밀었다가 빼앗기진 않을까 염려되기도 하고."

"황후께선 이미 최선책을 알고 계십니다."

최선책? 잠시간 머릴 굴리니 단규의 말뜻을 알법했다.

금란전.

그가 의미하는, 유언장을 사용할 최선책을 구현하기 위해선 다시 한 번 금란전에 가야 했다.

지난날, 새로이 후궁을 들이라 주장하려 금란전에 왔을 때에는 신료들에게 '어찌 또 아녀자가 조당에 왔느냐' 욕을 듣게 될 경우를 염려해 금란전으로부터 꽤나 거리를 두어 서 있었지만, 금일은 아니었다. 뉘가 나에 관한 좋지 못한 소릴 하든 말든 예전만큼 신경 쓰이지 않는즉. 나는 금란전 아주 가까이에 선 채로 굳게 닫힌 정전의 문을 노려보고 있는 중이었다.

족히 반 시진은 기다린 끝에 마침내 문이 열렸다. 긴장이 몰려와 다른 아랫것들과 함께 섞여 있는 단규를 돌아보며 마음을 다잡은 나는 시선을 다시 앞으로 향했다.

"태손."

목에 힘을 넉넉히 주어 부르자 지헌은 물론. 놈의 뒤를 따르던 만조백관 또한 금란전 오른편에 서 있는 나에게 고개를 틀었다. 아무리 황실 최고 어른이고 황후라 해도 계집인 내가 한 번도 아니요. 두 번도 아니요. 세 번씩이나 외조(外朝)에 얼굴을 비춘 것을 더는 참을 수 없어서인가? 아니면 어인 일인지, 지헌이 허리춤에 검을 차고 있어서인가? 정확한 이유가 무엇이건 간에 신료들의 안색이 좋지 않았다.

그렇다 한들 이대로 물러날 수 없음이랴. 나는 경직된 입술을 열었다.

"본궁이 태손과 공(公)들에게 할 말이 있답니다."

무표정한 얼굴을 고수하고 있는 지헌은 말이 없었다. 신료들 역시 조용한 터라 홀로 대화를 이었다.

"본궁은 출궁하겠어요."

여전한 정적.

어찌 이러지. 미세한 변화조차 없는 이 침묵이 무어야. 슬슬 불안이 꿈틀거리기 시작한 참, 뉘가 비난조로 외쳤다.

"지난 삼백여 년 동안 이 같은 난륜이 없었습니다!"

무거운 분위기 속에서 용케 운을 뗀 이는 지천명을 한참 전에 넘겼을 법한, 깐깐하고 고집스러워 보이는 벼슬아치였다. 치욕스럽다는 양, 더 이상은 도무지 참을 수 없다는 양 얼굴을 붉히고 있는 그이가 또 외쳤다.

"저하께서 그 같은 말씀을 하신 것으로 모자라, 이제는 황후께서 금란전 앞에 찾아오셔서 출궁을 선언하시니 이가 내포하는 바가 무엇이겠나이까! 옛 고사를 모방하여, 황후께서 도교 여관(女冠)이 되시었다가 다시 황궁으로 돌아오시어 곤위(坤位)에 두 번 오르실 요량이 아니겠나이까!"

"……."

"신은 두 분의 배덕 행위를 당최 받들 수 없나이다! 재고해 주소서!"

대체 저자가 무어라 지껄이는 겐가. 별안간에 벼슬아치가 쏟아낸 열변이 이해가 가지 않아 단규에게 속삭였다.

"저놈이 말한 바가 대체 무슨 뜻인 게야. 나는 감업사로 출궁하겠다 말하려 온 건데 이 소란이 다 무어냔 말이야."

"저자가 지금, 황후 폐하께서 태손의 정실(正室)이 되려 하신다 곡해하고 있군요."

"무어?!"

단규만큼이나 안면을 딱딱하게 굳힌 나는 발끈하여 언성을 높였다.

"감히 황후인 나를 모욕하다니, 그러고도 공의 목이 붙어 있을까 봐!"

"그렇다면 후궁이 아닌 황후께서 황궁 밖으로 나가시겠다는 말씀이 대체 무슨 뜻이란 말입니까!"

납작 몸을 낮춰 빌기는커녕 반박하는 치를 보고 있자니 분통이 터졌다.

"나는 감업사로 출궁할 게야! 황상의 다른 후궁들처럼 절간으로 출가하여 살 거란 말이야!"

나이든 관료의 면상에 당혹감이 스쳤다. 이제야 저가 곡해하였음을 깨달은 모양이었다.

"하오나 저하께서 이르시기를……."

"어사대부(御史大夫)의 입은 새털처럼 가볍군."

"……."

합죽이가 된 어사대부라는 이를 대신해 지헌의 냉담한 목소리가 울렸다.

"고작 일다경 전 조당에서 논의한 안건을 이토록 쉽게 아녀자에게 전하다니."

내 귀에는 지헌의 한 마디 한 마디가 닥치지 않으면 가만두지 않겠다는 위협으로 밖에 들리지 않건만 뚝심도 좋지. 늙은 관리는 또 턱수염을 움직였다. 그러나 그보다 지헌이 빨랐다.

"경은 삼년 전에 태상 위(位)를 맡고 있던 주 씨가 어찌하여 정전에서 목이 베여 죽었는지를 잊은 모양이오."

"……."

"그자는 말이 지나치게 많았지."

지헌이 허리춤의 검을 쓰다듬자 숨소리조차 내는 이가 없었다. 홀로 패기 있게 떠들던 어사대부마저 없는 이처럼 굴고 있으니 주변에는 그야말로, 적막뿐이었다. 그 적막 속에서 눈치를 살피는 나와 마주친 지헌의 눈이 희번덕거렸다.

"조모께서 금란전에 오신 까닭은 감업사로 나가겠다, 공표하시기 위해서였군요. 지난번에 이 손자가 그곳에 가실 일은 없을 거라 분명하게 말씀을 드렸는데도."

겁먹지 말자. 밀리면 안 돼. 소리 없이 큰 숨을 들이쉬고 내쉰 내가 말했다.

"그래요. 태손이 분명 할미에게 말했었지요. 그래도 이 할미, 감업사로 나가려고요."

소매 속에서 유언장 한 장을 꺼내 지헌에게 건넸다.

"황상의 유언장이랍니다, 태손. 무어라 쓰여 있는지 보세요."

"……."

유언장을 읽느라 조용한 지헌 대신 신료들이 떠들어댔다.

"황상께서 깨어나신 후로 아직 한 말씀을 아니 하셨거늘 유언장이라니……."

"황상의 유언이 무엇인지요, 저하."

몇몇 관리들이 궁금증을 드러내건만 지헌은 유언의 내용을 공개할 기미가 없었다. 종잇조각을 손에 쥐고선 나를 노려볼 뿐이었다. 예전 같으면 흠칫하여 어깨를 떨었을 서늘한 눈길에 굴하지 않은 난 두 번째 유언장을 꺼내 어사대부에게 건넸다.

"이 많은 백관들 중 제대로 목소리를 낼 줄 아는 이는 어사대부 한 분뿐인 듯싶으니, 공이 대신하여 황상의 뜻을 읽어주면 고맙겠어요."

흘끔. 지헌을 살핀 어사대부는 유언장을 읽어 내려갔다.

"황후 명 씨의 감업사로의 출궁을 윤허하는 바이니 충신은 짐의 뜻을 따를 것이요. 그렇지 않은 자가 품고 있는 것, 오로지 역심이다."

글 읽기가 끝났으매 나는 단규가 일러준 대로 읊었다.

"공들 모두 들었다시피, 황상께선 본궁이 여타 후궁들처럼 황궁 밖으로 나가는 것을 흔쾌히 승낙하시었어요. 만약 의심이 든다면, 지금 당장 건청궁으로 가 황상의 어수와 문서에 새겨진 손자국을 대조할 수 있을 겁니다."

아무리 신료의 목을 내려친 전력이 있다지만 수백 수천에 이르는 이 많은 사람들을 어찌할 엄두까진 나지 않는지, 두 번째 유언장을 돌아가며 확인하는 신료들에게 지헌은 가타부터 말이 없었다.

"황상의 뜻이 그러하다면야 따라 마땅하지요."

"또한 이 유언 내용은 곤녕궁의 뜻이기도 할 것인즉, 황후께서는 원하시는 대로 하소서."

궁인들과 마찬가지로 신료들 또한 속으로는 나와 지헌의 관계를 추악하게 여겨 거슬려 할 것이기에, 몇몇 이들이 얼씨구나 하고 내 출궁을 두둔해 나섰다. 참으로 모순적이게도 그네들의 그러한 반응이 반가웠다.

"허면, 문제 될 것이 없다면 본궁은 지금 당장이라도……."

"내 호의에 대한 조모의 화답이 참으로 흥미롭습니다."

경쾌히 떠들던 내 입술이 딱 다물렸다. 순식간에 기분이 가라앉고, 마른침이 꼴깍 넘어갔다. 다행일까? 긴장한 내게 지헌은 옅지만 친절한 미소를 지어보였다.

"두 폐하의 뜻을 잘 알아들었습니다만, 황궁의 법도와 대립하는 예외를 처리할 시에는 한결 세심해야 할 터."

"……."

"건청궁에 가 황제폐하께 확인을 해야겠습니다, 할머님."

"병상에 누워 계신 황상께 많은 이들이 찾아간들 옥체에 좋을 일이 없을 테니 삼공만을 대동하시지요, 저하."

쇄골에 닿을 법한 기다란 수염을 가진 통통한 관리의 제안을 지헌은 일언지하에 거절했다.

"유언장에 불순이 섞여 있다 의심하기 때문이 아니라 확실히 하고자 할 뿐인데 여러 사람이 갈 필요가 있을까. 할머님과 내가 가는 것으로 충분할 것이오. 경이 가지고 있는 두 번째 유언장은…… 이미 내 수중에 하나가 있거늘 굳이 달라 할 연유가 없을 테지."

"하오나 저하, 적어도 여 승상만이라도 대동하심이 낫지 않겠는지요."

"맹 위위(衛尉)의 제안이 그럴듯하옵니다, 저하."

토를 다는 신료들을 노골적으로 무시한 지헌은 내 팔을 부여잡았다.

"가시지요, 할머님."

지헌의 손길은 부드러웠지만 그렇기에 외려 불안했다.

황상이 눈을 떴다.

신료들은 또 하나의 유언장을 가지고 있다.

유언장에는 황상의 뜻을 따르지 않는 자는 역적이라, 분명히 명시되어 있다. 무언가가 잘못되려야 잘못될 여지가 없다.

그러니까 괜찮을 거야. 모든 게 잘 풀릴 거야.

긍정하며 걷는 나를 앞서가던 지헌은 건청궁을 코앞에 두고 걸음을 멈췄다. 멈추려면 저만 그럴 것이지 지헌은, 속히 영감에게 가 그 모든 걸 확인받아야겠단 생각뿐인 나까지 제지했다. 팔에 닿은 손을 뿌리친 내가 빼족이 눈을 흘겼다.

"무어야."

대답하지 않은 지헌은 대신 허리춤의 칼집에서 칼을 빼어들었다. 이게 무슨 짓이지. 어쩌려는 거지. 돌아가는 상황을 이성적으로 따져볼 새도 없이 공포스럽게 번뜩이는 쇠붙이가 움직였다. 뾰족한 칼끝이 푸욱. 어딘가에 박혔다. 어딘가, 단규의 왼쪽 어깨에.

"까아악!"

"태, 태손 저하!"

한 순간 새하얗게 바래 버린 머릿속 탓에 놀란 소리조차 흘리지 못하고 있는 내 귓가에 환관들과 궁녀들의 내지르는 비명이 메아리쳤다. 뒤늦게 정신을 차린 내가 절규하듯 외쳤다.

"단규야!"

"유언장을 두 장 만들어 그중 하나는 재상들에게 준다…… 네 놈의 꾀였으렷다."

창백해진 안색으로 피를 줄줄 흘리고 있는 단규의 어깨에서 칼을 빼낸 지헌이 또 다시 그를 난도질하려 해, 앞뒤 생각 않고 무작정 내달렸다. 단규의 앞을 막아섰다. '물러나십시오' 그리 권하는 단규를 무시하고 애원했다.

"안 돼! 안 돼, 죽이지 말아!"

나를 밀어내려 하는 단규에게 사납게 외쳤다.

"가만히 있거라! 아무 말도 하지 말고, 아무 것도 하지 말아! 내가 혀를 깨물어 죽는 모습을 보고 싶지 않거든 가만히 있어 제발!"

다시 지헌에게 빌었다.

"죽이지 마, 내 환관을 죽이지 마, 부탁이야!"

대답 없는 황태손인지라 속이 탔다. 속이 타다 못해 녹아내리는 듯싶었다.

"약조했잖아! 죽이지 않겠다고, 내게서 빼앗지 않겠다고 약조했잖아!"

"그랬었나."

"……무어?"

"언제까지 막고 있을 참이지."

아. 이대로는 정녕 단규가 죽겠구나.

"물러서라는 말뜻을 알아듣지 못한 건가."

"……못 알아듣지 않았어."

"그래? 허면…… 근래에 내가 네 뜻에 따라 휘둘려 주었다 지금조차 그럴 거라 생각하나보군?"

그것도 아니야.

덜덜 떨리는 두 손으로 허공에 떠 있는 칼날을 움켜쥐었다. 열 손가락을 통해 소름끼치는 날카로움이 생생히 느껴졌다.

"베이십니다. 물러나십시오, 어서."

다급함이 여실히 묻어나오는 단규의 목소리를 재차 무시한 나는 움켜쥔 칼의 푸른 서슬을 내 배에 가져다 대었다. 지난 세월 온갖 불명예를 뒤집어쓰고도 구질구질하게 목숨을 부지해 온 내가 지금의 나와 같은 이가 맞는지 헷갈렸다.

"그래, 좋아. ……환관을 죽여. 대신 그를 죽이려거든, 나부터 그리해."

"황후 폐하!"

"몇 번씩이나 조용히 하라 일렀거늘, 어찌 자꾸 상전이 말하는데 끼어드는 게야!"

단규에게 쏘아붙이고, 지헌을 노려보았다.

"자, 어서 찔러."

"……."

"나보고 온통 나를 저주하는 연놈들뿐인 이곳에서 홀로 살라는 거라면, 되었으니까 찔러. 나부터 살육해. 네 아비에게 네 할아비가 그랬던 것처럼."

공포 가득한 마음에도 불구, 험악하게 일그러지는 지헌의 얼굴을 보자 한순간 통쾌감이 느껴졌다. 하여 더 보고 싶건만 안타깝게도 지헌은 비소를 머금었다.

"겁 많은 네가 죽음을 자청한다? 꽤나 귀여운 짓을 하는군."

놈은 내 한 마디 한 마디가 속 빈 으름장일 뿐이라 여기는 게 분명했다. 하지만 그는 사실이 아니기에 악에 받쳐 내뱉었다.

"네 할아비를 원망하지?"

"……."

"내 목을 베어, 건청궁 안으로 들고 가 영감에게 보여줘. 그리하면 네 마음 속 응어리가 아주 조금쯤은 사그라질지 몰라."

그러지 말라. 물러나라, 팔을 붙드는 단규의 손길을 뿌리치고 칼날 끝을 배에 더욱 깊숙이 대었다. 웃기 한 점 없이 정색한 지헌이 나를 노려본다. 마찬가지로 나도 지헌을 노려본다.

"네가 저 버러지 없이 살 수 있는 날이 오면 그때에는 반드시 저것을 죽이리."

"……."

살은 건가? 단규가? 안도감에 그만 손에서 썰물처럼 힘이 빠져나갔다.

"소건석."

제 주인의 부름에 잽싸게 움직인 소건석이 지헌에게서 칼 손잡이를 건네받았다. 나와 단규에게 가까이 다가온 악귀는 살기 가득한 두 눈에 단규를 담은 채 주변 이들이 모두 들을 수 있게끔 명령했다.

"금일부로 곤녕궁에 환관은 없다. 기존에 황후를 받들던 것들은 소건석 네가 각처에 적당히 분배하도록. 그리고 네놈은."

히죽 웃어 보인 지헌은 피에 절은 옷감에 감싸인 단규의 어깨를 만졌다. 곧장 상처 난 곳을 무지막지하게 움켜쥐는 놈의 손이 새빨갛게 물들어 나는 발작을 일으키다시피 하여 외쳤다.

"그만둬! 그러지 말란 말이야!"

지헌의 손목에 매달려 둘을 떼어놓으려 애썼다. 하지만 놈의 손은 더, 더, 더 붉어졌다.

시야가 흐려진다.

"제발 그만하여! 으흑……."

"불완전한 육체를 하고도 계집의 마음을 사로잡을 줄 아는 네놈이니 동서육궁 중 한 곳에 두었다간, 이번에는 후궁들 중 하나가 네놈을 쫓아다닐지 모르지. 아니 그런가?"

"……."

"이놈은 경사방으로 보내라, 소건석. 또한 조등을 제외한 그 누구도 건청궁 안에 들지 말라."

"따라오지 말아. 이 이상 내가 곤란해지길 원치 않는다면 절대 따라오지 말아!"

단규에게 절실히 당부한 나는 지헌의 피투성이 손에 팔 한 짝을 잡혀 어둠이 만연한 건청궁으로 빨려 들어갔다.

뒤를 돌아보았다. 다친 몸을 하고서도 단규는 꼿꼿이 서 나를 주시하고 있다.

마음이 이보다 더 원통할 수 없다.

이제 단규는 보이지 않는데. 그러한데 미련에 붙들려 자꾸만 뒤를 돌아보는 나를 배려라곤 없이 끌어당긴 지헌은 방 안에 들어서서야 거센 악력을 실은 손아귀를 풀었다. 지헌이 적어도 나를 죽일 의향은 없음을 확인한 것과 매한가지라. 오소소 떨리는 몸을 하고서도 나는 바깥으로 도망치지 않았다. 애초에, 아직 황궁을 벗어나지 못한 내가 이 미친놈을 피해 도망칠 곳이 없기도 했다.

"폐하."

영감이 저를 부른 손자를, 손자의 시뻘건 손을, 나를 차례로 쳐다본다. 정정하던 때와 비교하면 온화하기 짝이 없는 얼굴을 한 노인이 내게 묻는 것만 같다. 어찌하여 그리 망연자실한 표정을 하고 있느냐, 라고.

"소손이 여쭐 것이 있사옵니다, 폐하."

그 옛날 영감이 멀쩡하던 시절처럼, 참으로 공손한 태도로 지헌은 유언장을 펼쳐 보였다.

"이가 폐하의 뜻으로 작성되었는지요."

"……."

"정녕 할머님의 출궁을 윤허하시는지요."

컥컥하는 거친 호흡음이 울리더니, 영감은 더듬거리며 그러나 분명하게 한 자 한 자를 발음해 나갔다.

"그래. 짐이…… 윤허하였다. 네가…… 황후를 박대한다기에 차라리…… 나가 살라 하였도다."

왜인지 모르게 움찔한 지헌이 중얼거리듯 말했다.

"그러셨군요. ……소손과 먼저 의논하셨다면 좋았을 터인데."

"짐의 뜻을 그저 받아들이면 될 것을…… 어찌하여 논의가 필요하다 하느냐?"

꾸지람이 분명한 한마디에 지헌은 또 한 번 어깨를 떨었다. 영감의 시선을 피해 다소곳이 눈을 내리뜨고 있는 놈의 모습을 보는 게 오래간만이었다.

"무, 물러가거라."

친손자에게 축객령을 내린 영감은 내게는 가까이 오라, 느릿하게 손짓했다. 지헌을 흘끔거린 나는 침상에 바싹 붙어 섰다.

"다리가 아플 터인데 앉지 않고."

"황상……."

저놈이 저러고 서 있는데 앉은들 편할까 봐, 이 늙은이야. 가시밭길에 서 있는 것처럼 불편해하는 나를 눈치챘는지 영감은 재차 지헌에게 명했다.

"네 그토록 하, 한가하다면, 금일 내로 황후가 출궁할 수 있게끔…… 조취나 취해놓으라."

"……그 계집은 이미 내 것인데 어찌하여 자꾸 출궁 타령이냔 말이오?"

지질하게 굴다가 돌변한 손자를 쳐다보는 영감의 눈이 휘둥 그레졌다. 나 역시 마찬가지였다. 이번에는 또 무슨 일이 일어날까 싶어 쿵쿵, 불안스레 가슴이 뛰었다.

"저년은 네놈에게서 빼앗은 내 전리품이다."

내리 숙이고 있는 고개를 든 지헌의 낯빛이 괴기스럽고 날카로웠다. 영감을 직시하는 두 눈이 독사 같았다.

"어찌할지는 내가 정해. 조등!"

영감과 내 사이에 끼어들어 우리를 떼어놓은 지헌이 내 손목을 부여잡은 채 외치자 문가에 금세 조등이 나타났다. 팔순에 다다른 노인이라고 믿기지 않을 만큼 부지런히 움직여 다가오는 조등은 찻잔 하나를 들고 있었다.

직감적으로 찻잔에 든 내용물이 사람의 몸에 좋은 무언가일 듯싶지 않았다. 거세게 쿵쾅거리는 심장을 달래려 가슴께의 옷깃을 부여쥔 내가 중얼거렸다.

"화, 황상은 네 할아비야."

"또한 내 아비를 죽인 원수이지."

"……."

"친아들보다 아낀 계집이 다른 이의 황후가 되는 모습을, 내 소유가 되는 재미난 광경을 보여준 후에 처치할까 했는데."

저게 무슨 뜻이지. 나를 제 황후가 되게 할 속셈인 건가. 그럼 소려진은?

"한데 불가하겠습니다, 할아버님. 내가 원체 기분이 좋지 못한지라."

그리고 '처치'라니. 설마 영감을 죽이려는 건가?

지헌의 광기 서린 시선이 조등에게 박혔다.

"이미 두 번씩이나 먹여본 터, 세 번째인 금번에는 더욱 잘할 수 있을 테지."

"……성심을 다하겠나이다."

"골골대는 모습을 구경하는 것도 질렸다. 그러니 확실히 가게 하라. 다만, 너무 빨리 가게 하진 말라."

무어야, 정녕 영감을 죽이려는 거야? 어떻게 이럴 수가.

놀랍고 경악스럽기 짝이 없건만 그 같은 감정을 느끼는 이는 이 방 안에서 오직 나뿐인 듯했다. 조등은 없는 기운을 모아 거부하는 영감의 입에 한 숟갈, 두 숟갈, 독약을 퍼 넣는다. 지헌은 독을 주고받는 그네들을 무슨 생각을 하는지 모를 얼굴로 감상한다.

이토록 잔혹하고 괴괴한 광경을 또 본 적이 있던가?

"그, 그만하여."

바들바들 떨리는 두 다리를 힘겹게 옮겨 뒤늦게나마 조등을 멈추려 하는 나를 지헌은 놔주지 않았다. 오히려 자유롭던 내 왼팔마저 힘껏 붙들었다. 끔찍한 속삭임이 귓속을 파고든다.

"내게도 너처럼 마음의 병이 있지."

"……."

"내 아비를 죽이고, 나를 죽은 제 첫째 아들의 양자로 입적시킨 저 늙은이가 없어지면."

"……."

"내가 품은 이 심고(深痼)가 나을지도 모르는 일이야."

내 것 아닌 축축한 입술이 목에 닿으매 토기가 느껴졌다.

"그리되면 너에게 지금과는 비교가 되지 않을 만큼 다정다감하고 좋은 지아비 역할을 해줄 수도 있을 듯해."

미친 새끼, 너한테 그딴 거 바라지도 않아!

뒤에서 내 허리를 끌어안은 지헌의 솟아오른 하체가 선명히 느껴져, 벗어나려 몸부림쳤다. 하지만 지헌은 인두겁을 쓴 올가미와 다름없었다.

"그러니 잠자코 지켜보라고, 명아원."

"너는, 너는 미쳤어."

"하여 나으려 이러는 게지."

"이거…… 놔!"

저항의 효과 따윈 없이 단단히 겁박당한 나는 영감이 독을 먹는 모습을 지켜볼 수밖에 없었다. 이윽고 먹일 만큼 먹였는지 조등이 침상에서 떨어져 나왔다. 지헌을 향해 허리를 숙였다 편 환관의 주름투성이 손바닥 위, 찻잔에는 아직도 맑은 액체가 남아 있었다.

영감이 웩웩거리며 구역질을 하는 역겨운 소리가 메아리치거늘 조등은 차분히 고해 올렸다.

"대략 일각 후에 붕어(崩御)하실 겁니다."

"수고하였다."

"노재는 이만 물러⋯⋯."

"남은 약은 네가 비워 처리하여라."

"예?"

수십 년간 황궁에 살았음에도 까맣게 예법을 잊은 조등의 고개가 치켜 들렸다. 그러나 놀란 기색이 역력한 늙은 환관과 달리 지헌은 일상적인 얘기를 하듯, 천연덕스럽게 지껄였다.

"명아원이 환관을 이용해 유언장을 만들 동안 네놈은 무얼 하였지."

"⋯⋯."

"그간에 네놈이 쌓은 공을 참작하여 편히 죽기를 허락한다. 감사히 마시어라."

"⋯⋯."

이대로는 조등까지 죽는다. 나 때문에!

달달 떨리는 손으로 찻잔을 들어 올리는 조등에게 간절히 외쳤다.

"마시지 말아, 조등! 내, 내 어떻게든 널 살릴 방도를 찾아볼게. 그러니 일단 예서 나가!"

"낭랑께선 그러지 마소서. 찻잔을 비우지 않으면 노재, 더한 고통을 느끼며 죽어야 합니다."

"안 돼!"

설득당할 기미라곤 없이 늙은 환관은 찻잔을 입에 대었다. 다급해진 나는 지헌에게 말했다.

"내가 부탁하였어! 황궁이 끔찍하게 싫으니까, 나가고 싶으니까 한 번만 모르는 척해 달라 하였어! 황후인 내 말을 거역할 수 없어 마지못해 따랐을 뿐, 조등에겐 죄가 없어!"

"죄가 없다?"

"그래, 그러니……."

"앙큼한 수를 획책하는 널 묵과한 것. 그가 저놈의 명백한 죄이거늘 없다니?"

침을 질질 흘리며 경련하는 황상에게서 눈길을 거둔 놈은 별안간 나를 바닥에 밀어 눕혔다. 쿵 하는 소리가 무겁게 피어올랐다.

"으윽."

황상은 발작을 일으키고, 끝내 황상보다 더 많은 독을 삼킨 조등은 비틀거리며 문밖으로 향하고, 갑작스레 차가운 바닥에 내던져진 나는 고통스런 신음을 흘리는 이 지옥 같은 아비규환 속에서 지헌은 내 치맛자락을 추켜올렸다. 설마.

무얼 하려는지 알 법해 필사적으로 저항했다. 주먹 쥔 손으로 위에 올라탄 지헌을 때리고, 다리를 버둥거렸다. 하지만 계집인 내가 사내의 힘을 이겨내기란 역부족이기에 지난 육년 동안 그래왔듯이, 치마가 자꾸만 말려 올라갔다.

"영감이, 영감이 보고 있어! 아직 죽지 않았어!"

"보면서 죽으라 이러는 것을."

허벅지를 타고 속곳이 내려가는 감촉이 선연했다. 지헌은 이제 제 바지춤을 풀었다.

"싫어! 싫어! ……헌, 나한테 이러지 말아, 제발."

"그리 빌 게 아니라 내 정성에 배반으로 화답한 네 행동을 반성하며 성심성의껏 나를 받드는 게 어떠해."

"안 돼! 싫어! 영감이 보고 있단, 아, 아윽!"

불뚝 선 아랫도리를 나에게 넣자마자 지헌은 거세게 허리를 흔들어댔다. 놈의 아래에 깔려 처량히 흔들리는 나와, 교접하는 두 남녀를 부릅뜬 눈을 하고선 바라보는 영감의 얼굴이 충격으로 물들어갔다.

황상이 죽었다.

대외적으로는 손자가 당도하였을 때 이미 붕어한 상태라, 자연사하였고. 진실로는 독살을 당했다. 협죽도의 뿌리를 달인 독물을 삼키고선, 손자의 아래에 깔린 나를 보며.

황상이 죽어 선황이 되었으매 지헌은 진정한 황제가 되었다. 즉위 날, 신료들을 등에 진 채 한껏 입꼬리를 찢던 놈의 얼굴이 인상적이었다.

그리고 나는.

슬픔과 흰 빛깔에 잠긴 이 나라에서 내 존재란 황태후이자 상중(喪中)에 있는 미망인이거늘, 또한 상중에는 남녀 간의 교합을 기피하는 게 관례이거늘, 그럼에도 지헌은 하루에도 몇 번씩 내가 걸친 새하얀 상복을 벗겨냈다. 선황이 죽은 지 삼 일째인 지금도.

허리를 꽉 움켜쥔 손길이 사라졌다. 살이 부딪치는 역겨운 소리도 멈췄다. 지긋지긋한 짓거리가 끝났음을 직감한 나는 곧장 침상에 엎어졌다. 엎어진 그대로 꼼짝 않는 내 손목을 어느샌가 옷을 다 차려입은 지헌이 움켜쥐었다.

손바닥에 차갑고 축축한 무언가가 닿아 이불에 처박고 있은 고개를 돌렸다. 새카만 먹물에 젖은 내 손바닥이 보인다. 이 병신이 무슨 속셈인 거지.

살쾡이 눈을 하고 있는 나와 반대로 비식 웃은 지헌은 여전히 놓지 않은 내 손을 이번에는 건조하고 까끌까끌한 종이 위에 얹었다.

"너와 그 환관 놈의 꾀를 차용해 보았지."

지헌의 입가에 다시 미소가 서렸다. 저 짐승만도 못한 놈은 선황이 죽은 후 내리 기분이 좋아왔다.

"무어라 쓰여 있는지 궁금하지 않아, 명아원."

침상의 머리맡에 아직 채 마르지 않은 검은색 손자국과, 무언지 모를 내용이 새겨진 종이를 내려놓은 지헌이 제 놈의 더러운 입술로 뒷목과 등, 허리, 엉덩이…… 내 이곳저곳을 희롱하건만 시체인 양 나는 아무 반응을 하지 않았다.

"이제는 너를 위해 글을 읽어줄 치도 없겠다, 내가 도와줘야 할 테지."

"……."

"선황의 죽음으로 인해 충격을 받은 너는 지금 아픈 상태야. 또한 아녀자의 변덕스러운 마음 탓에 더는 출궁을 원하지 않는 거지."

"……."

"그 같은 전제 아래에서 서한은 말하고 있지. '선황께서는 유언장을 통해 출궁을 허해 달라는 본궁의 청에 동의하는 의지를 나타내셨을 뿐, 본궁의 출궁을 강압하진 아니하셨다. 그러한데 본궁의 마음이 바뀌었으니, 감업사로의 출궁을 자파(自罷)하고 황궁에서 머물고자 한다' ……어떠해. 내가 대신 적은 네 뜻이 마음에 들어, 명아원?"

"환관과 늙은 영감은 멋대로 죽일 수 있겠어도 사지 멀쩡한 만조백관은 그러지 못하겠나 보지?"

금일 처음 벌어진 내 입술 사이로 계속해서 조롱만이 새어나갔다.

"강한 척이란 척은 다 해낼 때는 언제고 계집의 술수나 모방하다니…… 신료들의 눈치를 아예 아니 살피지 못하는 거야."

"……."

"영감이 정정하던 시절 그랬듯이, 넌 실은 재상들의 눈치를 퍽 살피고 있는 거야. 하기야 타고나기를 지질하게 타고났거늘, 천성이 어디 가겠느냐마는."

"……."

"그 새가슴으로 삼 년 전에는 어찌 신료를 죽일 수 있었나 모르겠네. 술이라도 진탕 마시고 죽였나 봐?"

역겨운 입술의 감촉이 더는 느껴지지 않았다. 대신 노기 서린 뾰족한 음성이 울렸다.

"앙탈도 과하면 질린다, 이미 말한 걸로 기억하는데."

피식 실소를 흘렸다.

"어찌해서 내가 네 취향에 맞춰야 하는지, 모르겠는데."

"……건청궁에서 크게 상처 입힌 일이 있으니 이번 한 번은 넘어가주지."

홱 하니 내게서 떨어진 지헌은 날조된 황태후의 유지가 적힌 종이를 챙겨 밖으로 향했다. 홀로 남은 나는 침상에 엎어진 그대로 꼼짝하지 않았다.

"태후폐하, 경사방 소속의 환관인 필남(畢嵐)이 굳이 뵙기를 청하온데……."

"꺼지……."

조심스레 날아든 궁녀 년의 목소리에 화답해 꺼져 버리라 하려다가 입을 다물었다. 과거, 지헌이 내 앞에서 십상시에 관해 떠든 적이 몇 번 있기에 나는 십상시의 이름을 꽤나 잘 알았다.

필남. 그도 십상시 중 하나의 이름이 아닌가. ……일전에 단규가 경사방에 믿을 수 있는 환관이 있다 했는데, 그게 혹시 밖에 찾아왔다는 치일까? 저놈도 단규처럼 정체를 숨긴 간자라, 가명을 지어내기 귀찮아 십상시의 불길한 이름을 빌려다 쓴 걸까? 게까지 생각이 들자 벌떡 일어나 앉았다.

단규, 단규, 단규. 건청궁에서의 끔찍했던 날 이후 소식조차 듣지 못한 단규만이 눈앞을, 머릿속을 아른거려 옷을 차려입는 시간조차 아깝게 느껴졌다. 이불로 대충 몸을 감싸고 외쳤다.

"들여보내어라!"

"황공하오나 태후폐하, 환관과 대면하신 사실을 황상께서 아시게 된다면 곤욕을 치르실지 모르는데요."

전일 새벽녘, 네년이 뉘인지 모를 다른 궁녀에게 내 욕을 하는 걸 들었어. 한데 걱정하는 척을 해?

"그리 날 생각한다면 황상이 알 수 없게 네년이 입을 다물면 되지 않느냐. 간단한 것을. 잔말 말고 들여보내어라."

까칠하게 소리 내자 돌아오는 대답 없이 문이 열렸다. 안으로 들어온 뉘는 어쩐지 불만이 많아 보이는, 눈꼬리와 코끝이 뾰족해 상냥하게 느껴지지 못하는 환관이었다.

"노재는 경사방의 필남이라 하온데, 태후 폐하께 인사드리옵……."

달랑 이불 하나로 몸을 감싸고 있는 나를 발견해 말끝을 흐린 고자에게 다짜고짜 물었다.

"경사방에 새로이 온 환관을 아느냐?"

지난 며칠간 돌덩이처럼 딱딱하기만 하던 마음이 부드럽게 녹아내렸다. 그래서인가. 그토록 뾰족하던 내 목소리에서 울음기가 배어나왔다.

"단규라는 이름의 환관이니라. 알아? 그이가 잘 있어?"

고자가 말이 없어 입안이 바싹 말랐다.

"벙어리도 아니면서 어찌 갑자기 조용하여?"

"그렇지 않아도 노재, 환관 단규에 관해 논의드릴 바가 있어 찾아왔사옵니다."

"무언데. 상처가 회복되지 않는다거나, 설마, 잘못된 건 아니겠지?"

불만이 많아 보인다 싶더니 정녕 그러한 듯 고자는 못마땅하다는 표정을 지었다.

"그리 궁금해하시면서 한 번을 아니 찾아오셨나이까."

"……."

"환관 단규의 상처가 깊어 고생을 많이 했습니다. 간호를 맡은 노재도, 다친 당자도."

아아.

"태의들은 일개 환관인 데다 황상의 눈 밖에 나기까지 한 단규를 치료해 주지 않겠다 하지, 황상께선 아껴두었다가 나중에 죽이겠다, 그이를 바깥으로 쫓아내지 않으시지. 덕분에 민간에서 비싼 값을 치러 의원을 데려와야 했더랬지요."

"네 사비를 썼다 불평하는 거라면 내가 덤을 얹어 갚아줄게. 그러니 재물 염려란 말고, 단규는 어떠해?"

고자는 이번엔 미간에 내 천(川) 자를 그려 보였다.

"의원이 이르길, 최소 석 달은 거동을 조심해야 한답니다. 평생 왼팔을 못 쓰고 싶지 않거든."

이불을 가능한 최대로 힘껏 움켜쥐었다. 크게 다쳐 아플 그를 상상하매 미안하고, 안타깝고, 괴로운 것은 물론이요. 그를 상처 입힌 지헌을 죽이고 싶다. 세상에서 으뜸가게 고통스러운 방법으로 그 개자식을 죽이고 싶어!

온몸 가득 차오른 살기를 안간힘을 다해 억눌렀다. 걱정만을 내보이며 말했다.

"태의원에 명해놓겠느니. 나를 대하듯이 단규를 치료하고, 최고급 약재로 탕약을 달여주라고."

"송구하오나 그를 부탁하려 노재가 찾아온 게 아닙니다."

"허면 무엇이야. 뭐든 좋으니까 말만 해보아. 내가 해줄 수 있는 거라면 다 해줄 테야."

"태후 폐하께서 충분히 해결해 주실 수 있는 문제가 하나 있지요."

얌전히 이어질 말을 기다렸다.

"거동을 조심하라는 의원의 말을 뻔히 들어놓고선, 심지어 아직 열도 내리지 않았으면서, 이 작자가 자꾸 자녕궁에 가고자 합니다."

"……무어?"

"노재는 아픈 몸을 무리하게 움직이면 탈이 날 텐데도, 황상께 들키기라도 하는 날엔 칼날이 어깨를 관통하는 것보다 더한 고초를 겪을 텐데도, 그런데도 자녕궁에 가려 하는 환관 단규를 말리는 데에 지쳤습니다. 조금 더 직설적으로 말하자면, 이 골이 났습니다. 그렇기에 간곡히 부탁드리옵니다. 일개 환관의 병문안을 와주실 리 없거니와 그러실 거였다면 진작 와보셨을 터, 태후 폐하께선 아픈 이에게 오지 말라, 모진 말씀이나 한마디 해주십시오. 그러시면 노재가 곧이곧대로 전달하렵니다."

"……."

"만나 뵙고자 하는 분이 표독스럽게 군다면 단규도 포기하겠지요."

"……."

"'애가(哀家)는 하찮은 너 따위 궁금치도, 보고 싶지도 않다.

그러니 올 것 없다' ……그리 전할까요?"

듣자듣자 하니까, 무어 저런 놈이 다 있단 말인가. 무어 저리,
못되게 말을 한단 말인가. 입에 철퇴라도 달았나.

"네 어찌 그리…… 으흐흑."

실컷 매질을 하여도 모자랄 불손한 치에게 화를 내기는커녕
나는 와락 울음을 터뜨렸다. 폭포수 같이 굵다란 물줄기가 두
눈에서 쏟아져 내렸다. 지난 며칠 동안 꾸역꾸역 참아온 눈물
이었다.

"안 간 게 아니라, 못 간 거였다. 다친 모습을 보면 쓰라린 속
을 참을 길이 없을 듯하여."

"……."

"네놈은 대체 무슨 원한으로 말미암아 내 마음을 이리 난도
질한단 말이더냐, 흐흑……."

원망하며 우는 나를 황망히 바라본 환관은 주춤거리며 한 걸
음 뒤로 물러났다. 당혹감만이 가득하던 치의 얼굴에 문득, 아
차 하는 표정이 떠올랐다. 해탈을 목전에 둔 승려처럼 무언가
대단한 사실이라도 깨달은 모양이었다.

"두 분, 아니 그러니까…… 태후폐하와 환관 단규는 더는 마
주하면 아니 됩니다. 노재가, 노재가 괜히 찾아왔습니다. 허면
이만."

"멈추어라! 내가 단규를 만나도 되고 안 되고를 어찌하여 네
놈이 판단하는 게야!"

발끈하여 벌떡 일어선 내게서 고개를 돌린 환관의 얼굴이 시

뻘겋게 달아올랐다. 그제야 덮고 있던 이불을 놓쳤음을 깨달은 나는 마주한 치가 단규처럼 가짜 환관일지 모르는즉, 침상의 휘장으로 몸을 가렸다.

"건방진 놈 같으니. 따귀를 맞지 않은 걸 감사히 여기고, 밖에서 기다리어라. 경사방으로 갈 테야."

단규와 내가 더는 마주하면 안 된다니? 되새길수록 불쾌한 망발을 지껄인 고자에게 앙금이 남은 고로, 치를 향한 내 눈초리가 빼족했다.

생각해 보니 불과 한 식경 전까지만 해도 지헌과 그 짓거릴 했음이라. 더러운 상태로 단규를 보러 가고 싶지 않았다. 그렇기에 몸을 박박 씻느라 본래 계획보다 채비 시간이 길어져 버렸다.

"어서! 어서!"

"예, 예, 다 되었사옵니다, 태후 폐하."

어깨에 대수삼이 얹히자마자 바깥으로 내달렸다. 한데, 분명 기다리라 했거늘 가시 돋친 혓바닥을 가진 경사방 환관은 보이지 않았다. 황후가 된 소려진이 곤녕궁을 차지했기에 새로이 내 처소가 된 자녕궁에는 온통, 계집뿐이었다.

"어디 간 게야. 기다리라 하였는데."

안뜰에 놓인 화분들을 돌보는 여관을 불렀다.

"너, 좀 전에 나를 찾아왔던 경사방의 환관이 어디 있는지 아느냐."

"경사방으로 되돌아가는 듯해 보였는데요."

돌아갔다고? 이 괘씸한 놈! 말본새가 더러울 때부터 내 알아봤어!

"따르지 말거라!"

씩씩거리며 휘음좌문(徽音左門)을 통과하려는 차, 반대편에서 오는 그 환관, 필남이란 치가 보였다. 재빨리 옆에 와 서는 고자에게 사납게 쏘아붙였다.

"네놈이 정녕 뺨을 맞고 싶은 게지? 그렇지 않고서야 기다리라 했거늘, 감히 황태후의 명을 어겨?"

"경사방 환관들의 처소와 그 주변을 비워놓느라 그랬습니다."

"……."

"노재가 경사방에 가지 마시라 말렸던들 아니 들으셨을 거 아닙니까. 폐하께서 기어코 경사방으로 행차하실 바엔, 그 모습을 누군가가 볼 일이 없도록 최대한 조치하는 수밖에요."

"……."

"태후 폐하께서 환관 단규를 만나기 위해 경사방에 들르신 사실이 소문나 봐야 좋을 일이 됩니까."

"……주변을 비웠다니, 무슨 방도로."

부루퉁히 물은 내게 고자 역시 부루퉁하게, 더불어 건방지게 답했다.

"황제가 후궁들과 황후를 찾지 않는 탓에 한가하기 짝이 없는 경사방이겠다, 빈둥대고 있는 환관들에게 몇 푼, 아니, 많이 쥐어주고 놀다 오라 했습니다. 어디서 무얼 하건, 저들 요령껏

즐기다 올 테지요."

방금 전까지만 해도 이놈 욕을 실컷 하고 있었는데. 그랬는
데 마음 속 응어리가 봄눈이 녹듯 사르르 녹아 없어졌다. 하지
만 줏대라곤 없이, 금세 기분이 풀려 헤벌쭉거리고 싶지 않기
에 난 새침하게 지껄였다.

"내가 가만히 보니까, 네놈은 되바라진 말본새 때문에 언젠가
한 번 크게 곤욕을 치를 듯해. 그러니 천수를 누리고 싶거든 나
아닌 이 앞에선 지헌과 소려진을 부를 때, 제대로 존칭을 쓰도
록 하여. 경사방 환관들을 치워놓은 건…… 잘했느니."

단순하고 변덕스럽게 군 것이 조금쯤은 민망하거니와, 그런
나를 오만불손한 환관이 충분히 비웃고도 남을 듯해 홱 하니
치를 지나쳤다. 앞만 보며 걸었다.

대체 경사방은 언제 나타나는 거야. 라고 여섯 번째로 불평
을 곱씹은 순간, 목적지가 보였다. 마음이 다시 조급해진다.

"단규는 어디에 있어?"

"이쪽입니다."

찰나 동안 길잡이 흉내를 낸 고자가 한 전각 앞에서 멈췄다.

자녕궁에 비하면 소박하기 그지없는, 햇볕조차 제대로 들지
않는 환관의 숙소 안으로 조심스레 발을 디밀었다.

어스름한 내부였으나 단박에 그리운 이를 찾아낼 수 있었다.
달달 떨리는 입술을 열어 그를 불렀다.

"단규야."

침상에 등을 기대 앉아 있는 단규는 얼핏 보아도 안색이 좋

지 못했다. 창백한 얼굴. 까칠한 입술. 아무것도 걸치지 않은 상체의, 어깨를 감싼 붕대. 붕대에 번진 피…… 상상만으로도 속이 쓰린 그 모든 걸 육안으로 확인한 내가 다시 울음을 터뜨렸다. 뺨이 젖어간다.

"그놈 때문에 네가……."

줄줄 흘러내리는 눈물 탓에 시야가 뿌옜지만 그럼에도 단규가 일어서는 모습이 보이는 고로, 성치 않은 그가 움직이길 원치 않아 재빨리 다리를 움직였다. 핏물이 번져 나온 붕대를 가까이에서 보자 원한과 원통이 배가 됐다.

"죽여 버릴 거야."

"……."

"그놈이 영감을 독살했듯이, 그놈에게 독을 탄 음식을 먹여 죽여 버릴 거야. 내 이 두 손으로 반드시 그럴 거야, 흐흑."

"그러지 마십시오."

울분에 차 파르르 몸을 떠는 나에게 단규는 손을 뻗었다. 하여 이때다 싶어 그의 허리를 부둥켜안았다. 피 냄새가 폐부를 채워 그렇잖아도 쓰린 속이 더 쓰렸다.

"싫어. 당장 명일에라도 그놈을 가장 고통스러운 방법으로 죽이고 말 거야."

"……."

"반드시 그럴 거라고, 으흑."

단규는 나를 밀어내어 젖은 내 뺨을 닦아주었다.

"저는 폐하께서 아니 그러셨으면 좋겠습니다."

"널 다치게 한 그놈, 무어 어여쁘다 감싸!"

"고운 손에 더러운 피를 묻히지 마십시오."

"……."

벙어리가 되어 또르르, 자꾸만 눈물을 흘리는 내 눈가를 닦아주는 손길이 다정하기 짝이 없었다.

"마땅한 준비를 해놓고도 갈등을 그치지 않던 제 자신이 얼마나 아둔했었는지 이제야 온전히 깨달았습니다."

무슨 소리지. 이해가 가지 않아 어리둥절한 나와 반대로 단규는 뭔가를 어려워하는 듯했다.

"어찌 설명해야 할지."

"……."

"원체 말주변이 없는 저인지라."

대체 무슨 말을 하고 싶어서 저러지. 설마, '실은 내가 이 나라 사람이 아니고 또한 환관이 아니라, 이제 가야 한다' 그리 통보하려는 건가?

오싹한 한기가 등허리를 따라 치솟았다. 순간 슬픔과 괴로움을 잊은 내 마음속에 이기심이 가득 들어찼다.

"단규야 내가, 내가 너를 많이 아껴. 내게는 네가 필요해."

그러니까 가지 마. 차마 게까진 소리 내진 못하고 애꿎은 소맷자락만 만지작거리는 내게 돌아오는 위로 한마디가 없었다. 하여 더 불안했다.

"단규야."

"저를 필요로 하심을 어찌 모르겠습니까."

"허면……."

모르지 않지만 그래도 가야 한다. 그렇게 말할 거야?

불안과 초조를 용케 참으며 단규의 뒷말을 기다렸다. 한참을 난감한 기색을 오롯이 내보인 그가 마침내 입술을 뗌과 동시에 재수 없게도, 방해가 날아들었다.

"두 분."

뒤를 돌아보니 필남이 문가에 서 있었다.

"무슨 담소를 나누시는지 그다지 궁금하진 않지만 환관 몇이 되돌아오고 있거니와, 밖에서 힘들게 망을 봐온 노재를 생각하시어 이만 자리를 파하시죠?"

별로 시간이 지나지도 않았는데! 저놈은 대체 일처리를 어떻게 한 거야!

"자, 잠시만!"

다시 단규를 올려다보았다. 언제 또 볼 수 있을지 모르는 우리인 데다, 작별 인사조차 없이 그가 떠날 수도 있겠다는 생각이 들자 아쉽고 또 아쉽기 짝이 없었다. 그 커다란 아쉬움을 참아 내는데 도움이 될까, 단규를 껴안으려 손을 뻗었다.

안겨드는 나를 받아주는 듯싶던 단규는 그러나, 돌연 흠칫하여 내게서 몸을 떼었다. 그야말로 아쉬움을 달래려다, 서운함까지 얻은 격이었다.

왜 피하는 거지. 설마 나한테서 지헌의 냄새가 풍기나? 하지만 살이 벌게질 정도로 열심히 씻었는데?

"내 예 오기 전에 씻었느니! 피하지 말아!"

서럽게 외치고선 다시 안겨들려는 나를 기어코 피한 그는 웬일로, 자못 허둥거렸다. 침착한 줄로만 알았던 뉘의 새로운 면모였다.

"그저 제가…… 몸이 불편해서 그럽니다."

"허!"

개탄하는 듯싶기도 하고, 기가 차다 흘린 코웃음 같기도 한 기분 나쁜 소음은 내 것이 아니었다. 필남. 독사 혀를 가진 고자는 금번엔 또 무엇이 불만스러운지, 안면을 씰룩거렸다.

"태후 폐하. 앓느라 평소보다 자제력 떨어진 환관 그만 당혹스럽게 하시고, 어서 가시지요."

"동명, ……필남의 말대로 하십시오."

단규까지 재촉하니 별수 있는가. 어깨를 축 늘어뜨린 나는 바깥으로 향했다.

금붙이와 함께 일거리를 주었던 여관 년이 다행히도, 마땅히 해야 할 일을 해낸 모양이었다. 그 증거로서 퇴수산 위에 서 빼꼼히 아래를 내려다보는 내 시야에 필남이 들어왔으니 말이다.

"여기이니라! 이리로 올라와!"

손짓하는 나를 잔뜩 미간을 구긴 채 올려다본 경사방 환관은 사라졌다가, 잠시간의 시간이 흐른 후 나와 똑같은 눈높이에서 모습을 드러냈다.

"뭡니까."

이놈은 환관이 아닌 게 분명해. 단규처럼 간자인 게 틀림없다고. 그렇지 않고서야 어찌 나에게 계속 저딴 말본새를 쓸 수가 있어?

못마땅하게 눈을 흘기고 있은들, 게까지가 내가 할 수 있는 전부였다. 단규와 나의 오작교 역할을 해줄 수 있는 유일한 치에게 나는 감히 성질을 낼 엄두가 나지 않았다.

"왜 노재를 불러내셨느냐고 여쭸습니다."

살쾡이의 것 같이 사납던 눈매를 온순하게 만들어 보인 내가 살살거리며 말했다.

"으응, 그것이, 단규의 소식이 궁금하여서."

"……."

"전번처럼 경사방으로 곧장 가자니, 이목을 끌었다가 단규가 해를 입을까 걱정이 되지 않겠어? 그렇다고 성치 않은 몸을 하고 있는 단규를 불러내고프진 않고."

"그래서 노재를 불러내셨다?"

당연한 걸 어찌 묻니.

"그렇지."

어쩐지 겸연쩍은 마음이 들어 엷게, 그러나 해사하게 미소를 지어 보이는 나와 달리 환관의 입술이 못되게 비틀렸다. 입꼬리는 축 처졌다.

"끔찍하게 단규를 생각하시는군요."

"다친 이를 생각해야지, 그럼."

"오로지 단규만."

"……."

"이리 빈번하게 태후폐하를 만나 뵈다가 황제에게 들키기라도 하는 날엔 이젠 단규가 아니라 또 다른 환관이냐 하여, 노재가 어깨를 베일지도 모르는데 말입니다."

양심에 찔려 뜨끔한 나는 환관의 원망 서린 시선을 피해 딴청을 피웠다.

필남의 말이 맞다. 단규뿐만 아니라 내 처소에서 모든 환관을 치워 버린 지헌의 행동이란, 내가 더 이상 그 어떤 환관과도 가까이 지내는 게 싫다는 의미였다. 그러하거늘 이치가 야금야금 나와 접촉했음이 알려지면, 나쁜 일이 생기면 생겼지 좋은 일이 생길 리는 없을 터.

하지만 그를 알면서도 필남을 불러내었다. 단규가 보고 싶고, 그의 소식을 전해 듣고 싶은 욕심을 외면할 수가 없어서. 그토록 인내심 없게 군 나를 탓하는 필남에게 무어라 반박할 수 있으리?

혼잣말처럼 중얼거렸다.

"네 염려를 아예 안 한 건 아니었느니. 너를 자녕궁이나 자녕궁 화원이 아닌, 이 멀고 으슥한 어화원으로 불러낸 건 네가 나와 만나는 걸 숨기는 데 더 용이할 듯싶어서였는걸……."

"되었습니다."

저게 진짜. 황태후인 내가 이만큼 미안한 기색을 내비쳤으면 빈말로라도 괜찮다 해야 할 것을. 하여간에 단규는 그렇지 않은데, 그의 주변에 있는 연놈들은 어쩜 하나 같이 성질머리가 더러운 거야.

"다시 본론으로 돌아와서, 저보고 뭘 어쩌란 말씀이신지?"

부들거리는 속을 억누르고 환관에게 연꽃무늬가 인각된 자줏빛 보석함을 내밀었다. 가진 보석이니 장신구 중에서도 가장 크고 값나가는 것들만 쓸어 담아온 터다.

"다시 한 번 자리를 만들어주면 아니 될까?"

환관의 손에 억지로 함을 쥐어주었다. 고자는 짧은 순간 보석함을 내려다보았다.

"서로가 잘 살아 있음을 확인하지 않았습니까."

"확인하긴 하였지. 한데, 만난 시간이 짧았잖아."

"이제는 무작정 경사방으로 행차하실 엄두가 나지 않으시나 봅니다?"

다친 단규의 모습이 떠올라 두 눈가가 금세 뜨거워졌다.

"피투성이 모습을 직접 보아서인지, 단규가 또 다칠까 싶은 두려움이 이전과는 비할 수가 없을 정도로 커다라이. 하여 당최 무모한 시도를 할 수가 없어."

"······."

"한데, 그래도 보고 싶느니."

"······."

"네가 도와주어, 응? 내 이리 간곡히 부탁할게."

딸까닥. 보석함을 연 환관이 안에 들어있는 진귀한 물건들을 확인했음이랴. 자신만만해져 알았다는 승낙을 기다렸다. 하지만 참으로 이상도 하지. 환관은 함을 나에게 되돌려 주었다. 모자란 걸까? 이로는 부족하다, 흥정하려는 걸까? 그것 밖에는 이유가 없는 듯싶어 냅다 외쳤다.

"더 줄게!"

"싫습니다."

"……."

"다시 한 번 자리를 만들기 싫습니다. 금은보화를 더 주신대도 노재의 대답에는 변함이 없을 거고요."

칼날 같이 냉담하고 단호한 반응에 할 말을 잃어버렸다.

"이미 말씀드렸잖습니까. 태후 폐하와 단규는 이 이상 마주하지 않는 게 좋겠다고."

글쎄, 내가 단규를 만나고 말고를 어찌해서 네가 결정하느냔 말이야. 그리고 대체 왜 안 된다는 건대? 급작스럽게 치솟는 부아 탓에 나긋이 구는 것을 잊은 내가 협박조로 말했다.

"허면 할 수 없지. 무작정 경사방으로 들이닥치는 수밖에. 아니면 아픈 이를 이곳으로 불러내든가."

네가 가짜 환관이고 단규와 같은 편이 맞는다면, 내 요구를 안 들어줄 수 없을 테지.

"어쩜 그리 이기적이십니까?"

"무어?"

"단규를 위험에 처하도록 하실 요량이 아니고서야, 그토록 당당히 경거망동하겠다 선언할 수가."

"……."

"그이를 조금이라도, 혹은 진심으로 아끼시긴 하는 겁니까?"

"……."

"노재의 눈에는 그저 태후 폐하의 이기심과 욕심 밖에는 보이지 않습니다. 이가 오해라면, 진정 환관을 위하신다면 더 이상 그이를 만나려 하지 마십시오."

스물다섯 살의 성숙하다 못해 농익기까지 한 계집이라지만, 뉘를 향해 품은 연정만큼은 소녀의 것과 다르지 않은 나이건만. 그렇건만 내 순수한 마음을 비난하다니. 그로 모자라 또다시 나에게 단규와의 연을 끊을 것을 종용하다니.

설움과 분노가 휘몰아쳤다. 흐려지는 시야 속, 싫기 짝이 없는 환관 놈을 찢어 죽일 듯이 노려보다가 바락 외쳤다.

"네놈이 무얼 안다고!"

"사르네, 아시지요?"

단규인 양 보석함을 꽉 부둥켜안고 내달리다가 발을 멈췄다.

"태후 폐하를 뵙고 싶어 하던데요."

그 조그만 년이 어째서 날 보고 싶어 하는지 알 만하다. 나 못지않게 성급한 계집이니만큼, 나와 저 사이의 약조에 관련해 진전이 없는 듯하니 조급증을 느껴져서겠지. 어찌 되어가는 겐지 궁금하기도 할 테고.

"한 번 만나보시는 게 어떨는지요."

"……"

싫어. 그년도 네놈처럼, 어떻게든 날 단규에게서 떨어뜨리려 발악할 텐데 황궁으로 불러들이고 싶겠어?

"태후 폐하, 실은 노재가 사르네 때문에 피곤한 게 이만저만이 아닌지라 도와주셨으면……."

못돼 처먹은 환관을 무시한 나는 서둘러 계단을 내려갔다. 단규가 아닌 저런 놈 따위, 피곤하건 말건 알 바 아니었다.

단규를 마지막으로 본 날로부터 보름이 지났다. 긴 시간을 흘려보내는 동안 필남에게 품었던 원한은 당연지사 옅어진 반면, 단규를 그리는 마음은 잔뜩 부풀어 올라 뼈에 사무칠 정도가 된 듯싶다.

내 빈정거림에 기분이 상했던 지헌이 언제 화가 풀려 들이닥칠지 모르는데. 그놈이 없는 지금 같은 늦은 밤이, 단규를 몰래 만나러 가기 적격인데.

"그렇지만 또 다치게 될까 봐 무서워서……."

그래서 도무지 경사방을 향해 걸음이 떼어지지 않아.

밤바람이 싸늘한데도 불구하고 활짝 열어둔 창문 밖, 커다란 보름달을 쳐다보는 내 두 눈이 축축해졌다. 새하얗고 둥그런 달 위에 자꾸만 단규가 겹쳐 보인다.

차라리 저것을 보지 말자. 그 같은 생각에 창틀에 얹은 팔에 왼뺨을 대었다. ……여전히 눈앞에 단규가 아른거린다. 속상한 마음을 참을 길이 없어 우는 소릴 흘렸다.

"흐윽, 보고 싶어. 보고 싶단 말이야. ……먹지도 못하는 자존심 그까짓 거 굽히고, 다시 그놈에게 부탁을 해볼까?"

"아원이 자존심까지 굽혀가며 부탁해야 할 일이 대체 무엇이랍니까."

이미 수십 번은 곱씹은 고민을 또 곱씹다가 고개를 치켜들었다. 등허리를 빳빳이 세워 창밖을 꿰뚫어보았다. 깊은 새벽녘이지만 달빛이 없지 않은즉, 뉘가 어렴풋이 보인다. 신장이 훤칠하고, 어깨가 쩍 벌어진 사내가.

아, 단규야.

벌떡 일어나 문가로 향하다 마음을 바꾼 나는 방금 전까지 앉아 있던 의자에 올라섰다. 맞다. 창문으로 나갈 요량이다. 밖에 불침번을 서는 궁녀 년이 있을지도 모르니까. 아니 어쩌면, 내 이 해괴망측하고 체통 없는 행동거지의 까닭은 아주 잠시라도 단규에게서 시선을 떼기 싫어서일지도.

"다치면 어쩌려고."

"아니, 도와주지 않아도 괜찮아."

되었다는데도 가짜 환관은, 창피를 무릅쓰고 창문을 넘는 나를 구태여 받아주었다. 다친 어깨가 지금은 어떠하냐. 물을 새도 없이, 가까이에서 얼굴을 제대로 살펴볼 새도 없이, 땅에 발을 딛자마자 단규를 부둥켜안았다. 애달피 속삭였다.

"보고 싶었느니. 정녕 많이 보고 싶었어. 하루에도 수십 수백, 수천 번 네 생각을 하였어."

"……."

"내 이 마음은 직녀만이 알 거야."

나도 그러했다는 둥, 견우의 마음을 알겠다는 둥의 동조는 당연하게도, 없었다. 하지만 서운하진 않다. 왜냐면 단규도 조금쯤은 내가 보고 싶었으니 이 늦은 밤에 자녕궁으로 찾아왔을 테니까. 때로는 말 한마디보다 행동이 효과가 좋은 법이다.

등허리에 닿아 있는 그의 두 손을, 단단한 상체에서 전해지는 체온을 한참 동안 느낀 나는 처소 앞에서 이러고 있을 게 아니라 자리를 옮기는 편이 좋겠다는 생각이 머리를 스쳐 고개를 들었다.

"자녕궁 화원으로 가자. 여긴 주위가 너무 훤히 트였어."

빤히 날 내려다보는 단규의 손을 잡아당겼다.

우거진 수풀 속, 텅 빈 임계정(臨溪亭) 안으로 단규를 밀어 넣고 정자의 문을 꼭꼭 닫았다. 곧장 다시 단규에게 안겨들려다가 마음을 바꾸고 조심스레 물었다.

"이제 네게 안겨들어도 돼?"

"방금 전에는 아니 물으셨잖습니까."

그래놓고 지금에야 묻는 건 무어냐는 뜻인 게지. 조금쯤은 민망함이 느껴져 수줍게, 동시에 볼퉁하게 말했다.

"전번에 네가 몸이 불편하다, 날 밀어낸 것이 뒤늦게 떠올라서 물은 것을."

앙탈을 부리는 양 하는 나와 달리 무엇이 재밌는지 단규는 점잖게 웃었다.

"무어, 어찌 웃니?"

"이제는 제 몸이 많이 나은 터라."

"……."

두 팔을 가벼이 벌려 보이는 환관의 모습이 어서 와 안기라 말하는 듯싶어 반색한 나는 날름 너른 품에 뛰어들었다. 전번에는 기어코 나를 밀어내더니, 지금은 안겨들란 몸짓을 해보이다니. 이이가 참 사람 마음을 들었다 놨다 하는구나.

꽃에 붙어 꿀을 빠는 벌처럼 꼭 달라붙어 설렘과, 가증(可憎)과, 행복을 동시에 느끼는 나를 가짜 고자는 그러나 슬며시 밀어내었다. 무어야. 팔 벌려 보일 때는 언제고 어찌 이래?!

살쾡이 눈을 하고 단규를 쏘아보았다. 그는 난감한 기색을 내비췄다.

"너무 가까이는 붙지 않으셨으면 합니다. 완전히 나은 게 아니니."

쳇. 아쉽지만, 아파서 그런다니 반박할 수가 없구나.

군말 없이 가짜 고자의 허리에 두른 팔에서 힘을 뺐다.

"화나셨답니까."

"……안 났느니."

"화가 안 난 게, 아닌 거 같은데."

화가 났다기보다는 조금 아쉽고, 서운하지만 그 사실을 어찌 털어놓으리오.

자못 짜증스럽게 말했다.

"안 났다니까."

"입을 쫑긋하고 있는 모양새가 영락없이 삐친 듯해 보여 말입니다."

내 등을 토닥여 주는 손길은 다정하건만, 실없는 웃음소릴 흘린 고자인지라. 뒤늦게 그가 놀리고 있음을 알아챘다. 다시 눈꼬리를 찢고 외쳤다.

"나를 놀리고 있는 게지! 못됐어!"

다친 이의 가슴팍을 때릴 수도 없고! 어찌해서 생전 안 하던 짓을 하여?!

이미 충분히 약이 오른 나인데, 부루퉁히 저를 흘기는 내게서 두어 걸음 물러난 단규는 계속해서 미소를 지어 보였다. 아이, 약 올라!

"네 언제까지 웃을 요량이야?"

말벌처럼 쏘아붙여서야 단규는 진중한 얼굴을 해보였다. 그런 그를 흘겨보며 여전히 씩씩거렸다. 하지만 좋아하는 이성으로 인해 뿔따구가 난들, 그는 오래지 않아 풀어지기 마련이지 않겠는가? 더군다나 나란 계집은 성질까지 급한즉. 약이 올라 성났던 마음은 금세 가라앉고, 단규와 나 사이에 남은 거리만이 신경이 쓰였다. 벌어진 이 거리를 어떻게 좁히지. ……환관과 떨어져 있으려니 몸에 한기가 드는 듯해 슬그머니 움직여 그에게 붙어 섰다. 그로 모자라 뻔뻔스럽게 지껄였다.

"나 이제 화가 풀리었어."

"꼭 안지 말라, 가까이 붙지 말라 하여 화났던 마음이 풀린 겁니까. 아니면 놀림을 받아 화났던 마음이 풀린 겁니까."

"……둘 다 풀렸었는데 네 하는 모양새가 또 날 놀리려 드는 듯하니 다시 부아가 치밀려, 헉!"

"허면 제가 조용해야겠습니다."

환관이 예고도 없이 내 허리를 끌어안았으매, 갑작스러운 행동 탓에 놀람과 수줍음을 느낀 나는 쏟아지는 시선을 피해 눈을 내리떴다. 그렇게 해도 부끄러운 마음이 영 진정되지 않아 부러 퉁명스럽게 말했다.

"그런데, 네 무슨 생각으로 자녕궁에 찾아온 게야. 들켰으면 어쩌려고. 게다가 상처도 다 낫지 않았으면서 몸을 움직이면 어떡하여."

"잘 지내는지 궁금한 마음 하나로 온 게지요."

어머나. 지금 이게 무슨 상황이람. 간만에 만나게 된 것만으로도 충분히 행복한데, 이 무뚝뚝한 환관이 듣기 좋은 말까지 마구 해주네? 부끄러우면서도 좋기 짝이 없다.

"한데, 괜한 걸음을 하였나 봅니다."

"……."

"싫어하는 듯하니 다음부턴 오지 말아야 할 것도 같고."

"아니, 그러지 말아!"

격렬히 반박한 나는 슬쩍 단규를 올려다보았다. 시선이 마주치매 여전히 뺨이 뜨겁지만, 입이 찢어져라 웃어 보였다. 평소에 비해 훨씬 덜 무뚝뚝하고, 훨씬 더 나에게 다정히 대해주는 그가 좋아 죽겠는 마음을 이 이상 참을 수가 없다.

단규의 목을 끌어안았다. 그가 싫어하지 않게 살짝.

"실은 마음에 없는 소릴 하였어. 네가 온 거, 마냥 좋아."

나직한 웃음이 귀를 스쳤다.

"아원답지 않게 어찌 마음에 없는 소릴 했답니까."

"필남 그놈이 말하기를, 나 때문에 황제에게 몹쓸 일까지 당한 데다, 몸까지 성치 않은 너를 자꾸 만나려 하는 내가 이기적이라 하잖아."

"……"

"그래서 예를 차리느라."

단규는 잠시 무뚝뚝한 얼굴을 해보였다.

"그이가 무어라 하건 새겨들을 필요 없습니다."

"그래?"

'허면, 그놈이 매번 나에게 너를 만나지 말라 종용하는데, 그도 무시해도 돼?' 그리 물을까 하다가, 꽤나 친한 듯싶은 두 사람을 이간질하는 음흉한 계집이 되고 싶지 않아 이 상황이 그저 좋다는 듯이 헤실거려 보였다. 그런 나를 따라 다시금 안색이 환해진 단규가 물었다.

"그간에 어찌 지냈는지 근황이 궁금한데 알려주지 않고요."

"으응, 그게……"

말할까, 말까. 야차처럼 인상을 쓴 사르네가 눈앞을 지나갔다. 낯부끄러운 소릴 입 밖에 내도 될까 하는 고민도 머리를 스쳤다. 그러나 결국, 살살 눈웃음을 치며 입술을 벌렸다.

"별건 없었고, 네 생각만 하며 지내었어."

벌써 몇 번째인 겐지 기억나지 않지만 단규는 다시 한 번 즐거운 웃음소릴 흘렸다. 그가 그러하니 내 입꼬리 또한 치켜 올라갔다. 서로 간을 부둥켜안은 채 서 있는 지가 이미 오래인데, 나는 다리가 아픈 줄을 몰랐다.

새벽에 잠들지 않고 창문을 열어두는 것. 단규를 기다리는 것. 그 두 가지가 버릇이 되어버렸다. 단규가 오면 기쁠 테요. 오지 않아도 설레며 그를 기다리는 동안 지루할 새가 없으니, 이 새로운 버릇은 좋은 거라 할 수 있겠다.

그나저나, 금일은 정녕 오지 않으려나 보다. 여섯 번째로 생각한 찰나에 뉘의 지질한 목소리가 날아들었다.

"태후 폐하."

계집이다. 이 늦은 시간에 어인 일이지.

"들어오너라."

주춤거리며 안에 들어선 어린 여관의 면상이 낯이 익은 게, 자녕궁에서 일하는 치들 중 하나가 분명했다. 안절부절못하는 모양새로 계집은 바닥에 무릎을 꿇었다.

"송구하옵니다, 태후 폐하. 이 늦은 시간에 노비가 폐하의 침수를 방해한 건 아닐는지……."

방에 불이 켜져 있음을 들어오기 전에 확인했을 터면서. 쓸데없고 귀찮은 인사치레를 무시한 내가 싸늘히 말했다.

"용건이나 말하여라."

"그것이……."

"어물거리며 시간이나 빼앗을 참이라면 물러가고."

왜냐면 너 따위 상대할 겨를 없이, 나는 간절히 기다리는 이가 있어.

"아, 아니옵니다! 노비가 말씀드리고자 하는 바는, 얼마 전까지 폐하를 지척에서 모신 태감과 관련이 있사옵니다."

창밖을 향해 있던 고개를 홱 돌려 계집을 노려보았다. 사납게 물었다.

"단규를 이르는 게야?"

"예에."

속이 울렁거린다. 어찌하여 저년이 단규의 이름을 입에 담는단 말인가.

"어디서부터 어떻게 시작해야 할지…… 노비에게는 노름에 미친 오라비가 하나 있사옵니다. 오라비는 노름판에 끼고, 그 탓에 불어난 빚을 갚을 재물을 가져오라 노비를 구박하기 일쑤였더랬지요."

"하여 무어, 나보고 은자라도 내어달라고?"

"아니옵니다, 아니옵니다, 태후폐하."

"한데? 나는 네년의 구구절절한 사연을 들으려 기다리고 있는 게 아니다."

성화를 부리는 나로 인해 마음이 급해졌는지 계집은 혀를 조급히 놀렸다.

"병든 늙은 어미를 보러 사가에 갔다 하면 오라비에게 맞아 멍이 들어 돌아오는 노비를 불쌍히 여긴 태감이 남들 몰래, 그이의 녹봉을 노비에게 주곤 했습니다. 자신에게는 필요가 없다면서요. 태감이 준 녹봉으로 노비는 어미의 약재를 사고, 노비를 괴롭히는 오라비와 빚쟁이들의 손에 재물을 쥐어주며 곤경을 회피할 수 있었지요."

입술을 씰룩였다. 가슴속에서 치솟는 불길 탓에 몸이 후덥지근하다.

친 오라비와 오라비의 빚쟁이들에게 들들 볶이는 저년이 많이 불쌍해 보였나 보지? 나에게 동정을 느꼈듯, 저년에게도 그러하였나 봐?

어쩜 그리 이년 저년에게 측은지심을 잘 품는지!

"노비에게 은혜를 베푼 태감이 곤경에 처할 판인데 차마 모른 체할 수가 없어서, 하여 이 늦은 시각에 뵙길 청하였나이다. 태후 폐하."

한순간 부글거리는 속을 잊고 물었다.

"곤경이라니?!"

"노비, 이 양원과 아기나인 시절부터 한 방을 쓰며 친하게 지내온지라 불경하게도, 폐하를 모시는 처지임에도 불구하고 자녕궁보다 양원의 처소에서 더 많은 시간을 보내곤 했사옵니다. 부디 용서하여 주시옵소서, 태후 폐하."

"그 쓰잘머리 없는 예 차리는 말 좀 집어치우란 말이야! 단규가 처할 곤경이 기 년과 관련되어 있단 말이더냐?"

"그보다는…… 저, 폐하께선 혹여 보는 눈이 없지 않은 와중 태감과 그, 그러안으신 적이 있으시옵니까?"

나는 돌연 벙어리가 되었다.

그런 적이 있었던가? 아니, 필시 있었을 거다. 단규에게 매달린 적이 기억나지 않을 정도로 많은데 그중 한 번쯤은 바깥에서 그랬을 수도 있잖겠는가.

"자세히 기억나지 않는다만 그런 적이 아예 없을 듯싶지 않구나."

"처소 밖에서 어둠을 틈타 태감과 소, 손을 잡으신 적은 또 있으십니까?"

자꾸만 얼굴에서 핏기가 가시는 느낌이 든다. 계집이 무슨 말을 하고자 하는지 본론을 듣지 못했거늘, 벌써부터 불안하다.

"며칠 전 새벽녘에는 자녕궁 화원, 임계정 안으로 태감과 같이 들어가셨고요?"

"대체 무슨 소릴 하려는 게야?!"

혹여 기 이년이 날 감시한 건가? 나와 단규가 친밀히 접촉한 것을 근거로 우리 사이가 군신(君臣) 이상이라는 둥의 헛소리를 지껄이려는 건가? 나를 모함해 우리가 곤경에 처하도록 하려는 거야?

여전히 기분이 찝찝하지만 그렇기에 외려 한쪽 입꼬리를 치켜 올렸다. '나는 당당하다' 선언하듯이.

"기 년이 나와 단규가 손을 붙들고, 포옹 한 번 한 걸 핑계로 나를 흠집을 내려 하는가 보구나? 한데, 그게 그리 문제가 될 성싶더냐."

"……"

"내가 견자근은 단규와 크게 다르게 대했을 것 같아?"

조금 많이 다르게 대했지만 아무튼. 내가 떼를 쓰며 견자근의 등을 때렸어도, 심통이 나 어화원에서 곤녕궁까지 가는 길에 늙은 환관에게 날 업고 가라 했었어도, 기분이 좋은 날, 견자근에게 술래를 시키고 내게 잡히면 이번 달엔 녹봉을 안 줄 거라 위협하며 쫓아다녔을 때에도, 문제가 된 적은 단 한 번도 없었다. 물론 소려진은 환관과 친밀하다 못해 허물없이 구는 내 행동거지가 경망스럽다느니, 천박하다느니 씨불이며 시비를 걸었었지만, 그게 다였다.

대외적으로는 단규의 경우도 견자근의 경우와 다르지 않은데, 무슨 문제가 있겠는가. 그것도 이제 와서. 단 하나 문제될 게 있다면, 자녕궁 화원에서의 밀회이긴 한데…… 지헌이 내 처소에서 환관을 치운 이후의 일인 그 밀회 같은 경우는 확실히, 알려지면 곤란하다. 어찌하지?

별다른 수가 떠오르지 않거니와 일단, 약점이 되는 사실을 구태여 입 밖에 내지 않기로 했다.

"네가 언급한 일들이 황상에게 알려진들 기 년은 큰 재미를 보진 못할 것이다. 그러니 저수궁(儲秀宮)에 가서 그년에게 괜한 짓하지 말라 전하여. 황상의 심기가 예측하기 어려우니 까딱 잘못되었다간, 기 그년이 되레 연 양제처럼 참수를 당할지 어찌 알겠느냐. 아니 그래?"

"이 양원이 아니옵니다. 까딱 잘못될 리도 없사옵니다."

"황상은 어지간하지 않고서야 나를 벌하거나 버리지 못하느니. 단규에게도 마찬가지야. 왜냐하면 아니 그랬다간 지난날처럼, 내가 막을 테니까."

"이 양원이 아니라 태후 폐하와 태감을 흠집내려 하는 이는, 양원의 처소에 있는 계금이옵니다, 태후폐하!"

무어라는 건지. 시큰둥이 대꾸했다.

"네 하는 말을 도통 알아들을 수가 없구나. 계금이 나와 단규를 해코지하려 한다니, 무슨 터무니없는 소리람."

"노비 저수궁에서 양원과 더불어 계금 언니와도 어울렸지요. 언니가 태감을 마음에 품은 지가 오래인데 태, 태후 폐하와 태감이 가까우니 기어이 시투(猜妬)가 폭발하고야 말아서……."

"……."

"또한 태감은 이미 진작 언니의 마음을 거부했기에, 제 것이 못된다면 망쳐 버릴 심산인지……."

뒤늦게 이상한 낌새를 알아챈 나는 쾅! 의자의 팔걸이를 거세게 내려쳤다. 벌떡 일어나 외쳤다.

"그것이 대체 무슨 소리야! 분명 갈아 마셔도 시원찮을 계금이 년, 황궁 밖으로 쫓아내었는데!"

여관은 더욱 깊숙이 몸을 낮췄다. 낮은 코를 바닥에 처박은 년의 목소리가 떨렸다.

"야, 양원이 언니를 친정 시녀라 속여 다시 황궁에 들인 게 오래전입니다."

"감히 그 따위 발칙한 짓을!"

그때 확실히 죽었어야 했는데. 단규의 눈치를 살피느라 대충 얼버무렸던 과오의 결과를 지금에서야 돌려받을 판이로구나.

"태후 폐하, 노비는 선황께서 붕어하시기 전, 건청궁 뜰에서 벌어진 참극의 장면을 똑똑히 기억하고 있사옵니다. 노비는 폐하께오서 태감을 살리기 위해 황상의 칼날을 움켜쥐시던 모습을 잊지 않았고, 폐하께오서 태감을 진정 많이 아끼심을 또한 잊지 않았사옵니다."

"……."

"언니가 실은 태감이 엄인이 아님을 황상께 고변하려 해요."

"……무어?"

입이 헤 벌어졌다. 두 번째로 받은 충격이 첫 번째 것에 비할 수 없을 정도로 큰지라 사지가 부들부들 떨렸다. 결국 버티지 못한 나는 주르륵 바닥에 주저앉았다.

"네, 네 무어라 하였어?"

망극하다는 듯 계집은 연방 머리를 조아렸다.

"노비, 방금 전까지 양원과 언니가 쑥덕공론을 벌일 때에 함께 있었더랬지요. 언니 말이, 태감의 신체가 불완전하지 않다 합니다."

"……."

"씻는 태감의 거세되지 않은 몸을 언니가 두 눈으로 직접 본 적이 있다 합니다."

"……."

"양원은 이미 알고 있는 눈치였나이다."

단규가 환관이 아님을 진작 알고 있었음이요. 새삼스레 놀랄 것 없었다. 다만 나 외에 단규의 비밀을 아는 이가 있다는 사실이 두려워 떨리는 손으로 입을 틀어막았다. 아니 그랬다간 필시 비명을 내질렀으리라.

"사내인 이가 환관 노릇을 하고 있는 게 큰 죄이긴 하나, 그럼에도 태감은 노비에게 은인이옵니다. 친하게 지내는 양원과 계금 언니조차 노비가 힘들던 시절 위로의 말밖에 해주지 않은 마당에, 도움을 주었던 이를 어찌 저버리겠나이까. 이제는 어미가 죽어 노비, 황궁 바깥에 나갈 일이 없어진지라 더는 오라비와 빚쟁이들에게 시달리지 않게 되었지만 태감에게 느끼는 고마운은 쌀알 한 톨만큼도 줄지 않았어요. ……만약 태후 폐하께서도 태감이 엄인이 아님을 아신 지금, 여전히 그이를 아끼신다면…… 도와주실 수 없겠는지요."

"……."

"노비가 태감에게 직접 가 도망치라 할 수도 있겠지만 그랬다가 양원과 언니에게 들키라도 하는 날엔 실컷 뺨을 맞고 괴롭힘을 당할지 모릅니다. 두 이의 성정이, 특히 계금 언니의 성정이 독한 면이 없지 않아서……."

"……."

"후환이 두려워 이 비겁한 노비, 감히 폐하께 도움을 여쭙고자 합니다. 노비가 이 방 안에 들어온 것은 잊어주시되 아뢴 말씀만 기억하시어, 폐하께오서 다른 이를 시켜 태감에게 위험을 알려주시면 아니 될는지요."

"……."

"그리해 주시면 노비의 이 새가슴이 조금 덜 뛸 듯싶사와요."

간신히 공황에서 빠져나와 물었다.

"그, 그년들이 지금 무얼 하고 있느냐. 설마 지헌에게 간 건 아니겠지?"

제발 아니기를. 그것만은 안 돼. 간절히 비는 내게 천운으로 계집은 고개를 저어 보였다.

"아직 저수궁에 있사옵니다. 언니는 마음을 굳히자마자 황상께 고변하려 했지만 양원이 원체 조심스러운지라, 좋지 못한 소식을 전하느라 황상의 침수를 방해했다가 불똥이 튀기라도 하면 어쩌하냐며, 적어도 동이 틀 때까지만이라도 기다리라 말렸지요. 언니도 황상의 성정이…… 어질지만은 아니한 걸 알기에 양원에게 수긍하여, 노비가 저수궁을 떠날 때에는 온 불빛이 꺼진 상태였습니다."

아, 다행이다. 정녕 다행이야.

바들거리는 다리를 허우적거려 일어나 섰다. 병풍 뒤에 고이 숨겨둔 지도가 든 함 두 개를 꺼내 어린 나인에게 건넸다.

"이가 무엇이온지요, 태후 폐하."

"궁금해할 거 없이 그이가 정녕 네 은인이라면, 전해다오. 그리고……."

"하오나 폐하, 이미 말씀드렸지만 노비가 배신했음을 알게 되면 언니와 양원은 노비를 고이 두지 않을 겁니다. 그러한데 이런 명을 내리시면……."

"그것들은 걱정할 필요 없다. 네 염려가 실제가 된들, 너는 곤란에 처하지 않을 게야."

단호한 내 대답에도 불구하고 계집은 한동안 걱정을 그치지 못했다. 마침내 치는 함을 받아들였다.

"허면…… 태감에게 이것을 전해주고, 떠나라 할까요?"

입술 안쪽을 짓씹길 한참 만에 답했다.

"그래. 그래다오. 부디."

"예에."

나를 대신해 네가 단규에게, 떠나라고 말해줘. 왜냐면 난 절대 단규를 바라보며 그 말을 할 수 없을 테니까.

계집아이가 쏜살같이 사라지고 텅 빈방 안에서 나는 한 방울, 두 방울, 피눈물을 흘렸다.

그년들을 죽였어야 했는데.

그년들을, 죽였어야 했는데.

그년들을, 죽였어야 했는데!

……지금이라도 늦지 않았어.

들썩이던 어깨가 차분해졌다. 끅끅거리는 서러운 흐느낌과 콸콸 쏟아지던 눈물이 멈췄다. 텅 빈 머릿속에는 한 가지 아니, 두 가지 생각만이 맴돌았다.

단규가 곧 황성을 떠난다.

단규에게 집착하는 어떠한 징그러운 년이 그를 떠날 수밖에 없도록 만들었다. 그년이 내게서 단규를 앗아갔다.

"계금이……."

귀신에라도 홀린 양 터덜터덜 걸었다. 시커먼 어둠에 삼켜진 처소 안뜰에 멈춰 서 입을 열었다.

"나오너라!"

사방이 고요하다.

"당장 일어나지 않고 뭐하는 게야!"

악귀가 내지른 듯싶은 고함이 사그라지자마자 옷자락이 바스

락거리는 소리가 피어올랐다. 다급한 발소리가 자녕궁을 뒤덮었다. 자다 깨 퉁퉁 부은 얼굴에 토끼 눈으로 날 쳐다보는 궁녀들에게 서늘히 엄포를 놓았다.

"지금부터 내 명에 불복종하는 년이 있다면 황상의 칼침을 맞게 될 것이니라. 날 향한 건청궁의 총애를 잘 알 테지."

수치스러워하기는커녕 비시시 웃으며 지헌을 들먹인 나에게 여관 일동은 머리를 조아렸다.

"하문하소서, 태후 폐하."

나는 미소를 그쳤다. 공허와 냉기를 머금은 채 중얼거렸다.

"이 양원에게 가자."

저수궁 후전(後殿), 여경헌(麗景軒)을 코앞에 두고 걸음을 멈췄다. 단규에게 보낸 여관 계집은 분명, 저가 나올 때만 해도 저수궁의 모든 불빛이 꺼져 있었다 했다. 하지만 여경헌 창을 통해 빛이 비친다. 동이 트면 벌어질 일을 상상하니 하도 설레어, 잠에서 깬 두 년들이 시시덕대고 있기라도 한 모양이지.

뜰 한쪽에 놓인 우물을 흘끔거린 내가 말했다.

"끌어내어라."

찰나에 서로의 눈치를 살폈으나 다행히 종년들은 여경헌 안으로 달려 들어갔다. '무어냐! 어찌 이러느냐!' 놀라 묻는 말소리와 한바탕의 소음이 일더니 계집 세 명이 안뜰 한가운데로 끌려나왔다.

"저년들의 얼굴에 불을 비추려무나."

불침번일 게 분명한 하나를 제외한 나머지 두 개의 면상이 익숙했다. 지헌의 어린 후궁이 눈알을 불안히 흔들며 나를 올려다본다. 반면.

벌겋게 달아오른 곰보투성이 얼굴 가득 원한을 드러내 보이는 계금의 뺨을 세차게 후려쳤다. 살이 잔뜩 오른 볼따구니와 부딪힌 내 손에서 철썩 하는 소리가 퍼져 나왔다.

"송미 그년이 일렀……."

철썩.

다시 한 번 계금의 뺨을 쳤다. 한 번 더. 그리고 또 한 번 더. 연방 네 대를 때린 탓에 손바닥이 얼얼하다. 맞은 년의 뺨에는 손톱자국이 세 줄 새겨졌다. 게서 피가 배어나온다.

마치 내게 덤벼들기라도 하려는 것처럼, 자녕궁 여관들에게 붙잡힌 두 팔을 휘적거리는 계금이 년을 멍하니 바라보며 중얼거렸다.

"너를 다시 보게 될 줄 꿈에도 몰랐었다."

"그 환관은……!"

"닥쳐!"

끔찍한 년의 말을 끊은 나는 목청이 터져라 악을 써댔다.

"저년의 입을 틀어막아! 더러운 목소리 듣고 싶지 않으니 입을 틀어막고, 당장 우물에 처넣어!"

단규를 죽이려 했으면서 그를 입에 담으려 하다니! 우물가로 끌려가는 계금을 노려보는 내 두 눈에 백악(百惡)이 서렸다. 원망과 원한도 서렸다. 억울히 죽은 귀신의 한(恨)조차 지금 내가 느끼는 것보단 못할 터였다.

"놔! 이거 놔! 이거 놓으란 말이야!"

발악하는 계집에게 질세라, 젖 먹던 힘을 다해 소리쳤다.

"그 버러지 년을 당장 조용히 시키어라! 당장!"

튼실하기 짝이 없어 보인다 했더니 실상 기운이 좋은 듯, 여덟 명이 달려든 상태에서도 죽일 년은 쉬이 우물에 빠지지 않았다. 하지만 버티는 것에도 한계가 있음이요. 풍덩 하는 소리와 함께 높다란 물보라가 일어났다.

방금 전까지 우물가에서 버둥거린 계금은 더 이상 보이지 않는다. 무언가가 우물 바닥으로 가라앉는 기척만이 그년이 잘 죽어가고 있음을 알린다.

"살려주시옵소서……."

"……."

"태후 폐하, 살려주소서……. 소첩이 잘못했나이다……."

아직 숨이 붙어 있는지 우물 안에서 두 팔과 다리가 바삐 허우적거리는 소음이 흘러나왔다. 계금이 물귀신이 되어 나오면 다시 밀어 처넣을 요량으로 우물에서 눈을 떼지 않은 채 기에게 물었다.

"네가 무얼 잘못하였더냐. 내가 쫓아낸, 곧 죽을 우물 속 저년을 감히 황궁 안으로 다시 들인 것? 지난날 분명 입조심을 하라 일렀거늘, 내 경고를 어기고 저년과 작당해 또다시 입방정을 떨려 한 것?"

"다, 전부 다 잘못했사옵니다."

"······."

"소첩은 그저 언니가 하자는 대로 했을 뿐이옵니다. 살려주소서, 태후 폐하, 제발."

고요해진 우물로부터 고개를 돌려 바라본 기는 금방이라도 오줌을 지릴 것처럼 사지를 떨어대고 있었다. 그 볼썽사나운 추태를 비웃지 못한 내 눈에서 또르르 눈물방울이 떨어졌다.

"양원도 우물에 넣어라. 사이좋은 두 계집이니, 물귀신이 되서도 서로를 의지하며 잘 지낼 테지."

찢어지는 비명이 메아리쳤다.

"아니 되어요! 아니 되어요! 태후 폐하! 잘못했사와요! 잘못했으니, 성심을 다해 속죄할 터이니, 부디 한 번만 더 용서해 주시옵소서!"

어찌 용서를 해? 다 끝났는데. 떠났는데. 그러한데 어찌 용서를 하느냔 말이야. 내게 가장 중요한 것 단 하나를 빼앗았으면서 자비를 구하다니, 이 뻔뻔스러운 계집.

"저 애를 보고 싶지 않다."

"태후 폐하! 태후 폐하! 태후 폐하!"

"시끄러우니까 조용히 해! 날 부르지 마!"

"살려주소서, 살려주소서, 태후 폐하!"

어린 후궁 계집은 이제는 눈물을 흘려댔으나 그 우는 꼴에 동정을 느끼지 못했다. 도리어 짜증만 더해져 머리를 쥐어 싸고 내질렀다.

"썩 닥치란 말이야! 지금 울고 싶은 건 네가 아니라 나라고!

으흐흑."

설움을 참지 못해 눈물과 함께 흘린 내 흐느낌이 첨벙, 두 번
째로 울린 요란한 물소리에 말끔히 묻혔다. 언제 소란이 일었
냐는 듯 주변이 고요하다.

다 끝났다. 모두 다. 단규는 떠났고, 원수 같은 계집 둘은 죽
었다. ……이제 무얼 해야 하지.

"어찌 살아야 하는 거야……."

감업사로 나갈 수 있을 거란 희망이 없는, 단규를 잃은 이 악
몽 같은 현실을 대체 무슨 수로 버텨. 먹구름처럼 몰려드는 절
망감에 고개를 떨궜다. 어깨를 늘어뜨렸다.

흙바닥만 쳐다보며 조용히 눈물 흘리길 한참, 축축한 입술을
열었다.

"흰 끈……."

단규 없이 지헌에게 농락당하며 사느니 차라리 지금 이 자리
에서 죽으리라. 흰 끈에 목을 매어, 숨통이 조여진 채 퍼렇게
질려 죽는 편이 그가 없는 삶을 계속하는 것보다 덜 고통스러
우리라.

"흰 끈을…… 가져오너라……."

"태후폐하, 옥음(玉音)이 심히 떨리어 무어라 하시는지 알아
듣기가 어렵사옵니다."

"……흰 끈을 가져오라 하였다."

"그 무슨 망극한, 어머나!"

경망스런 비명이 귀청을 파고들더니 병신처럼 서 있는 내 손

목을 따스하다 못해 뜨거운 손길이 움켜쥐었다. 거친 숨결의 진원지를 향해 돌려 세워진 나는 장님 수준으로 뿌연 눈을 느릿느릿 깜박였다.

조금씩 맑아지는 시야로 커다란 뉘가 들어왔으매 놀라서인지 기뻐서인지 모르게 가슴이 철렁했다. 이미 떠났어야 할 단규가 어찌해서 내 앞에 있는가.

"어떻게……."

거친 숨을 몰아쉬며 나를 바라보는 단규는 어쩐지 화가 난 듯했다. 주위 여관들을 둘러본 그가 말했다.

"따를 필요들 없다. 자녕궁으로 돌아가 쉬도록 하여라."

목소리가 엄했던들 그래봤자 그는 환관인데. 한데 참으로 모순적이게도, 여관들은 고작 환관의 명을 거역하지 못했다. 어안이 벙벙하여 서로의 눈치만 살필 뿐이었다. 나 또한 그네들과 다르지 못해, 의지 없는 나무 인형처럼 단규에게 손목을 잡혀 이끌렸다.

젖은 눈가가 마르고 정신이 제법 돌아와서야 겨우 물었다.

"어디로 가는 거야?"

단규는 대답이 없다. 앞을 향해 나아갈 뿐이다.

"단규야."

"……."

"어째서 다시 돌아온 거야."

울먹거리며 물어봐도 돌아오는 답이 없는 건 매한가지라. 별 수 없이 그를 쫓아 걸었다. 숨이 턱 끝까지 차올랐지만 불평 따원 하지 않았다.

어화원 북쪽 끝에 거의 다 닿아서야 단규는 멈춰 섰다.

"어찌 다시……."

"황궁이 싫다 하지 않았습니까."

성화 서린 목소리에 입을 앙다물었다.

날 내려다보는 이는 더는 단규가 아니었다. 그의 온화하던 눈매에 기백과 위엄이 서려 있다. 표정에도, 입매에도, 분위기에도 마찬가지다. 지금 나와 마주한 이는 단규가 아니라 환관의 껍데기를 벗어던진, 적운이라는 사내다.

대답을 재촉하듯 그는 내 손목을 붙잡은 손에 더욱 힘을 실었지만, 새삼스레 낯을 가리게 된 나는 입만 벙긋했을 뿐 아무 소리를 내지 못했다.

물러나지 않은 단규는 또 한 번 나를 몰아쳤다.

"그자가 싫다 수백, 수천 번 말했잖습니까."

어찌해서 뻔한 걸 묻는 거야. 당연히 싫지. 황궁도, 지헌도. 의미 없이 흘러나온 눈물을 대충 닦아낸 내가 신경질적으로 말했다.

"그래. 싫어. 여긴 내게 지옥과 다름없어. 한데 무어, 지금 이 상황에 그게……."

별안간 손에 이상한 촉감이 닿아 시선을 내렸다. 단규가 내민 것은 초록과 노랑으로 물든 여관들이 입는 옷 한 벌이었다. 떨떠름해하는 내게 그는 기어코 옷을 쥐어주었다.

"이걸 왜……."

"그렇다면 어찌하여 지옥과 다름없는 이곳에서 데리고 나가 달라, 내게 조르지 않습니까."

"······."

"원하는 바에 관해 곧잘 의사 표시를 하면서."

"······."

"하기야, 상관없습니다. 싫다 한들 이번만큼은 의사를 존중할 생각 없으니."

단규는 여관의 옷을 다시 가져가려 했지만 나는 냉큼 옷을 끌어안았다.

"어찌 빼앗아 가려 해? 직접 입혀주기라도 하려고?"

정곡을 찔렸는지 그는 순간적으로 멋쩍은 기색을 숨기지 못했다. 그러나 나는 전혀 괘념치 않고 물었다.

"날 데려갈 거야? 아니, 아니지, 제발 데려가!"

부산을 떨며 조르는 나이건만 성가신 기색을 내보이기는커녕 단규의 표정은 한결 부드러워졌다.

"어서 갈아입으십시오."

그에게 매달리다시피 한 나를 밀어내는 손길과 재촉하는 목소리 또한 부드러워졌긴 마찬가지였다.

그가 채 다 돌아서기 전에 허겁지겁 옷고름을 풀었다. 아무렇게나 겉치마를 끌어내렸다. 여관의 옷은 내가 지도를 들려 보냈던 계집아이의 것인 모양, 저고리의 소매 끝이며 밑단이 한참 짧았다. 치마 끝도 발목 위를 맴돌았다. 그렇지만 이딴 사소한 점들이 무에 중요할까. 벗어젖힌 본래의 옷과 머리에서 빼낸 장신구를 수풀 속에 집어던진 나는 단규의 팔을 붙들었다.

"어서 가자. 한 시라도 여기 있고 싶지 않아."

다시 걸음을 재촉하는 그에게 붙어서 열심히 발을 놀렸다. 황궁 바깥으로 나가기 위한 첫 번째 관문인 순정문(順貞門)이 보인다.

"혹시 모르니 최대한 얼굴이 보이지 않게 하십시오."

무뚝뚝하기 그지없는 목소리에 대답하는 대신, 재까닥 바닥을 내려다보았다.

두꺼운 성벽에 뚫린 구멍 세 개중 단규는 왼쪽 것에 다가섰다. 법도대로라면 아직 궁문을 열 때가 아니거니와 순정문은 침잠례 같은 특별한 행사 때를 제외하곤 닫혀 있는데, 저 문지기 놈이 우리를 못 지나가게 하면 어찌하지.

"또 나가시나 보오? 옆에는……."

게슴츠레한 눈으로 나를 살피는 문지기에게서 최대한 고개를 돌렸지만 놈은 기어코 내 얼굴을 확인한 모양이었다. 여전히 느껴지는 시선이 불쾌해 이를 악물었다.

"궁녀들 중 저만한 미색이 있었다면 한 번쯤은 들어봤을 터인데."

무어라는 거야. 저깟 놈이 날 평하다니, 눈알을 파내도 모자라. 나는 불만 가득한 속을 일절 표하지 않았다. 하지만 언짢다 못해 노기가 서린 음성이 울렸다.

"내가 대식(對食)하는 여관에게 관심을 보이니 불쾌감을 참을 길이 없네만."

의외의 반응이 놀라워 휘둥그레져 단규의 등을 쳐다보았다. 문지기 역시 겸연스러운 표정으로 단규를 흘끔거리며 더러운 뒷머리를 벅벅 긁었다.

"미안하오. ……환관들이 재물에 집착하는 거야 익히 들어 알고 있었지만 여인네에게까지 그런 줄은 몰랐소. 어…… 아, 그렇지. 어서 지나가시오."

법도를 어기는 데에 대한 대가를 챙기는 것도 잊고 허둥거리던 문지기는 뒤늦게 단규가 내민 묵직한 주머니를 받아 들었다. 그리고는 주변의 차가운 분위기가 버거운지 냉큼 문을 열었다.

"어서 지나가시게."

우리는 다시 걸었다. 멀찍이 서 있는 신무문을 흘끔거린 내가 혼잣말처럼 작게 말했다.

"순정문을 그토록 쉬이 통과할 수 있을 줄은 몰랐어."

기대치 않았건만 단규는 날 돌아보았다. 뿐만 아니라 나와 보조를 맞추며 대답도 해주었다.

"곳곳에 탐관오리가 넘치는 걸로 모자라 조악한 자가 황위에 올라 있기까지 한 나라의 기강은 엄명할 수 없지요. ……잠시 조용히."

"으응."

그는 이번에도 신무문의 왼쪽 통로에 서 있는 문지기에게 두툼한 주머니를 내밀었다. 졸음기 가득한 눈을 비비며 하품을 쩍 해보인 치는 경계라곤 없이 뇌물을 받아들었다. 또 한 번 열린 문을 통해 황궁 바깥에서 불어온 바람이 뺨을 스쳐 지나간다. 탁 트인 시야가 눈앞에 펼쳐진다.

설레는 마음을 안간힘을 다해 억눌렀다. 차분하게 동시에 조급하게 발을 놀렸다. 드디어…… 나왔다. 황궁 밖으로. 이게 정녕 생시인가, 아님 꿈인가.

해자를 가로지르는 길을 반절 가까이 지나서야 달달 떨리는 입술을 열었다.

"단규야, 나…… 너무 좋아."

소심하게 기쁨을 표출한 순간. 둥, 둥, 둥…… 황궁에서부터 거대한 북소리가 번졌다. 단규도 나도 반사적으로 뒤를 돌아보았다.

"서둘러야겠습니다. 무언가가 잘못된 낌새를 눈치챈 듯하니."

"나, 나를 데리고 온 바람에 조용히 지나갈 수 있었던 일이 커지면 어찌해?"

"그렇다 한들 후회는 없습니다."

"뭐합니까! 서두르지 않고! 세 번은 내적(內的) 문제로 인한 경보입니다! 그 여자가 없어진 걸 눈치챈 거 아니겠습니까!"

덜컥 내 손을 붙잡은 단규는 짜증 가득한 목소리가 날아든 방향을 향해 달렸다. 난 단규만큼 잘 뛰지 못하는데 짐이 되면 어찌하지? 걱정한 것이 잠시. 길에서 벗어나자, 커다란 나무 그늘 아래에 매여 있는 말 세 필이 보였다. 더불어 필남과 무섭게 나를 노려보는 오랑캐 계집, 사르네도 보였다.

나는 서슬 퍼런 분노가 서린 사르네의 날카로운 시선을 반사적으로 피했다.

"두고 보십시오. 그 여자는 큰 짐이 될 겁니다. 귀향길에도, 장군과 조국의 미래에도."

"다물거라."

제일 먼저 말에 올라탄 필남이 멀어져 갔다. 그이의 뒤를 이어 사르네가 가볍기 짝이 없는 몸짓으로 짐승 위에 올랐다. 아직도 계집아이가 날 노려보고 있음을 느낄 수 있다.

"한족 년들이란."

"……."

"한 입으로 두말하는 년! 퉤!"

"사르네!"

엄히 일갈한 단규를, 그리고 나를 차례로 노려본 사르네마저 사라졌다.

"속력을 내야 하니 아원이 뒤에 앉는 편이 좋겠습니다."

"으응."

나를 번쩍 들어 올려 짐승 위에 앉히자마자 단규는 내 앞에 앉았다. 떠날 생각에 마냥 유쾌한 나와 달리 뒤를 돌아본 단규의 얼굴에 걱정이 가득했다.

"혹여나 떨어질까 싶어 많이 불안합니다. 금번에는 무어라 하지 않을 테니, 가능한 한 힘껏 제 허리를 껴안으십시오."

"걱정하지 말아."

그를 꽉 껴안았다. 한 번, 드높게 고개를 치켜든 시커먼 짐승이 달리기 시작했다.

단규의 온기를 탐하듯 그의 등에 옆머리를 기댄 채 황궁을
돌아보았다. 십 년을 살아온 지긋지긋한 곳이 자꾸만 멀어진다.

"끝이야."

다시는 소려진을, 내 뒷담을 일삼던 저 안의 궁인들을 ……지
헌을 볼 일 없어. 미련 따윈 없기에 눈을 질끈 감았다.

곤녕궁의 주인이 된 후로 려진은 불면증을 겪어왔다. 잠들기
가 어려웠으며 애써 눈을 붙였다가도 본래 기상 시간보다 일찍
깨기 일쑤였다. 그리고 그녀는 자신이 겪는 증상의 원인을 태
의원의 그 어느 태의보다 잘 알고 있었다. 곤녕궁에서는 원수
이자 역겹고 천박한 요녀인, 명아원의 냄새가 난다.

금일도 마찬가지로 이른 새벽부터 잠이 깨어 있은 려진은 문
득 불쾌감을 느꼈다. 요녀를 떠올려서 그러한가. 처소 곳곳에서
그이의 냄새가 배어나오는 듯싶다.

"현복, 침향을 피우거라. 그년 냄새가 나는 듯해 참을 수가
없다. 속이 뒤집혀."

"예, 황후낭랑."

궁녀가 향로에 불을 피우고 고동빛깔 가루를 넣은 지 얼마
되지 않아 려진의 코끝에 은은한 향기가 스쳤다. 뿌연 연기를
흘리는 박산향로를 처량히 쳐다보며 려진이 말했다.

"침향은 여인의 아랫배를 따스하게 만든다지. 사내의 정력에
도 좋고."

납덩이가 매달린 양 무거운 한숨 소리가 울렸다.

"매번 침향을 피우면 무엇할까."

임께서는 나를 거들떠보시지도 않는데. 그분을 치마폭에 감추고 있는 건.

"역겨운 계집 같으니."

악에 받쳐 욕지거리를 내뱉은 려진의 눈가가 돌연 축축해졌다. 아비로부터 전해들은, 그녀의 낭군이 선황이 붕어하기 몇 시진 전에 조정 대신들을 앞에 두고 읊었다는 말이 또 떠올라서다.

"경들은 내가 보는 눈이 없는 뒤에서 조모와 사통한다는 소문을 들어보았을 테요. 소문이라 하나 널리 민가에서까지 진실로서 믿어지고 있으니 내 위엄이 어찌 빛바래지 않겠는가. 이럴 바엔, 사통이나 하는 겁부(怯夫)로 취급되느니 차라리 조모를 내 황후로 맞아들이는 편이 낫겠소."

그 말을 듣고 얼마나 놀랐었던가. 임께서 명아원을 정녕 진심으로 아끼시는 건가 싶어 얼마나 화가 나고 비참했었던가. 한데도 명 씨를 흉보았다는 죄명 아래 목이 베여 죽은 연 양제가 떠올라, 지금껏 자녕궁에 쫓아가 막말 한 번을 하지 못했으니, 속은 또 얼마나 답답한가.

"황상께선 날 어쩌시려는 걸까."

"황후낭랑!"

소매 끝으로 눈물을 찍어내던 려진은 뛰다시피 해 방 안에

들어온 뉘를 돌아보았다. 다급했던 목소리와 달리 새로이 나타
난 궁녀의 얼굴에는 흥분과 기대가 서려 있었다.

"윤령, 이른 시각부터 경망을 떠는 이유가 무어지?"

"송구하옵니다."

얼굴을 붉힌 궁녀는 무릎을 굽혀 보이며 사죄했으나, 흥분한
기색이 여전했다.

"낭랑, 이 양원이 죽었답니다. 저수궁 우물에 빠져서요. 뿐만
아니라 양원의 시녀 하나도 양원과 함께 익사했답니다."

하루가 시작되기도 전에 꺼림칙한 소식부터 듣게 되었는데
기분이 좋을 리가 있겠는가. 각본인 양 려진과 현복은 동시에
입가를 가렸다. 못 들을 걸 들었다는 표정들을 한 여인네들의
미간에 주름이 새겨졌다.

"어쩌다 그런 일이…… 두 사람이 같이 실족한 건 아닐 테고,
자초지종을 설명해 보아라."

"그게…… 여경헌 궁녀 말이 명 씨의 짓이랍니다. 명 씨가 예
고도 없이 갑자기 저수궁에 들이닥쳐 망측한 짓거리를 벌였다
지요."

"무어라?"

"일개 궁녀는 그렇다 쳐도 황상의 후궁을 독단적으로 처리하
다니, 이런 이에게 황태후의 자격이 있는 것이옵니까?"

"없다마다! 이는 황상의 권위에 대한 도전이야. 그리고 황상
은 그 무엇보다도 위상이 깎이는 것을 싫어하시지."

벌떡 자리에서 일어난 려진의 입가에 미소가 서렸다. 따지고

보면 또 다른 연적인 양원의 죽음은 그녀에게 슬픔을 주지 못했다. 그저 임의 몸과 마음을 재수 없는 명아원에게서 조금이나마 멀어지게 할 수 있을지 모르는 새로운 기회가 반가울 뿐이다.

"그래, 이 난리를 피워놓고 명 씨는 무얼 하고 있다더냐? 자녕궁으로 돌아가 두 발을 편히 뻗고 자고 있다더냐?"

"아니옵니다. 선황께서 붕어하시던 날, 곤녕궁에서 경사방으로 쫓겨난 태감을 기억하시는지요? 그자가 명 씨를 데려갔다합니다."

이런 행운이라니! 자녕궁은 환관과 접촉해선 아니 되건만 황제의 뜻을 어겨? 그것도 그냥 환관이 아닌, 자녕궁에서 환관들이 사라지게 된 계기를 만든 그자를 만나?!

려진의 입꼬리가 한결 찢어졌다.

"건청궁으로 가자꾸나!"

"황상께서 기침하실 시간이 조금 못 되었습니다, 낭랑."

"그를 모르겠느냐. 만약 다른 후궁이 황상의 침수를 방해한다면 필히 벌을 받겠지. 하지만 본궁은 그분의 정실이다. 그분과처음 혼인한 몸이야. 본궁에겐 후궁들에게만큼 엄하시지 않아."

물론 명아원과 비교하면 나도 후궁들과 다를 바 없는 신세지만. 쓰라린 상념을 떨친 려진은 밖으로 향했다. 부지런한 걸음걸이로 곤녕궁을 빠져나와 교태전을 지나치고, 건청궁에 다다른 그녀를 누군가가 막아섰다.

"낭랑, 폐하께선 기침 전이십니다."

"본궁도 아네만 급한 일일세."

"낭랑!"

윤령을 꾸중할 때는 언제고, 려진은 자못 경망스럽게 소건석을 지나쳤다. 휘장에 감싸인 침상 앞에 멈춰선 려진이 헌을 불렀다.

"폐하."

"……."

"폐하."

"낭랑. 나중에 다시……."

옷자락이 부스럭거리는 소리에 건석은 입을 다물었다. 휘장 사이로 드러난 두 눈이 날카로워 려진의 어깨가 위축됐다.

"약을 가져오너라."

부부간에 공통점이 아예 없지 않기에 헌 또한 잠에 들고 깨는 것에 서툴렀다. 그리고 편두통. 그를 거칠게 만드는 편두통은 원수를 죽였는데도 나아진 점이라곤 없이 여전했다. 자고 일어나면 증상이 더욱 심한즉, 헌은 려진을 곱지 않게 쳐다보았다.

"폐하, 태후가 이 양원을 우물에 빠뜨려 죽였습니다. 폐하께 허락도 구하지 않고요."

"……."

"그뿐만이 아닙니다. 폐하께서 경사방으로 축출한 태감과 함께 밀회를 나섰다지요."

밀회. 부러 자극적인 단어를 골라 쓴 보람이 있었다. 쟁반 위의 약그릇으로 향하던 헌의 창백한 손이 멈췄다.

"제멋대로 후궁을 처리한 것은 폐하의 권력에의 도전이요. 경사방의 그 환관과 접촉한 것은 황명의 위반이자 불충, 반역입니……."

펙, 와장창 하는 굉음이 연달아 울렸다. 바닥에 부딪쳐 산산조각이 난 약그릇과 본래의 빛깔을 잃고 검붉게 변한 융단을 향한 려진의 눈이 휘둥그레졌다.

"폐, 폐하."

"데려오너라."

사나운 음성이 사그라지자마자 냉큼 움직인 소건석이 사라져 부부만이 남은 방 안이 조용했다. 또한 싸늘했다. 참으로 현명하게도 려진은 더는 아무 말을 하지 않았다. 없는 이처럼 숨소리조차 내지 않는 채 방 한편을 차지하고 있을 뿐이었다.

한참의 시간이 흐른 동안 긴장이 옅어져 려진이 기쁜 마음과 함께 '금일은 정녕, 명아원이 아예 무사하진 못하겠구나'라고 생각한 차에 둥, 둥, 둥. 세 번에 걸쳐 북소리가 울렸다.

"웬 혁음(革音)이……."

의문스레 중얼거린 그녀에게 화답하듯 때마침 건석이 되돌아왔다. 그 어느 때보다 어두운 표정을 한 환관은 웬일로, 두 옷전에게서 멀찍이 떨어져 찬바람이 생생한 문가에 멈춰 섰다. 그런 그를 바라보는 헌의 얼굴이 한층 싸늘해졌다.

침상에서 일어선 헌이 물었다.

"어디 있더냐."

"……."

아직 이상한 낌새를 눈치채지 못한 려진은 마냥 기대에 차 건석을 재촉했다.

"폐하께서 물으시는데 어찌 조용한가?"

"……없사옵니다."

"없다니?"

흘끗 헌을 살핀 건석이 한 발자국 뒤로 물러났다.

"태후께선 자녕궁에도, 자녕궁 화원에도, 어화원에도 계시지 않습니다. ……경사방 환관 단규도 없습니다."

"……."

"태후와 환관 모두 사라졌습니다."

"……."

려진이 아니었다면 무거운 침묵이 언제 그쳤을지 모르는 일이다.

"황궁이 원체 넓으니 찾는 데 시간이 걸릴 수 있지. 그래봤자 곧 건청궁으로 오게 될 테지만."

"송구하오나, 단규가 궁녀 하나와 함께 신무문을 통과했다 합니다. 소인이 임의로 경계하라, 북을 울리게 했으나 군졸까지 움직이진 못했나이다. 폐하, 병졸들을 내보낼까요."

저게 무슨 소리지. 모호한 화법이었으매 려진은 한 박자 늦게 건석의 말뜻을 알아챘다. 놀란 그녀가 외치듯이 물었다.

"자네는 단규와 함께 나간 궁녀가 태후라 생각하는 건가? 그 무슨 터무니없는, 폐하!"

말끝을 맺지 못한 황후와, 소건석과, 그 밖의 궁인들은 감히 체통을 잃고 달리는 황제의 뒤를 줄줄이 쫓았다. 항시 지엄해야 하는 황국의 주인이 네 발 달린 짐승인 양 달음박질을 치다니, 우습기 짝이 없는 광경이었다.

"폐하!"

그러나 뒤따르는 이들이 경악하거나 말거나. 헌은 신도 신지 않은 발로 내달렸다. 사냥감을 점찍은 포식자처럼 앞만 보면서. 자녕궁으로.

직접 자녕궁 문을 열어젖힌 그는 전각 안을 휘저었다. 자녕궁은 원체 넓으니까. 곤녕궁보다도 크니까 곧 보이겠지. 그리 자위하며 내부를 살피나 중앙칸에도, 동, 서칸 어느 방에도 궁의 주인은 보이지 않는다. 광증을 앓는 이인 양 허겁지겁 침상의 휘장을 끌어내리고, 쿵쾅거리는 소음을 일으키며 병풍을 쓰러뜨려도 결과는 마찬가지다.

아원이 없다.

그 사실을 인정한 헌은 마침내 헛된 노력을 그쳤다. 여태 그의 손에 들려 있은 구겨진 침상의 휘장이 바닥으로 떨어졌다. 황망함만이 가득하던 그의 얼굴이 일그러졌다.

"찾아내라. 무슨 수를 써서든. 하여 내 앞으로 끌고 와."

"그리곤 벌을 내리셔야지요."

거친 숨을 씨근거리며 자녕궁에 들어선 려진은 헌의 팔을 붙들었다.

"폐하를 기만한 환관과 태후, 둘 모두를요."

"……."

"폐하, 태후는 죄를 지었습니다. 이전처럼 자비를 베푸실 수는, 컥!"

마지막 기회일지 모른다. 이번에 명아원을 쳐내지 않으면 다음에는, 사랑하는 임의 옆자리를 영영 그년에게 뺏길지 모른다. 그 같은 걱정에서 비롯된 조바심이 화근이었음이라.

"네년 때문이지 않느냐."

헌의 두 손에 목이 졸린 려진의 얼굴이 새파랗게 물들어갔다.

"폐하 시, 신첩은, 폐하의…… 정궁이옵니다."

"하여 네가 내 것에게 막말을 지껄여도 눈감아준 결과를 보아라."

"폐, 폐하."

한껏 졸린 목보다 마음이 더 고통스러워 려진의 뺨을 타고 눈물이 흘렀다. 숨이 끊기려는 전조인지 시야가 우윳빛으로 물든 순간, 한 줄기 바람이 목구멍을 타고 들어왔다. 과격하기만 하던 손길이 사라졌으나 바닥에 주저앉은 려진은 계속해서 눈물을 쏟았다.

"폐하…… 대체 그년이 무어기에 이러시옵니까. 저는, 제가 폐하의 정궁…… 흐윽…….."

"황후를 냉궁에 유폐하고, 명아원을 찾아내어라."

"황명 받들겠나이다."

이번에도 역시나 문가에 서 있던 건석은 재빨리 자녕궁을 빠져나왔다. 황후 덕분에 화변(禍變)을 면한즉. 려진에게 감사하며 건석은 없어진 이들의 흔적을 쫓았다.

환관부 안, 찬 바닥에 머리를 조아린 궁녀와 단둘이 마주하고 있는 건석의 얼굴이 창백하게 질려 있다.

시위들에게 황궁 안과 황성을 샅샅이 뒤지라 명령한 열 시진 전부터 건석은 내리, 황태후와 함께 사라진 이에 관해 조사해 왔다. 그러나 어쩌면 이토록 조심스럽고 용의주도한지, 단규의 흔적을 찾기란 쉽지가 아니했다. 함께 처소를 썼던 이들을 몰아쳐 봐도 자녕궁의 궁녀들을 압박해 봐도 쓸 만한 정보가 나오지 않았다. 그럼에도 포기하지 않고 단규의 고향, 나이, 출신 배경, 행선지, 그리고 그 이상의 무언가를 알아내기 위해 분주하던 건석은 우물 속 시체가 된 두 여자와 친하게 지냈다는 눈앞의 궁녀, 송미를 찾은 순간. 한 줄기 희망을 본 듯했었다.

하지만 지금은 아니었다.

건석은 겁에 질려 부들거리는 송미에게 재차 물었다.

"그 말이 틀림없는 사실이렷다."

"예에, 공공(公公)."

"정녕, 단규가 엄인이 아니다?"

"뉘, 뉘 앞이라고 거짓을 고하겠나이까. 공공께서는 황제 폐하를 가장 지척에서 모시는 분이잖습니까."

"……태후께서도 알고 계셨더냐? 네가 단규가 사내라는 사실을 태후께 아뢰기 전에도 알고 있었냐는 말이다."

"그것은 노비도 모르겠나이다."

새카매진 시야를 가다듬으려 건석은 눈을 크게 끔뻑였다. 혀 끝으로 메마른 입술을 축였다.

"여태까지 그자에 관해 알아낸 거라곤 남쪽 광주 출신이라는 것. 죽은 견 태감의 종자(從子)로서 황궁에 들어왔다는 것. 그리고 나이 정도가 다였는데 이마저도 믿을 수 없게 됐구나. …… 달리 내게 할 말이 없느냐."

"어, 없사옵니다. 맹세컨대 노비가 아는 바는 모두 말씀드렸어요."

그렇다면 더는 충격 받을 일이 없는 건가. 아니, 충격 받지 않아도 되는 건가.

"견 태감을 마냥 유쾌한 이로 여겼었는데 오늘의 원흉이었다니. 대체 무슨 생각으로 거세하지 않은 자를 황궁, 그것도 태후 곁에 밀어 넣었단 말인가!"

괴로운 한탄을 끝으로 건석은 한동안 말이 없었다. 이윽고 결심을 굳힌 그가 송미에게 명했다.

"다시는 단규가 엄인이 아니라는 사실을 입 밖으로 내지 말거라."

이제 나는 죽었구나. 기와 계금 언니보다도 끔찍한 고통을 겪겠구나. 그리 생각하며 절망하던 송미가 고개를 치켜들었다.

"고, 공공의 의도를 여쭈어도 될는지요."

"이미 순정문과 신무문을 수비하는 업무와 관련된 이들 모두가 죽임을 당했다. 한데 너까지 죽고 싶은 게냐."

"아니옵니다! 아니옵니다, 그럴 리가 있겠나이까!"

"엄인이 아닌 사내가 태후를 훔쳐갔다는 사실을 고하면 너와 나는 필히 죽는다. 내 너를 시켜 폐하께 고하라 강압할 수도 있겠지."

송미의 몸이 움찔했다.

"하지만 너를 방패막이로 쓴들 내 이 하찮은 목숨을 연명할 수 있을 것 같지 않구나. 거세하지 않은 채 환관으로 분한 이가 저 자신에 관해 무엇 하나라도 진실된 이야기를 황궁에 남겼을 리가 없으니 수색은 원활하게 진행되지 않을 테고, 그만으로도 황상께선 충분히 대노하실 텐데. 한데 단규가 사내임을 아시기까지 하면 황상의 화(火)가 내게는 미치지 않겠느냐. 눈에 보이는 이를 너나 할 것 없이 베시는 걸로 모자라 황궁 안의 모든 환관들을 도륙하려 하실지 모르는 일이야."

"설마 그렇게까지 하실까요……."

"황후께서도 겨우 목숨을 건지셨다."

헌의 성정이 유하지 못하다고 하나 첫 정을 준 여인이라서인지, 이전까진 단 한 번도 려진을 위협적으로 대한 적이 없었다. 다정하진 못했어도 손찌검을 하거나, 베거나 찔러 상처 입히지 아니하였다. 하지만 아원이 없어진 걸 알고는 그녀의 목을 조르지 않았던가. 가까스로 죽이지 않았지만 냉궁에 유폐하지 않았던가. 이러한 상황에선 건석도 무사하리란 보장이 없었다.

"진실을 숨기면 황상의 노기는 너와 나에게만큼은 닿지 않을 터. 다만 태후를 찾아내는 시간이 길어질수록, 더 많은 수색병들이 목이 잘리겠지."

건석은 다시 한 번 궁녀를 단속했다.

"요참형(腰斬刑)을 당하고 싶거든 내 당부를 잊어도 된다."

"잊지 않을 겁니다! 결단코 잊지 않을 거여요!"

"가보아라."

잔뜩 어깨를 움츠린 채 송미는 바깥을 향했다. 홀로 남은 건석이 중얼거렸다.

"오랜 세월 모셔온 주인에게 충성만을 바치려 했건만, 막상 죽음이 호흡 사이에 달려 있게 되니 빠져나갈 구멍을 찾게 되는구나."

그는 깊은 한숨을 쏟아냈다.

팔. 자무(字撫)

"아원."

"……."

"아원."

톡톡, 무릎 언저리를 두드리는 손길에 눈을 떴다. 깜빡 졸게된 바람에 그렇잖아도 뿌옜는데 더 뿌예진 시야를 바로잡으려 눈가를 문질렀다. 나무들이 빽빽하게 들어차고 작은 개울이 흐르는 주변에서 인기척은 느껴지지 않는다. 말을 타고 달리는 와중에도 버거운 기색이라곤 없이 틈만 나면 나를 노려보던 사르네가, 불만 가득한 표정을 풀지 않던 필남이 보이지 않는 수풀 속엔 단규와 나뿐이다.

잘됐다. 단규에게 은밀히 묻고 싶은 게 있다.

"잠시 쉬어 가야겠습니다. 둘을 태우느라 이놈도 힘들 테고."

칭찬하듯 시커먼 말의 갈기를 쓰다듬은 단규는 나를 땅에 내려주었다. 해가 중천에 있던 한참 전의 낮, 아주 잠시 동안을 제외하곤 꼬박 하루를 편하지만은 않은 짐승 위에서 보낸즉, 허리가 아프다. 엉덩이가 배긴다.

"시장할 테지요. 안장 안쪽에 사르네가 요깃거리를 넣어두었을 겁니다."

개가 왜 네 안장에 손을 대? 처도 아니면서 왜 널 위해 먹거리를 챙겨? 짜증나.

배는 이미 한참 전에 고팠기에 이제는 허기조차 느껴지지 않지만 궁금증이 일어, 안장 안쪽을 들여다보았다. 거무튀튀하고 바싹 마른 무언가가 보인다.

이건 포(脯)잖아. 고기를 말린 것이니 맛이 없긴 않지만.

"단규야, 너는? 배고프지 않아?"

"저는 별로 생각이 없습니다. 끼니를 거르는 것에 원체 익숙한지라."

그럼 이 딱딱하고 질겨 결코 어여쁘게 먹을 수 없는 걸, 네 앞에서 나 혼자 먹어? 좋아하는 사내 앞에서 포를 질겅질겅 씹어? 아, 정말 싫네.

붙잡고 있는 안장을 툭 놓았다.

"나도 끼니 거르는 거엔 익숙해. 어렸을 때 전쟁통에 하도 굶고 살아서."

풀을 뜯는 말에서 멀어져 개울 근처, 커다란 나무에 등을 기대고 앉은 단규에게 다가갔다. 슬그머니 옆에 앉았다. 눈을 감은 그의 옆모습을 흘끔거리며 물었다.

"사르네와 필남이가 보이지 않네?"

이제 더 이상 환관이 아닌 단규와 황궁 바깥에서 눈이 마주치니 감회가 새로워서 그런가. 부끄러운 감이 없지 않았지만 시선을 피하지 않았다. 중히 확인할 게 있는데 벌써부터 위축되어서야 쓰겠는가?

"어디에 있건 멀지 않은 근처에 있을 겁니다. 염려 마십시오."

염려한 건 아니었어. 계속 안 보였으면 싶어 물은 거지.

"앞으로 어떻게 되는 거야?"

"예정보다 조금 서둘러 움직였지만 문제없이, 천진에 닿을 즈음엔 배가 와 있을 겁니다. 다만 하루 가량의 시간차는 줄이기가 불가하니 명일은 적당한 곳을 찾아 밤을 보내도록 하지요."

"천진? 게서 배를 탄다고?"

배를 타본 적은 없지만 익숙한 지명이 나온 고로, 나는 간만의 잘난 체할 기회를 놓치지 않았다.

"그곳 풍경을 본 적 있어. 지헌이 내게 잘해주겠다, 소건석 편에 지도며 보석이며, 풍경화들을 보냈을 때……."

단규의 얼굴빛이 좋지 못해 입을 앙다물었다. 갑자기 날씨가 춥게 느껴진다. 풀벌레가 기어가는 소리가 들린다 착각이 일 만큼 주변이 고요하다.

삐친 양 불퉁한 그의 옆얼굴을 보고 있자니 말을 타고 달리는 동안 내리 묻고 싶었던 바가 다시 떠올랐다. 발그레하게 뺨을 붉힌 나는 이미 했던 질문을 약간만 바꿔 되풀이했다.

"또 물을 것이 있는데…… 앞으로 나는 어떻게 되는 거야? 아직 수를 벗어나지 못했지만 영 궁금해서."

무슨 뜻이냐 묻듯이 단규가 쳐다봐 좀 더 직접적으로 물었다.

"내가 불쌍해서 데려왔어? 그게 전부야?"

단규에게 더욱 가까이 붙었다. 한껏 상체를 비틀어 그를 정면으로 마주해 앉았다.

"이제는 황궁에서 나왔겠다, 나를 불쌍하게 여길 까닭이 없어졌는데……."

"……."

"네 나라에 무사히 도착한 후엔 알아서 살라하며 날 떼어놓을 테야? 뉘에게, 호색한에게 첩실로 팔아버릴 건 아니지?"

무표정하던 단규는 내 마지막 질문이 끝나자마자 미간을 구겼다. 머리가 지끈거린다는 것처럼 이마를 감싸 쥔 채 한숨을 흘렸다. 나 때문에 짜증이 난 걸까. 벌써 귀찮은 거야? 시무룩해진 내게 날아드는 그의 목소리가 엄했다.

"그 소리는 유행인가 봅니다. 어쩜 그리 똑같이 말하는지."

"누가 또 그런 말을 했는데?"

"그보다 설마 하니, 바라는 건 아닐 테지요. 호색한 이에게 시집가기를."

"아니! 그럴 리가 있어?!"

그게 아니라 계속 네 곁에 있고 싶어서 이러는 거잖아!

"아원은 제 사가에서 머무를 겁니다."

"정말?"

기쁨에 젖어 반색한 것이 찰나요. 다시 마음에 그늘이 졌다.

"허면…… 나는 네 사가 한쪽에서 살게 해주고, 넌 참한 계집을 찾아 새로이 장가들 거야?"

"갑자기 그 어인 말인지요."

"네, 처를 잃고 혼자인 지가 오래라며. 그러니 언젠간 후처를 맞을 거 아냐."

그렇게 되면 나는 추잡하게 네게 얹혀살면서, 네가 다른 계집과 정을 나누고 아이를 낳아 기르는 걸 지켜봐야 하는 건가?

가슴속에서 뜨거운 무언가가 치솟았다. 악이 받쳤다. 그런다고만 해봐. 다른 년한테 장가들 거라고 말하기만 해보라고.

"그이에 관해 누가 말했답니까."

나 아닌 계집이 단규의 옆에 있는 광경을 떠올린 터라 이미 충분히 속이 뒤집혔거늘, 그가 망처를 입에 담은 걸로 모자라 씁쓸한 기색을 내비추기까지 하니 내 안의 시기 질투가 기어이 폭발하고 말았다.

나는 단규의 질문에 대답하지 않았다. 하고픈 말만 조급히 쏟아냈다.

"순정문 앞에서 문지기 놈이 나를 지저분하게 쳐다보았을 때, 어째서 날카롭게 반응하였어?"

황궁 안에 있을 때는 신경 쓸 바가 원체 많았던지라 몰랐었다. 하지만 지헌에게서 벗어나 바깥에 나오니 그간에 억눌려 있던 상상력이 풍부해졌는지, 무언가가 이상하지 않겠는가.

단규는 어째서 날 데려왔을까? 사르네가 말한 대로 단순히 불쌍해서? 정녕 그게 다일까?

"내가 너와 대식하는 사이라 말하며 성을 내던 네 모습이 너답지가 아니하였어."

"……."

졸고 있지 않으면서 왜 대답이 없는 거야. 답답하게.

"네 성정 무심한 걸 뻔히 아는데, 자녕궁 화원에선 어찌 그리 다정했어?"

"……."

"내가 지헌을……."

이거 봐봐. 지금도 또, 지헌이라는 이름을 소리 내자마자 언짢아하잖아. 너한테 나는 정녕 불쌍한 년일 뿐이야?

"지금까지 몇 개를 물었는데 단 한 번을 대답을 안 해주고. 갑자기 벙어리가 된 것도 아닐 테면서."

이대로는 정녕 속이 터질 듯해 좁힐 거리도 없건만, 또 엉덩이를 꾸물꾸물 움직였다. 저의 허벅다리 위에 앉다시피 한 나를, 내 허리를 단규는 다치지 않은 오른팔로 감싸 안았다. 이제 말해주려는 건가?!

"한 번에 많은 질문을 들은 터라 헷갈리는데 하나씩 다시 물어봐주지 않고."

"으음, 그럼…… 순정문에서 성낸 이유가 무어야?"

"그는 제가……."

"둘이 뭐하는 거야? 떨어져!"

급작스레 날아든 분노에 찬 고함에 놀라 후다닥 단규에게서 떨어졌다. 중요한 순간을 방해한 사르네와 필남을 확인하자 짜증이 나, 날 노려보는 계집아이를 마주 노려보았다. 당당한 내 태도가 거슬렸는지 사르네의 숨소리가 한층 거칠어졌다. 곧 있으면 콧김이라도 내뿜을 기세였다.

"여우같은 년! 내가 없는 틈에 내 사내에게 꼬리를 쳐?"

"그만하여라, 사르네. 쉬는 건 이쯤 하고 출발해야겠습니다. 이리 오십시오, 아원."

"안 돼!"

저 홀로 한가하여 풀을 뜯는 말로 향하려는 우리를 사르네는 두 팔 벌려 막아섰다.

"저 여우가 당신과 같이 말을 타게 둘 수 없어!"

"말조심하여라. 허면 네 뒷자리를 내어주겠느냐."

"그것도 싫…… 아니, 좋아. 그렇게."

순식간이었지만 계집아이의 한쪽 입꼬리가 곡선을 그렸음을 눈치챘다. 무슨 꿍꿍이가 있구나. 이대로라면 사르네는 실수를 가장해, 달리는 와중 나를 낙마시킬지도 몰라. 좋지 못한 상상이 머리를 스쳤으매 싫다 말하려 입술을 뗐다. 하지만 단규가 더 빨랐다.

"네 불같은 성정을 모르지 않는데."

"아냐! 해코지하지 않고 잘 태워 갈게."

"가당치 않다."

"안 돼!"

사르네는 다시금 단규를 막아섰다. 단규의 옷깃을 붙잡은 저

작은 손이 짜증난다.

"그러면 동명에게 태우라고 해."

동명은 필남의 본명인가 본데, 아무튼. 나는 단규와 떨어지고 싶지 않은 것을. 사르네에게 질세라 단규의 다른 쪽 소매 끝을 붙잡았다.

"저 여우를 동명 뒤에 실으란 말이야!"

"그리 부르지 말라 하였다. 아무리 나이가 어리다 한들 상대에게 써도 되는 호칭과 그렇지 않은 것을 구분하지 못하느냐."

"언제는 내가 다 컸다며! 어엿한 처자라며?"

"허나 내 눈에는 만년(萬年), 여동생 같은 어린 소녀일 뿐이지. ……아원."

쉴 새 없이 앙앙거리는 사르네를 흘기는 걸 멈춘 나는 단규에게 붙어 섰다.

"적운! 동명 뒤에 태우라니까!"

흘끗 동명을 돌아본 단규는 나를 들어올렸다. 곧바로 말 위에 올라 고삐를 움켜쥔 그가 말했다.

"그것은 내가 싫구나."

"왜! 왜 싫다는 거야! 적운!"

나는 약속을 지키지 못한 것에 대해 사르네에게 조금쯤은 미안함을 느끼고 있었다. 하지만 지금만큼은 탱탱한 계집아이가 마냥 연적으로만 느껴지기에. 하여 밉기에 부러 단규에게 찰싹 달라붙었다. 젖 먹던 힘을 다해 그를 껴안고선 날 좀 보라 말하듯, 부러 사르네를 빤히 쳐다보았다.

"적운!"

울부짖다시피 하며 고함을 쳐대는 사르네를 뒤로한 채 우리가 탄 말이 움직였다. 마치 단규가 나를 선택한 것만 같은 착각이 들어, 비시시 웃음이 새어나왔다.

계획대로 적당한 곳에서 밤을 보내기로 했다. 인적 드문 교외에 덩그러니 놓인 여관은 결코 시설이 좋다 할 수 없었지만, 이틀을 말을 탔기에 그 허름함을 충분히 참아낼 수 있었다. 하여 나는 여관 주인이 내온 초라한 음식을 군말 없이 먹었고, 조잡한 목욕간에서 몸을 씻는 작은 호사를 기꺼이 누렸다.

한 가지 아쉬운 점이라면 사람은 넷인데 방을 하나만 얻었다는 것이다. 어찌 그랬느냐? 은자 혹은 방이 모자라서가 아니라, 혹시 모를 위험에 대비해 한곳에 모여 있는 편이 좋겠다는 동명의 제안이 원인이었다. 단규는 남녀가 뒤섞여 밤을 보내는 걸 탐탁찮아 하는 기색이었지만 상황이 상황인 만큼 별다른 말을 하지 않았다. 그리하여.

침상의 한쪽 끄트머리에 앉아 아직 덜 마른 머리를 허접한 나무빗으로 쓱쓱 빗어 내리며 눈치를 살폈다. 맨 바닥에 아무렇게 누워 자는 동명이야 신경 쓸 이유가 있겠느냐마는, 나와 마찬가지로 침상에 앉아 있는 사르네가 날 쳐다보는 게 느껴지니 좌불안석이 따로 없다. 단규는 언제 오려나.

드르륵. 문이 열렸다. 배 위에 올려놓은 칼자루를 움켜쥐고 상체를 일으켰다가, 들어온 이를 확인하자마자 뒤통수를 다시 바닥에 붙인 동명과 달리 내 눈길은, 나와 마찬가지로 축축한 머리칼을 하고 있는 단규에게서 떼어지지 않았다. 사르네의 따가운 눈총을 받다가 단규를 보니 곱절로 반갑거니와 그를 쫓아다니는 게 이제 버릇 수준이 된지라 반사적으로 일어났다. 발을 놀렸다. 그러나 채 두 발짝을 옮기기 전, 무언가가 발부리에 걸렸다.

"으헉!"

비틀거리다 결국 고꾸라진 나는 상체를 동명에게 부딪쳤다. 사르네!

앙큼한 오랑캐가 발을 걸은 것이 분명해 엎어진 그대로 뒤편을 쏘아보았다. 저년이 진짜! 단규 앞이라 참아줬더니만 하룻강아지 범 무서운 줄 모르고!

"뭔데."

"악!"

성가신 날벌레를 쫓는 양 동명이 날 밀쳐 내기까지 하니, 내팽개쳐진 꼬락서니를 한 내 모습이 처량하기 짝이 없었다.

이런 대우를 받으려고 단규를 따라왔던가? 두 연놈으로 인해 그간 쌓여온 설움이 폭발하려 했다. 성질대로 왈칵 울음을 터뜨리고 싶었다. 그럼에도 자존심을 지키려 꾸역꾸역 참는 나를 단규는 일으켜 세웠다. 청승스레 그를 올려다보았다.

바닥에 누워 있는 동명과, 무슨 일이 있었냐는 듯 시치미를 떼고 있는 사르네를 차례로 냉담히 쳐다본 그가 말했다.

"그 같이 지저분한 태도를 고수할 거라면, 좋다. 죽이 잘 맞는 두 사람이 한 공간에 있으면 될 테지."

"그게 무슨 소리야? 저년과 둘이, 따로 방을 쓰기라도 하겠다는 거야?"

신경질적으로 외친 사르네가 벌떡 몸을 일으켰다. 동명 역시 상체를 세웠다.

"아니 될 말씀."

"동명이 맞아! 절대 안 돼!"

"저와 사르네를 한 방에? 절대로 싫습니다. 그리고, 단둘이 뭐하려고요?"

"무얼 하건 알려줘야 할 까닭 있더냐. 아원, 나가십시오."

동명과 사르네가 너나 할 거 없이 문 앞을 가로막았다. 그네들에게 굴하지 않은 단규는 참으로 뜻밖에도, 그가 들고 있는 칼끝으로 동명의 칼을 자못 매섭게 쳐냈다. 서로 부딪친 칼집 두 개로부터 둔탁한 소음이 울려퍼졌다.

"그래. 그리 막아 보아라. 내분을 근거로 자멸한다면 너와 내 이름 석 자는 최소한, 후세에게 큰 웃음 정도는 줄 수 있겠지."

담담하게 읊은 한마디에 동명의 얼굴이 굳었다.

말없이 입술을 씰룩거린 동명은 지나가라는 것처럼 문가에서 물러섰다. 그러나 아직 또 다른 관문이 남아 있다.

사르네는 저를 지나가려 하는 단규의 손목을 붙잡았다. 가식인지 진심인지 모를, 보기 드문 울먹거리는 표정으로 아이가 사죄했다.

"내가 잘못했어. 자꾸 심술이 나서 그랬어. 이제 안 그럴게."

"반성하는 태도는 높이 살 만하다만 늦었다."

단박에 무릎 베는 양 단호하면서 냉담한 음성에 사르네는 잠시 할 말을 잃은 듯했다.

"적운, 나를 동명과 단둘이 남기면 어떡해? 동명이 허튼 수작을 부리면?"

"누가 너 같은 천방지축 계집애를? 아니지, 애초에 계집으로 보이지도 않아."

당자의 반박을 들은 체 만 체. 사르네는 단규만 쳐다보았다.

"그 핑계는 무효하지 않겠느냐."

"적운!"

"넷이서 함께 있기로 했을 때 제대로 처신했어야 할 터다."

"그럼 내가 저 여자하고 여기 머무는 건 어때? 당신이 동명과 같이 자."

"너를 피해 가는 것인 데다, 네가 이이에게 손찌검을 한 전적이 있거늘 한 방을 쓰게 하라?"

"왜 나만 때린 것처럼 말해? 같이 때린 거였는데! 게다가 저게 먼저 시작했었어! 당신이 없는 틈에 나한테 시비를 걸었단 말이야!"

움찔한 나와 달리 단규는 동요가 없었다. 사르네를 무시하기로 결정했는지 그는 내게 말했다.

"나오십시오, 아원."

"적운!"

"그만 목소리 낮추어라!"

"……."

지엄한 일갈에 그제야 사르네는 입을 꾹 다물었고, 우리는 지체 없이 밖으로 나왔다. 매정히 닫힌 문 뒤로 사라져 버린 눈물이 글썽글썽하던 오랑캐의 두 눈이 아직도 생생히 보이는 듯싶다. 비어져 나오려는 웃음을 꾹 참았다.

"아원, 꼼짝 말고 잠시만 이곳에서 기다리십시오. 무슨 일이 있으면 동명을 부르고."

"염려 말아."

단규가 아래층으로 향해서야 입꼬리가 찢어져라 히죽거렸다. 사르네와 동명의 눈치를 살피며 좌불안석할 필요가 없다. 단규와 단둘이 있게 됐다. 그러한데 어찌 아니 웃으랴.

닫힌 문을 기세등등하게 쳐다보던 나는 되돌아오는 단규를 발견해 얼굴빛을 차분히 만들었다.

"운 좋게도 맞은편 방이 비었다는군요."

"그래?"

단규와 껴안고선 잠든 적도 있건만 자녕궁 침소의 반의반의 반 크기조차 되지 않는 방 안에 그와 단둘이 있게 되자 슬쩍 긴장이 되었다.

"저는 문가에 있겠습니다."

"……."

순식간에 긴장된 마음이 풀어졌다.

"인시(寅時) 무렵에 출발할 겁니다. 눈을 붙일 시간이 길지 않으니 어서 주무십시오."

그렇게 나를 감싸더니. 하여 둘만 있겠다 고집을 부리더니, 단규는 한 번을 나에게 시선을 주지 않았다. 그러기는커녕 문가 벽에 등을 기대앉자마자 눈을 감았다. 그 모습이 괜한 소리 말고 얼른 자라 재촉하는 듯해 쉬이 말을 꺼낼 수 없음은 물론이요. 어쩐지 서운해 한참을 시무룩이 그를 바라보았다.

아무리 생각해도 이대로 자기 싫은데. 그렇지만 피곤할 이를 깨웠다가 사르네 꼴이 되면 어찌해. 단규가 나한테도 화내면? 고민을 끝낸 덮고 있는 이불을 밀어냈다. 밀어낸 그것을 들고 살금살금 걸어, 단규의 옆에 주저앉았다.

그에게 이불을 덮어주었지만 아무 반응이 없다. 조용하다. 많이 피곤해선가. 잠귀가 밝아서 깰 줄 알았는데, 안 깨네.

도무지 포기가 안 돼 작게 속삭였다.

"자?"

"······."

"단규야, 자?"

"······."

아쉬움에 입이 배죽해졌다.

"정말 자는 거야?"

"······아원."

나직한 한숨을 흘린 단규는 눈을 떴다. 자다 깬 기분이 좋지 못한지 그의 표정이 좋지 않았다. 하여 마냥 기뻐할 수 없었다.

"피곤할 텐데."

"……."

"일전에 못 다한 얘기를 끝내고 싶어서입니까."

정곡을 찔렀다.

집중해 말을 모는 그를 성가시게 할까. 빌어먹을 두 연놈들에게 방해를 받은 그때 이후 꼬박 하루를 참았다. 하지만 간만의 둘뿐인 지금 이 순간까지 놓치면 어떻게 되겠는가. 최소 하루, 운이 따르지 않는다면 그 이상을 또 기다려야 할지 모른다. 인내심 부족한 내 성격상 그는 매우 어려운 일이고.

"으응. 맞아."

"……."

"깨워서 미안하여. ……사르네는 네가 내게 느끼는 감정이 연민뿐이래."

"……."

보아하니 단규는 또 벙어리가 되려는 심산인가 보다.

"그런데…… 나는 아닌 것 같아서. 자꾸 착각이 들어서."

"……."

"나를 불쌍히 여기는 게 다가 아니었으면 좋겠어서……."

쑥스러워 비실거리는 나를 바라보기만 한 단규는 한참 만에 운을 뗐다.

"지도를 건넨 궁녀가 말해주었습니다."

"무얼?"

"제가 환관이 아님을 알았겠다, 아원이 저를 불편해할 거라 예상했었는데."

"……."

"한데 큰 착각이었나 봅니다. 여전히 하고 싶은 말을 잘 하는 걸 보면."

하지만 나는 네 정체를 안 지가 오래인걸.

이미 충분히 단규에게 골칫거리 취급을 받고 있는 사르네를 배려해, 나와 걔 사이에 있었던 일을 꺼내지 않기로 결정했다. 대신.

"그, 그래도 네가 좋아."

"……."

떨리는 심장을 진정시키는 데 도움이 될까. 두 손을 꼭 마주 잡았다.

"네가 단규건 적운이건 상관없어. 그저 좋아."

"하여 제게 무얼 바랍니까."

단규는 담담하게 물었지만 그가 비난하는 것처럼 느껴졌다. 그래서 어쩌라는 거냐고 혹은, 네 주제에 날 마음에 담았느냐고 탓하는 듯싶었다. 그렇기에 속이 쓰렸으나 포기가 안 됐다. 단도직입적으로 물었다.

"너는 나를 어떻게 여기는지 알고 싶어."

"……."

"나는 단 한 번도 네가 날 황궁 밖으로 데리고 나와줄 거라 기대한 적이 없었어."

그랬는데 데려왔잖아. 뿐만 아니라 네 집에서 살게 해주겠다며. 그처럼 커다란 호의가 단지 연민 때문인 거야? 제발 그것은 아니었으면.

"제 마음을 무던히도 확인하고 싶어 하는군요."

"그래. 그러고 싶어."

"허나 저는 말로 표현하는 데 있어 참으로 서툽니다. 아원도 알다시피."

"그, 그래도 노력해 보면 되지 않겠어?"

"......그도 그렇지만."

내가 지금 긴장을 하고 있어서. 그래서 눈앞이 뱅뱅 도나? 단규의 얼굴이 가까워진 것 같은데 착각일까?

잠시간 헷갈린 나는 착각이 아님을 깨달았다. 비스듬히 고개를 튼 단규는 조금 더 내게 가까이 다가왔다. 그와 나 사이에 남은 거리라곤 손가락 한 마디 정도가 전부이게 되었을 때, 얼른 눈을 감았다.

촉촉한 감촉이 입술 위에 퍼졌다가 사라졌다.

눈을 뜨자 보이는 단규는 여전히 매우 가까운 거리에 있다.

꼴까닥 침을 삼키는 내게 그가 다시 입술을 맞대와 눈을 감았다. 아래턱을 감싸 쥔 커다란 손에서 전해지는 온기. 그리고 입 안에 들어온 미끈한 혀에 집중하면서도 허겁지겁 단규를 부둥켜안았다. 상체를 단규에게 바싹 밀착한 걸로 모자라 그의 위에 올라가 앉았다. 그리 외설적으로 구는 나를 그는 밀어내지 않았다. 오히려 그 또한 자못 다급한 손길로 내 허리를 끌어안았다.

지금껏 나 자신이 뉘와 입을 맞대는 걸 지독히 싫어한다 생각했는데. 한데, 아니었다. 거대한 황홀경이 전신을 칭칭 휘감는 걸 느끼며 나는 단규의 얼굴을 어루만졌다. 물론, 입술을 맞댄 채로.

내가 도홧빛의 촉촉한 살덩이에만 집착하고 있는 것과 달리 단규는 한 번에 여러 가지 일을 해내려는 모양이었다. 한 손으로는 내 뒷머리를, 또 다른 손으로는 내 허리를 받쳐 든 그가 움직였다. 시야가 덜컹 흔들리더니 이내 벽이 아니라, 천장이 보인다.

한시라도 떨어지고 싶지 않아 날름 단규의 목을 끌어안았다. 그가 입꼬리와 뺨, 귀를 지나 목에 주는 전희로 인해 달떠가며 다리를 움직였다. 세운 무릎 사이로 장정(壯丁)을 맞아들이고, 받은 게 있으면 돌려줘야 하는 법인즉. 나 역시 그의 뺨에 열렬히 입을 맞췄다. 그의 목을 물고 빨았다.

"아."

지금의 상황이 좋아서 뿐만이 다가 아닌, 단규를 더욱 흥분케 할 요량으로 흘린 가녀린 신음은 효과가 좋았다. 치마 속으로 쑥 들어와 허벅지와 허리, 배꼽 아래에 온기를 남긴 단규의 손이 이제는 가슴께에서 움직인다.

나 자신이 알몸이 되어 가건 말건 모르쇠로 일관하며 그와 애무를 주고받고 있으니 어느덧 찬 공기가 상체를 휩쌌다. 내가 채 시선을 아래로 내리기 전, 단규는 훤히 드러나 있을 게 분명한 내 가슴에 입을 댔다. 혀와 입술로 빳빳해진 가슴 끝을 놀렸다.

"으흑…… 아아……."

그토록 점잖은 척을 하더니, 단규는 정말이지 거리낌 없이 날 어루만진다.

그가 공세를 멈추고 상체를 일으켜 앉은 틈에 더듬거렸다.

"저, 점잖은 척이란 척은 다 하더니……."

"잠자리에서까지 그럴 줄 알았습니까."

의외로 태연스레 맞받아치곤 허리춤의 청령두(蜻蛉頭)를 끄르던 그는 그러나 돌연 동작을 멈췄다. 배꼽 아래에서 허벅지 윗부분까지만 가린 채 누워 헐떡이는 내게 시선을 고정한 단규의 얼굴에 심각한 갈등이 스치는 듯하다. 무엇이 잘못되었나?

어찌 그러느냐 묻기 전. 단규는 날 일으켜 앉혔다. 재빨리 내게서 손과 시선을 거둔 그는 한 번, 꿀꺽 침을 삼키더니 단정치 못한 목소리로 말했다.

"성급했습니다."

무어라는 거야. 성급했긴 뭘 성급해?!

"본래는 이럴 작정이 아니었는데."

"……."

"문밖에서 정신을 추슬러야겠습니다. 아원은…… 침상으로 돌아가 주무십시오."

그러니까 무어라는 거냐고! 온 얼굴에 아쉬운 기색이 가득하면서 왜 멈춰? 나 이렇게 달뜨게 해놓고, 이제 와서 발뺌하면 어떡해! 난리가 난 속마음을 어찌 드러내고 싶지 않겠느냐만 그랬다간 황궁에서 불렸던 대로 색(色)을 밝히는, 음란한 년으로 보일 듯싶었다. 그렇다고 티 나지 않게 살살 그를 꾀는 말을 하자니 지금 상태로는 도무지 생각이 나지 않는다.

결국, 내게 이불을 덮어씌우자마자 야차에라도 쫓기는 양 서둘러 문지방을 넘는 단규를 붙잡지 못했다.

대체 어째서인데. 왜 멈춘 건데. 따져 보려 해도 머리가 굴러가지 않는다. 내 숨소리가 여전히 색색거린다.

뉘가 팔을 붙잡고 흔드는 듯하다.

"아원."

고요한 음성이었지만, 눈을 떴다. 안간힘을 다해 다시 내려앉으려 하는 눈꺼풀 사이로 단규가 보인다.

"떠날 시간입니다."

지체했다간 그가 혼자 가버리기라도 할까. 벌떡 일어나 앉았다. 입가와 눈가를 대충 정리하고 밖을 향해 나서려는 나를 단규는 그러나 제지했다.

"머리를 묶고 가지 않고."

가슴 아래, 허리까지 드리운 머리칼을 흘끔거린 내가 가라앉은 목소리로 어물거렸다.

"상관없는데……."

"뭇 여인들은 머리를 풀어 내린 상태로 밖에 나서지 않잖습니까."

상관없다는데 웬 고집이람.

"서둘러야 하는 거 아니었어?"

"머리 묶을 시간 정도는 충분합니다. 사르네와 동명을 먼저 출발시켰겠다, 재촉할 이도 없고요."

"......"

귀찮게. 머리 틀어 올릴 시간에 조금이라도 더 잤으면 얼마나 좋아.

부루퉁한 얼굴로 침상 끝에 걸터앉았다. 쓱쓱 머리칼을 빗어 내리고 있으니 간밤의 일이 생각난다.

도대체 왜 멈췄을까? 좋아하는 계집을, 그것도 완전히 벌거 벗다시피 한 계집을 앞에 두고 신체 멀쩡한 사내가 참는 게 가능한가? 실은 진짜 고자인 거 아냐? 아니면 참지 못할 정도로 날 좋아하진 않는 걸까? 그것도 아니면...... 순결하지 못한 나 같은 년이랑 그러기 싫었나?

갑자기 짜증이 난다. 잔뜩 치솟은 열기를 가라앉히느라 거사가 파투나고도 한참 후에 겨우 잠들었던 걸 되새기니 더더욱.

돌돌 말아 틀어 올린 머리칼에 막 찔러 넣은 비녀를 도로 빼냈다. 참으로 유치한 반발임을 알지만 이렇게라도 해야 속이 좀 풀리겠기에.

"안 묶을래."

"......"

"이대로 나가면 어떠해? 그냥 갈래."

새침하게 이기죽거리고 밖으로 향하는 내 앞을 단규는 왼팔을 뻗어 막았다.

"묶는 편이 낫지 않겠는지요."

제안하듯 말했다만 목소리가 강경했던즉. 실상 그는 제안이 아니라 요구를 하고 있었다.

"싫어."

그리고 그것을 잘 알면서도 나는 구태여 거부했다. 평소라면 진작, '그깟 머리 묶는 게 무슨 큰 수고라고. 네 뜻대로 할게' ……와 같은 반응을 보이며 그가 원하는 대로 했을 테지. 하지만 불만이 있는지라 비뚤게 굴고 싶은걸.

다시 문으로 향하는 내 앞을 단규는 이번엔 떡하니 막아섰다.

"그냥 갈 거라니까."

"풀어 내린 머리는 침소에서나 보이는 것 아닙니까."

아하, 그거구나.

여자들은 방 밖에 나갈 때는 올려 묶든 내려 묶든 반만 묶든, 어떤 식으로건 머리를 묶는다. 열 살 계집아이조차 머리칼을 풀어 헤친 모습으로 나다니지 않는다. 어떤 여자의 머리카락을 완전히 풀어 내린 모습을 볼 수 있는 사람은 대저 시중을 드는 시녀 혹은 낭군, 둘 중 한 부류다. 고로, 단규는 싫은 거다. 내가 외간에 자연 그대로인 상태로 나서는 것이.

뻔히 눈치챘음에도 불구. 나는 똑똑한 척을 하며 심통을 부렸다.

"그건 관례일 뿐이야. 반드시 지켜야 한다고 어디 유명한 책에 적혀 있다는 소리, 난 못 들어봤어."

"법전에 적혀 있지 않은들 당연시 되어 지켜지는 게 관례이지요."

"……아무튼 안 묶을래. 어차피 인적 없는 길로 갈 텐데 무슨 상관이야?"

"동명에게 재차, ……뜻대로 하십시오."

단규의 얼굴에 냉담한 기운이 스쳐 아차 싶었다. 너무 심했나. 적당히 할 걸 그랬나. 짧은 순간 수십 번 후회한 난 앞서 가는 그의 옷깃을 다급히 붙잡았다.

"기분 상하였어?"

돌아오는 대답이 없다.

"졸리고 피곤한데 빗질을 하려니 귀찮아서 그랬어. ……잘못하였어."

"귀찮아서 이미 찔러 넣었던 비녀를 다시 빼냈답니까."

"……"

너도 어젯밤에 그랬잖아. 너나 나나 뭐가 달라. 흘끗 단규의 뒤통수를 흘기고, 아양을 떨 듯 간드러지게 말했다.

"잘못했다고 사과까지 했는데 꼭 그렇게 흠을 들춰내야 해?"

"……"

단규를 돌려 세웠다. 그의 손에 나무빗을 쥐어주었다.

"화해의 의미로 내 머리 빗겨주어. 허면 비녀는 내가 꽂을게."

"……"

"응? 어서."

등을 보인 지 한참 만에 재촉까지 해서야 서툴면서 조심스러운 손길이 머리를 빗기 시작했다. 그저 분위기나 전환시켜 볼 심산으로 제안했을 뿐이거늘 점점 기분이 좋아진다.

"이전에도 뉘에게 빗질해 준 적 있어?"

"없습니다."

그럼 내가 처음인 거야? 정말?

"망처 머리를 빗겨준 적 없어?"

"거짓말을 했을까 봐."

"왜 안 해줬는지 물어봐도 돼?"

"그래 달라 한 적이 없었으니까."

쳇.

"낭군, 머리 좀 빗겨줘요…… 망처가 그리 말하며 부탁했으면 해줬을 거야?"

"……."

"해줬을 거야?"

"망처는 그이의 머리를 빗겨 달라는 부탁 같은 것은 결코 하지 않았을 겁니다. 설사 했더라도 그 당시의 저는 거절했을 테지요."

"만약 망처가 지금 빗겨 달라 하면?"

"……."

왜 또 이렇게 대답이 늦어.

겨우 나아졌던 기분이 다시 나빠지려 했다. 그러지 않기 위해. 그와 나, 둘 모두를 위해 더 이상 물으면 안 된다는 걸 아는데. 한데 멈출 수가 없다.

"'그 당시에' 내가 빗겨 달라 했으면?"

"아원."

이제 그만하자. 간곡한 뜻을 알아들었기에 어둡게 가라앉으려 하는 얼굴빛을 나는 그러나 부러 환하게 만들었다. 홱 몸을 비틀어 단규를 마주보고선, 외려 발랄하게 떠들었다.

"어쨌든 내 머리는 빗겨주었으니, 나를 더 아낀다고 여길래."

"……."

"으응? 그래도 돼?"

"……."

"안 돼? 싫어?"

네가 이리 조용하면 나 정말 화가 나. 그 여자가 미워져. 그러니까 빨리 줘. 내가 원하는 대답을. 내 얼굴에 드러난 원망을 알아챘는지 단규는 입을 열었다.

"아무렴 산 사람이 그렇지 않은 이보다 덜 중요하겠습니까."

만족스러운 답변에 반색한 나는 단규를 껴안았다. 그의 상체에 턱을 괴 배시시 웃길 한참. 조심스레 운을 떼었다.

"하, 한 가지 더 궁금한 게 있어."

"말씀하십시오."

단순히 궁금해서인 것처럼 들리게 하려 애쓰며 물었다.

"간밤에…… 멈춘 연유가 무어야?"

남녀 간의 운우지정에 관련한 대화에서 적어도 아직까진 조심스러울 수밖에 없는 나이기에 황급히 덧붙였다.

"아쉬웠다거나 해서는 절대 아니야. 단순히 궁금할 뿐이지."

시치미를 떼는 내 뺨을 단규는 부드러이 어루만졌다.

"마음을 표현했다 하여 곧장 몸을 부딪치면 내 진심이, 진심이 아니라 하룻밤을 위한 감언이설로 추락하진 않을까."

"……."

"예욕(穢慾)에 눈이 멀어 배려라곤 없이 아원을 상처 입히기만 한 그 혐오스러운 자와 내가 겹쳐 보이진 않을까…… 그러한 생각이 들더군요."

"……."

"더불어 혼약조차 아니 한 남녀가 정부터 나눴다는 사실이 알려지면 세간에서 무어라 떠들겠습니까. 저에 관한 좋지 못한 말이 퍼진들 참을 수 있으나 아원의 경우는 싫습니다."

"……그렇구나."

그래서 멈췄구나.

"……하지만 다른걸."

단규는 어떻게 그 자신이 지헌과 같아 보일 거란 생각을 했을까?

"너는 너야. 그놈과 달라."

"……."

"네가 내게 진심이 아니라 몸을 탐할 뿐이란 생각, 단 한 번도 떠올려 본 적 없어."

"……."

"그리고 우리 사이에 한 번쯤 무슨 일이 있었던들 세간이 어찌 알까 봐."

나도 모르게 아쉽다는 듯이 말한즉. 움찔한 나는 화두를 돌렸다.

"가부간 이유를 알았으니 되었어. 나는 혹여 내가 무슨 잘못을 한 줄 알고."

"제 변변찮았던 태도가 아원을 고민스럽게 했나 봅니다."

"고민까지는 아니고 조금…… 당황하였지. 갑자기 네가 나가 버려서."

그리고…… 그리고 솔직히 아쉬웠어. 나 네 그 배려, 필요 없었단 말이야. 다른 사내놈들은 끔찍하리만치 싫지만 너만은 좋다고.

"서둘러 아원의 곁으로 돌아가 해명해야 한다는 것을 알고 있었음에도…… 차마 그러지 못한 제 불찰입니다."

듣는 둥 마는 둥. 지나간 밤의 아쉬움을 곱씹고 있는데, 내두 손을 단규의 오른손은 담백하게 붙들었다. 그의 눈을 들여다보았다.

"아원은 저에게 있어 중한 사람입니다."

"……."

"어제와 같은 당황을 다시는 겪게 하지 않겠다 장담하지는 못하겠습니다. 그렇지만 아원을 아끼는 제 진심만큼은 항시, 곡해 없이 기억해 주십시오."

깜빡. 못 나눈 정에 대한 미련을 잊어버렸다.

아원은 저에게 중한 사람입니다…….

아원을 아끼는 제 진심만큼은…….

"갑자기 그런 말을 하면…… 흐."

너무 좋잖아. 표현 잘 못한다더니, 거짓말쟁이.

마음에 쏙 들다 못해 좋아 죽겠는 그의 말을 곱씹느라 나는 자꾸 실없는 웃음소릴 흘렸다.

철썩 하는 파도 소리가 귀청을 때린다. 비릿하고 찝찌름한 바람이 곳곳에 걸려 있는 횃불을 뒤흔든다. 두 발로 딛고 있는 바닥은 느릿하게 그러나 규칙적으로 넘실거린다. 단규가 이 바닥을 무어라 부른다 했더라? ……갑판. 그래, 갑판이라 부른다 했다.

멀찍이에서 한 무리의 사내놈들에게 둘러싸여 이야기 중인 단규를 흘끔거린 나는 다시 주변을 관찰했다. 배 중앙엔 굵다란 기둥뿌리, 돛대 두 개가 박혀 있다. 뱃머리와 뒤꼬리에도 각각 한 개씩 박혀 있다. 합이 네 개인 돛대에 걸린 돛들이 별이 반짝이는 밤하늘 아래에서 세차게 펄럭인다. 배의 양 끝은 평평한 가운데에 비해 높게 솟아 있는데 앞은 이층, 뒤는 삼층이다. 뒤편 층계의 벽에 문이 네댓 달린 걸 보아 안에 방들이 있는 모양이다.

"보시오, 낭자."

이번에는 출렁이는 검은 파도를 살피려다가 뒤돌아섰다. 어느 틈엔가 사내놈 하나가 곁에 와 있다.

한쪽 손은 뒷짐을 지고 또 다른 손으로는, 덥기는커녕 바닷바람 때문에 추운데도 부채질을 하고 있는 놈이 어쩐지 낯이 익어 빤히 쳐다보았다.

"그대 혹여 표기장군과 무슨 관련이 있는지?"

내 또래이거나 혹은 좀 더 어릴까. 이 배에 있는 다른 사내들에 비해 피부 결이 퍽 희다. 체형은 마른 편이다. 실실 눈웃음을 치고 있는 두 눈은 어쩐지 음흉하게 느껴진다.

"지헌."

어째서 놈의 얼굴이 낯익다 느꼈는지 깨달은 난 미간을 잔뜩 일그러뜨렸다. 이름 모를, 알고 싶지도 않은 이 작자는 외양만 본다하면 나에게 지헌을 연상시킨다.

"그는 낭자의 정인이오?"

"정인?"

짜증스레 되물은 나는 더는 가타부타 말이 없었다.

"아닌가 보오."

그저 무시하듯 사내놈을 외면했다. 놈보다 차라리 사르네가 나을 성싶어 멀미를 앓느라 창백해진 안색으로 옆에 주저앉아 있는 계집아이에게 시선을 붙박았다.

"배 위에 여인이라고는 둘뿐인데."

지나치게 화려한 깃털 부채가 사르네를 가리켰다.

"하나는 짐승 같은 오랑캐요, 또 다른 한 분은 이런 미인이라니. 그나마 다행입니다."

귀 가까이에서 퍼진 숨결이 불쾌하기 짝이 없어 마음 같아서는 친한 척 귀엣말하지 말라. 놈팡이의 뺨을 후려갈기고 싶었다. 그러나 참은 나는 대신 사르네를 부추겼다.

"옆에 있는 이가 너를 짐승 같은 오랑캐라고 부르는구나. 너 그리 불리는 거, 싫어하지 않니."

말끝을 맺자마자 질끈 내려앉은 눈꺼풀 뒤에 숨겨져 있던 사르네의 야성적인 눈동자가 드러났다.

"이런. 낭자, 어찌……."

눈 한 번 깜빡이지 않고 사내놈을 꿰뚫어 보며 비틀비틀 일어난 사르네가 사납게 내뱉었다.

"내가 말 위에 앉아 아무렇게나 쏜 화살 한 발이면 머리에 구멍이 나 죽을 것처럼 생긴 네깟 놈도 사내라고, 날 만만히 봐 그딴 소릴 지껄이는군."

"꽃 같은 미남일지언정 외양과 달리 내 검 솜씨가 꽤나 좋아서 말이다. 오히려 네 그 작은 머리가 돼지우리 속에 처박힐지 모르지."

"뭐야?"

날 대할 때와 반대로 놈팡이의 목소리가 냉담했으매 사르네의 시선을 좇았다. 다시금 놈을 바라보는 내 얼굴이 굳었다. 사르네를 결코 좋아하지 않는데도 기분이 좋지 않다. 편견임을 알지만, 지헌같이 생긴 것들은 전부 지헌처럼 재수가 없나 하는 생각이 떠오르는 걸 막을 수 없다.

"네놈, 잠들지 마. 그랬다간 목 따이기 직전의 돼지처럼 꽥꽥거리는 꼴을 당하게 될 테니까."

사르네를 무시하기로 작정한 모양, 놈은 내게 미소 지었다.

"윗분께서는 어떤 이인지 살펴만 보라 하셨지만 낭자의 미색 앞에선 지엄한 명을 따를 마음이 사라지는군요."

"꺼지……."

"자네도 왔던가."

'꺼지어라' 그리 쏘아붙이려다가 입을 다문 나는 단규를 찾아 두리번거렸다.

동명과 함께 다가온 단규는 얼핏 보면 평소와 다를 바가 없었다. 하지만 나는 단규의 눈매가 미묘하게 날카롭다는 사실을 눈치챘다. 동명은 다른 때보다 한결 불만스러운 표정을 짓고 있다. 그로 보아 두 사람은 내 옆의 놈팡이를 환영하지 않는 게 분명한데, 한데 넉살도 좋지. 홀대 받는 당자인 놈팡이는 기쁜 목소리로 외쳤다.

"표기장군! 그리고 저와 같은 스승님을 둔 동명 형님까지! 이리 반가울 수가!"

돌아오는 대답이 없거늘 말소리가 그치지 않는다.

"예, 표기장군! 저도 왔습니다."

여전히 조용한 단규 대신 동명이 이기죽거렸다.

"허리춤 아래 관리는 못해도 검은 제법 쓰니, 황후께서 표기장군을 보필하라 보내셨나 보지?"

"그렇지요. 한데 형님, 저도 이제 제법 철이 들었습니다. 부끄러운 과거는 잊어주세요."

"그래? 내가 수나라로 떠나던 무렵까지 황성 안팎이 네 얘기로 떠들썩했었는데, 다시는 그런 소란이 일지 않겠군?"

"형니임. 그때 얘기는 어찌 다시 꺼내십니까."

'흠, 흠' 새빨갛게 달아오른 얼굴로 연방 헛기침을 흘려대는 놈팡이에게 단규가 말했다.

"육지에서 숨 한 번 제대로 고를 틈 없이 다시 배를 타게 돼 고단할 터. 처소로 돌아가 쉬게."

"아, 표기장군. 저는 이 낭자에게 할 얘기가 있어서요."

"가서 쉬게."

"……."

단규의 목소리가 위압적인 것 같다 느낀 이는 나 혼자만이 아닌 모양. 놈팡이는 곧 입을 앙다물었다. 적막이 주변을 물들여간다.

"노파심에 덧붙이자면 여기 있는 이 낭자와 소녀는 내 객(客)일세."

"……."

"유념하게."

"……표기장군께서 조국과 황상 외의 대상에게도 노파심 같은 걸 느끼신 답니까."

"……."

"무튼, 장군의 뜻을 온전히 알아들었습니다. 말씀하신 대로 유념하지요."

능글맞게 웃어 보이고 멀어져가는 놈팡이의 뒷모습을 노려보던 사르네가 재차 분통을 터뜨렸다.

"저놈이 나를 짐승 같은 오랑캐라 불렀어!"

"하여간에 옥호색(好色) 저 철없는 놈은. 부녀자와 사통해 제 집안 망신이나 시킨 놈이 남 무시할 처지인가."

편을 드는 동명의 투덜거림에도 사르네의 화는 한 톨도 가라앉지 않았다.

"이 지긋지긋한 멀미만 아니었으면 당장 저놈의 목을 비틀었을 텐데!"

"동명. 다락의 방 한 칸을 사르네에게 내주고 곁을 지키어라."

"예?"

아픔과 분노 때문에 파르르 어깨를 떨고 있는 사르네에게서 동명은 눈길을 거뒀다.

"제가 왜 그래야 합니까? 옥호색을 염려하시는 거라면, 저놈은 이민족을 끔찍이 무시합니다. 아무리 바람 잘 날 없는 저놈의 아랫도리라도 이민족 계집에게만큼은 들이밀지 않는단 말입니다. 한데 무슨 경호가 필요할까 봐요?"

"네 처음과 달리 갈수록 불복종과 불만이 느는구나."

"처음에는 표기장군을 마냥 흠모했으니까요. 장군을 따르다 망할 환관 흉내까지 내지 않나, 사르네부터 시작해 저 음녀, ……저 여자까지, 계집들 뒤치다꺼리나 할 줄을 어찌 알았겠습니까."

"헛소리 그치어라."

노기 서린 매서운 책망에 동명은 잠시 입을 다물었다. 잠시 말이다.

"사르네가 그리 걱정되시면 직접……."

다시금 조용해진 동명은 애꿎은 나를 노려보았다. 그 눈빛이 꼭, 저가 사르네를 돌봐야 하는 게 모두 나 때문이다 원망하는 듯했다.

"에잇!"

"가보아라."

누그러진 단규의 목소리를 확인하자 동명은 고이 물러날 마음이 없어졌나 보다.

"표기장군, 좋으시겠습니다. 옥호색이 곱상한 외모와 달리 검은 좀 쓴다만 금의위 소속도 아닌 저 골칫덩어리가 이 배에 타고 있는 까닭이 무엇이겠습니까. 계집 잘 꿰뚫어보겠다, 내궁 주인분의 내척이겠다, 황후께서 보내신 게지요. 저 여자에 관해 꽤나 궁금하신가 봅니다."

내용은 이해하지 못했을지언정 깐죽거리는 어조만큼은 분명히 알아들은 나는 동명이 얄미워 눈을 흘겼다. 단규는 참 속도 좋지. 쟤를 어디까지 봐주려는 거야.

"가보라 하였다."

"그러지 말라 하셔도 갈 겁니다!"

자연스럽게, '이번에는 사르네가 버티겠구나' 하는 생각이 들었으나 참으로 놀랍게도 사르네는 순순히 동명을 따라나섰다. 심지어 다섯 걸음을 옮기지 못하고 그에게 업히기까지 했다.

"사르네가 정녕 많이 아픈가 봐."

"아원은 멀미를 느끼지 않습니까."

업고 업혀 가는 두 사람의 뒷모습에서 시선을 떼 단규를 올려다보았다. 고개를 저었다.

"아직 괜찮아."

"그렇습니까. ……제가 없는 자리에서 그이가 감히 무어라 했는지요."

그이는 옥호색을 뜻하는 건가?

"사르네를 오랑캐라 무시하며 모욕하였어."

"사르네는 쉬이 옥호룡의 모욕에 대한 대가를 받아낼 수 있을 겁니다. 그보다 아원에게 무례를 범하진 않았습니까."

"옥호색이라며?"

"그는 별칭입니다."

아아. 옥호색의 호색이 그 호색(好色)이구나.

"아원."

징그러운 사탕발림을 떠들어 대던 옥 씨를 되새기며 코웃음을 치는 나와 달리 단규는 어쩐지 초조해 보였다. 그가 그러는 이유를 알 성싶었다. 하여 뿌듯하면서 기분이 좋았지만 아무것도 모른다는 것처럼 순진하게 되물었다.

"응?"

"무례를 당하지 않았냐 물었습니다."

정확히는 무례이자 추근거림이겠지.

"딱히 그러진 않았어. 다만 내가 어여쁘다 하더라고."

"……."

"제 윗사람이 나를 살펴보라 명했는데, 내 미색이 출중해서 그 명을 따르기 싫다 하였어."

둘이 남게 된 후 한결 부드러워졌던 단규의 표정에 그늘이 드리웠다. 새어나오려는 웃음을 참고 물었다.

"한데 그 윗사람이 황후인 모양이야? 황후가 무슨 까닭으로 날 궁금해하여?"

상념에 잠긴 그는 성의 없게 답했다.

"그다지 신경 쓸 일은 아닙니다."

그리고 정적.

무슨 생각을 얼마나 깊게 하는지 그는 허공을 바라보며 침묵했다. 슬슬 피곤함이 몰려오는데 이대로는 멀뚱히 서 밤을 보낼 판이라. 운을 뗐다.

"그런데 나 다리가 아픈데……."

여관을 떠난 이후 만 하루를 말을 탔고, 배에 올라 족히 반 시진은 서 있었다. 고로 실상은 다리뿐만 아니라 온몸이 욱신거렸다.

곤한 상태를 털어놓은 나를 단규가 돌아보았으니. 잘 곳으로 데려다 주겠다고 할 줄 알았다. 그러나 그는 생뚱맞은 소릴 꺼냈다.

"아원, 당부할 바가 있습니다."

"무언데?"

"옥호룡과 엮이지 않도록 조심하십시오. 솔직히 고백하자면 저는 아원이 배에 있는 동안 호룡과 우연찮게라도 마주치지 않았으면 합니다."

그놈이 나에게 치근댈까 봐 어지간히 걱정되나 보구나.

"그렇게나 호색한인 거야?"

"차마 부정할 수 없습니다."

이제 단규는 초조해 보이다 못해 무너지는 하늘 천장을 보고 있는 양 심각한데, 그의 그 모습에 비시시 웃어버렸다.

"아원."

어찌 웃느냐. 책망하는 음성에 입 안쪽을 질끈 깨물었다.

"걱정하지 말아. 그나저나 난 어디서 머물러?"

단규는 짧은 시간 갈등에 빠졌다.

"사르네의 몸 상태가 좋지 못하니 아원을 곤란케 하지 않을
겁니다."

사르네와 같이 있으라는 의미였지만 더는 놀랍지 않았다. 배
위에서 무슨 호화로운 생활을 바라겠는가? 낯선 사내놈들과 뒤
섞여 쪽잠을 자는 상황을 피한 것만으로 다행이다. 물론, 이왕
누군가와 함께 방을 써야 한다면 그 누군가가 단규였으면 좋겠
지만.

"혼약조차 아니 한 남녀가 정부터 나눴다는 사실이 알려지면
세간에서 무어라 떠들겠습니까. 저에 관한 좋지 못한 말이 퍼진
들 참을 수 있으나 아원의 경우는 싫습니다."

그렇지만 지난 밤 그가 한 말을 되새겨 싫다 하지 않았다. 순
순히 긍정했다.

"알았어."

"동명에게 문밖에서 아원과 사르네를 엄호하라 일러두겠습니
다. 이리 오십시오."

단규를 쫓아 걸었다. 여전히 옥호색이 신경 쓰이는지 그의

옆얼굴에 근심이 가득하다.

단규의 걱정은 괜한 게 아니었다. 옥호룡은 틈만 나면 나에게 집적거렸다.

망망대해의 한가운데에서 사방에 보이는 거라곤 파란 빛깔뿐이지만 그럼에도 어디쯤 왔을까 궁금하여 내가 밖에 나왔다 치면 옥호룡은 어디선가 꼭 보고 있던 것처럼 나타났다. 방 안에 있기가 갑갑해 바람을 쐬려 나왔을 때도. 단규가 보고 싶어 나왔을 때도 마찬가지였다. '옥호룡은 이민족 계집에게만큼은 아랫도리를 들이밀지 않는다' 동명이 했던 그 말처럼 놈은 사르네에게는 지독히 무관심했지만, 반면 나에게는 지나칠 정도로 관심이 많았다.

그 일례 중 하나로 금일 이른 아침. 놈은 씻는 내 몸을 훔쳐보려 했다.

배에서는 물이 귀하다는 사실을 쉬이 깨달았음에도 나는 자꾸만 가탈을 부려댔다. 단규에게 더러운 꼴을 보이고 싶지 않아서. 또한 좋지 못한 냄새를 풍기고 싶지 않아서. 그런 나를 타박하지 않은 단규는 장정들에게 갑판에 될 수 있는 한 많이, 큼지막한 나무통을 세워두라 일렀다. '아무리 그래도 상황이 상황인데, 내가 너무했나' 그 같은 생각에 뒤늦게 눈치를 살피는 나를.

"아원의 가탈에 동승해 저 또한 씻을 수 있게 되어 좋으니 눈치 그만 보십시오."

그는 심지어 그리 말하며 위로해 주기까지 했다.

그의 명에 따라 줄지어 늘어선 통(桶)들이 전날 밤 내리 쏟아
진 폭우로 인해 그득그득 차 금일 아침. 나는 기쁜 마음으로
잡다한 물건들을 쌓아둔 창고 한구석에서 몸을 씻고 있었다.
한데, 문득 기분이 묘해 문가를 돌아보니 문 틈새로 얇은 칼날
이 삐죽하니 들어와 있지 않겠던가. 문의 걸쇠를 어떻게든 개
봉할 수 있지 않을까 하는 삿된 생각으로 말미암아 옥호룡이
쑤셔 넣은 것이었다.

다행히 옥호룡은 제 놈의 음험한 욕정을 채우지 못했다. 그
러기는커녕 내게 물세례를 당해 쫄딱 젖은 생쥐 꼴이 돼야 했
었다. '푸, 푸' 물을 뱉어내는 놈을 밀치고 달아난 나는 곧장 단
규에게 가 안겼고 파렴치한은 장정들에게 비웃음까지 당해야
했다. 단 한 사람, 단규는 희미한 미소조차 짓지 않았지만 여하
간. 동명을 필두로 배의 모든 이들이 옥호룡을 실컷 조롱했더
라다.

"낭자."

배에서 할 일이라곤 수면뿐이라. 한데 밤이고 낮이고 이미
실컷 잔 덕에 사르네의 앓는 소리를 들으며 멍하니 누워 있던
나는 벌떡 상체를 일으켰다. 초를 모두 끈 방 안이 어스름하지
만 음흉한 목소리의 주인이 뉘인지 충분히 알 법했다.

동명이 앞을 지키고 있다 하여 마냥 안심하고 있던 스스로를

힐난하며 침상에서 내려섰다. 다급히 외쳤다.

"동명! 동명! 어디 간 게야! 동명!"

내 왼손을 낚아챈 옥호룡이 번드르르하게 지껄였다.

"그대, 내 여인이 되면 그 작은 품에 온갖 부귀영화를 안겨주겠소."

"필요 없어!"

호색한의 더러운 손을 뿌리쳤다.

"그대만 바라보고, 아껴주리다. 약조해."

"동명!"

탁 하는 소음이 일더니 깃털 부채가 바닥을 나뒹굴었다. 바깥으로 향하려는 내 허리를 끌어안은 옥호룡은 나를 습기 가득한 축축한 벽으로 밀쳤다. 호리한 체격을 하고도 사내는 사내라. 쉼 없이 밀치는데도 놈은 꿈쩍하지 않았다.

"낭자."

입술을 들이미는 옥호룡을 피해 고개를 돌렸다.

"낭자, 제발. 이 나의 진심을 알아주면 안 될까? 그대 내게 너무 방어적이야."

옥호룡이 무어라 씨불이는지 제대로 들리지 않는다. 불쾌감에 온몸이 부르르 떨릴 뿐이다. 정말이지 강압적으로 구는 사내는 끔찍하다.

"음양의 조화를 좇느라 내 그간 숱한 여인들을 만났지만 그대가 날 받아준다면, 이제부터는 그대 하나를 바라보며 살리다. 응? 표기장군 같은 무심한 사내는 여인의 가치를 온전히 알아주지 않아. 저 잘났다, 전장이나 떠돌 뿐이지."

네가 무언데 단규 흉을 봐. 이래저래 짜증이 나 반사적으로 흘러나오려는 눈물을 참아낸 나는 철퍼덕 소리가 나도록 옥호룡의 뺨을 후려쳤다. 곧바로 사르네를 불렀다.

"사르네! 사르네! 일어나 보아!"

"뭐야 자꾸…… 시, 시끄럽게."

골골대며 일어나 앉자마자 사르네는 왈칵 토악질을 했다. 시큼한 냄새를 풍기며 웩웩거리는 계집아이의 꼴을 보아하니 도움을 받기는 그른 성싶다.

"이거, 이거 봐!"

"싫다는 그대를 억지로 붙들고 있는 건 미안하오. 하지만 이렇게라도 하지 않으면 나를 진지하게 받아들이지 않을……."

"너 이놈! 금일 처음 소피 보고 온 사이에!"

우레와 같은 고함이 울리더니 순식간에 옥호룡이 떨어져 나갔다.

"아야야……."

왼쪽 턱을 움켜쥔 채 바닥에 주저앉아 있는 놈에게 동명이 경멸스럽게 내뱉었다.

"철이 들기는 무슨. 네놈 다리 사이는 죽을 때까지 그리 난잡할 거다."

"동명 형님, 스승님께서 형 아우끼리의 다툼을 금한다 가르치시지 않았습니까."

"다툼? 말 똑바로 해라. 다툼이 아니라 훈육이야."

"형님의 저를 위하는 그 마음 감사하오나, 제 다리 사이 물건은 제가 알아서 취급하면 안 될까요?"

"여자 때문에 죽다 살아났으면서 아직도 정신 못 차렸지."

"더는 참을 수가 없구나."

뺀질거리며 웃는 옥호룡을 노려보던 나는 뒤편에서 날아든 싸늘한 음성을 좇았다.

"단규."

단규를 보자 갑자기 설움이 치솟았다. 하여 울음을 터뜨리고 싶었지만 또 한 번 꾹 참았다. 대신 재빨리 그의 뒤에 몸을 숨겼다.

화난 속내를 숨기지 않고 날 살핀 단규는 다시 옥호룡을 노려보았다. 그의 낯빛이 냉담했다. 단단히 굳은 아래턱은 씰룩거렸으며, 휘영청 떠올라 있는 달과 횃불에서 뿜어져 나온 빛이 내려앉은 목덜미는 얼룩덜룩했다.

"이 방을 선호하는 듯하니 사르네를 데리고 나가거라."

동명은 어쩔 생각이냐 묻는 것처럼 단규를 쳐다보았지만 돌아오는 답이 없자 군말 없이 사르네를 안아 들었다. 단규에게 가까이 다가온 동명이 작게 말했다.

"노하신 건 알지만 지금으로선 어쩔 도리가 없잖습니까."

날 흘끔거린 동명은 조심스럽게 덧붙였다.

"딱히 무슨 일이 있었던 것도 아니고 저래 봬도 황후의 친족인 놈이니까요. 저야 뭐, 저놈이 콧물 질질 흘리던 시절부터 봐온 데다 같은 스승을 두었다, 막 대한다만 표기장군의 경우에는 그 같은 핑계거리가 없으니."

"······."

"참으시지요. 정 화가 풀리지 않는다 싶으면 추후 황상께 말씀드리시던가요."

"사르네를 다른 방으로 옮겨 곁을 지키거라. 그리고."

단규는 구경거리에 이끌려 주위에 바글바글 몰려든 장정들을 둘러보았다.

"옥호룡을 이 방에 감금한다."

여태까지 벙실거리던 옥호룡과, 사르네가 자신의 가슴팍에 계속 신물을 토해내거늘 그래도 괘념치 않던 동명의 눈이 휘둥그레졌다.

"아니 잠시만! 표기장군! 따지고 보면 장군과 저, 인척 관계 아닙니까!"

"어쩌시려고요."

곧 갇히게 될 이의 아우성에도. 동명의 걱정스러운 속삭임에도 단규는 번복하지 않았다.

"분명히 명하였다. 저놈을 단 한 발자국도 바깥에 나오지 못하게 하라."

"표기장군, 저를 가둬두시면 안 됩니다! 어째서인 줄 아시잖습니까."

부끄럽지도 않은지 옥호룡은 제 다리 사이를 손가락질했다.

"제가 마시고 먹은 게 있는데, 또한······."

탐욕 가득한 더러운 시선이 잠시 나에게 머물렀다.

"느낀 것도 있는데 배출할 건 배출하게 해주셔야지요. 이 좁은 방 안에서 혼자 어찌 해결하라고요."

"저 미친 자식."

욕지거리를 중얼거린 동명의 뺨에 붉은 기가 스쳤다. 찡긋, 애교스런 눈짓을 해대는 옥호룡을 바라보는 단규의 미간은 한순간 험악하게 일그러졌다.

"어, 어, 어! 표기장군!"

나오려 하는 옥호룡을 무시하고 매몰차게 문을 닫은 단규는 재차 엄명했다.

"벌을 받는 처지에 호화로운 생활은 가당찮을 터, 물 한 모금 주지 말거라. 불복하는 자는 군율로 다스릴 것이다."

그 누구도 토를 달지 않는다.

"아원."

나는 단규를 쫓았다. 그의 처소 안에 들어온 지 얼마 되지 않아 쾅, 쾅, 무언가를 두드리는 소리가 울렸다. 갇힌 옥호룡이 내보내 달라 조르며 문짝을 두드리고 있는 게 분명했다.

희미한 문소리가 들린다.

기척을 죽인 발소리가 뒤를 잇는다.

이부자리와 옷자락이 스치는 소리는 마지막이다. ……벌써 세 번째. 그가 나갔다가 들어왔다가, 안팎을 왕복한 지가. 그렇지만 얼마 안 가 그는 또 밖으로 향할 터다.

나는 조용히 눈을 떴다. 몸뚱이를 뒤척여 문가 바닥, 허접한 이부자리에 누워 있는 단규의 우람한 뒷모습을 바라보았다. 바라보며, 속으로 숫자를 세었다. 하나, 둘, 셋, 넷, 다섯, 여섯……

육십 오. 게까지 센 순간 단규가 일어나 앉았다.

"또 나가려고?"

그가 멈칫한 틈에 이불을 밀어냈다. 후다닥 움직여 단규에게 붙어 앉은 걸로 부족해 날 피해 뒤로 물러나려는 이의 품 안으로 버릇처럼 파고들었다. 맞닿은 상반신에서 전해지는 체온이 후끈후끈하다.

단규는 슬며시 나를 밀어냈지만 밀리지 않았다. 포기한 그가 입술을 떼자 잔뜩 잠긴 목소리가 울렸다.

"아원, 저 때문에 깼나 보군요."

"그렇게 들락날락거리는데 어떻게 자."

"더는 시끄럽게 하지 않을 테니 침상으로 돌아가십시오."

"……"

단규는 다시금 나를 밀어냈지만 무소용이었다.

"아원."

"나, 나갈까?"

"……"

"나 때문에 힘들잖아."

"……"

"그래서 자꾸 왔다 갔다 하는 거잖아."

부정하지 않는 걸로 보아 예상이 틀리지 않은 게 분명했다.

"호색한이 감금되어 있겠다, 걱정할 필요 없잖아. 사르네 옆에 가서 잘게."

"아뇨. 그러지 마십시오."

어째서? 네가 잠 못 이루는 거 보느라 나도 힘들어. 한 방에
있는데도 네가 힘들어할까 봐 너를 만지지 못하느라, 나도 힘
들다고!

"동명이 말했듯이 옥호룡은 황후께서 보낸 자입니다. 더군다
나 황후의 인척이기까지 하니 오래 가둬둘 수는 없습니다."

"허면 호색이를 풀어줄 테야?"

"늦어도 금일 아침에는 감금령을 거둘 생각입니다."

풀려나면 옥호색은 또 나에게 추근거릴 테다. 제 버릇 개 못
주는 법이니까. 그리고 배는 아직 며칠을 더 가야 한다. 그런즉.

"제가 심신을 다잡는 수밖에 없습니다."

"……"

"그만 침상으로 돌아가십시오."

"…….

"아원."

"그놈의 심신, 좀 서둘러 다잡아보란 말이야!"

속상하다는 듯 쏘아붙인 나는 덥석 단규의 손을 붙들었다.
내게서 빠져 나가려 하는 그의 손을 꽉 붙들고, 끈적하게 만지
작거렸다.

"분명 같이 있는데 이게 무어람. 겨우 손 붙드는 것도 마음껏
못 하고."

이번에는 그의 손 안쪽에 뺨을 대었다.

"계속 닿아 있고 싶고, 만지고 싶은데."

"……."

"그러한데 내가 좋아하는 분이 원체 대쪽 같은 바람에, 그분 비위를 맞추느라 나까지 덩달아 마음을 표현할 수 없으니."

"……."

"괴로워. 괴롭단 말이야."

다시 단규의 품에 쏙 안겨들었다. 애달픈 표정으로 그의 가슴팍을 살살 쓰다듬으며 말했다.

"우리 함께 있으면 아니 돼?"

"내리 함께 있었잖습니까."

"아니 그거 말고! 나 지금처럼 이렇게, 안겨 있을래. 떨어져 있고 싶지 않아."

"……."

볼록 튀어나온 그의 목 가운데가 움직이더니 희미한 한숨 소리가 귀를 스쳤다. 그는 한결 잠긴 음성을 흘렸다.

"아원이 이러면 제가 힘듭니다."

"……."

"저는 환관이 아니잖습니까."

대답 없이 버티는 내 두 다리 아래로 단규는 팔을 뻗었다. 직접 나를 침상으로 되돌려 놓는 편이 설득하는 것보다 차라리 빠르겠다 생각한 모양이었다.

"잠시만, 잠시만!"

다급히 다리를 움직여 거부 의사를 표했다. 곧바로 단규의 목을 끌어안은 나는 내리 참아온 한마디를 쏟아냈다.

"더는 참지 말아! 우리…… 우리 조, 좋은 시간 보내어."

"……."

"그러면 너도 그리고 나도…… 둘 모두 이렇게 힘들 필요 없지 않겠어?"

"……."

"좋은 시간을 보내면…… 나는 네 곁에 있을 수 있고…… 내 공자님께서는 참으시지 않아도 되고……."

여자가 이성에게의 욕망에 솔직하면 죄악이다. 나라는 계집의 경우에는 더더욱 그렇다. 그러한데 드러내 놓고 같이 눕자 한 나를 단규가 경멸하진 않을까. 문란하다 탓하진 않을까. 두려워 심장이 쿵쾅거렸다. 그렇지만 이미 엎지른 물이라. 그것도 물그릇을 직접 깨부쉈음이라. 화끈거리는 얼굴이 당장이라도 펑 하고 터져 버릴 듯싶은데도 나는 감히 입을 다물지 않았다.

"날 진심으로 아낀다는 거 아니까."

"……."

"우리가 한 방에 들어온 순간부터 무슨 일이 있든 없든, 바깥에선 저들 멋대로 상상할 테니까."

"……."

"그러니까 우리 세간 같은 거 신경 쓰지 말고……."

'정을 나누는 게 어떠해' 차마 게까지는 소리 낼 수 없어 뭉뚱그려 물었다.

"싫어?"

"······아니요."

아니요? 그러니까, 싫지 않다는 거지? 나도 모르게 밝아져 되물었다.

"싫지 않아?"

"좋습니다."

긴장으로 인해 한껏 굳어 있던 얼굴이 사르르 녹아간다.

"참인 게야? 한데······ 내가 너무 솔직하게 굴어서 나빠 보이지 아니했어?"

"그럴 리가 있겠습니까."

단규는 드디어 나에게 손을 댔다. 쫓아내거나 뿌리치기 위함이 아니라 날 어루만지기 위해서 말이다. 날 그러안은 그가 말했다.

"저는 아원의 그 솔직함이 좋습니다. 그리고 애교도."

"그럼 나, 한 가지 더 물을 게 있······."

서두를 까닭이 없는데도 단규가 조급하게 입술을 맞대온 바람에 더는 무슨 말을 할 수 없었다. 하지만 불평 않고 눈을 감았다. 입 안에 들이닥친 그의 혀를 마주 희롱했다.

흐린 눈을 깜빡인 나는 침상 한 구석에 아무렇게 말려 있는 이불을 끌어당겨 대충 나체를 가렸다. 일어나 앉아 수줍은 척, 이불 귀퉁이에 뺨을 숨겨 하나둘, 옷가지를 벗는 단규를 훔쳐보았다.

옷을 입고 있을 때도 그러했지만, 무엇도 걸치지 않은 상태에서도 단규의 어깨는 굉장히 넓었다. 어깨에 새겨진 아직 아물지 못한 상처는 근육에 뒤덮인 사내답고 탄탄한 그의 몸의 유일한 흠이었다.

분명 흉터가 남을 텐데. 저 조각 같은 몸에……. 한순간 쓰린 속을 느끼다가 나도 모르게, 새로이 드러난 사내의 하반신을 흘끔거렸다. 얼른 눈을 내리떴지만 볼 건 다 본 터. 두 뺨이 활활 달아올랐다. 상체 못지않게 단단해 뵌 단규의 허벅지가 머릿속에서 아른거린다. 그리고…… 확실히 단규는 고자가 아니다. 절대, 결코 아니다.

반쯤은 새삼스레 신기해서. 반쯤은 장난 겸 작게 중얼거렸다.

"정말 환관이 아니네?"

"아닙니다."

단호하다 못해 조금은 불퉁한 대답이 사그라지자마자 내 손에 쥐여 있던 이불이 쑥 빠져나갔다. 다시금 훤히 알몸을 드러내 보인 채 밀어 눕혀진 나는 내 위에 올라와 나와 하나가 되려 자세를 잡는 단규의 팔을 다급히 붙들었다.

"잠시만, 내가 아직 겁이 나서…… 입 맞추기 전에 물어보려 했는데…….."

가타부타 말이 없은들 단규의 눈빛이 마치, 서둘러 물으라 재촉하는 듯했다. 그렇지만 여전히 망설여졌다.

"나……."

단규는 내 솔직함이 좋다 했다. 대놓고 같이 눕자 제안한 나를 나쁘게 생각하지 않는다 했다. 그런 그이니 어물거릴 필요 없이 단도직입적으로 물어도 될 것이다.

"나 마음껏 좋아해도 돼?"

심각한 나와 달리 내리 진지해 온 단규의 입가에 처음으로 옅은 미소가 스쳤다. 어이가 없다는 듯도 싶고, 그저 재미나다는 듯도 싶은 웃음이었다.

"외려 못 그럴까 봐 걱정입니다."

"그럴 리가 없어. 손만 잡아도 좋은……."

조잘거리는 걸 멈추고 입을 앙다물었다.

살 속 깊숙한 곳에 내려앉는 무언가로 인해 절로 커다란 숨이 들이쉬어졌다. 단규가 그 굵다랗고 굳센 허벅지로 한 번 두 번 세 번…… 반복적으로 나를 밀어붙이매 격정적으로 운동하는 쪽은 그이거늘 나까지 숨소리가 거칠어져갔다.

"아……."

입술 새로는 신음이 새어나갔다. 시야는 뿌예졌다. 정신은 전회를 주고받았을 때와 비교할 수 없을 정도로 몽롱하다.

"아, 아흐."

나와 정을 나누는 이가 단규라는 사실에 기인한 소박한 기쁨은 더는 느껴지지 않았다. 대신 다리 사이에서 피어오르는 야릇한 쾌감. 그것에 온전히 취해 단규에게 매달렸다. 착 말려 올라간 그의 엉덩이와 땀에 젖어 촉촉한 등허리를 마구잡이로 어루만졌다. 어여쁜 표정 따위 지을 엄두가 나지 않아 그의 목에 얼굴을 묻었다.

"다, 단규야, 나……."

간드러진 교성과 장부의 거친 숨결, 그리고 철썩하는 살이 부딪치는 소리가 뒤섞여 흐르는 방 안이 질편하게 달아오른다. 이 같은 환경이 싫지 않은 적이 처음이다.

"흐윽…… 너무 좋아."

찌르르 허벅지를 타고 흘러내리는 성감 탓에 힘없이 늘어진 나를 단규는 번쩍 일으켜 앉혔다. 마주보는 자세로 그의 위에 겹쳐 앉게 된 나는 덜 아문 상처를 건들이지 않으려 조심하며 널따란 어깨를 껴안았다. 열기 가득한 커다란 손에 허리를 단단히 잡힌 내 몸이 이쪽저쪽으로 휘둘린다. 문득씩 그의 입술이 가슴을 빨아 젖힌다.

"아…… 윽, 아…….."

운우의 정은 두 사람이 함께 나누는 것인데 나는 계속해서 받고만 있으니. 이래서는 아니 될 터.

목구멍까지 차오른 아직 뱉어내지 못한 신음을 꿀꺽 삼켰다. 혼미한 정신을 가다듬고 단규의 가슴팍을 밀었다.

쉬이 내게 밀어 눕혀진 그의 위에 냉큼 올라탄 것까지는 좋았으나 허리를 돌리기가 어려웠다. 길지 않은 시간 동안 너무 과한 기쁨을 겪은 탓에 후들거리는 사지가 원인이었다. 도무지 피할 길 없이 적나라하게 다가오는 단규의 강렬한 눈길 때문에 조금쯤은 수줍기도 했다.

그럼에도 가능한 열심히 움직였다. 때로는 수직으로 엉덩이를 들썩이고, 때로는 전후(前後)로 운동하고, 때로는 좌우 방향으로 허리를 한 바퀴씩 돌렸다. 그리 나 스스로와 상대의 환희를 위해 열성적이게 몸짓한 지 한참. 비스듬히 젖히고 있은 고개를 숙였다. 단규의 미간이 살짝 구겨져 있다. 단정하던 평소와 달리 살짝 벌어진 그의 입술 새로 농도 짙은 숨결이 새어나온다.

"단규, ……적운."

처음으로 낯선 이름을 읊조린 내가 수줍게 물었다.

"조, 좋아? 좋아요?"

"……."

기운이 딸려 멈칫한 날 그는 홱 끌어내렸다.

"답이 뻔한 질문을 하는 건 버릇인 게지."

난 눕고 단규는 앉은 상태로 우리는 떼어졌던 몸을 다시 합쳤다. 가벼이 치켜 들린 내 왼다리가 단규의 오른쪽 어깨에 걸쳐졌다.

"아, 아, 아윽……."

또 한 번 희열이 온몸을 적셔간다. 단규가 지치는 기색이 없으니 금일 밤은 쉬이 끝날 듯싶지 않다.

바깥에서 휘몰아치는 바람의 기세가 사나운 지가 오래인데. 한데 나는 단 한 번을 추위를 느끼지 못했다. 두문불출하다시피 하며 밤이고 낮이고 상관없이 사내와 정을 나누느라 몸이 식을 새가 없었기 때문이다. 오히려 때로는 한여름을 겪고 있는 것처럼 덥기까지 했다. 지금도 마찬가지다.

"아, 아앗!"

번개가 내리치는 양 눈앞이 번쩍하더니 잔뜩 달떠 있던 심신이 갑작스레 평온해졌다. 주체할 재간 없이 두 다리 사이에서 퍼져 나오던 뜨거운 기운은 싹 증발했다.

게을리 늘어지는 몸을 움직여 단규의 품속으로 파고들었다. 괜스레 그의 돌덩이 같은 배를 어루만지길 한참 만에 다시 꾸물거려, 그의 상체에 엎드리다시피 해 누웠다.

"입 맞춰줘. 응?"

감고 있은 눈을 뜬 그의 얼굴 이곳저곳에 졸음기 혹은 나른함이 붙어 있다. 곤한 이를 귀찮게 하려니 마음 한구석이 뜨끔했으나 물러나지 않은 나는 이제는 윗몸을 완전히 일으켜 앉았다. 훌쩍 단규의 위에 올라타 재차 떼를 써댔다.

"입 맞대고 싶어. 저는 공자님 입술이 좋단 말이에요."

".......아원."

먼저 물꼬를 트면 될 것을 구태여 해달라 조르는 나를 그는 물끄러미 올려다본다.

"해주어. 설마 싫은 게야?"

갓난쟁이가 어미에게 재롱을 부리듯 헤실거리고 애교스런 눈짓을 남발해 보였다. 단규가 소리 없는 너털웃음을 터뜨린다.

"웃은 까닭이 무어야? 어여뻐서 웃은 게지? 그렇지?"

"맞습니다."

짤막히 말한 그는 내 발목을 낚아채 잡아당겼다. 어찌 이래.

"아......."

의문을 느낀 게 찰나요. 발바닥을 헤매는 입술 감촉 탓에 부르르 몸이 떨렸다. 미끈거리는 혀를 피하려 발가락 다섯 개가 절로 움츠러들었다.

"아니, 거기 말고…… 흐, 간지러워."

당장이라도 숨이 넘어갈 듯한 나이거늘 단규는 희롱을 그치지 않는다. 다리를 뒤로 빼봐도 소용없다.

"아이, 간지러워서 배가 아프단 말이야. 제발, 제발 그만하여. 뉘가 발에 입 맞춰 달래?"

눈물을 찔끔거리며 빌다시피 해서야 단규는 발목을 붙든 손을 풀었다. 간지러운 느낌이 덜 가신 바람에 어깨를 움츠리고 있는 나와 달리 등허리를 꼿꼿이 세워 앉은 그의 입술이 이번에는 제대로 목적지에 안착했다.

입 안에 들어온 혀를 콱 깨물어 복수해 버릴까 하다가, 마음을 바꿨다. 그랬다가 이이 혀가 잘리면. 하여 이 좋은 걸 다시는 못하게 되면 어찌해?

아랫입술을 지분거리거나, 이를 건드리거나 혹은 엉킨 뱀 두 마리처럼 서로의 혀를 얼기설기 얽어가며 한참을 시간 가는 줄 모르고 그와 장난한 나는 쾅쾅. 문 두드리는 소리에 화들짝 놀라 고개를 젖혔다.

"어찌 생기셨는지 잊을 판입니다? 좀 나와보십시오. 육지가 보이니까."

퉁명스러운 목소리를 고려하건대 밖에 있는 뉘는 필시 동명이리라. 그나저나 육지가 보인다니. 드디어!

"나가볼래. 구경하고 싶어."

곧 있으면 배에서의 이 불편한 생활을 청산할 수 있겠구나. 지긋지긋한 수나라가 아닌 새로운 곳에 발을 딛게 되는구나. 그러한 생각에 신이 나 옷을 차려입으려 하는 나를 단규는 밀어 눕혔다. 곧바로 위에 올라왔다.

"일각쯤 후에 나가도 충분치 않겠습니까."

"……."

그의 신체 일부를 반사적으로 확인한 내가 새침하게 투덜거렸다.

"열여덟 청춘도 아니면서. 이러다간 내 허리가 남아나지 않을 거야."

말은 그리했어도 기실 싫지 않았다. 외려 이팔청춘의 혈기왕성한 소년처럼 날 대하는 단규의 태도가 뿌듯하거니와 그에게 아껴지는 것이 행복하기만 해 그의 목을 그러안았다. 내게 몸을 붙여온 그의 허리 아래를 두 다리로 감쌌다.

"아……."

아랫배 안쪽 깊숙이에 들어온 단단하고 큼직한 물건이 전후로 왕복하매 당연한 반응으로 잇새로 신음이 새어나갔다.

겨우 서늘해지는가 싶던 방 안이 하나로 뒤엉켜 열심히 운동하는 우리에게서 뿜어져 나온 열기로 인해 다시 후덥지근해져 간다. 체격도 체력도 좋은 그가 힘차게 나에게 부딪혀 오니 나뿐만이 아니라, 두 사람을 받쳐 든 허술한 침대도 끽끽 신음을 흘린다.

"아, 아아윽……."

이래저래 자세를 바꿔가며 한창 정신없이 허리를 움직인 우리는 또 한 번 문 두드리는 소리가 나서야. 그 뒤를 이어 '곧 착항합니다' 동명의 한마디가 날아들고 나서야 서로를 품기를 멈췄다.

그의 손길의 온기가 아직 가시지 않아 뜨거우면서도 식은땀이 베어 나와 촉촉한 몸에 옷가지를 걸쳤다. 단정히 머리를 올려 묶었다. 내가 침상에서 일어서자 진작 의착(衣着)을 끝내 옆에서 기다리고 있던 그 또한 일어섰다.

단규에게 꼭 붙어서 바깥으로 나왔다.

차가운 바닷바람에 뺨을 식히면서 큼지막한 배들이 가득 들어찬 항구, 한가득 짐을 짊어지고선 바삐 오고가는 인파들, 멀리 보이는 푸르른 산줄기까지…… 거대한 땅덩어리와 그것이 품고 있는 모든 걸 세세히 살펴보았다.

여기가 단규의 나라구나. 그가 사는 곳이야.

그 이유 하나만으로 낯선 땅이 좋게 느껴진다.

"폐하, 금의위의 서동명이 폐현을 청하옵니다."

환관의 새된 목소리가 미앙궁(未央宮) 내부로 배어들었다. 널따란 탁자 앞에 앉아 무언가를 써 내려가며 성운이 명했다.

"들여라."

발자국 소리를 좇아 젊은 황제는 슬쩍 시선을 올렸다. 눈앞의 누군가가 반갑다. 하지만 기다리던 이는 아니다.

"일어나거라."

한쪽 무릎을 꿇고 있는 동명에게 자비를 베풀고 성운은 붓을 내려놓았다. 의자 등받이에 느긋이 상체를 기댄 그가 아랫사람을 치하했다.

"타국에서 고생하였지."

"……알아주시니 황송합니다."

짧은 순간 웃음소리가 울렸다.

"정직한 성정이 여전하도다. ……너는 이리 왔는데 어찌하여 짐의 종형제는 소식이 없는지 모르겠군. 결단코 네게 뒤처질 사람이 아닌데."

"……"

"장안(長安)에 이제 막 도착하였다, 피곤해서라 치부하기에 그이의 기력은 나약하지 않지."

동명은 어째서 적운이 자신보다 먼저 황제를 폐현하지 않았는지 그 이유를 충분히 알 듯했다. 집 안에 여자를 들어 앉혔는데 이미 해가 떨어진 지금, 황궁에 오고 싶겠는가.

"소인은 모르겠습니다. ……폐하께 바칠 물건이 있나이다."

그럼에도 모른 체한 동명은 대신 고이 품고 있는 길쭉한 함 두 개를 탁자 위에 내려놓았다. 그것들을 내려다보는 성운의 얼굴빛이 묘해졌다.

"흠."

기대 반, 확신 반과 함께 성운은 상자 속 내용물을 꺼냈다. 적운과 대비되는, 무장(武將)의 소유라기엔 고운 성운의 손끝에서 펼쳐진 지도 두 장이 탁자를 가득 메웠다.

산지, 국경 지대, 군사적 요충지와 관문, 해안과 수군기지……
적대국의 정보가 촘촘히 표시된 그림을 한참을 들여다본 성운
은 가벼이 입꼬리를 올렸다. 그가 물었다.

"네가 구했더냐."

망극하다는 듯 동명은 고개를 저었다.

"표기장군의 공로입니다."

"한데 전달을 네가 하는 까닭은? 고생한 이는 따로 있건만 공
을 가로챌 셈인가?"

"어찌 그런 말씀을 하십니까."

억울해하는 동명에게 짓궂은 미소가 날아든다.

"너는 속내를 숨기지 못하니 놀릴 대상으로서 적격이다. 그나
저나, 별일은 없었고?"

별일은 없었느냐. 포괄적인 질문이었지만 동명은 황제가 궁
금해하는 바를 분명하게 눈치챘다. 그럼에도 역시나 과묵하게
구는 동명에게 성운은 좀 더 구체적으로 자신의 의도를 밝혔다.

"황후는 갈 때는 말을 타고 간 종형이 귀향길엔 배를 고집한
이유가 이 지도만큼 가볍지는 못한 무언가를 가져오고자 했기
때문이라더군."

"……."

"지도만큼 가볍지는 못한데, 행동마저 사내처럼 민첩하지가
못해 탈주에 도움이 되지 않는 무언가. 예를 들어, 여인."

"……."

"아녀자의 좁은 소견일 뿐이니 신경 쓰지 말라 했지만."

하지만 황제께서는 신경을 쓰고 계신다. 그렇기에 황후께서 옥호룡을 보내는 것에 찬동하셨을 터. 그렇기에 지금 자신에게 물으시는 것일 터. 이 이상 모른 체할 수가 없어 동명은 입을 열었다.

"호룡이 온 걸 보고 황상과 황후께서 변화를 아시었구나, 생각했었습니다. 하지만 고작 이동 수단을 달리하고 싶다는 요청 하나가 원인이었던 줄은 미처 몰랐으니, 두 분의 천리안이 새삼스레 놀라울 따름입니다."

천리안을 가진 게 아니라면 상상력이 풍부한 거겠지. 어느 쪽이든 동명은 얼핏 소름이 돋았다.

"짐이 듣고자 하는 바는 칭찬이 아니다."

"……."

"옥호룡이 소식을 전할 때까지 기다릴 수도 있겠지만, 네가 가장 먼저 왔으니까."

그러니 고해보아라.

성운이 굳이 소리 내지 않은 뒷말을 쉬이 유추했으면서 동명은 뜸을 들였다. 그는 자신이 존경하는 사내에게 들러붙은 요악한 계집이 결코 탐탁지 않았지만 그렇다 해서 남 얘기를 조잘거리고 싶은 마음은 없었다. 두 남녀 사이를 왈가왈부 떠들고 싶지도 않았다. 어째서?

체면 구겨지는 듯해서. 자신은 사내이지 입만 산 계집 혹은 환관이 아니잖은가. 그러나 감히 황제의 물음에 아니 대답할 수는 없음이라.

"별일이 있었습니다, 폐하. 옥호룡이 표기장군의 사람에게 심히 치근댄 결과로 뱃길을 가로지르는 내리 감금되었었습니다. 뿐만 아니라 호룡은 감금되어 있는 동안 식사는 물론, 물 한 모금을 허락받지 못했었습니다."

영리하게도 동명은 아원이 아니라 호룡에게 초점을 맞췄다. 그의 꾀의 효과가 아예 없지 않아 처의 사촌 되는 이가 저지른 추태를 전해들은 성운의 이마에 한가득 짜증이 서렸다.

"간통을 범한 지가 얼마나 되었다고."

기분이 상한 성운은 불쾌한 소식을 내쫓는 양 휘휘 손짓했다.

"종형수 될 이에 관한 즐거운 사담은 뒤로 미뤄야겠다. 곤할 터, 가서 쉬어라."

"허면 소인 이만 물러가겠나이다."

성운은 지도 두 장을 겹쳐 쌓았다. 혼자 된 그의 시선이 지도 아래에 깔려 있다가 다시 드러난 책봉서(冊封書)에 붙박였다. 동명을 맞이하느라 붓을 내려놓은 바람에 문서는 아직 미완성 상태다.

"큰 공덕을 세워 돌아왔겠다, 옥호룡 탓에 노했었겠다, 상을 내려야 하긴 하겠는데."

적운을 따르는 이들은 환호할 테지만 자신을 따르는 이들은 극구 반대할 처사가 담긴 이것을 언제 터뜨려야 할까. 곰곰이 생각하는 젊은 황제의 표정이 진지했다.

"누님."

장락궁(長樂宮)에 발을 들이민 호룡의 두 뺨이 핼쑥하다. 귀한 집 자제인 그이라. 훌륭한 영양 상태를 반영하듯 윤기 자르르하던 피부 또한 칙칙하다.

"누님 이 아우, 배에서 내리기 직전까지 허접한 방 한 구석에 갇혀 있었더랍니다. 식사는커녕 물 한 모금 허락받지 못한 탓에 마통(馬桶) 채울 기력조차 없었어요."

호룡의 교활한 두 입술 사이를 비집고 흘러나온 것은 하소연이요. 그러나 한 치의 거짓 없는 사실이었다. 아원에게는 곧 호색한을 풀어줄 거라 했던 적운은 무슨 까닭으로 심사가 꿰진 건지. 애초의 계획과 달리 쉬이 감금령을 거두지 않았더란다. 정녕 무도한 죄인이라는 양 호룡을 다뤄 물 한 모금을 허하지 않았더란다. 그 같은 고초의 결과가 젊은 청년의 겉모습에 여실히 나타나 있는 터다.

"네 감히 표기장군의 처사를 불만스럽게 여기느냐? 하여 혈연을 내세워 본궁에게 편을 들어달라 조르느냐?"

하지만 외형제의 읍소에 가림은 약간의 안쓰러움조차 느끼지 못했다. 외려 그녀는 언성을 높여 서슬 퍼런 노기를 생생히 드러냈다.

"본궁이 표기장군이 혹여나 신붓감을 데려오거든 어떤 이인지 살펴보라 하였지, 탐내라 하였어?!"

쨍그랑! 소음과 함께 박살이 난 찻잔의 파편이 호룡의 발치에서 흩날렸다.

사달이 난 격이다. 보아하니 누이는 배에서 있었던 일을 이미 훤히 꿰고 있으니, 진실은 축소하고 원통한 마음은 잔뜩 부풀릴 도리가 없다. 쯧. 깃털 부채를 방패 삼아 매서운 시선을 피한 채 호룡은 혀를 찼다.

그가 넙죽 바닥에 엎드렸다.

"누님, ……황후낭랑. 잘못을 뉘우치고 있으니 부디 노기 거두소서."

"분명 말하였다. 고모님이 눈물을 보이기까지 하시어 네가 처벌을 면할 수 있게끔 도와주었지만 두 번째 기회는 없다고. 한데, 너와 사통한 간녀(奸女)가 장형을 받다 죽은 지가 얼마나 되었다 또 다시 다른 이의 반려를 탐해? 그것도 표기장군의?"

"……."

"여인인 본궁이 바깥일에 참견함은 가당찮지만, 이가 또한 내명부와 관련이 아예 없지 않다. 그렇다고 폐하께서 보시고 들으시는 바를 공유하고자 할 순 없으니 호룡이 네가 본궁의 이목(耳目)이 되어주렴."

그렇게 말했던 가림이 배 위에서 있었던 일을 알고 있다는 것은 다른 누군가의 이목을 빌렸다는 뜻이라. 입을 배죽한 호룡이 말꼬리를 물고 늘어졌다.

"아우는 아직 이야기를 시작하지 않았는데 영명하신 낭랑께선 아시는 바가 참으로 많습니다. 미앙궁(未央宮) 태감에게서 전해 들으신 건가요."

"뉘에게 들었건 그것이 중요하느냐?"

'내게 일을 시켰으면서, 믿음직스럽지 않아 다른 장기짝을 모색했느냐' 그리 들리는 호룡의 말에 더욱 분기탱천한 가림의 두 눈꼬리가 한층 날카로워졌다. 호룡은 다시 태세를 변모했다.

"그럴 리가 있겠습니까. 아우는 그저 대지가 크게 진동하니 두렵고 망극할 따름입니다."

"……"

"용서해 주시옵소서. 뉘우치고 있나이다."

가림은 호룡이 진심으로 반성하고 있다 생각지 않았으나 적어도 겉으로는 사죄하는 호룡의 모양새가 썩 그럴듯했다.

"가문 망신시키는 짓 그만하거라."

하여 마지막으로 엄중히 문책한 그녀는 표정을 누그러뜨렸다. 타박을 세 번쯤 했으면 칭찬도 못해도 한 번은 해야 하는 법. 채찍을 휘둘렀으면 당근 또한 휘둘러야 하는 법. 가림은 이제 어르듯이 말했다.

"그만 앉아."

"황송합니다."

의자에 엉덩이를 붙이고선 살살 부채를 흔드는 호룡을 탐탁지 않게 바라보며 가림이 물었다.

"네가 본궁의 일가친척 중 으뜸가게 여인에 관해 잘 알고, 좋지 못한 사건을 겪은 이후 하릴없이 무위도식하고 있겠다 해서 업을 주었더니만 어찌 그러 했다니? 이제는 정녕 여인에 이골이 났다는 네 말, 애초에 믿지 않았지만 감히 본궁의 명까지 여겨가며, 다른 이도 아닌 표기장군의 사람에게 그럴 줄은 몰랐느니라."

"누님. 헷갈려서 여쭙는데 꾸중을 하시는 겁니까, 아니면 하문하시는 겁니까."

"둘 다. 하지만 묻는 쪽이 더 크다 할 수 있겠구나."

호룡은 한쪽 입꼬리를 추켜올려 씩 미소 지었다.

"이 아우가 여자에게 치근댈 까닭이야 뻔하잖습니까."

"……."

"예쁘더라고요."

"황성 제일의 기녀도 별로라, 불통(不通)을 주었다며?"

"걔는 정말 별로였어요. 차라리 복주(福州)의 모화가 낫더라고요."

"……하찮은 이들의 미색 평하기는 그만 하자꾸나."

"그렇담 본론으로 돌아와서, 예뻤습니다."

진지하게 강조하는 모습을 보건데 표기장군이 데려온 이의 인물이 정녕 빼어난 모양이었다.

"다른 이 아닌 네가 그렇게까지 칭찬하는 걸 보면 정녕 대단한 미인인가 보구나. 허나 외양 하나가 표기장군의 마음에 든 이유 전부는 아닐 테고. 미앙궁에서 흘러나온 정보에는 네가 일으킨 사고만 포함되어 있었으니 말해보아라. 성정은 어떠하며, 어떤 이이더냐."

"누님께서는 무얼 기대하시는지요?"

호룡이 지금 자신을 놀리는 겐가? 찰나에 한쪽 눈썹을 추켜

세운 가림은 인내심을 발휘하여 고상히 답했다.

"잘 알 테면서 묻는구나."

"그래도 정확히 말씀해 주시지요."

"당연지사 황가에 어울리는 이이길 바라지. 어질고 정실하고, 그러면서도 위엄이 있기를."

"……."

"너무 한미한 출신이진 않기를."

호룡의 얼굴에는 더 이상 빽질거리는 기색이 없다.

"누님. 저는 어렸을 때라 잘 모르지만, 어머님께 전해 들었습니다. 누님께서 처음 황상을 만났을 당시에 황상의 집안이 빼어나진 못했다지요. 한데도 누님, 우리 가문보다 한미했던 황상의 가문에 외숙 내외의 반대를 무릅쓰고 기어코 시집가셨다면서요."

가림의 표정이 묘해졌다. 복잡 미묘한 기색을 띤 그녀의 얼굴에서 그녀 낭군의 얼굴이 보인다.

"표기장군이 데려온 이가 그다지 신통치 못한가보지. 옛 이야기를 꺼내는 걸 보면."

"……."

"그래. 본궁은 폐하를 연모하는 그 마음 하나로 양친께 맞섰었지. 한데, 그 결과가 어떠하냐."

"……."

"본궁이 지금 어찌 되어 있어."

"하늘 아래 가장 존귀한 여인이 되셨지요."

"본궁의 양친은?"

"천자의 장인 장모가 되셨습니다."

"본궁의 가문은?"

"기세등등하지요. 가만있어 보자."

호룡은 한 개, 두 개 손가락을 접어가며 계산하는 척을 했다.

"유국에서 한 씨는 다섯 손가락 안에 꼽히는 명문가고, 옥 씨는…… 열한 번째쯤은 되려나. 손가락이 하나만 더 있었으면 좋을 뻔했습니다, 누님. 그래도 열한 번째가 어디입니까. 그도 대단하지요."

단 한 가지 문제는 가림에게 황자가 없다는 사실이다. 그녀가 떡두꺼비 같은 아들 하나만 낳았어도 두 가문은 각각 일등, 이등을 차지하고도 남았을 텐데.

하지만 아쉬운 소리 대신 호룡은 감언이설을 속삭였다.

"이가 다 누님 덕분입니다."

가림은 싱긋 미소를 지었다.

"다시 표기장군의 사람에 대해 이야기해 볼까. 그토록 출신이 변변찮더냐."

"출신 같은 건 모르겠습니다. 다만."

부채로 잔바람을 일으킬 뿐 호룡이 조용했다. 한참을 생각한 그가 이윽고 말했다.

"누님. 표기장군이 데려온 이, 저한테 주시면 안 됩니까?"

가림의 양쪽 눈썹 모두가 치켜 올라가자 호룡은 재빨리 덧붙였다.

"낭자가 어질지는 않더군요. 누이께서 바라시는 인간상이 아니에요. 표기장군이 아니라 차라리 저와 잘 어울릴 거란 말입니다."

매우 실망스러운 평가였기에 가림은 입을 앙다문 채 커다란 숨을 흘렸다. 낙담하지 않은 그녀가 반문했다.

"어찌해서?"

"본능적으로 알 수 있지요."

쯧쯧. 혀를 찬 가림이 타박했다.

"네 알량한 본능을 백번이고 천 번이고 들먹여 보아라. 설득력이 있을까 봐."

"일정상의 변경이 있은 바람에 수에 도착하자마자, 배에서 내릴 틈도 없이 다시 출항했었습니다. 고로 그 낭자에 관해 물을 상대라고는 표기장군, 동명 형님 그리고 낭자 본인뿐이었는데, 표기장군이 입에 천근만근 무거운 추를 달고 다니는 거야 익히 알려진 얘기고 동명 형님도 과묵한 척을 하던 터라. 낭자 본인은…… 어찌나 새침데기인지 제가 무어라 말을 걸어도 들은 체도 아니 하더군요."

아원을 떠올리기를 멈춘 호룡은 가림을 바라보며 조소했다.

"여하간에, 누님의 마음에 들지 않을 겁니다."

"그이가 너를 등한시했다하여 속단하는 건 아니고? 본궁이 그이였어도 방탕하게 구는 사내에겐 말 한 마디 건네지 않았을 테니라."

발끈한 호룡이 반박했다.

"아닙니다. 처음 만난 순간부터 그랬단 말입니다. 비단 저에게만 새치름하게 군 게 아니라 표기장군 외에는 누구와도 시선 한 번 마주치지 않더라니까요. 길들여지지 않은 고양이, 딱 그 짝인 여인이더이다."

여전히 불신이 팽배한 눈을 하고 있는 가림에게 호룡이 쏟아냈다.

"새치름하다 뿐입니까. 제가 귓속말한 내용을 금세 오랑캐에게 전달해 이간질하는 본새가 요악하기까지……."

"그 무슨 소리더냐."

아뿔싸. 낭패감에 휩싸인 호룡의 코가 찡긋했다. 해선 안 될 말을 해버렸으니 이 일을 어찌한단 말인가.

"무어라 했기에 이간질이라는 표현이 나와?"

"그것이…… 제가 오랑캐에게 실수를 좀 했습니다. 짐승 같은 오랑캐라고 낭자에게만 말했는데……."

뒤는 듣지 않아도 뻔했다. 사촌 동생이 얼마나 이민족을 무시하는지 가림은 충분히 알고 있는 터다.

가림의 손과 그녀가 앉아 있는 의자의 팔걸이가 거세게 맞부딪쳤으매 쾅! 거센 굉음이 울렸다.

"그 아이는 오랑캐라, 짐승과 비유당하며 무시 받는 것을 가장 싫어하거늘! 무시를 해도 속으로만 하라 하였어!"

호룡은 억울함을 호소했다.

"낭랑, 일부러 그러지 아니했습니다!"

이 쓸모없는 한량 같으니라고! 그리 외치고 싶은 충동을 가림은 애써 삼켰다. 그녀는 황후이지 성질대로 악악거려도 지탄받을 일 없는 시전의 아낙이 아니다.

"사르네는 다루기가 여간 까다로워 만나지 않으려 했건만, 네가 저지른 결례 때문이라도 만나야겠구나. 추후 네가 처벌을 받게 된다면 사르네와의 일 때문인 줄 알거라."

"낭랑, 어찌 오랑캐 따위 때문에 저에게 그런 욕을 보라 하십니까!"

가림은 재차 팔걸이를 내려쳤다.

"황상께서 북벌(北伐)에만 집중하실 수 있는 연유 두 가지가 무엇이냐."

"……"

"대답하여!"

"하나는 백전백승의 표기장군의 존재요. 둘은…… 제 친딸과 조카딸을 살려주었다, 여란 왕이 표기장군에게 우호적이고 그렇기에 덩달아 유조(遺朝)에까지 우호적이라서 입니다."

여란은 호전적인 만큼 전쟁을 수행하는 데 있어 뛰어난 민족이다. 특히나 지금의 여란 왕은 오십 개가 넘는 부족을 통합한 이로, 그 지도력을 십분 발휘해 유나라에까지 세력을 확장하지 않으리란 보장이 없었다. 그럼에도 초원의 오랑캐들이 유조와의 사이에 있는 국경을 넘지 않는 까닭은 그네들의 습성이 혈연을 원체 중요시하는지라. 한데 겁간당할 뻔한 여란 왕의 친딸과 질녀를 적운이 구해주었음이랴. 오랑캐 왕이 은인과 은인의 은혜를 기억하고 있어서이다. 적운은 그저 당연히 해야 할 일을 했을 뿐인데. 한데 그의 행동의 결과가 유조에겐 천운이 되어 돌아왔다.

"지금도 여란은 저들 초원의 동서쪽에 위치한 주변국을 학살하다시피 해 복속시키고 있지. 싸움에 도가 튼 그네들이 우리에게까지 눈을 돌리지 않음은 크나큰 복이다. 그러한데 네가 사르네를 모욕했다는 사실을 여란 왕이 알아서 좋을 일이 무엇이더냐."

"……없지요."

"물러가 근신하고 있거라."

더는 토를 달지 못한 호룡이 뒷걸음질 쳤다.

구. 암영(暗影)

가림은 손에 쥔 따스한 찻잔을 어루만지며 소녀에게 인자한 미소를 지어 보였다.

"네가 겪은 결례에 대해 들었단다. 철부지 사촌 동생을 대신해 본궁이 유감을 표하는 바이니 너무 상심하지 말거라."

따스한 한마디도 더했다. 그러나 맞은편에 앉아 있는 소녀는 아무런 반응이 없다. 겉치레로라도 괜찮다 하지 않았으며 마주 웃지도 않았다. 그 모습을 보건데 소녀의 마음이 상해도 단단히 상한 것이 분명했다.

가림은 부드러이 사르네를 불렀다.

"사르네."

"황후 마음속의 유감을 알기에 말 한마디는 부족하네요."

같은 황후라도 아원은 만만히 보지만 가림의 경우엔 그렇지 않은지라 사르네의 어투가 그나마 공손했다.

"안타깝구나. 본궁의 마음이 전해지지 못했다니."

왜 내가 오랑캐 계집 따위 때문에 벌을 받아야 하느냐 징징 대던 호룡을 전혀 상관치 않은 가림이 시원스럽게 제안했다.

"그렇다면 어찌해 줄까. 너를 모욕한 이를 어찌 처벌하길 원하는지 알려다오."

사르네는 잠시간 가림을 맹랑히 쳐다보았다.

"삶아 죽일 수 있나?"

"……"

"끓는 물에 처넣어서 죽여 줄 수 있어요?"

"물론 그래줄 수 있지."

의외의 흔쾌한 반응에 외려 제안을 한 당자의 눈이 커졌다.

"하지만 이번 한 번은 아량을 베풀어주련? 옥호룡이 비록 얇디얇은 혓바닥 하나 제대로 관리하지 못하는 어리석은 자라지만 그래도 산목숨인데, 한 번의 실수 때문에 팽자형(烹煮刑)을 내리기에는 과한 감이 없지 않니?"

그럼 그렇지. 시큰둥해진 표정으로 사르네가 말했다.

"그렇다면 돼지가 휘갈긴 똥오줌을 치우라 하는 건?"

"이미 밝혔듯이 옥호룡은 본궁의 내척이란다. 한데 그런 업을 내리면 덩달아 본궁의 체면까지 깎일 수 있어."

아무렴 옥호룡이 오랑캐 왕의 조카 되는 계집에게 망발을 지껄였기로서니, 황후가 오랑캐의 눈치를 보느라 제 사촌에게 돼지 똥을 치우란 명을 내렸다더라…… 가림은 세간이 그 같이 떠들며 파안대소를 터뜨리도록 방조할 수 없었다. 호롱 따위의 체면이야 신경 쓰지 않지만 그녀 자신과 가문의 명예는 중요하니까.

"옥호룡이 아니라, 본궁의 입장을 배려해 다오."

"이것도 싫다 저것도 싫다 할 거면 애초에 내 의견은 왜 물은 건지."

"······."

"좋아, 좋다고요. ······앞으로 일 년 간 그놈에게 말여물을 주라 시켜요. 그리고 그놈이 먹이를 줘 기른 말 중 가장 뛰어난 놈을 우리 대칸에게 보내요."

"그리하마. 말은 옥호룡이 직접 가져가게 하겠느니라."

"난 이만 초원으로 돌아갈래요."

잠깐 어디에 좀 들렀다가. 뒷말을 삼킨 사르네는 볼일이 끝났겠다 득달같이 자리에서 일어섰다. 까칠한 아이를 딱히 더 상대하고픈 생각이 없는즉 가림 역시 조용한데, 한데 어쩐 일인지 바깥으로 향하던 사르네는 돌연 멈춰 섰다.

옥호룡의 처벌에 관해 덧붙일 말이 있는 건가. 궁금증을 느끼는 가림과 묘한 빛이 일렁이는 사르네의 눈동자에 서로가 비쳤다.

"황후, 적운이 여자를 데려온 사실 알고 있어요?"

"호롱에게 전해 들었단다."

"그년에 대해 얼마나 알지요?"

"······."

가림은 의구심을 느꼈다.

무슨 속셈인 걸까. 저가 마음에 담은 사내가 다른 여인을 데려왔음이라. 투기를 느껴 험담을 늘어놓고 싶은 건가? 하지만 오랑캐의 특성상, 뒤에서 험담을 하느니 당사자에게 직접 주먹질을 할 텐데. 오죽하면 여란에는 '아녀자가 주먹질을 하면 가축이 자라지 못한다'는 금기 서린 속담까지 있다지 않은가.

"잘은 모르지만 대단한 미인이라는 것은 알지."

사르네는 코웃음을 쳤다.

"하긴. 껍데기, 딱 그거 하나는 봐줄 만하지."

"무슨 뜻인지 말해보아라, 사르네."

"어쩌면 그년과 황후, 죽이 잘 맞을지도 모르겠어요."

"……."

"왜냐면 그년도 저네 나라에서 황후였었으니까."

날카로움을 잃은 가림의 두 눈이 휘둥그레졌다. 침착함을 잃은 그녀가 언성을 높였다.

"사르네, 그 무슨 말이더냐!"

"그년도 한때는 황후였었지요. 아니지, 폐후된 적 없이 황태후인 채로 도망 왔으니 여전히 황태후인 건가?"

"……."

"수국 황성에서 백 리 떨어진 곳만 가도 그년에 관한 재미난 소문을 실컷 들을 수 있을 테니 관심 있으면 첩자라도 보내보든가요."

돌아서던 사르네는 다시 가림을 쳐다보았다. 소녀의 하관에요사스러운 미소가 새겨졌다.

"다시 생각해 봤는데, 첩자보단 사신(使臣)을 보내는 편이 낫겠어요. 사신을 통해 수국 황제에게 그년 소식을 전해줘요. 수국 황제는 저가 죽인 제 할아비만큼이나 그년을 아꼈었으니까, 지금쯤이면 그년이 그리워 해골처럼 바싹 말라 비틀어졌을지 몰라."

펙. 가림이 놓친 찻잔이 그녀의 발등을 치고 지나가 데구루루 바닥을 굴렀다. 하지만 가림은 아픈 줄을 몰랐다. 멀어지는 사르네의 뒷모습을 황망히 바라볼 뿐이었다.

성운은 벌떡 의자에서 일어났다. 만면에 미소를 머금은 채 그는 태산처럼 우뚝 서 있는 장부에게 다가갔다.

간만의 조우이건만 적운을 살핀 황제의 입술 새론 대뜸 농지거리부터 나왔다.

"턱만 보면 여전히 환관이로구만!"

호탕하게 웃는 성운과 달리 농담의 대상이 된 이는 멋쩍은 미소를 지으며 스스로의 아래턱을 매만졌다. 확실히 손 안쪽에 닿은 피부 결이 매끈하다.

성운은 계속해서 적운을 놀렸다.

"설마, 적국서 무언가가 잘못된 바람에 잘린 건가?"

"아닙니다."

"허면 환관 노릇 그만둔 지가 꽤 되었는데, 어찌해서 아직까지 아래턱이 사춘기를 아니 넘긴 사내아이의 것 같은 게야."

파격적이게도 적운은 여전히, 환관일 때와 마찬가지인 상태의 턱을 유지하고 있었다. 다듬은 정도가 아니라 정녕 정성스럽게 면도를 한 탓에 가까이에서 들여다보지 않는 이상, 그에게서 수염 자국조차 찾기 힘들었다.

신체발부(身體髮膚) 수지부모(受之父母) 불감훼상(不敢毀傷) 효지시야(孝之始也)이거늘, 게다가 이립을 넘기기까지 한 사내가 무슨 까닭으로 환관 흉내나 내고 있느냐 하면, 순전히 아원 탓이었다. 아원이 수염이 있으면 늙어 보이고 잘생긴 얼굴이 가려진다, 또한 이것저것을 할 때 따갑다, 적운에게 실컷 앙탈을 부린 결과로 현 상황이 초래된 것이다.

허나 그렇지만 '집에 있는 여자 때문이다'라고 솔직히 고백했다간 성운이 어떤 반응을 보일지 뻔한 데다, 팔불출 혹은 공처가 대접을 받고 싶은 생각 따윈 전혀 없기에 적운은 대충 얼버무렸다.

"이제는 이리 사는 게 편합니다."

"그래? 사실 자네가 잘리지 않았다는 건 잘 알고 있네."

"……."

성운은 어지러운 탁자 근처로 되돌아가 그 위를 살폈다.

"원체 인기가 좋은 자네이다 보니 돌아온 지 얼마 되지 않았거늘 벌써부터 소문이 무성하더군."

과연 황제는 소문을 들은 걸까 아니면 자의로 알아낸 걸까?

"여자가 생겼다며."

"……."

"어떠해. 혼자가 아닌 것이 오래간만인데, 재미 좋은가?"

"……."

"꿀 먹은 벙어리 흉내 그만 내고 돌부처나 다름없던 자네 마음을 휘어잡은 그이의 매력이 무언지 어서 털어놔 봐."

황제가 자꾸 캐물으니 무어라 대답을 하긴 해야 하는데. 한데 적운은 할 말이 없었다. 아니, 어찌 말해야 할지 감이 잡히지 않았다. 한 줄로 요약하기에는 지난 상황이 과히 복잡하잖은가.

더군다나 황실 사람들에게 아원에 관해 자세히 언급하고 싶지 않기도 해, 적운은 결국 가장 보편적이면서 성의 없는 대답을 내놓았다.

"인물이 빼어납니다."

그는 어서 이 화젯거리에서 벗어나고 싶건만 황제는 허하지 않았다.

"시시하군."

"……."

"미색이 전부라면 자네 곁에 진작 여자들이 넘쳤을 거야. 그리 오랜 시간 동안 혼자이지 않았을 거란 말이야."

"……."

성운은 짓궂게 웃었다.

"그 무겁기 짝이 없는 입을 열게 만들어 만족스러운 대답을 듣고 말걸세."

"……."

"술 한잔하세. 금일 밤 사저에 갈 생각일랑……."

미처 제안을 끝맺기 전에 성운은 입을 다물었다. 그 또한 언젠가 가림을 상대로 뜨거운 감정을 품어본 고로. '밤새도록 마시자' 얘기하는 찰나에 적운의 얼굴에 스친 꺼리는 기색을 어렵지 않게 눈치챘기 때문이다.

종형 또한 사내이건만. 그런고로 꽃에 끌리는 것은 당연한 이치이건만 어쩐지 신기해 성운은 미소를 지었다. 그가 이내 정정했다.

"술은 미루세. 대신."

성운은 붉은 비단에 감싸인 책봉서를 집어 들어 적운에게 던졌고 적운은 쉬이 날아온 물건을 낚아챘다.

"가지고 돌아가. 한창 좋을 때를 방해할 순 없지."

돌아가라 했거늘 책봉서의 내용을 살핀 적운은 그 자리에서 요지부동이다.

"받들 수 없습니다. 통촉해 주십시오."

이윽고 대뜸 청한 적운의 양 무릎이 바닥에 닿았다. 적운이 재차 가라앉은 목소리로 말했다.

"황명을 거두어 주십시오."

예상한 반응에 성운은 담담히 맞받아쳤다.

"싫어. 아직 여독이 완전히 풀리지 않아 피곤할 터, 괜히 힘 빼지 말고 어서 돌아가도록 해."

"받들 수 없는 성지(聖志)입니다."

"예의 상 망극한 척을 하는 건 충성의 일부이지만 계속 거부한다면 그는 불충이야."

황제의 위협 아닌 위협에 적운의 표정이 한층 어둡게 가라앉았다. 그렇지만 그는 결코 이번 황명을 받아들일 수 없었다.

『표기장군 직의 위적운을 친왕으로 봉하고, '예도 예(禮)' 자를 봉호로 내려 예왕으로 삼는다.』

그리 쓰여 있는 책봉서를 적운이 거부할 수밖에 없는 첫 번째 연유는 황자도 아닌 자신에게 친왕 작위를 내리려 하는 황제의 지금 이 처사가, 추후 자신을 황태자로 세우기 위한 물밑 작업임을 모르지 않기 때문이다. 두 번째는 만약 그가 친왕을 거쳐 황태자가 된다면…… 황실에선 아원을 친왕비와 황태자비로 인정치 않으려 할 것이다.

적운은 재차 토로했다.

"곡해하신들 신의 태도에는 변함이 없을 겁니다."

버티는 적운을 내려다보는 성운의 표정 또한 어두워졌다. 천자라고는 하나 그도 사람인즉. 어찌 친아들에게 황위를 넘겨주고픈 욕심이 없겠는가? 어찌…… 황제인 스스로보다 인기 좋은 종형제와 미래에 태어날 종형제의 핏줄에게 황위를 물려주기가 쉽기만 하겠는가? 그럼에도 나라를 위해, 대의를 위해 사사로운 감정을 무시하려 노력하고 있긴 하지만, 책봉서를 챙겨 조용히 사라질 테지 제 위협에도 꼼짝 않고 버티는 사촌을 보고 있노라니 은근슬쩍 속이 쓰렸다.

성운은 엄포를 놓았다.

"감히 천자를 이기려 하다니, 가능할 듯싶은가."

"……."

"두고 보세. 누구 뜻대로 되는지. ……장락궁으로 가자."

환대할 때와 대비되는 매몰찬 기세로 성운은 적운을 지나쳤다. 황제가 사라졌음에도 적운은 여전히 미세한 미동조차 없이 꿇어 앉아 있다.

"그런데 저 낭자는 누구일까요?"

"딱 보면 몰라? 마님 되실 분 아니겠어?"

"예? 드디어 새 장가드시려는 건가? ……하지만 마님 되실 분이라면 주인어른께서 정방(正房)까진 아니라도 동상방(東上房)을 내어주시지 않았을까요? 게가 돌아가신 마님께서 쓰시던 곳이니까요. 한데 저 낭자는 서상방(西上房)을 받았잖아요. 서상방은 동상방보다 낮은데."

"글쎄. 옛 마님께서 쓰시던 곳을 저 낭자에게 주기 싫으신 건지도 모르지. 어쨌거나 마님 될 이인 건 분명해."

"어찌 단정해요?"

"무뚝뚝한 분이 저 낭자를 흠씬 신경 쓰시는 모습을 봤으면서 그딴 걸 질문이라고 해? 금일 아침에도 주인어른, 어디로 출타하시는지 서상방에 굳이 들러 알리시고 나가시는 눈치이던걸? 게다가 소철이 말이…… 엊저녁 늦게 주인어른이 회랑을 통해 서상방으로 향하시던 모습을 보았다더라. 어쩌면 둘이 이미 같이 누운 걸지도?"

콰 소리가 나도록 거세게 문을 열어젖혔다. 세답을 하러 나서던 참이었는지 옷감이 잔뜩 든 동이를 머리에 이고 가던 종년 둘이 시퍼렇게 눈을 뜬 나를 발견하고 어깨를 움찔거렸다.

해가 중천에 걸린 지금까지 침의 차림새에, 방금 잠에서 깬 부은 얼굴을 하고 있는 내게 둘 중 나이가 더 많아 보이는 종년이 모기 소리로 말했다.

"소, 송구합니다. 아침상도 점심상도 거르셨다기에 아직 주무시는 줄 알고……."

종년의 예상은 틀리지 않았다. 배에 있는 동안 쌓인 피로 탓에 나는 방금 전까지도 자고 있었다. 다만 뉘가 날 욕하는 데에 민감하니, 한데 어떤 년들이 내 얘기를 들먹이니 깬 것이다.

"소, 송구합니다. 아가씨."

이번에는 어린 종년이 머리를 조아리며 사죄했다.

"가서 일들 보아."

'네들 주인은 과묵한데 어찌 네들은 가타부타 말이 많아!' 마음 같아서야 그리 쏘아붙이고 싶었으나 참은 나를 두어 번 흘끔거린 년들은 달음박질을 치다시피 해 수화문(垂花門) 너머로 사라졌다.

앞으로 계속 예서 살 거라면 벌써부터 아랫것들과 사이가 나빠 좋을 일이 무엇이겠는가. 그러한 생각에 참긴 했으되 속이 부글거려 발치의 돌멩이를 주워들었다. 그것을 냅다 정원 한가운데의 연못에 내팽개쳤다. 그럼에도 짜증이 여전해 단규가 나에게 내어준 서상방 바로 맞은편에 위치한 동상방을 노려보았다. 종년들이 단규와 내가 이미 동침을 한 거 같다느니 하며 떠든 것보다 다른 게 더 신경 쓰인다.

"예? 드디어 새 장가드시려는 건가? 하지만 마님 되실 분이라면 주인어른께서 정방(正房)까진 아니라도 동상방(東上房)을 내어주시지 않았을까요? 게가 돌아가신 마님께서 쓰시던 곳이니까요. 한데 저 낭자는 서상방(西上房)을 받았잖아요. 서상방은 동상방보다 낮은데."

짧은 기간 동안이나마 고관의 사택에서 살아본 적이 있는 터라 노비의 말뜻을 모르지 않는다.

집안에서 가장 위계가 높은 곳은 정방이다. 비유하자면 정방은 황제가 머무는 건청궁인 것이다.

정방을 기준으로 왼편에 놓인 동상방은 두 번째로 높다. 이는 식사 자리에서 귀한 손님을 집주인의 왼쪽에 앉히는 관례와 같은 이치일 터다.

동상방 다음이 바로 서상방이다. 즉, 서상방은 세 건물 중 서열이 가장 낮다. ……그리고 서상방은 내 처소다.

"글쎄. 옛 마님께서 쓰시던 곳을 저 낭자에게 주기 싫으신 건지도 모르지."

단규는 정말로 망처가 썼던 처소를 나에게 허락하기 싫었던 걸까?

나는 여전히 동상방을 노려본다. 참으로 이상타. 요 근래에 나와 단규는 한결 가까워졌는데, 한데 망처를 향한 내 질투는 외려 커졌다. 황천에 있는 망처가 멀게만 느껴졌었는데, 이제는 눈앞에 있는 양 가깝게 느껴진다.

"이제는 저 방이 탐나는가 보지?"

문득 날아든 목소리를 좇았다. 방금 전까지 내가 그러했듯이, 뉘가 시기심 가득한 심술궂은 얼굴을 한 채 날 노려보고 있다.

"저곳은 그이의 죽은 처가 살던 곳이지. 넌 이제 적운의 본처 자리를 탐내고 있는 거야. 내 말이 틀려? 이 앙큼한 년아."

이년 저년 하는 사르네의 괄괄하기 짝이 없는 꼴을 보건데 뱃멀미는 더할 나위 없이 깨끗하게 나은 모양이다.

"거짓말쟁이."

"……."

"음란한 년."

깨끗하긴 하지만 어여쁘게 관리되진 못해 삭막한 정원을 바라보며 딴청을 피우던 내가 사르네를 흘겼다.

"짐승 같은 오랑캐."

가장 싫어하는 욕을 들었음이요. 맞불을 놓았으나 발끈할 거라 예상한 사르네는 어인 일인지 입꼬리를 추켜올렸다.

"내가 배 안에서 무슨 일이 있었는지 모를 줄 알아?"

"……."

"놓아주겠다더니 쫓아온 걸로 모자라, 적운에게 그 더러운 몸뚱이를 들이대?"

그렇잖아도 동상방 때문에 기분이 좋지 못한데 상황이 이러하니 점점 더 심하게 심기가 불편해져 갔다. 그럼에도 새치름하게 웃어 보인 나는 눈물이 그렁그렁한 눈을 하고 있는 계집아이에게 최대한 얄밉게 빈정거렸다.

"너도 해보지 그랬니."

"……."

"벗고 안기지 그러했어. 하긴, 그런다고 별일이 있었을 듯싶진 않아."

"……."

"네 짝으로는 말 한 필이 적격일 테, 악!"

천둥이 내리치는 양 번쩍번쩍 거리는 걸로 모자라 뱅뱅 도는 시야를 견디지 못해 풀썩 바닥에 주저앉았다. 욱신거리는 왼쪽 턱을 감싸 쥐었다.

"아, 아흑."

"아가씨! 괜찮으세요?"

내 앓는 소릴 듣고 어디선가 나타난 계집종의 손길을 거부했다. 입가를 손끝으로 닦고, 비틀거리며 일어섰다.

"어머, 이를 어째! 고운 얼굴에 피라니!"

"조용하지 못하여?! 아랫것들 모두를 불러들여 나를 구경거리로 전락시킬 셈인 게야?"

호들갑을 피우는 소해(小奚)를 단속시키고 손가락 이곳저곳에 묻은 피를 내려다보았다. 다시 사르네를 흘겼다. 저 상년. 정녕 짐승 같아, 수틀렸다 하면 손찌검이라니!

마음 같아서야 당장 계집의 머리채를 휘어잡고 싶지만 그럴수 없다. '주인어른이 데려온 여자가 시정잡배와 다름이 없다더라' '경망스럽기 짝이 없어 이민족 계집애와 치고 박고 싸웠다더라' 노비들이 떠들어댈 수다거리를 던져 주고 싶지 않으니까.

그렇다고 아무런 내색 없이 화를 참을 순 없어 독사 같이 혀를 놀렸다.

"사르네. 단규, ……적운이 분명 말하였잖니. 너는 만년을 알고 지내도 동생 이상으로 보이지 않을 거라고. 물론 마음에 담은 이에게 그런 말을 들으면 화가 날 만도 하지. 이해해. 하지만 그래도 그렇지, 이러면 쓰니? 내게 볼썽사나운 추태를 부리면 무엇이 달라져?"

"……."

"그이 옆자리는 내 몫이야. 그만 인정하고 네 초원으로 돌아가 소, 돼지 말과 함께 풀이나 뜯으렴."

또 한 번 얻어맞을 각오를 했거늘, 주먹을 휘두르는 대신 오랑캐는 비식거렸다. 그러나 웃는 모양새가 어쩐지 씁쓸했다.

"과연 그럴까? 너 따위 여자가 적운의 옆자리에?"

"……."

"나는 내가 정말로 적운의 배필이 될 수 있을 거라 생각지 않았어."

"……."

"두고 보자고. 네년의 경우엔 다른지."

표독스레 날 꿰뚫어보는 사르네의 뺨을 타고 눈물 한 방울이 흘러내렸다. 그 모습을 마지막으로 계집은 등을 돌렸다.

무슨 뜻이지. 저년의 마지막 말, 무슨 뜻인 거야.

"……헛소리야. 샘이 나 되는 대로 헛소리를 지껄인 거라고."

찝찝함을 털어버린 난 다시 망처에게 집중했다. 맞은 입가가 아프고 말라붙어 가는 핏줄기가 불편하지만 그렇다 해서 망처를 향한 질투가 가라앉진 않는다. 내가 신경 쓰이는 대상은 제 연정을 보답 받지 못했다 발광을 떨어댄 어린 오랑캐 따위가 아니라 실제 그와 살을 섞으며 살았던, 저 동상방에 거주했던 한 죽은 여자다.

"아가씨, 흉이 질까 두려워요. 얼른 안에 드시어 입가를 치료하셔요."

팔에 닿은 솜털이 보송보송한 손을 매몰차게 뿌리치는 대신 살며시 밀어냈다. 짜증을 참아가며 나긋이 물었다.

"네 이름이 무어야?"

계집종의 두 눈이 또랑또랑 빛났다.

"천비요."

"천비, 네게 물어볼 것이 있단다."

"무언데요?"

"동가(東家)께서 그 분의 망처와 금슬이 좋으셨었느냐?"

나와 정을 나눌 때의 한껏 집중한 단규의 모습. 그 같은 모습을 그 여자도 봤을까? ……봤겠지. 그러니까 애가 생겼었겠지.

동상방 안에서 두 사람, 나란히 누웠었겠지.

그 여자와 단규가 함께 있는 백해무익한 상상이 끝없이 떠올라 괴롭기 짝이 없다. 동상방을 헐어버리라. 활활 태워 흔적도 없게 하라. 마음 같아선 단규에게 그리 조르고 싶다. ……새삼스레 그가 대단하게 느껴진다.

"그다지 좋지 않으셨어요. 마님께서는 계집인 노비들에겐 친절하셨지만 사내인 노비들에겐 차가우셨지요. ……대인께도 잘 웃지 않으셨고요. 두 분 사이가 썩 좋았다면, 정방에서 함께 생활하셨을 거예요. 대인께선 정방에서 지내시고, 마님께선 동상방에서 지내시는 식이 아니라요."

그래? 사이가 좋진 아니했어? 정말로?

미미한 기쁨을 느끼며 퉁명스럽게 물었다.

"얼마나 아니 좋았는데?"

난감한 기색을 내비치는 천비를 재촉했다.

"네가 갑자기 벙어리가 되었나 보구나?"

"아가씨, 노비가 돌아가신 마님 얘기를 입에 담았다는 사실을 대인께서 아시면 싫어하실 거예요."

"……."

일전에 사르네도 저리 말했었다. 죽은 처를 이야깃거리 삼는 걸 단규가 싫어한다고.

더 캐묻고 싶은 충동과, 단규가 싫어하는 행동을 하고 싶지 않다는 이성 사이에서 한참 갈등한 끝에 말했다.

"알았느니라. 더는 묻지 않을게. 대신 동상방에 들어가 볼래."

"예? 아가씨!"

만류하듯 외치는 노비를 무시했다. 나는 기어코 건물 안에 들어섰다.

그 여자가 죽은 지가 육 년이 되었다니 당연하지마는, 내부는 썰렁하다. 사람의 인기척 따윈 전혀 느껴지지 않는다. 침실 칸의 침상에는 이불 혹은 베개 하나가 놓여 있지 않고 구석에 놓인 화병들에는 무엇도 꽂혀 있지 않다. 거실 칸에는 의자 세 개가 덩그러니 놓여 있다.

창가를 흘끔거렸다.

"그래도 먼지가 쌓이거나 하진 않았네. 예도 주기적으로 쓸고 닦는 게야?"

"하는 김에 하지요."

"빈방인데 어찌해서."

"주인어른께서 명하셨어요."

"……."

다시 침실 칸으로 돌아와 화장대의 서랍 하나를 잡아 당겼다. 텅 비어 있을 줄 알았건만 안에는 옥으로 만들어진 머리빗과 팔찌가 들어 있다. ……괜히 열었다.

아무렇게나 서랍을 밀어 넣고 도망치듯 바깥으로 나왔다. 단규가 보고 싶다. 얼른 그를 보아 망처를 그만 떠올리고 싶어.

"단규는 언제 오는 게야."

내가 이렇게 시무룩해 있는데. 기분이 좋지 못한데. 한데 어찌 안 와. 무얼 하느라 아침나절 일찍부터 황궁에 간다 나섰으면서 여태껏 소식이 없어!

"그분이 누구신가요?"

"이 사택의 주인이지 뉘야!"

"아…… 아가씨 일단은 서상방으로 드세요. 약을 바르시어야지요."

그놈의 약 타령!

"주인어른께서 피가 말라붙은 아가씨 얼굴을 보시면 슬퍼하시지 않겠어요?"

듣고 보니 맞는 말이라. 더군다나 정원에 있어봐야 재수 없는 동상방에 나도 모르게 눈길이 가는지라 서상방으로 향했다. 흘끗 수화문을 돌아보거늘 단규의 그림자조차 보이지 않는다.

입가에 닿은 생소하면서도 익숙한 촉감 탓에 눈이 떠졌다.

빤히 단규를 쳐다보다가, 창가로 시선을 돌렸다. 한없이 뉘를 기다리다 포기하고 뿔난 상태로 침상에 누웠을 때는 깊은 밤이었거늘 창을 통해 동틀 녘의 어스름한 빛이 새어 들어오고 있다. 이가 무슨 뜻인가?

벌떡 일어나 앉아 찢어진 눈꼬리를 하고선 외쳤다.

"외박을 하였어?!"

질문 같기도, 고함 같기도 한 내 소리에 그는 대답하지 않았다. 대신.

"입가가 어찌 그렇답니까."

전날 나에게 모욕을 던진 걸로 부족해 때리기까지 한 오랑캐

년의 작태를 되새기니 그저 화가 나 곧이곧대로 털어놓았다.

"사르네가 다녀갔었어."

고자질에 이어 소매 끝으로 눈물을 찍어내는 척을 하는 나를 바라보는 단규의 그렇잖아도 좋지 못하던 낯빛이 한층 어두워졌다. 그늘진 그의 눈가에 노기가 스치는 듯싶었다.

"그 아이 힘이 장사라 욱신거려."

답삭 안겨들어 어리광을 부리는 내 등허리를 따스한 손이 어루만졌다. 속상한 한숨이 이마를 스쳤다.

"귀여운 여동생 같다, 그래서 좀 더 엄히 단속하지 않은 제 불찰입니다."

무어래. 귀여운 여동생 같다니 뉘가? 그년이?

"귀여워?"

재차 부어터진 내 입 옆을 살피던 단규는 뾰족이 날을 세운 나를 확인하고 찰나에 옅게 웃었다.

"이리 투기가 많아서야."

가벼웠던 어조를 고려하건대 그의 한마디는, '어찌 아녀자가 질투를 하느냐!'와 같은 타박이 아니라 농인 게 분명했다. 그러나 전혀 재밌지 않다.

"많은 거 알면 어찌 그 계집더러 귀엽다 해? 그리고 무엇이 귀여워, 귀엽기는! 천생 성난 수소 같은데!"

속 좋은 시골 촌부처럼 담담한 그에게 계속해서 쏘아붙였다.

"간밤을 어디서 보낸 게야! 사내가 외박을 하면 계집이 무슨 생각부터 하는 줄 알아? 딴 년이랑 같이 있지 않았을까 하는 의심부터 들어!"

"황궁에 있다 방금 막 돌아온 참입니다."

"……일찍부터 갔으면서 무얼 하느라 밤을 새운 건데."

어느 궁녀 년의 손을 붙잡고 달구경을 했다거나 한 건 아니겠지?

"황상께서 차마 받들 수 없는 성지를 내리신 탓에 철회를 주청하느라 내리 꿇어앉아 있었지요."

"성지의 내용이 무엇이었기에? 아니 그보다……."

전후사정을 듣고 보니 확실히 단규의 안색이 까실한 데다, 게다가 그가 외박을 한 까닭을 알았겠다, 슬그머니 안쓰러운 마음이 들었다. 가뜩이나 황궁으로 나서기 전날 밤에 잔뜩 힘을 썼던 그인데 잠 한숨 못 자고 꿇어앉아 있었다니 얼마나 곤할 텐가?

동상방에 관한 투정은 나중에 부리리라. 결론지은 나는 얼굴빛을 누그러뜨렸다. 단규의 뺨을 부드러이 만지작거렸다.

"황상은 왜 부담스런 성지를 내려서 애꿎은 이를 이리 고생시키었담."

새침한 어투로 편을 드는 내가 우스워서인지 아님 기특해서인지 단규의 두 눈이 초승달을 엎어 놓은 모양새로 휘었다.

"외박한 걸로 더는 무어라 하지 않을게. 곤할 텐데 어서 눈 붙이어."

"그래야겠습니다. ……저는 이만 정방으로 건너갈 테니 다시 잠들 요량이거든 눕기 전에 입가에 약을 한 번 더 바르도록 하십시오."

일어서려는 그의 허리춤을 재빨리 붙잡았다.

"가긴 어딜 가려고? 눈 붙이라 했지 곁에서 멀어지라 하진 않았어."

"……."

"황궁에 있는 동안 내가 보고 싶지 아니했어? 하여 이제 막 만났거늘 도망을 놓으려는 거야?"

"근래 제 가장 큰 기쁨이 아원인데 그럴 리 있겠습니까."

"……."

갑자기 꿀 먹은 벙어리가 된 나는 활활 타오르는 뺨이 버거워 고개를 숙였다.

저리 설레는 말을 하다니. 그러고 보면 이이는 항상, 오래간만에 만나게 되었을 때에 평소보다 다정해지는 경향이 있는 듯하다. 예전에 어화원에서 보름 만에 마주했을 적에도 과히 다정하여 내가 정신을 차릴 수 없게 만들지 않았던가.

앞으로도 종종 외박을 하라 해야 하나?

"근래 말고 앞으로도 영원히, 나 기쁨으로 삼아주어."

낮지만 시원스러운 웃음소리가 귓바퀴를 스쳐 나 역시 배시시 웃었다. 다시 날름 그에게 안겨들고 졸랐다.

"내가 보고 싶었으면 어찌 일어나려 해? 어제 못 봐서 많이 슬펐단 말이야. 그러니 정방에 가지 말아. 같이 있어. 응?"

단규는 고민하는 기색이 역력했다. 간간히 얘기하는 소리가 새어 들어오는 문가를 흘끔거린 그가 말했다.

"아직 겨를이 없어 집안 이들에게 아원에 관해 제대로 언급하지 않았습니다. 그러니 최소한 내외하는 척은 해야 하지 않겠습니까."

여관에서도, 배에서도 그랬듯이 단규는 또 저 밖에 있는 제삼자들이 신경 쓰이는 모양이다. 그러나 무의미한 일인 것을. 이미 아랫것들은 우리 사이를 안주삼아 저들끼리 실컷 떠들고 있을 텐데 내외는 무슨 내외란 말인가? 정녕 내외를 하려 했거든 서상방에 들락거리지 말았어야지.

코웃음을 치려다 참은 대신 앙큼하게 지껄였다.

"소철이라는 노비가 사저에 도착한 날 깊은 저녁, 공자님께서 서상방으로 오시던 모습을 보았나 보던데요? 저에 관해 따로 아랫것들에게 언질을 주시지 않아도 될 듯해요."

"……."

"계집종 둘이 공자님과 저의 사이며…… 우리가 동침했을 거라 떠드는 걸 들었답니다."

괜스레 침의 옷고름 한 짝을 손가락으로 빙빙 돌리다 단규를 바라보았다. 그의 목 언저리가 울긋불긋하다.

비식거리는 나를 피해 겸연쩍다는 듯 '흠' 헛기침을 터뜨린 그가 입술을 뗐다.

"제가 재차 경거망동한 바람에 상황이 두서없어졌으나…… 차라리 잘 되었습니다. 자연스럽게 알려졌으니 아원에 관해 어찌 운을 떼야 할까 고민할 필요가 없어졌습니다."

단규는 내가 그만 히죽거리길 바라는 눈치이지만 그러기가

암영(暗影) 231

쉽지 않다.

"그리 계속 웃으면 정방으로 갈 수밖에."

무서운 엄포를 들어서야 나는 정색한 표정을 지었다.

"웃지 않을게. 당황스러워하는 모습이 색달라서 그랬어."

살살 눈치를 봐가며 단규의 가슴에 머릴 기대자 다행히 그는 별다른 타박하는 소릴 늘어놓지 않았다. 침상 머리맡의 작은 탁자 위, 약병 속 약을 내 입술에 발라주고 가만히 날 끌어안았을 뿐이다.

그 작은 배려마저 좋기만 해 그와 나란히 누워 자꾸만 해죽거렸다. 전날 동안 내리 그리웠던 장부의 살 내음을 좇아 더, 더 바싹 너른 품 안으로 파고들었다.

"자?"

"잘 겁니다."

정녕 많이 곤한지 웬일로 눈을 질끈 감고 있는 단규인지라 나 역시 못다 한 잠을 청했다. 새벽에는 옆자리가 허해 추웠는데 지금은 그렇지 않다.

사저에 도착한 날 깊은 저녁, 당신이 서상방으로 오던 모습을 아랫것들 중 하나가 봤다더라. 계집종 둘이 우리 사이를 실컷 떠들고 있더라.

집안 상황을 전해들은 단규는 더 이상 주변을 신경 쓰지 않았다. 배에서 그러했듯이, 기왕지사 이리 된 김에 될 대로 되라는 식으로 거리낌 없이 날 대했다. 어찌 거리낌 없이 대했느냐면, 사방이 훤히 트인 정원에 있는 지금 그와 내 손은 맞붙어 있다. 처음에는 내가 먼저 그의 손을 붙들었지만 이제는 그가 나를 감싸 쥐고 있다.

그가 그리 적극적이니 나는 물론이고, 항시 지엄하기만 하던 주인어른이 돌연히 나타난 여자와 친밀히 구는 모습을 흘끔거리느라 노비들 또한 신이 났다. 하지만 그네들이 저들 할 일을 하는 척하며 기회만 낫다 싶으면 우리 쪽을 훔쳐보거나 말거나. 나는 밝게 조잘거렸다.

"정원이 어찌 이렇게 삭막하여?"

"제가 신경 쓰지 않은 까닭이지요. 삭막해 보기 싫다면 취향대로 가꿔보지 않고요."

"그래도 돼?"

"안 될 이유가 무엇이겠습니까."

정원은 대체로 안주인이 돌보는데 그런 일을 나보고 하라고!

마치 그의 정실부인이 된 것처럼 착각이 들어 한결 기분이 좋아진 내가 기쁘게 말했다.

"난 종류가 무엇이건 하얀 꽃이 좋아."

왜냐면 나와 달리 순결하고 귀해 보이니까.

"달리 원하는 것은?"

"음…… 연못에 잉어를 놓고 싶, 헉…….."

자못 경망스레 움직이던 나는 연못 가장자리의 이끼가 가득해 미끄러운 돌을 디뎌 균형을 잃고 비틀거렸다. 다행히 단규가 번개처럼 빠르게 부축을 해줘 신발 앞코만 젖었을 뿐 물귀신이 되는 꼴을 면했으나 그래도 창피하기 짝이 없었다.

민망함을 이기려 퉁명스레 중얼거렸다.

"미끄럽잖아."

"관리가 잘 되지 못해 위험하거니와 어여쁘다, 수신(水神)이 아원을 채어갈까 걱정되니 연못에는 가까이 가지 마십시오."

달래는 음성으로 소리 내어진 한마디가 놀라워 눈을 크게 떴다. 낯간지럽지도 않은지 태연하기 짝이 없는 단규를 빤히 쳐다보다가 목과 얼굴에 차오른 열기가 식어서야 입을 열었다.

"잘 못 들어서 그러니까 다시 한 번 말해주어."

실은 못 들은 게 아니라 또 듣고 싶어서라는 걸 훤히 알 테면서 그는 웃을 뿐이었다. 여우같기는!

포기하지 않고 그의 허리춤에 매달려 교태를 흘렸다.

"한 번만. 더도 말고 덜도 말고 딱 한 번만 더 말해주어."

"연못에 가까이 가지 마십시오."

잇새로 안타까운 탄식이 흘러나갔다.

"그거 말고 다른 거!"

"무슨 말을 또 했었던가?"

짐짓 모르는 체하는 상대가 얄미워 눈꼬리를 빼죽이 했다. 그제야 그는 '내가 졌다'는 표정을 지어 보였다.

"별 소리 아니었건만 무엇한다 구태여 다시 들으려 하는지 모르겠습니다."

"별 소리 아니면, 그럼 그까짓 거 한 번 더 못 말해줄 이유는 무어람?"

내 주장이 그럴듯해서일까. 아니면 당장이라도 삐칠 것처럼 내가 신경질적으로 굴어서일까. 어느 쪽이건 간에 단규는 더는 반박하지 않았다. 대신 과거의 한마디를 되풀이했다.

"어여뻐서 하백(河伯)이 낚아채 갈까 걱정되니 아원, 연못에 가까이 가지 말라 했습니다."

"......."

방긋 웃은 나는 만족스럽기도 하고 부끄럽기도 해 단규의 가슴팍에 뺨을 문질러 댔다.

"남들이 어여쁘다 했을 때는 반가울 거 없었는데 네게 들으니 달라. 좋아."

히죽거리는 나를 내려다보는 그의 얼굴에 미소가 번졌다. 그러나 그가 돌연 진지해져 그 이상한 낌새에 나 역시 웃음을 그쳤다.

"왜? 어찌......."

입을 앙다물었다. 부둥켜안고 있는지라 맞닿아 있는 사내와 나 자신의 하체를 흘끔거리다가, 다시 단규를 올려다보았다. ......아랫배 부근을 단단한 어떤 물건이 찔러댄다.

양 뺨이 뜨거워진다. 한숨 자더니 피로가 싹 가신 모양이지? 어찌해야 할지 모르겠어 우물쭈물하다 겨우 운을 뗐다.

"혹여 황궁에 있을 적에, 언제부턴가 내가 안겨들 때마다 피한 이유도 이래서였던 거 아냐?"

단규는 대답이 없다. 대신 그는 주변을 살피더니 아무도 없음을 확인하고 나를 안아들었다.

아무것도 모른다는 것처럼, 수줍다는 것처럼 서상방을 향해 얌전히 안겨 가던 나는 문득 그를 멈춰 세웠다.

"잠시만! 멈춰보아!"

그는 급하고 난 그렇지 않은 지금이 원하는 무언가를 얻을 절호의 기회라는 생각이 번뜩 뇌리를 스쳤기 때문이다.

"먼저 할 얘기가 있어. 내가 망처가 살았던 동상방에 머무는 게 싫어서 동상방보다 낮은 서상방을 내어준 거야?"

머릿속에 딴 생각이 가득 찬 탓에 이해가 되지 않는지 그가 조용해 설명을 덧붙였다.

"……노비 계집들이 하는 말을 들었어. 내게 정방 다음으로 으뜸가는 동상방을 내어주지 않은 것이 이상하다는 식으로 말하는 걸."

"그러한 말을 들었으니 또한 투기를 느꼈겠군요."

차마 부정할 수 없다.

"서상방이 싫다면 정방에서 머무십시오."

기대치 못한 제안에 놀라 되물었다.

"정방에서?"

"망처의 유언이 좋지 못했던지라 미신 따위 믿지 않는데도 혹여나, 동상방에 아원을 머물게 했다 좋지 못한 일이 생길까 두려워 서상방을 내줬던 겁니다."

"무어라 했는데?"

"……그저 저를 탓하는 소리였습니다. 제가 못난 사내라 여인을 마음고생 시킨다는."

심보 못된 망할 년! 그딴 허무맹랑한 망발을 지껄여, 감히?

"헛소리야! 나한테는 잘해주는걸?"

"여하간에."

조용히 웃은 단규가 이어 말했다.

"아원의 이름을 정식으로 족보에 올리고 계처(繼妻)로 맞아들였음을 가솔들에게 알린 연후 방을 합치려 했지만…… 어차피애초의 계획이 다 틀어진 이 마당에, 순서가 좀 더 바뀐들 문제될 일이 있겠습니까. 더군다나 이리 서운해하니 지체해선 안되겠습니다."

동상방을 흘기고 있던 내 두 눈이 휘둥그레졌다.

족보라니? 계처라니?

"정말, 정말이야? 나를……."

정실부인 삼아준다고.

어안이 벙벙한 나와 달리 단규는 당연하다는 어조로 말했다.

"몇 번씩이나 정을 나눈 이를 누구도 아닌 상태로 방치해 둘줄 알았습니까."

"……."

"아니면 정녕 호색한에게 보내려 할 줄 알았습니까."

……나 이미 호색한과 살고 있는 거 아니었나?

의문을 꾹 참은 나를 데리고 단규는 다시 서상방으로 아니,정방으로 향했다. 그에게 안겨가며 뚫어져라 동상방을 쳐다보았다.

망처에게 이긴 기분이 든다. 단규는 이제 내 낭군님이다. 못

돼 처먹은 유언이나 남긴 죽은 계집이 아니라.

"흐."

이제는 대뜸 함박미소를 짓은 걸로 모자라 실없는 웃음소리
까지 흘리는 나를 단규는 무언가 신기한 것을 구경하듯 빤히
내려다본다.

"갑자기 기분이 좋아졌나 봅니다."

"좋아. 많이! ……낭군님."

"……."

"낭군님, 저는 낭군님이 너무 많이 좋답니다. 저기 저 위 하
늘 크기보다도, 예 올 때 보았던 바닷물 양보다도 더."

"……."

단규의 목을 부둥켜안았다. 자꾸만 그의 뺨과 목에 쪽 소리
가 나도록 입을 맞췄다.

도무지 믿기지 않아 되물었다.

"정말 내 낭군이 되어줄 테야? 나 정처(正妻) 삼아줄 거야?"

그는 가타부타 대답이 없다. 어서 침실로 들어가고 싶은지
걸음만 서두를 뿐이다.

엎드려 누워 단규의 입술에 내 입술로 한창 장난을 치고 있
는데, 갑자기 우렁찬 고함이 울렸다.

"황명이오!"

"대인, 황궁에서 뉘가 나오셨습니다요!"

그 뒤를 이어 청지기의 목소리까지 날아드니 단규는 지체 없

이 옷가지를 갖춰 입고 바깥으로 향했다.

나는 한 박자 늦게 문가로 나와 그늘 속에서 정원을 바라보았다.

"황명이오!"

짙은 녹색빛깔 복색의 관리가 다시금 외치자 단규는 무릎을 꿇었다. 관리는 나이가 적지 않아 보이는데도 턱에 터럭 한 올이 없는 것이 환관인 듯싶었다.

저 환관은 이 나라의 황제를 가장 지척에서 받드는 이리라. 그렇지 않고서야 어찌 환관 따위에게 성지를 전하는 업무를 주겠는가?

"표기장군 직의 위적운을 친왕으로 봉하고 '예도 예(禮)' 자를 봉호로 내려 예왕으로 삼는다. ……전하께서는 어찌 폐하께서 하사하신 책봉서를 미앙궁에 두고 가셨나이까? 어서 받으시지요."

일어나 붉은 비단에 감싸인 책봉서를 받아든 단규가 나를 돌아본다. 그의 안색이 좋지 못하다. 그러나 그보다 내 얼굴이 더 딱딱하다.

"노재는 이만 물러가옵니다."

오로지 도망치듯 물러가는 환관만이 화색이 도는 얼굴을 하고 있을 뿐이다.

"친왕이라니?"

막연한 두려움이 등허리를 타고 흘렀다. 그저 여타의 사내들처럼 관직 생활을 하는 줄 알았는데 친왕이라니!

"친왕은 황제나 선황의 아들만이 될 수 있잖아."

단규는, ……적운은 황제의 핏줄이란 말인가? 그토록 귀한 이라고? ……난 아닌데.

"저는 황자가 아닙니다."

복잡한 속내를 숨기지 못한 내게 다가온 그가 다독이듯 내 손을 그러쥐건만 기분이 나아지지 않았다.

"황자가 아니면 어찌 친왕 작위를 받아?"

"……."

그러고 보니 황자 아닌 이를 친왕 삼은 경우가 드물게나마 있긴 있었다 했다. 어쩌면 단규도 그중 하나이리라. 큰 공을 세운 까닭에 예외로서 황자 대접을 받는 것이리라.

문득 솟아오른 기대감에 취해 눈을 빛내며 해명을 기다렸다.

"어찌 된 일인지는 황궁에 다녀온 후에 설명해 주겠습니다."

돌아서던 그는 좋지 못한 내 표정에 마음이 쓰였는지 한 마디를 덧붙였다.

"염려할 것 없습니다."

염려하지 말라고. 하지만 어떻게?

벼슬아치들이 입는 정복도 아니요. 사저에 있던 그대로, 평복 차림새로 밖으로 나서는 그의 저 뒷모습을 보건데 그는 못해도 황족임이 분명하다. 그렇지 않다면 대체 어느 관리가 관복을 아니 입은 채 황궁으로 향하겠는가. 황제 무서운 줄을 몰라 기세등등하고 오만한 이라면 그럴 수 있겠지만, 단규는 겸손한 사내다.

두 손을 꼭 마주잡았다. 못된 오랑캐 계집의 마지막 말이 귓가에서 메아리친다.

"너 따위 여자가 적운의 옆자리에?"
"나는 내가 정말로 적운의 배필이 될 수 있을 거라 생각지 않았어. 두고 보자고. 네년의 경우엔 다른지."

질투로 말미암은 헛소리일 뿐이다, 넘겨듣지 말았어야 했던 걸까?
텅 빈 수화문을 걱정스레 바라보았다.

단규는 다시금 외박을 했다. 그렇지만 이전처럼 화가 나진 않았다. 어디서 무얼 하고 있을지 짐작이 됐기에.
그는 그를 친왕으로 삼는다는 성지를 철회해 달라, 황제에게 주청하고 있을 터다.
"마님, 갈수록 아리따워지시는 듯해요."
내 머리를 빗어 내리는 천비를 흘끔거리고 면경을 들여다보았다. 걱정과, 임을 그리는 마음 탓에 시무룩한 계집이 날 마주한다.
천비의 아첨을 퉁명스레 맞받아쳤다.
"웃지도 않고 있는데 어여쁘기는."
"아니에요. 딱히 고운 표정을 짓지 않으셔도 어여쁘신걸요. 게다가 마님, 사저에 처음 오셨을 때보다 살결이 뽀얘지셨고,

눈매도 부드러워지셨어요. 그래서 더 어여쁘세요."

"……그래?"

윤기가 흘러 매끄러워 보이는 것이 확실히 피부는 좋아진 듯하다.

"점점 더 고와졌으면 좋겠다. 단규가 평생 나만 보게끔."

혼잣말처럼 중얼거린 나는 홍옥이 주렁주렁 매달린 보요(步搖)를 집어 드는 계집아이를 저지했다.

"거추장스러우니 달지 말아. 보여줄 사람도 없는데 요란스럽게 치장해 봐야 무엇할까. 무겁기만 하지."

"예에."

"글공부나 해야겠으니 지필묵을 가져, ……아니, 잠깐."

그러고 보니 왜 이 아이에게 물을 생각을 못했을까?

"네게 물을 것이 있단다."

"무엇이 궁금하신가요, 마님?"

"너도 귀가 있으니 황제가, ……황제폐하께서 네 주인께 친왕 작위를 내리셨다는 소식을 들었을 테야. 그렇지?"

"예, 들었어요."

"어째서 그러신 거니?"

"그것이 무슨 말씀이신가요?"

"어째서 네들 폐하께서 황자도 아닌 그이를 친왕으로 봉하려 하느냔 말이야."

나도 모르게 언성을 높였으매 계집아이는 찔끔 겁을 집어먹은 모양이었다.

"마님, 주인어른께 직접 여쭈시지 않고요."

"왜 안 그러고 싶겠어? 한데, 황궁에서 아니 오는 걸 어떡해?"

단규는 안 오는데, 난 지금 당장 알고 싶단 말이야. 궁금해 죽겠다고.

급한 성질머리를 제어하지 못해 당장이라도 울음을 터뜨릴 것처럼 구는 나를 난감히 쳐다보던 아이는 이윽고 무거운 입을 열었다.

"잘은 모릅니다만, 주인어른께서 황자는 아니시더라도 황제 폐하의……."

"마님! 나와보셔요!"

천비의 말소리를 집어삼킨 고함을 좇아 문가를 흘겼다. 어느 년이 감히 소란을 피워?

"뉘가 이리 목소리를 높여! 경망스럽게!"

"마님, 어서 나와보셔요!"

조용히 하라 했거늘 되레 시끄럽게 굴다니! 대체 어느 년인지 상판대기를 봐야겠어!

신경질적으로 밖에 나와 서자 지난날 나에 관해 이러쿵저러쿵 떠들던 중년 여종이 보였다. 그리고 또…….

나는 단체로 맞춰 입은 듯, 당개나리 빛깔의 반비(半臂)에 분홍빛 치마 차림을 한 계집 무리에서, 그네들보다 한 걸음 앞에 나와 있는 노부(老婦)에게로 눈길을 옮겼다. 노부의 얼굴 곳곳에 드리운 주름에 엄한 기색이 아로새겨져 있는 듯싶었다.

저들은 뉘기에 늑대 흉내를 내어 떼거지로 예 찾아온 걸까?

머릿속 의문에 대한 자답을 떠올린 찰나, 노부의 끝이 축 처진 입술이 벌어졌다.

"황궁으로 가야겠소."

"……"

"뫼셔라."

딱딱한 음성을 끝으로 네댓의 계집들이 나를 에워쌌다. 두 년은 심지어 포박하듯 내 팔을 한 짝씩 붙들기까지 했다.

죄인도 아닌 나에게 왜 이러느냐! 빽 소리치고픈 충동을 억누르고 애써 침착하게 웃어 보였다.

"노상궁, 황궁에 계신 뉘가 나를 보시고자 하는가 봐요."

"……"

"기꺼이 따를 테니 죄인처럼 대하지 말아주겠어요?"

건방진 늙은 년은 홱 하니 돌아섰다. 나는 곧바로 여관 계집들에게 이끌려 반강제적으로 가마에 밀어 넣어졌다.

"마님!"

천비의 것일 게 분명한 가냘픈 외침에 대답하지 않았다. 덜커덩 흔들리더니 이동하는 가마 안에서 나는 나답지 않게 이상할 정도로 얌전히 앉아 있을 뿐이었다.

"내리시오."

노상궁의 말투가 거슬렸지만 불평 않고 가마에서 내렸다. 앞서가는 년을 따르며 주변을 살폈다.

이층, 삼층 높이의 거대한 전각들에 가려진 하늘이 다른 때보다 작아 보인다. 축조한 지 얼마 되지 않았을 게 분명한 전각들의 벽면과 기둥은 피를 뒤집어 쓴 양, 선명한 검붉은색이다. 전각들을 받치고 있는 회색빛 기단들은 냉기를 뿜어내는 듯싶다. 내가 향하고 있는 정면의 건물로부터 뻗쳐 내려온 석조 계단은 너무 커서 하나를 오를 때마다 힘이 쑥쑥 빠진다.

비록 기와지붕에 금칠은 되어 있지 않을지언정 예는, 유국 황궁은 위압적인 몸체로 나를 움츠러들게 만든다.

"이 안으로."

내 팔을 움켜쥔 노상궁은 자녕궁을 세 개는 겹쳐 놓은 듯싶은 크기의 전각 안으로 들어갔다. 천장은 높고 폭은 넓은 복도를 가로지르며 두세 번, 노상궁 년의 불쾌한 손길을 뿌리치려 시도했으나 그럴 때마다 한결 억센 힘이 꼬집듯이 팔을 움켜쥐었다.

이년이 내 아랫것이었다면 당장 뉘를 만지느냐, 놓지 못하겠느냐, 외치며 축 처진 저 뺨에 손톱자국을 새겨줬을 텐데.

"멈추시오."

마침내 족쇄 같은 손이 떨어진 참, 앞의 닫혀 있던 장지문이 열렸다. 나는 뉘가 시키지도, 허락하지도 않았거늘 문 너머로 발을 디밀었다.

넓긴 하지만 의외로 소박한 방 안에 들어서자마자 한 여자의 시선이 날아들었다. 여자와 내 눈이 마주쳤다.

여자의 인상은 차가운 감이 없지 않았다. 그 까닭은 가로로 길쭉하여 날카로운 느낌이 드는 여자의 눈 모양 때문이리라.

창백한 피부와 어우러진 굳게 다물린 얇은 입술, 경직된 표정
도 여자가 차갑고 매서울 것 같다는 편견이 들게 하는 데 한 몫
하는 요인이리라.

눈을 굴려 새카만 머리칼에 매달린 금장신구를, 다부진 여체
를 감싼 금수(錦繡)를 훑었다. 자랑할 거리라곤 남들보다 조금
나은 외모밖에 없는, 속 빈 껍데기 황후이던 나와 달리 고상하
고 강건한 분위기를 뿜어내는 여자를 보고 있노라니 드디어 완
전한 확신이 들었다. 내가 있는 예는 황궁이고 저 여자는 이 나
라의 황후라는 확신이.

재까닥 바닥에 무릎을 꿇어 머리를 조아렸다. 곧바로 '한때는
나도 황태후였고 황후였는데 이렇게까지 해야 하나' 싶은 생각
이 들어 자존심이 상했지만 되돌리기엔 이미 늦은 터, 공손히
말했다.

"황후를…… 뵙니다."

지금 이 대면은 적운 때문일까? 그렇겠지?

그런데, 황후는 기껏해야 적운 또래로 보이는데 두 사람 무
슨 관계인 거지?

머릿속의 갖가지 의문을 무시했다. 대답 없는 상대를 향해
고개를 들었다. 황후는 여전히 경직된, 동시에 놀란 듯도 싶고
경악한 듯도 싶은 얼굴을 하고선 빤히 나를 쳐다보고 있다.

선이 선명한 얇은 입술이 움직인다.

"정녕 왕대비입니까?"

"……."

"수국의?"

눈앞에 떠오른 지헌을 물리치려 고개를 가로저은 내가 더듬거렸다.

"아니, 아니에요."

"아니다?"

흩날리는 치맛자락이 사부작 소리를 내뿜었다. 황후와의 거리가 좀 더 좁혀졌다.

"사르네의 말과 다르군요."

그 망할 계집이 앙심을 품고 내 얘기를 일러바쳤구나!

"그대에 관한 바를 토설할 수 있는 이는 그 아이 외(外)에도 있습니다."

그리고 동명도.

동명이 흔쾌히 고해 올렸건 그렇지 않건, 황후가 묻는데 아니 대답할 순 없었을 것이다.

상대가 다 알고 물었음을 확인했으면서도 재차 부정했다.

"이제는…… 이제는 아니에요."

"……."

무거운 정적이 어깨를 짓누른다.

황후의 집요한 시선에 질렸거니와, 기약 없이 꿇어앉아 있으려니 자존심이 점점 더 심하게 상해 허락도 구하지 않고 일어나 섰다. 뒤늦게 꿀릴 거 없다는 듯 당당히 황후를 마주보았다. 다행히 황후는 내 행동을 지적하지 않았다. 대신.

"표기장군은 황위를 이어야 합니다. 압니까?"

이게 무슨 소리인가? 금시초문인 한마디가 놀라워 가슴이 두 방망이질했다.

"혹은, 황태자로 남으면서 유국의 황위를 이을 황손을 생산해야 합니다."

섣불리 입술을 떼지 못하고 얼어 있는 나를 황후는 짜증스럽도록 꼼꼼히 살폈다.

"표정을 보아하니 처음 듣는 얘기인가 봅니다. 그럴 만도 합니다. 표기장군은 충신이고, 입이 무거우니."

"……"

"허면 표기장군 대신 본궁이 자초지종을 알려줄까요? 본궁의 시부이시자 유국을 건국한 태조이신 선황께는 손위 형제가 한 분 계시었었습니다. 그분이 바로 표기장군의 부친입니다."

입술 새로 열은 탄식이 새어나갔다. 이미 예상하긴 했지만, 단규는 정녕 황족이구나.

"두 분 비록 진작 세가 기운 한미한 집안 출신이셨으나 당신들의 위인(爲人)이 범상치 않으셨으니, 난세를 평정하리라 뜻을 모으셨지요. 그리고 기어코 여섯 왕국으로 분열되어 있던 남쪽을 통일해 가셨지요. 표기장군 또한 열일곱이라는 이른 나이 때부터 두 분과 함께 전장을 누렸고요."

황후는 높다란 천장부터 시작해 방 안을 휘둘러보았다.

"예는 본래 송국의 왕궁이었습니다. 일개 왕국의 것이라 믿기지 않을 만큼 웅장하여 허물지 않고 보수한 결과로 작금은 유국 황궁이 된 거예요."

서늘한 두 눈에 다시 내가 담겼다.

"송국이 마지막이었습니다. 끝까지 두 형제분에게 대항하던 마지막 왕조였단 말입니다."

"……."

"본궁이 선황과 그분의 손위 형제께서 남쪽을 통합해 나가셨다고 말했지요? ……송국 왕 조병(趙昺)을 토벌하던 마지막 전투에서 표기장군의 부친께서 전사하시는 사건이 없었다면, 응당 황위는 그분께 돌아갔을 겁니다. 시백부님은 장자이셨고, 시백부님과 표기장군, 두 부자의 공이 선황의 그것보다 조금 더 컸었으니까. 그러나 그분의 갑작스러운 타계 탓에 건국은 선황의 몫이 되었습니다. 만고의 충신인 표기장군은 선황께 위협이 되는 마음을 일절 품지 않은 채 떠나간 부친 대신 선황을 성실히 도왔더랍니다."

나는 황후가 긴긴 얘기를 늘어놓는 의도를 파악하려 애썼다. 단순히 설명해 주기 위해 수고를 무릅쓴다 생각되지 않았기 때문이다.

황후는 '실은 단규가 황제가 될 이였다' 말하고 싶은 걸까? 아니, 그는 절대 아닐 터다. 저가 황후이고 제 남편이 황제인데. 한데 어찌 자신들의 정통성을 부정하고자 하겠는가?

이래저래 따져 보아도 캄캄한 속내가 짐작이 되지 않았다. 하여 잔뜩 몸을 사려 말했다.

"어찌되었건 간에, 폐하께서 폐하시지요."

어쩌면 단규의 부친이, 단규가 황제가 될 뻔했었다…… 그렇다 한들 그것을 이제 와서 따져 봐야 무엇하겠느냐? 결론적으로는 네 남편이 황제이고, 네 시부가 태조가 되었는데.

내가 흘린 모호한 한마디의 뜻을 알아들은 황후의 입가에 짧은 순간 희미하지만 만족스러운 미소가 스쳤다.

"맞습니다. 일이 어찌되었건 간에 운명이 어찌 틀어졌건 간에 결국에는, 폐하께서 폐하이시지요."

"한데 어찌 단규에게 황위를 잇는 업을 주시려 하는지 모르겠습니다만."

"단규?"

아차 싶은 마음에 혀끝을 깨물었다.

"어찌 적운…… 표기장군에게 그러시는지…….."

"십상시의 불결한 이름은 그에게 적용하기에 부적절하지요. 아니 그렇습니까?"

아랫사람을 가르치는 듯한 어조와 지칭구가 모욕적으로 느껴져 뺨이 홧홧해졌다. 진작 호칭을 바로잡는 거였는데.

"어찌하여 폐하께선 표기장군이 황위를 잇게 하려 하시느냐? 선황께서도 붕어하셨습니다. 시백부님도 타계하셨습니다. 하지만 개국공신들은 남아 있어요."

"……."

"애초부터 선황을 따랐던 공신들이야 선황의 유일한 후사이신 폐하를 성실히 받들어왔지만, 시백부님을 따르던 공신들은 선황께서 붕어하신 후부터 드러내놓고 표기장군을 지지하기 시작하더군요."

황후의 눈가에 분노가 맺히는 듯싶었으나, 신기하게도 그것은 순식간에 사라졌다.

"그러나 폐하의 뜻이 표기장군을 따르는 공신들 때문은 아닙니다. 공신들 때문이 아니라…… 폐하와 본궁의 사이에는, 또한 폐하와 후궁들의 사이에는 후사가 없습니다."

"……."

"후계로 세울 황손이 없으니 기왕이면 절반의 공신들에게 지지받는 표기장군을 황태자로 삼는 것이 좋을 터. 어차피 그 외에는 황태자로 삼을 방계 혈족이 없거니와. ……본궁이 무슨 까닭으로 그대에게 과거와 현재의 역사를 구구절절이 늘어놓았는지 압니까?"

내가 조용하자 황후는 자답했다.

"그대는 적합하지 않아요."

칼날처럼 단호한 선언이 목을 후려치는 듯싶었다. 그가 예왕에 봉해지는 광경을 지켜보며 느꼈던 막연한 두려움이 또렷해졌으매 심장은 철렁 내려앉았다.

퍼렇게 질려가는 나이건만 황후는 멈추지 않았다.

"다음 대(代)를 이을 황손의 어미로 적합하지 않아요."

"……."

"황태자비를 거쳐 황후가, 그리고 황태후가 되기에도 적합하지 않아요. 하물며 친왕의 정실로도 부족해요."

"……."

"본궁의 내명부에도 어울리지 않습니다. 어째서인지는 스스로가 가장 잘 알 테니 나열하지 않도록 하지요."

나는 동명과 사르네가 나에 관해 무슨 말을 했을지, 어떤 평가를 내렸을지 유추해 보려다가 곧 관두었다. 지헌을, 수에서의 삶을 떠올리려니 속이 메슥거렸기 때문이다. 대신에 구역질을 참으며 아부를 흘렸다.

"부족한 걸 알지만⋯⋯ 아는 만큼 잘하려 노력할게요."

황후는 진심에서 우러나온 것인지 아니면 가식인지 모르겠는, 딱하다는 표정을 지어보였다.

"최대한 긍정적으로 생각하면⋯⋯ 말단의 첩은 가능할지도 모르겠군요."

첩이라고?

단규 옆에 다른 년이 있는 꼴을 보라고?!

"신경 써주시는 것은 감사하나 첩은 필요치 않습니다."

불만 가득한 속을 드러내지 않았건만 뒤에서 굵직한 목소리가 울렸다.

뒤쪽을 향해 몸을 틀었다.

경악한 얼굴을 한 노상궁 년을 뒤로하고 방 안으로 들어오는 그를 보자 눈시울이 뜨거워졌다. 안간힘을 다해 참아도 기어코 눈앞이 뿌예졌으나 다행히 황후와 단규는 서로를 직시하느라 내 쪽을 쳐다보지 않았다.

"시형(媤兄)의 소식은 진작 들었는데, 이제야 뵈는군요."

"신에게는 처(妻) 하나면 충분합니다."

황후의 입가에 떠올랐던 미소가 단규의 단도직입적인 한마디와 맞물려 슬그머니 사라졌다.

"아끼는 마음은 충분히 알겠다만 국모황태후 혹은 성후황태후로 적합하지 않은 이이니, 정 놓기 싫다면 곁에 두고 아들은 귀한 여인에게서 보셔야 하지 않을는지요."

귀한 여인?

난 귀하지가 못해?

사실임을 알면서도 기분이 퍽 나쁘다.

"황태후 위(位)에는 황후께서 오르시는 것이 순리이건만 일개 부녀자인 신의 내자를 거론하시니 그 뜻을 알지 못해 송구스럽습니다."

"시형과 폐하의 춘추가 비슷하니 본궁은 어쩌면, 곧바로 태황태후가 될 테지요."

"황후께서는 황태후 위를 거쳐 태황태후가 되실 터입니다."

"……"

여전히 황후와 단규 둘 중 어느 하나도 나를 거들떠보지 않는다. 오로지 서로만을 직시하는 둘 사이에 무쇠 솥처럼 무거운 정적이 흐른다.

"표기장군, 폐하의 뜻을 아실 겁니다."

"알긴 하나 받들 수 없어 두려울 뿐입니다."

"성심을 모르는 체하는 이유에는 충(忠) 외에, 저이도 포함되어 있습니까?"

"신은 숨이 끊어지는 날까지 폐하의 신하로서 충절을 지킬 것입니다."

"본궁의 귀에는 마치, '신하로 남아 저이를 기필코 정실로 삼겠다'는 소리로 들리는군요."

두 번째 정적.

이번에도 역시 황후가 먼저 운을 뗐다.

"좋습니다. 표기장군의 뜻이 그러하다면…… 이립이 넘은 완연한 성인인 시형의 가정사에 본궁이 어찌 더 관여하겠습니까."

마주한 이래 처음으로 안색을 완전히 누그러뜨린 황후는 내게 미소를 지어 보였다. 하지만 난 경계를 풀지 못했다.

"많이 놀랐을 테지요? 다음번엔 복잡한 이야기 말고, 소소하고 재미난 주제로 담소 나누도록 하지요."

"……."

"시형께서도 피로하실 테니 금일은 이만 자리를 파하는 게 좋겠습니다."

"부인."

꼼짝하지 못하고 계속해서 황후의 눈치를 살피다가 토끼 눈이 돼 단규를 쳐다보았다. 빤히 나를 주시하는 그의 눈빛이 말하는 바를 알 법해 무감각한 다리를 움직여 그에게 다가섰다.

"앞서 가십시오."

침착하게 그러나 서둘러 밖으로 향했다.

"흐흑."

나는 사저에 돌아오자마자 대뜸 울음을 터뜨렸다. 어린애의 것 같은 서러운 울음소리가 정원을 울린다.

"아원."

크게 당황하여 내 뺨을 닦아주는 단규의 손길을 뿌리치고 정방으로 뛰어들었다. 침상에 올라 등을 돌려 누워 계속해서 엉엉거렸다.

너는 적합하지 않다. 다음 대를 이을 황손의 어미로, 황태자비로, 황태후로. 심지어 친왕의 정실로도 부족하다. 너는 좋게 봐줘야 말단 첩 수준이다…… 황후한테 무릎까지 꿇었는데 그 딴 소릴 듣다니. 자존심 상해.

"으흐흑……."

그렇지만 구겨진 자존심보다 속을 더 쓰리게 만드는 건 단규를 다른 년에게 뺏길지도 모른다는 불안감과 질투다.

황후가 마음을 바꾸면 어떡하지? 다시 단규에게 난 첩으로 삼고, 다른 귀한 년을 정실 삼아 아들을 보라 하면?

주먹 쥔 손으로 팡팡 베개를 내려쳤다. 기실 내가 단규의 첩이건 정실이건, 어떤 감투를 쓰고 그의 옆에 있건 크게 상관치 않는다. 그러나 이미 죽은 년도 질투하는 나다. 단규가 내게 그러하듯 다른 년을 부둥켜안는 상상을 하는 것만으로 미치겠다. 한데 어찌 그를 뉘와 공유한단 말인가!

"흐흑!"

당장이라도 뒤집힐 것 같은 속을 참지 못해 일어나 앉아 베개를 내던졌다. 재수 없게도 날아간 베개가 단규의 가슴팍에 부딪쳐 울음을 뚝 그쳤다.

잠시. 어디 여자가 질투하는 걸로 모자라 물건을 내던지느냐

혼나지 않을까 싶은 생각이 들어 겁이 났지만 단규는 말없이 떨어진 베개를 주워들었다. 안심한 내가 재차 침상에 엎어져 울었다.

"아원."

내 손을 그러쥐는 단규의 손을 뿌리치려 시도했지만 소용이 없었다. 못 이기는 척 일어나 앉은 나는 그에게 안겨들어 분풀이로 잘못한 것도 없는 그의 가슴팍을 때렸다.

"잘나서, 귀해서 좋겠어. 흐흑."

"……."

예전에는 지금보다 훨씬 무뚝뚝했고, 훨씬 여자 마음을 몰라줬던 그를 바꾼 건 난데. 그러한데 한결 멋지게 가꿔놓은 그를 왜 이제 와서 딴 년한테 뺏겨야 해! 왜!

"그렇게 잘났으면서 어쩌자고 날 데려왔어! 정처로 삼아준다는 말은 왜 했어! 사람 설레게! 으흐흑."

마음에 없는 소리까지 내뱉은 내 뺨을 타고 물줄기가 줄줄 흘렀다. 설움 가득한 눈물이 그의 길쭉한 손가락으로 옮겨갔다.

"적어도 울리려 데려오진 않았습니다. 울지 마십시오."

울지 말라 하면 외려 울고 싶은 게 사람 심리 아닌가. 그런즉 계속 엉엉거리니 우는 내가 여간 신경 쓰이지 않는 모양, 그는 선심을 써 젖은 내 뺨에 입술을 붙였다 뗐다. 대저 이러한 가벼운 입맞춤은 내가 시작을 놓지 그가 하는 경우는 드문데도 나는 그러나 기뻐하지 못했다.

"황후가 날 싫어해. 마음에 안 든대."

"그렇다 한들 어떻습니까. 같이 사는 건 난데 황후께 예쁨 받아 무엇하려고."

농담인가 아님 위로인가? 헷갈려 젖은 눈으로 단규를 가릅떠 보았다.

"나보고 부족하댔어. 하물며 친왕의 정실로도 부족하다고, 자기 내명부에도 어울리지 않는다고, 좋게 생각해야 첩으로나 적당하다 했단 말이야."

어이없다는 것처럼 날 쳐다보던 황후의 표정을 되새긴 난 물론이요. 걱정스러워 털어놓았을 뿐이거늘 의도와는 달리 단규의 안색마저 어두워졌다.

"나라도 말했어야 했는데. 황후와 척을 지면 안 되니 나라도 나서서 첩이 되겠다, 말했어야 했는데……."

하지만 그래야 함을 알면서도 실행하지 못했다. 머릿속에서 내리, 단규 대신 네가 말해라. '예. 황후 폐하 뜻대로 저는 첩이 되겠습니다'라고 말해라. 고함이 울렸었거늘 차마 입이 떼어지지 않았었다.

"황후한테 밉보여서 좋을 게 무어야."

황후가 앙심을 품고 단규에게 해를 끼치면 어떡해.

이제는 자책하며 우는 내 뺨을 그는 또 한 번 닦아주었다.

"허면 지금이라도 황후궁으로 돌아가 첩으로 삼겠다 고해 올릴까요."

무어야?

방금 전까지 후회하던 일을 싹 잊은 나는 그러라고도 못 하고 그러지 말라고도 못 한 채 그의 허리춤을 붙든 손만 바들거렸다. 문득 어떤 년을 단규가 사랑스럽게 바라보며 그년의 커다랗게 불은 배를 쓰다듬는 광경이 눈앞을 스쳤다.

이제야 알겠다. 왜 계집들이 신랑을 저 혼자 차지하겠다, 서로를 죽이는지를.

마디 뼈가 툭 불거진, 하얗게 질린 내 손등을 따스한 손이 어루만져서야 잔인한 상상에서 빠져나왔다.

"아원의 성정을 모르지 않는데 무슨 재간으로 다른 이를 들이겠습니까."

훤히 꿰뚫린 속이 부끄러워 뺨이 달아올랐다.

"더군다나 저 역시 마음에 없는 여인과 살고 싶지 않습니다."

"하지만 황후가……."

"가정사에 더는 개입 않겠다 말씀하시는 걸 들었잖습니까."

"그 말을 믿어?"

"……."

"거봐. 믿지 않으면서."

그는 이번에는 내 입술에 가벼이 입을 맞췄다.

"이럴 줄 모르고 데려온 것이 아니니 바깥에서 무어라 하건 상관치 않을 겁니다."

"……."

"아원 또한 황궁에 관해선 신경 쓰지 마십시오."

부드러운 촉감이 재차 입술을 감싸 왔다. 그와 동시에 머릿속에서 '이럴 때가 아니다. 지금이라도 네가 첩이 되겠다 해라'

외침이 울리기 시작하건만······ 나는 모르는 척했다. 단규에게 매달려 여전히 쓰린 속을 보듬어줄 위로를 좇아 눈을 감았다. 뜨거운 혀가 얽혀온다.

"표기장군의 취향이 저런 줄 몰랐구나."

장점이라고는 고운 외양이 전부인.

"저토록 불길하고, 불결한 여인이라니!"

그러한 여인을 데려온 걸로 모자라 기어코 처로 들이겠다 뜻을 굽히지 않는 표기장군이 정녕 제정신이란 말인가?

"어쩌자고 불결한 것을 마음에 담아서는."

노기와 걱정을 숨기지 않는 가림을 곁에서 살피던 노상궁이 아뢨다.

"어찌하여 가정사에 개입하지 않겠다 하셨나이까. 장지문 뒤에서 듣기론 부인이라 칭하던데, 이미 족보에 올렸을까 두렵나이다."

정녕 그렇다는 듯 노상궁의 탁한 음성에서 걱정이 베어나오건만 의외로 가림은 침착했다.

"족보도 책일세. 잘못 쓴 책은 다시 쓰면 그만이야. 게다가 굳이 귀찮은 일을 벌이지 않아도 일가(一家)에서 여인 하나 내쫓는 거야 어렵지 않네. 문제는 표기장군의 고집이지. 자네도 위 씨들의 고집을 알 테지?"

"어찌 모르겠나이까."

구겨진 가림의 미간에 짜증이 번졌다. 그녀 기준에선 아무리 생각해도 이해가 가지 않는다.

"다른 이는 몰라도 표기장군이 여인으로 말미암아 사리분별이 어두워질 줄은 몰랐어."

"표기장군의 위세가 등등한들 그이도 신하입니다. 다시 불러 정실로는 아니 된다 말씀하시지요."

"본궁은 금일 본궁의 분수에 맞게 행동하였어. 이 이상은 폐하께서 결정하셔야 해. 다만."

가림은 아원이 있던 자리를 주시했다.

최대한 긍정적으로 생각하면 첩은 가능할지 모르겠다. 자신의 그 말을 듣자마자 얼굴과 목을 새빨갛게 붉히던, 커다란 두 눈에 독기를 내비추던 아원이 눈앞에 아른거렸다.

그토록 싫은 내색을 숨기지 못하더니 '부족한 걸 알지만, 아는 만큼 잘하려 노력할게요'라고?

"사람 하나를 잘못 들이는 것만으로 가세가 기울 수 있음이거늘."

혼잣말처럼 읊조린 가림이 노상궁에게 명했다.

"호룡이에게 전하게. 마구간은 그만 돌보고, 밤낮 구분 않고 달려 수국으로 가라고. 가서, 명 씨에 관한 싹 다 알아오라고."

"황후낭랑, 금의위의 무관을 통해 그자에 관해 들으셨으면서 어찌 공자를 위험한 곳에 보내려 하시는지 여쭈어도 될는지요."

노상궁이 지칭하는 금의위의 무관은 동명을, 그자는 아원을 의미했다.

사르네와의 마지막 만남을 파한 지 얼마 되지 않아 가림은 특별히 성운에게 청하여, 동명을 심문할 수 있게끔 허락을 받았었다. 그리하여 그녀가 동명으로부터 알아낸 바는 다음과 같았다.

아원이 그 옛날. 가림의 시부와 시백부 그리고 적운이 멸망시킨 왕조 중 하나인 남연의 왕 모용덕과 그의 부하 명재평의 계략으로 인해 수국에 바쳐졌다는 것. 그러나 명재평의 수양딸로서 바쳐진 걸 고려할 때 좋은 가문 출신은 아닐 거라는 것. 아원이 조부와 손자 사이를 오갔다는 사르네의 전언이 사실이되, 원해서 그러진 않았다는 것. 성정은 어질지는 못해 아랫사람을 모질게 대할 때도 있었다는 것.

그러나 가림은 동명에게 들은 내용 외의 무언가가 더 있을 듯하단 직감이 들었다. 여인의 본능적인 느낌이었다.

"첩이 되는 건 어떠하냐, 본궁이 물었을 때의 표정이 가히 볼만하더군. 여후(呂后)도 그 같은 투기 가득한 얼굴 표정은 짓지 못했을 걸세. 투기 많은 여인이 황궁에 있으면 사고를 일으키는 법, 그이에 관해 무언가가 더 있을 듯해. 게다가 금의위의 그 무관은 표기장군을 적잖이 흠모하니 좋게 포장해 말했을 가능성이 있잖겠는가."

수긍한 노상궁이 고분고분히 답했다.

"황후낭랑의 말씀을 공자에게 전하겠나이다."

뒷걸음치던 노상궁이 문득 멈춰 섰다.

"명 씨가 수태라도 하면 큰 경사일 테지요. 표기장군의 사저에 있는 이들 중 적당한 이를 매수해 몸에 좋은 약을 지어 먹이라 할까요?"

"……."

노부가 하명을 기다리거늘 고민에 빠진 가림은 말이 없었다.

성운은 익숙한 계화(桂花) 향기를 좇아 고개를 들었다. 기척 없이 우아하게 다가오는 누군가를 확인한 그의 입가에 미소가 걸렸다.

"짐의 꾐받이가 오셨도다!"

가림의 뺨이 붉게 물든다.

"폐하, 신첩 나이가 이립이 넘었습니다."

"그래서? 짐의 눈에는 여전히 귀여워."

어머나. 망측해라.

가림은 반사적으로 뒤편을 돌아보았다. 남편 목소리가 작지 않았으니 문 뒤에 있을 아랫것들이 다 들었을 터다.

"잠시만 기다리시오, 황후. 쓰던 것만 마저 쓰고."

"신첩은 신경 쓰지 마시고 천천히 처리하소서."

그녀는 성운의 곁에 다가가 붉은 비단에 감싸인 족자를 집어 들었다. 안쪽을 살피자 예왕(禮王)이라는 단어가 눈에 띈다. 황후의 손에 들린 것, 재차 주인에게 내쳐진 책봉서이다.

"표기장군이 또 작위를 거부했나 봅니다."

"사저에 보냈는데, 다시 예 던져 놓고 갔소. 아주 괘씸하지."

가림은 불쾌감을 슬쩍 드러내는 성운의 옆모습을 바라보았다. 시형이 감히 겁도 없이 황명을 거부한 지가 벌써 두 번. 평소 다정다감하다가도 중요한 순간에 독단적인 면이 없지 않은 남편이 짜증이 날 만도 했다.

가림은 성운의 마음 속 불씨에 펄펄 끓는 기름을 부었다.

"표기장군이 책봉서를 거부하는 까닭에, 이제는 충심 외의 것이 포함되어 있나 보더군요."

성운은 붓질을 멈췄다. 굄받이를 바라보는데도 그의 이마에 주름이 져 있다.

"무슨 뜻이오?"

대답 대신 가림은 성운의 붓을 빼앗아 들었다. 하얀 종이 위에 먹물 길이 펼쳐진다. 붓이 떨어짐과 동시에 완성된 단어는 애희(愛姬)다.

"그 여인 때문이다?"

성운의 입술 새로 피곤한 한숨이 새어나왔다. 황제 노릇을 하기란 고달프기 짝이 없거늘 적국에서 굴러 들어온 요악한 계집 하나 때문에 안 그래도 없는 시간과 여유를 뺏겨야 한단 말인가?

"종형을 황태자로 봉하려는 짐의 계획을 황후가 불호하는 것을 잘 알고 있소."

"……."

"그렇잖아도 못마땅한데 종형이 자질 부족한 여인을 데려오기까지 했다, 이때다 싶어 날을 세우기라도 한 거요?"

이때다 싶어 날을 세워, 그 여인을 핑계 삼아 한 소리 한 거냐. 저런 여자를 데리고 살지 말라, 곁에 두지도 말라하며 종형을 핍박했느냐. 그리하여 화가 난 그가 책봉서를 거부하는 거냐. 라는 의미였다.

꿈받이라 부르며 환대할 때는 언제고 비난조로 몰아붙이다니. 서운해할 법도 하건만 그러나 가림은 전혀 동요가 없었다. 함께 산 지 십 년 하고도 사 년. 그녀는 남편의 성격을 너무나 잘 알았다.

"곧 마지막 숙원을 위한 전쟁이 일어날 테고, 그 전쟁을 표기 장군에게 맡기고자 하시는 폐하의 성심을 신첩이 모르지 않거늘 어찌 그를 서운케 했겠나이까."

"그렇다면 그 여인 때문이라는 게 무슨 뜻이란 말이오?"

"정 아껴서 놓지 못하겠거든 첩으로 삼으로 했습니다."

"그러기 싫다 했군. 정실로 삼고 싶은데 친왕이 되고 또한 황태자가 되면 불가할 듯해 책봉서를 거부하는 거야."

"신첩이 알기로는 그렇습니다."

어이없다는 표정을 짓고 있길 한참 만에 성운은 입을 열었다.

"종형이 데려온 이, 황가의 일원으로, 그리고 정궁으로 삼기에 부족하지 않았던가?"

"……."

"수국 선왕의 비(妃)였던 데다 그의 손자인 현왕(現王)과 사통했다며?"

"……."

"폐서인된 상태도 아니면서 짐의 나라로 도망 왔고 성정도 착하지 않다며? 하기야 그러니 난륜의 죄를 범하고도 후안무치

하여 자결하지 않았을 테지만. 여하간, 종형이 그토록 부족한 이를 정실부인 삼고 싶어 한단 말이오?"

"……."

"황후답지 않게 침묵이 잦구려. 그 침묵의 의미는 부정인가, 긍정인가?"

"긍정입니다. 모두."

거북한 정적이 부부를 휘감았다. 가림은 자신을 외면한 채 깊은 생각에 잠긴 낭군에게 내게 관심을 달라, 조르지 않았다.

족히 반 시진은 지났을까? 마침내 성운이 가림을 올려다보매 그녀는 빙긋 미소를 지었다.

"폐하, 대체 몇 수 앞을 내다보셨나이까."

황제는 조용히 지난 십사 년을 보듬어 왔음에도 질리지 않는 처의 보드라운 손을 움켜쥐었다. 슬쩍 힘을 주자 별다른 저항 없이 여체가 가까워진다. 제 허벅다리에 그녀를 앉힌 그가 사과했다.

"과경에 짜증을 내 미안하이."

"양어깨에 무거운 짐을 짊어지고 계시니 얼마나 노곤하시겠어요. 괜찮습니다."

"속도 깊구려."

허허 웃은 성운의 낯빛이 진지해졌다. 그는 가림의 뺨을 어루만졌다. 수줍게 웃는 여인의 얼굴에 앳된 시절의 얼굴이 겹쳐 보인다.

"황후를 처음 만났을 때는 이 뺨에 솜털이 가득했었는데."

"폐하께서는 그때, 지금처럼 신첩이 무릎에 앉았다간 어디 한 군데가 다치시고야 말았을 것처럼 하얗고 마르셨었습니다."

"그래. 나는 그랬었지. 남성스러워 보이지는 않는, 잘생기다 못해 여아들보다 어여쁜 소년이었어."

"세상에나. 신첩이 폐하였다면 그런 자화자찬은 쉬이 못 할 겁니다."

부부는 동시에 웃음을 터뜨렸다.

"그랬는데 어느덧 내 나이가 이립이야."

"아직 한창이시지요."

"그리 보시오?"

가림의 입꼬리가 내려앉았다.

"폐하."

"황제는 유독 수명이 짧잖은가. 마흔만 넘겨도 평균값은 채운 게지."

"어찌 그런 말씀을 하십니까."

남편이 자신에게 숨기는 바가 없는 줄 알았거늘, 이러한 유의 얘기는 처음 듣기에 가림은 당혹스러웠다.

"반면에 황후인 여인은 지아비인 황제보다 오래 사는 일이 비일비재해."

"신첩 무섭습니다. 혹여, 성체에 병환이라도 깃든 것입니까?"

"아니. 그건 아니야."

성운은 불안해하는 가림을 달래려 그녀의 무릎을 토닥였다.

"그랬으면 내가 침상 위에서 그리 힘찰 리가 없잖아."

"……."

가림의 시선이 흘끗 문가로 향했다.

"다만 이립이 되고 부터는 마음이 조급하더군. 짐이 훨씬 일찍 떠나간 상황에서 후사 없이 홀로 남은 황후를 상상하면 걱정도 되고."

"송구하게도 신첩은 몰랐습니다. 낭군께서 신첩의 먼 훗날까지 걱정하고 계신 줄은. ……염려 마셔요. 신첩은 힘 있는 가문 출신이잖습니까."

"그러나 우리 사이에는 후사가 없지."

"……."

화무십일홍(花無十日紅)이라. 작금 기세등등한 가문이란들 하루아침에 고꾸라질 수 있는 법이다. 황후의 입지 역시 마찬가지다. 으뜸가는 권력 유지 수단인 아들이 없는 한 아무리 가림이 황후이고 세도가 출신이란들 그 미래가 어찌 될지 알 수 없다.

그 이치를 가림 역시 훤히 꿰고 있는 바이나 낭군을 근심케 하고 싶지 않아 그녀는 마냥 밝게 말했다.

"폐하께서도 아니 계시고 아들도 없어 곤란해지는 날이 만약에라도 진정 온다면, 무이산(武夷山)에 계시는 황태후를 모셔오면 되지요. 아시지요? 시어머님께서 신첩을 귀여워하심을?"

"어머님께서는 전쟁터에서 숱한 적군을 살생하신 선황의 죄를 대신 참회하고 희생당한 이들의 넋을 위로하겠다, 하나뿐인 아들도 외면하신 채 기도에만 전념하실 만큼 여리시지. 황궁과는 어울리지 않는 분이야."

"표기장군이 곧으니 그에게서 태어날 아이 또한 그럴 겁니다. 하여 신첩을 친조모처럼 잘 봉양해 줄 터에요. 그러니 폐하 청하건대, 깊은 고민으로 인해 성체에 탈이 날까 두려우니 마음을 편히……."

"짐은 황제요."

"……."

"황제는 모든 이를 의심하지. 종형도, 종형이 볼 아직 태어나지 않은 남아도 예외는 아니오."

"……."

"지금은 충직하다 하나 추후, 아들을 등에 업은 종형이 변하기라도 하면?"

가림은 할 말을 잃었다. 자신과 성운의 아들이 황위를 이었으면 하는 욕심 탓에 적운을 불만스럽게 여기곤 할 때면, 그런 그녀를 '그러지 말라. 종형은 죄가 없으니 미워 말라' 다독인 이가 성운이었다. 그렇기에 적운에게만큼은 남편은 황제가 아니요. 한 없이 너그러운 줄 알았었더란다.

한데 아니었다.

"권력은 누구든 언젠가는 변하게 만드는 법이야."

"하오시면……."

"그대를 위해서라도 종형의 정실은 그대의 가문에서 간택돼야 해."

"폐하!"

권세를 영속하기 위해 황후가 제 가문에서 황태자비를 뽑는 일은 흔하기 짝이 없는 현상이었다. 그러나 가림은 아니었다. 그녀는 아무리 후사 없는 자신의 미래가 불투명하다고는 하나 어리석은 짓은 하고 싶지 않았다.

"그러지 마시옵소서. 기존 황후의 가문에서 황태자비를 선발하면 외척이 과히 득세하게 됩니다. 또한 후대의 황후들이 너 나할 것 없이 선례를 따라하여, 황실의 부패와 약화라는 폐단으로 이어질 테지요."

"짐은 이미 결정하였소."

냉담히 단언하는 남편의 모습을 보건데 설득할 여지가 없다.

"그러나 일단은."

성운은 적운의 친왕 책봉서를 가까이에 놓인 화로 안에 집어던졌다. 금세 부풀어 오른 불길이 족자를 집어삼킨다.

"폐하, 이 무슨……."

"당분간은 친왕도, 그 여인에 관해서도 언급할 필요 없소."

"신첩은 감히 성심을 헤아릴 수 없습니다."

"수국과의 전쟁에서 짐의 군대가 승리하고 종형이 살아 돌아온다면 알게 될 터. 조급해하지 마시오, 황후."

"……."

가림은 더는 묻지 않았다.

십. 희비(喜悲)

　황궁에 끌려갔던 그날 이후 황후는 무슨 일이 있긴 했었냐는 듯 조용했다. 하지만 여전히 안심이 되지 않았다. 자꾸만 황후가 말을 바꿀 것만 같고, 그래서 단규를 딴 년에게 뺏길 것 같아 불안했다. 그렇다고 단규에게 매달려 앙앙거릴 수는 없었다. 그는 요즘 바빠, 하루 중 황궁에 있는 시간이 사저에 있는 시간보다 많을 성싶었다.

　"마님, 달거리를 하시느라 배가 아프세요?"

　"무어?"

　"피를 보신 지 이틀째잖아요. 노비는 아직 해보지 못해서 모르지만, 그때엔 아랫배가 쥐어짜듯이 아프다지요? 갑자기 어지럼증이 나기도 하고, 평상시보다 몸 상태가 안 좋아 조금만 움직여도 힘들고, 기분도 싱숭생숭하다면서요?"

"……."

"마님도 그러셔서 안절부절못하시고, 인상을 쓰고 계시는 거 아녀요?"

달거리 때문인가? 걸핏하면 나쁜 상상이 들고 불안한 느낌이 드는 건? 그랬으면 좋겠다.

"그래. 네 말이 다 맞아."

"노비 말이 다 맞아요? 통증을 줄이는 약이라도 사다 올릴까요, 마님?"

"되었느니라. 정원에 나가 구경이나 할래."

"달거리 때는 따뜻한 이불 속에서 누워 있는 것이 최고래요."

쟤는 아직 초경도 안 했다면서 뭘 저렇게 잘 알아?

"계속 누워 있으면 더 아픈 법이야. 조금씩 걸어야 좋아."

"그런가요?"

"그렇다니까. 따라올 필요 없으니 너는 쉬든지 청소를 하든지, 원하는 대로 하여."

홀로 나와 연못가에 다가섰다. 큼지막한 돌덩이에 엉덩이를 붙였다. 먹이를 줄 거라 착각한 잉어들이 하늘하늘한 꼬리지느러미를 흔들며 발밑으로 몰려든다.

"무얼 얻어먹겠다 쫓아와? 낭군님이 오시기 전엔 네들, 꼼짝없이 굶을 줄 알아."

주둥이를 뻐끔거리는 잉어들이 그런 게 어디 있느냐, 먹을 걸 달라, 아우성을 치는 듯하다.

"그렇게 억울하면 어떻게든 황궁으로 가서 냉큼 단규를 데려오든지, 아⋯⋯."

칼로 쑤시는 것만 같은 아랫배를 움켜쥔 채 웅크려 있길 잠시. 다시 혼잣말했다.

"보고 싶은데 못 보니까, 다른 달보다 배가 더 아픈 듯해."

"아프면 약을 마셔야지."

불현듯 날아든 대꾸에 놀라 발딱 일어서 뒤를 돌아보았다. 값비싼 차림새를 한 처음 보는 젊은 놈팡이가 가까이에 서 있다. 반사적으로 긴장한 내가 외쳤다.

"천비야! 게 아무도 없는 게야?!"

"나는 이 댁 주인의 사촌 동생이니 경계하지 않아도 되네."

사촌 동생?

"주인마님!"

쪼르르 달려오는 천비에게 젊은 놈이 명했다.

"네 주인과 종형제 관계다. 염려 말고 가서 할 일 하여라."

"주인마님⋯⋯."

내가 고개를 끄덕여 보여서야 천비는 물러갔다.

"종형이 하인들 교육을 제대로 시켰군. 아니 그런가?"

"정녕 사촌 동생이에요?"

의심이 가시지 않아 물으니 무엇이 웃긴지 놈팡이는 실소를 흘렸다.

"그래."

뒤늦게 단규의 사촌 동생이라는 자를 꼼꼼히 살폈다. 같은 피가 섞여 있다지만 그와 크게 닮아 보이지 않는다. 단규와 달리 이자는 눈꺼풀이 두 겹이다. 단규는 얼굴이 둥근형인데 이 자는 갸름해 조금 긴 느낌이 든다. 코 모양도 다르다. 그래도 콧대가 우뚝한 건 같다. 어찌 보면 입매도 닮은 듯하고?

"눈이 마치 천축국(天竺國) 여자들처럼 큼직하군!"

사촌 역시 나를 살피고 있었나 보다.

"성정이 어질지 못하다더니 눈동자가 초롱초롱한 것이 못돼 보이진 않는데?"

무어래? 저게 칭찬이야 욕이야?

실실거리는 사촌이 꼴 보기 싫어 고개를 돌렸다.

"그래, 종형이 좋아서 왕대비 위(位)를 버리기까지 하며 온 건가? 그렇지 않으면 다른 무슨 문제가 있었나?"

그새 단규 집안에 내 얘기가 퍼진 건가?

다들 얼마나 날 욕하고 있을까?

뜨거워지는 눈시울을 참고 말했다.

"이전에 나랑 만난 적이 있나요?"

"음? 아니."

"구면도 아닌데 어찌 당연하다는 듯 말을……."

'놓느냐' 끝까지 따져 묻기 전. 내 눈이 휘둥그레졌다.

황후가 말했었다. 단규 외엔 황태자로 삼을 만한 방계 혈족 이 없다고. 그렇다면 이자는 뉘인가? 나에 대해 속속들이 꿰고 있고, 초면부터 편한 어투를 쓰고, 고급스러워 보이는 차림새를 한 이이는 혹시.

"구면도 아닌데 어찌 당연하다는 듯 말을…… 놓느냐. 그리 말하려던 건가?"

"황상."

사색이 된 나와 달리 사촌 동생은 환히 웃는다.

"맞아."

황후에게 그랬듯 무릎을 꿇으려 했지만 황제는 만류했다. 나는 팔에 닿은 손을 슬그머니 뿌리쳤다.

"다시 한 번 묻지. 정녕 종형을 향한 연정 하나 때문에 고국을 떠나온 건가?"

왜 저런 질문을 하는 걸까? 설마, 수국으로 돌아가라고 하려는 건가?

지레 겁을 집어먹은 나는 필요 이상으로 애달피 읍소했다.

"황상. 나에, ……저에 관해 들으셨을 테지요. 제가 배덕한 계집이라는 사실을 저 또한 잘 압니다. 그렇지만 원해서 그리 된 게 아니에요."

"……."

"죽을 용기가 없어서, 혀를 깨물기가 무서워서 눈물에 절어 하루하루를 보내다가 적운을 만나 예까지 오게 되었어요."

치맛자락을 움켜쥔 두 손이 달달 떨린다. 이 나라에서 쫓겨날까 봐 겁나고 다시 지헌을 보게 될까 봐 화가 난다.

"제발 저에게 그 지옥으로 돌아가라 하지 말아주세요. 수국은 심지어 제 고국도 아니에요."

"……."

"황상."

"애처로운 모습을 보고 있자니 차마 돌아가라 할 수 없군."

"……."

"걱정 마시오. 두려워하는 바를 명하지 않을 테니. 그저 궁금해서 물었을 뿐이야. 수국에서 왕대비이기까지 했던 이가 권세를 버리고 예 온 까닭을 좀 더 구체적으로 알고 싶었거든. 동명이 그대가 원해서 난륜을 범한 건 아니었다 말했었는데, 깜빡했군."

그러니까, 황제는 착각했던 거다.

내가 권력을 탐해 작정하고 손자를 유혹했다고. 그랬는데 왜 높은 지위도 힘도 버리고 유국으로 왔는지를, 진정 한 사람을 향한 연정이 도망 온 이유 전부였는지를 의심한 거다.

나는 더 강하게 외치고 싶었다. 한 번도 지헌을 꾄 적이 없으며 날 겁탈한 그놈이 역겹다, 죽여 버리고 싶다, 오장육부를 까뒤집은 채 고래고래 소리치고 싶었다.

"그건 그렇고, 아직도 첩이 될 마음이 없는가?"

"네?"

상상에서 빠져 나와 황제를 올려다보았다.

예 온 이유는 황후가 그랬듯이, 나에게 첩이 되라 권하기 위해서였구나. ……이 무능력한 황제 같으니. 단 한 번을 계집을 수태시키지 못해 나와 적운에게 폐를 끼치다니.

속에서 슬슬 열불이 난다. 천둥번개가 치고 질투가 흩날린다.

"사내는 어쩔 수 없이 여인 눈치를 살피는 법이지."

"……."

"그대가 먼저 부실도 괜찮다하면 종형도 수긍할 듯싶은데."

석양빛이 내려앉은 다갈색 눈동자에서 강한 강요와 채근이 느껴진다.

지난번 상대한 이는 황후였다. 그러나 지금 마주한 이는 황후와는 비교도 되지 않을 정도의 힘을 가진 황제다. 내가 더 이상 어찌 암말 없이 버틸 수 있겠는가?

"저는…… 저는……."

'알았다. 그러겠다' 하면 일사천리로 일이 진행되어 곧, 단규에게 나 외의 다른 계집이 생기겠지. 붉게 치장된 신방이 차려지면 그와 그 망할 년은 서로를 품겠지. 둘의 합방 증거로 애가 태어날 테고.

어쩌면 다 빼앗길지 몰라. 단규를, 단규의 마음을 나눠 갖는 정도가 아니라 모조리 그년에게 빼앗길지 몰라!

숨이 턱턱 막힌다. 뉘가 목을 조르는 듯하다. 피가 거꾸로 치솟아 머리통이 뜨겁다.

"그럴…… 그럴게요."

한 단어 한 단어 내뱉기가 힘들어 눈을 질끈 감았다.

"첩이 될, 아……."

갑자기 눈앞이 핑 돌아 균형을 잃은 나는 땅바닥에 주저앉았다. 시야가 계속해서 회전한다. 몸이 가눠지지 않는다.

이대로는 연못 속으로 고꾸라지지 않을까? 본능적으로 걱정이 됐지만 팔다리 어느 곳에도 차갑고 질척한 느낌이 들지 않았다. 오로지 피가 흘러나오는 다리 사이만이 그러할 뿐.

아픈 아랫배를 부여잡은 채로 조급한 숨을 내쉬다가, 어지럼증이 가셔 감고 있은 눈을 떴다. 한 치 앞에서 황제가 나를 물끄러미 내려다보고 있다.

"첩이 되기가 그리 싫은가? 뒷목을 잡고 쓰러질 만큼?"

내가 언제 뒷목을 잡고 쓰러졌어? 무슨 황제가 헛말을 해?

"첩이 되고 싶지 않아서가 아니라 내 적운에게 딴 년이 생기는……."

입을 앙다물었다. 내 몸뚱이가 황제에게 안겨 있다는 사실을 깨달아서였다.

"아…… 악!"

단규 아닌 사내는 전부 다 싫단 말이야! 나한테 손대지 마!

사촌을 밀어내고 정방을 향해 내달리다 '풍덩' 하는 소리에 멈춰 섰다. 뒤를 돌아보니 연못에 물보라가 일고 있다.

황제가 연못에 빠졌다.

"어찌해!"

당황해 동동 구르던 발을 움직여 연못가로 되돌아온 참. 길쭉한 팔 한 짝이 수면 위로 튀어나왔다.

"화, 황상."

다행히 연못은 다 큰 어른이 빠져 죽을 만큼 깊지 않았다. 하지만 여전히 허리 아래를 물속에 담근 상태로 나를 노리는 황제는 기분이 좋지 않아 보였다.

바깥으로 나온 황제의 이마를 타고 물이 뚝뚝 흘러내린다. 그 많고 많은 사람들 중 나 때문에 연못에 빠진 이가 하필이면 황제라니.

힘겹게 용기를 내 권했다.

"황상, 옷을 갈아입으셔야지요. 천비……."

"아니, 부르지 마시오!"

날카로운 일갈에 위아래 입술이 절로 맞붙었다.

"일부러 그러지 않았음을 모르지 않으니 조용히 넘어가도록 하지. 다만 하인들을 포함한 다른 이들이 이번 일을 알게 하지 마시오. 종형은 제외하고. 종형에겐 말해도 좋아."

"……."

소매와 옷깃의 물기를 짜내며 얼어 있는 나를 흘끗 쳐다본 황제는 돌연 내 뒤편을 향해 억지로 웃어 보였다.

"왔나."

황제의 시선을 따라가자 단규가 보여 날름 그에게 붙어 섰다. 황제를 살핀 그의 시선이 내게 떨어졌다. 어찌 된 거냐. 새카만 눈동자가 묻는 것 같아 죄인인 양 웅얼거렸다.

"내가 어지럼증 탓에 비틀거리니 도와주시다가 그만……."

"시첩(侍妾)이 되기가 여간 싫은 게 아닌가 보더군. 땅바닥에 주저앉기에 방치하면 연못에 빠질 듯싶어 부축을 해주었는데 내외를 어찌나 거하게 하던지, 물속으로 아니 들어갈 수가 없었어."

겉으로는 크게 동요하지 않은들 단규가 내심 당황했음을 느낄 수 있다.

"송구합니다. 안에서 옷을 갈아입으시지요."

황제는 휘휘 손을 저었다.

"됐어. 귀찮아. 황궁에 돌아가 황후에게 갈아입혀 달라 할래. 이 얘기는 그만 넘어가고, 자네, 황후의 권유에 바로 퇴짜를 놓았다지?"

물기를 짜내는 일을 멈춘 황제가 적운을 바라본다.

"황후의 뜻은 짐의 뜻이기도 하네. 다시 한 번 묻지. 그이를 첩으로 삼지 않겠는가?"

마음속에 가득하던 황제를 향한 미안함이 급속도로 사그라졌다. 명아원을 첩으로 삼으라. 정실로는 부족한 계집이니까. 이제는 익숙해질 만한데도 저 소리는 들을 때마다 새롭다. 새롭게 기분이 나쁘다.

"신이 부족하여 하나로도 버겁습니다."

"그러면 마음대로 하게."

네가 나서라. 어서 첩이 되겠다고 해.

싫어.

이성과 욕심 사이에서 또 한 번 갈팡질팡하던 나는 눈이 휘둥그레져 황제를 쳐다보았다.

"짐 또한 가림에게 푹 빠져 봤으니 자네 마음을 모르는 바가 아니야."

기뻐해야 하나? 그래도 될까? 확신이 서지 않아 단규의 눈치를 살폈다. 그는 무슨 생각을 하는지 모르게 무표정하다.

"친왕 작위는? 받을 텐가?"

"신은 황자가 아니니 친왕이 되기에 부적합합니다."

"……."

"폐하께선 왕성하십니다. 부디 불필요한 걱정을 그치십시오."

"음…… 그렇다면, 곧 수국과의 전쟁이 시작될 터. 자네를 대장군에 임명하겠네. 자네 외에는 대군을 사령할 마땅한 무관이 없다는 사실을 자네가 제일 잘 알 테고, 백부님의 생전 소망을 자네 손으로 이루고픈 욕심도 있을 테지? 그러니 이번만큼은 토 달지 말고 고분고분히 따라."

단규 역시 이 이상 황제와 맞서는 것은 무리이다 싶었는지 저항하지 않고 무릎을 꿇었다. 그가 말했다.

"황명 받들겠나이다."

"정전에서 보세."

"의복을 갈아입으시고 저녁상을 함께하심이 어떻습니까."

"됐네. 자네 그 고집이 미워 금일은 그냥 갈래."

"송구합니다."

"종형은 소중한 형제이니 짐이 참아야지 어쩌겠나."

웃으면서 단규의 어깨를 탁탁 두드린 황제는 수화문으로 향했다. 요란스러운 다수의 말발굽 소리를 끝으로 사저가 다시 고요해졌다. 그리고 나는.

"그러면 마음대로 하게."

황제의 그 한마디에 어쩔 수 없이 가슴 속에서 피어올랐던 작은 희망은 사라진 지 오래였다.

"아원."

멍하니 그와 시선을 마주했다.

"정녕 부실이 되라는 폐하의 말씀 탓에 쓰러졌던 겁니까."

걱정스러운 물음에 대답하지 않았다. 대신 서운함을 숨기지 않으며 물었다.

"전쟁이 일어나는 거야?"

"……."

실은 전쟁이 일어나건 말건 상관없어. 상관있는 건.

"갈 거야?"

"……."

……가는구나.

조금만 깊게 생각해 보면 충분히 예측할 수 있었을 터다. 그에게 수나라의 지도를 준 이는 바로 나니까. 하지만 아무 생각 없던 나 스스로의 아둔함이 원망스럽다기보다 나는 지금, 단규가 원망스럽다.

"그런 말은 없었잖아!"

연극 속 비련의 주인공인 양 눈물을 떨군 난 단규의 가슴을 퍽 때리고선 정방으로, 아니, 서상방으로 달렸다.

"보기 싫어! 금일은 따로 자!"

무언가를 손에 쥔 채 기쁜 낯빛으로 걸어오던 사내종 하나가 휘둥그레져 날 쳐다보았으나 창피를 느낄 겨를이 없었다.

쾅! 굉음과 함께 서상방의 문이 닫혔다.

산 넘어 산이라더니, 그게 딱 나를 두고 하는 말이잖은가.

수나라는 커다란데 전쟁이 끝나려면 얼마나 걸릴까?

단규가 없는 동안 보고 싶으면 어떡해?

그가 잘못되기라도 하면? 안 돼!

나쁜 상상으로 말미암아 회까닥 고개를 치켜든 나는 문 두드리는 소리에 다시 엎어졌다. 들어오라고도 안 했거늘 한 줄기 찬바람이 뒤통수를 스쳤다. 가까워지는 인기척이 뉘의 것인지 뻔했다.

"따로 자자고 했잖아!"

살짝 침상이 흔들렸다. 앙칼졌던 내 외침에도 불구하고 그가 곁에 앉은 모양이다.

"적막하고 추워 잠이 오지 않더군요."

"⋯⋯알 게 무어야?"

평소와 달리 뚝심을 부리니 단규는 할 말을 잃은 듯, 정적이 흘렀다.

"아원."

나는 무시했다.

"아원."

또.

세 번째. 이번에는 이름을 부르는 대신 큰 손이 내 손등에 겹쳐졌다. 그러나 내가 반응이 없자 단규는 곧 손을 거둬들였다.

"할 수 없군요. 달빛이 환해 밤 산책이나 나서려 했는데 아원이 원치 않는 듯하니."

흥. 그런 말을 하면 무어, 신나서 쪼르르 따라나설 줄 알고?

"그렇다고 홀로 나서면 분명 심심할 테니 천비나 데려가야겠습니다."

"걔를 왜 데려가?!"

번개처럼 빠르게 일어나 앉았다. 지금만큼은 원수처럼 느껴지는 그를 살쾡이 눈으로 흘겼다.

일그러진 내 얼굴이 축축해진다. 그렇잖아도 속상한데. 그러한데 낭군이라는 자가 계집아이를 데리고 나가겠다 하니 역정까지 치솟은즉, 눈물을 흘리지 않고 베기겠는가?

"걔를 왜 데리고 가냐! 왜! 으흐흑……."

신경질적으로 이불을 쥐어뜯고 발을 구르는 나를 단규는 당황하여 끌어안았다. 버릇처럼 그의 가슴팍을 두드렸다.

"아원."

그가 난감해하는 것이 생생한데도 내 입술 새로는 계속해서 엉엉 울음소리가 흘러나왔다.

달그락달그락. 규칙적이고 느긋한 말발굽 소리가 밤의 서늘한 공기를 가른다. 나는 말갈기를 붙들고 있는 손을 들어 아직 뿌연 눈가를 가다듬었다.

"아원. 제가 잘못했으니 기분 푸십시오."

내가 또 우는 줄 알았는지 단규의 목소리가 제법 조급했다. 피식 웃은 나는 슬쩍 고개를 비틀어 뒤에 앉은 단규를 올려보았다. 마치 '나 안 운다. 봐라' 말하듯이.

그의 두 눈에 안도가 서렸다.

"다시 우는 줄 알았습니다."

아직 성난 마음이 가라앉지 않았기에 퉁명스레 맞받아쳤다.

"비록 눈물은 흘리고 있지 않지만, 내 마음은 여전히 펑펑 울고 있어."

"……."

"내 마음이 울고 있다는데 걱정되지도 않지? 하긴, 그러니까 전쟁에 참여하려는 거겠지."

"충분히 걱정하고 있습니다."

"거짓말."

"……."

"거짓말이야."

"……."

"거짓……."

'쪽' 하는 소리와 함께 뺨에 번진 입술 감촉 탓에 입이 절로 다물어졌다. 나직한 목소리가 귀 바로 옆에서 울린다.

"어찌하면 아월의 기분이 풀릴지 모르겠습니다."

거짓말. 진짜 거짓말.

그와 잠자리까지 함께하는 사이임에도 작은 접촉에조차 수줍게 반응하는 몸과 마음이 여전해 조용히 더운 뺨만 식히길 한참. 평소로 돌아와 물었다.

"황상이 마음대로 하라고 한 거, 진담일까?"

"……아닐 겁니다."

그럼 그렇지. 정말이지 그 황제는 왜 자꾸 헛말을 하는 거야?

"제게 원하시는 바가 있어 한 보 물러나신 거겠지요."

"황상이 원하는 바는 내 낭군이 전쟁터에 가는 거야?"

"그렇습니다."

그게 나가서 죽으라는 거지 뭐야?! 하여간에 사내들은 바보 같아! 허구한 날 저들 목숨 걸고 싸움박질이나 해대고!

"안 가면 안 돼?"

"아원."

불러놓고, 단규는 조용하다. 그의 침묵이 싫다. '왜 가야 하는 지 내가 따로 설명하지 않아도 너는 그저 받아들여라. 이해해라' 그렇게 강요하는 것 같아서.

굴하지 않은 나는 토씨 하나 틀리지 않고 되풀이했다.

"안 가면 안 돼?"

"……."

"나 과부 되면 어떡해?"

물먹은 내 목소리를 눈치챈 모양. 그는 고삐를 쥔 손안에 내 손도 겹쳐 잡았다.

"고운 처를 두고 어찌 죽겠습니까."

분명 기분이 서글픈데도 실소를 흘리고 말았다. 금일 단규는 날 달래려 무진 노력한다.

그 노력을 모르지 않기에 그저 삐친 양 가볍게 말했다.

"치. 대충 무마하려고."

"그렇지 않습니다. 아원, 저 앞을 보십시오."

그의 말대로 정면을 직시했다. 뿌연 안개를 꿰뚫자 보이는 풍경에 작게 탄성을 흘렸다.

수많은 별이 콕콕 박힌 밤하늘 아래 너른 호수가 펼쳐 있다. 슬금슬금 굴러다니는 안개가 주변 분위기를 한결 오묘하게 만든다.

단규의 도움을 받아 말에서 내려 호수를 굽어보았다. 까만 수면에 새하얀 보름달이 비춘다. 내 마음도 이 호수처럼 잔잔하면 좋을 텐데.

"나는 낭군이 전쟁터로 나가기 전까진 이별을 기다리느라 불안할 테지? 전쟁터로 나간 후에는 무엇이 잘못될까 봐 불안하고, 돌아온 후에는 내가 첩이 될까 봐, 아니, 낭군한테 다른 계집이 생길까 봐 불안할 거야."

단규를 올려다보았다. 눈시울이 홧홧해진다.

"그렇지만 그래선 안 돼. 매일 불안에 휩싸여 살아서 좋을 게 무어 있겠어?"

저 호수의 수면처럼 잔잔해져야 한다. 나 자신을 위해서라도. 그를 위해서라도.

"무사히 돌아오기만 해줘. 혼자 있는 동안 마음을 가다듬어 놓을게. 그래서……."

낮에처럼 또 숨이 턱턱 막혔지만 기어코 말했다.

"낭군이 무사 귀환만 하면 나, 첩이 될게. 딴 년…… 정실을 질투하지 않고 잘 대해줄게. ……아이에게도."

과연 내가 그럴 수 있을까? 자진해 말해놓고도 의심스럽다.

단규 역시 못 믿겠는지 자못 장난스럽게 웃었다.

"아원, 진심입니까."

"……."

그렇다는 소리가 나오지 않는 것이 목구멍 어딘가가 막혔나 보다.

"도망갈까."

"무어?"

단규가 나를 그러안아 나 또한 반사적으로 그의 허리에 팔을 둘렀다.

"수조(殊朝)를 흡수해 부친의 유훈을 완성시키고…… 그자를 단죄하고 나면."

나도 모르게 어깨가 움찔했다. 그자는 지헌인가?

"황성에서 멀리 떨어진 곳으로 거처를 옮겨 둘이 살까요."

농담으로 받아넘기기엔 너무나 매혹적인 유혹이고 진심이라 치부하기엔…… 그에게 미안하다. 박복한 나란 계집 때문에 단규까지 고생시켜서야, 기존의 그의 삶을 희생시켜서야 되겠는가? 나만 포기하면 끝인데. 내가 첩이 되기만 하면 모든 문제들이 한순간에 사라질 텐데.

"어떻게 그래."

당황스럽고 복잡한 내 속을 아는지 모르는지. 무슨 생각인지. 단규는 엷게 웃었다.

"그러지 못할 까닭이 무엇이겠습니까."

"……진심인 거야? 아니지? 흰소리지?"

"어디로 가서 살지 천천히 생각해 보십시오."

정녕 진심인가?

슬그머니 떠오르는 기대감을 외면하기 어렵다. 그의 말대로 황성에서 멀리 떨어진 곳으로 낙향하면, 그러면 황제가 포기할까? 단규를 놔줄까? 야반도주해서 어딘가 외진 곳에 숨는다면 안 잡힐 수 있을까? 땅이 좁지 않으니까 가능할지 몰라.

"아원."

행복하면서 비현실적인 상상에서 빠져나와 단규를 올려다보았다.

"기분을 풀어주려 나왔는데 도리어 고민만 안긴 격이군요. 어디로 가서 살지는 제가 전장에 나가 있는 동안 생각해 보십시오. 저는 당분간은 먼 훗날 때문에 걱정하는 얼굴이 아닌, 아원의 웃는 얼굴이 보고 싶습니다."

"먼 훗날이라니, 전쟁이 오래 걸릴 거라는 뜻이야?"

"아원이 눈앞에 아른거릴 텐데 오래 끌어서야 되겠습니까. 최대한 서두를 겁니다."

"……그런 말해도 하나도 안 기뻐."

뿌루퉁한 내게 그는 품 안에서 작은 비단 주머니 하나를 꺼내 내밀었다.

"무언데?"

주머니를 받아들었다. 안에서 서늘하고 작은 무언가가 미끄러져 나왔다. 크기만 다르고 똑같이 생긴 백옥가락지 한 쌍이 내 손바닥 위에서 반짝인다.

"가락지잖아?"

얼핏 보면 평범한 가락지는 그러나 여타의 것들과 조금 다른 점이 있었다. 보통 옥가락지라 하면 옥으로만 만들어져 있고 금가락지라 하면 금으로만 만들어져 있는 법인데. 한데 단규가 준 것들은, 분명 백옥가락지이지만 가운데 부분이 금으로 되어 있다. 가락지의 가운데를 따라 홈이 패여 있고 그곳에 금칠이 되어 있는 것이다.

"이런 가락지는 처음 봤어. 갑자기 어찌 주는 거야?"

"떠들썩한 분위기가 싫다, 바쁘다는 핑계로 혼례식을 치르지 않고 모른 체한 것이 내리 마음에 걸렸습니다. 게다가 부부가 되었다는 증표 하나쯤은 있어야 할 듯해……신물(信物)이라 여기십시오."

아!

기뻤지만 일부러 입술을 삐죽 내밀었다.

"이게 다야? 호숫가에서 가락지 주는 걸로 혼례식을 대신하자고?"

그의 표정이 난감하다.

"혼례식을 치르고 싶습니까."

"……."

"아원이 원한다는데 어찌 싫다 하겠습니까."

히죽 웃었다.

"농이었어. 나도 떠들썩한 거 싫어. 알지도 못하는 이들에게 구경거리 되는 건 더 싫어."

두 개 중 작은 가락지를 넷째 손가락에 꼈다. 달빛과 부딪친 가락지의 금부분이 유독 반짝인다. 사실 가락지 자체가 크게 예쁜 줄은 모르겠다. 그렇지만 그가 날 위해 특별히 만들었다 생각하니 마냥 좋다.

"이 가락지는 낭군님이 특별히 주문한 거지요? 저를 위해? 맞죠?"

"도처에 널린 흔한 것을 주었다가 바가지를 긁힐까 어찌나 두려웠는지 모릅니다."

"무어, 나처럼 착한 계집이 어디 있다고?"

말로는 톡 쏘아붙였지만 배시시 웃은 나는 나머지 가락지를 단규의 손가락에 밀어 넣었다.

"낭군, 감사해요. 절대 빼지 않을 거예요. 그리고 낭군 말씀대로 적어도 당분간은, 고민은 잊고 밝게 지낼게요."

잠시나마 입이 귀에 걸려 기뻐하는 나를 보며 그도 웃는다.

아직 방 안이 캄캄한데도 나는 눈을 뜨고 있다.

근래에 새벽 일찍 깨는 일이 잦았다. 본디 아침잠이 많은 내가 어찌 이러는지 그 이유를 잘 알고 있다. 고민거리가 있기 때문이다.

단규가 떠날 날이 얼마 남지 않았다.

지금도 손가락에 틀림없이 껴 있는 가락지를 처음 받았던 호수에서의 그 밤. 사저에 돌아와 단규에게 물었었다. 정확히 언제 가느냐고. 두 달 후라는 그의 대답을 듣고 '그래도 여유가 없진 않다'라고 생각했었다.

그랬는데…… 이전까진 세월이 흐르는 속도가 이토록 빠른 줄 몰랐거늘, 여유는 너무나 금방 지나가 버렸다. 마치 어느 유능한 신령이 옆에서 입김을 후후 불어가며 내 시간이 빨리 가게끔 재촉이라도 한 듯이.

그리하여 고작 며칠 뒤면 하늘같은 내 낭군은 먼 땅으로, 내게는 지옥 같게만 느껴지는 곳으로 간다.

한숨을 삼킨 나는 천장에서 시선을 떼 옆으로 돌아누웠다. 희미하게 보이는 남성스러운 굵직한 옆선을 물끄러미 쳐다보았다. 홀린 것처럼 지겨운 줄 모르고 단규를 구경하고 있으니 내 시선을 느낀 걸까? 그가 뒤척였다.

자는 척 눈을 감은 나를 품 안에 그러안은 단규는 그러나 얼마 지나지 않아 몸을 일으켰다. 황궁에 가려는 것이 분명했으매 어쩐지 서운하여 그를 따라 일어나 앉았다. 훤히 드러난 그의 맨 상체를 뒤에서 껴안고 애달피 말했다.

"낭군님, 가지 말아요. ……안아줘요."

이 복잡한 머릿속을 비울 수 있게.

애정을 갈구한 날 그는 조용히 돌아보았다. 깬 지 얼마 안 된 낭군은 평소보다 훨씬 더 과묵하다. 그렇지만 해도 뜨지 않은 새벽인 데다 기상한지 얼마 안 되었다, 그와 나 사이에 오가는 살가운 대화가 없은들, 서로를 향한 애욕까지 없진 않다.

"아원."

가라앉은 탁한 목소리로 날 부른 단규는 내 허리를 낚아채 곧장 나를 쓰러뜨렸다.

"깨워야 하나 고민하고 있었는데."

건조하게 소리 내진 한마디를 끝으로 간밤과 다르지 않은 매끄러운 입술이 목, 쇄골…… 몸 구석구석을 훑으니, 어둠 속에 침잠해 있던 감각들이 너 나 할 것 없이 화들짝 놀라 곤두섰다.

"아."

나는 가슴을 어루만지는 손길과 입술에 굴복해 신음을 터뜨렸다.

충분히 예민해진 곳을 떠나 부드러운 촉감은 이제 아래로 내려갔다. 배꼽을, 아랫배를 지나친 촉감이 다리 사이에 닿았으매 내 신음은 더는 고요한 주변과 어울리지 않았다. 더 강렬한 쾌감을 요구하듯 원색적일 뿐.

"저, 적운……."

절박한 내 부름에도 불구. 단규는 한참을 더 나를 애태웠다. 이윽고 위에 올라온 그를 이미 달아오를 대로 달아오른 나는 조급히 껴안았다. 열기와 익숙한 체취가 가득한 사내의 목에 얼굴을 묻었다.

재촉하고 싶다. 어서 아껴 달라고. 기다리기 너무 힘들…….

"아흑……!"

연리지처럼 그와 하나가 돼 얽힌 내 가냘픈 몸뚱이가 크게 들썩인다. 덩달아 정신이 몽롱해진다. 야릇한 아랫배 아래가 금방이라도 터질 듯하다.

황궁에 가려 일어난 거 아니냐. 우리 운우지정을 나누더라도,

시간 생각을 해가며 나눠야 한다. 그리 말한다는 것을 한순간 싹 잊은 나는 더 바싹 그에게 매달렸다.

기껏 함께 몸을 씻고, 침실에 되돌아와 또 한 번 정을 나눠서야 우리는 떨어졌다.

나는 반쯤 마른 머리를 빗어 내리며 곰곰이 생각에 잠겼다. 아무래도 목욕통을 바꿔야겠다. 훨씬 큰 걸로. 두 사람이 들어가서 씻기만 하기에는 충분하지만, 그렇지만 아까 너무 불편했어. 다리가 저렸는데도 쭉 못 펴고.

"아원. 저녁 때 보겠습니다."

"앗, 잠시만! 배웅해 줄 거야!"

아무렇게 머리를 올렸다. 서둘러 의자에서 엉덩이를 뗐다. 그러나 단규가 허접한 내 머리를 살펴보자 후회가 들었다. 공들여 매만질걸.

앙탈을 부리며 말했다.

"아이, 보지 말아."

"감모에 걸립니다."

머리 모양이 아니라 덜 마른 머리카락을 봤나 보다.

"그래도 갈래. 거의 다 말랐어."

"제 능력으로 아원을 어찌 말리겠습니까."

뺑글 웃은 난 그의 팔에 매달린 채 정원을 가로지르다가, 한참 뒤늦은 물음을 꺼냈다.

"낭군님, 늦으신 거 아닌가요? 곤란에 처하시면 어떡해요?"

"다른 날보다 일찍 일어났던 터라 늦지 않았으니 염려 마십시오."

다행이다.

청지기가 때맞춰 대문 앞에 내어놓은 말 위에 쉬이 올라탄 그는 내게 손을 내밀었다. 그 손을 살며시 붙들었다.

"이미 말했지만 아원, 저녁에 봅시다."

"낭군, 조심히 다녀와요. 내 생각 너무 많이 하면 안 돼요."

"어찌 안 된답니까."

"그러다가 나한테 일찍 질리면 어째요?"

"질리지 않습니다."

시원스럽게 웃은 그는 내 손을 한 번 힘주어 잡았다 놓곤 곧장 멀어졌다. 미소를 머금은 잘생긴 얼굴이 잔상으로 남아 눈앞에 아른거려, 그의 뒷모습이 사라지고도 한참만에야 뒤돌아섰다.

"낭자. 아니지, 이제는 부인이라 불러야 하나?"

"악!"

갑자기 날아든 낯선 목소리에 놀란 내가 내지른 비명소릴 들었는지 도좌방(倒座房)에서 사내종 하나가 뛰쳐나왔다.

"주인마님! 무슨 일이십니까? 무슨, 그쪽은……."

어딘가를 주시하는 사내종의 시선을 좇았다. 날 놀라게 한 이는…… 빌어먹을 옥호색이었다. 어디 먼 길을 다녀왔는지 놈팡이는 안색이 퀭한 게, 자못 피로해 보였다.

여하간에 저 징그러운 놈이 여긴 왜 왔단 말인가? 말없이 눈만 부릅뜨고 있는 나 대신 사내종이 조잘거렸다.

"대인께서 공자를 들이지 말라 말씀하시는 걸 똑똑히 들으셨 잖습니까? 한데 어찌 오셨답니까?"

단규가 옥호색을 집안에 들이지 말라 했어? 궁금증을 참지 못해 작게 물었다.

"언제 그 같은 명을 내리셨느냐?"

"마님께서 사저에 처음 도착하신 날 바로 다음 날에 저 공자 가 찾아왔었더랍니다. 마침 황궁으로 나서시던 대인과 공자가 마주쳤는데, 대인께서 단숨에 공자를 들이지 말라 엄명하셨지 요. 그 이후 안 오더니 저리 또 왔네요. 어쩔까요, 마님?"

"무얼 물어? 당연히 네 주인의 명을 따라야지."

"예예."

"낭자, 내가 수국에 다녀왔는데 말이오. 게서 무슨 얘기를 들 었게?"

사저 안으로 들어가다가 옥호색을 돌아보았다. 수국에 다녀 왔다고? 거길 왜?

느낌이 좋지 않다.

"얼마 안 있으면 망해 없어질 그 나라에서, 우물에 빠져 죽은 수국왕의 후궁과 궁녀에 관해 들었다오."

"……."

"낭자가 원한다면 자세히 들려줄 수 있는데."

사색이 된 내게 호색한은 저열히 웃어 보였다.

"주인마님, 이놈이 알아서 할 테니 들어가 보시지요."

"······아니."

"예?"

애써 침착하게 명했다.

"이번 한 번만 들이려무나."

옥호색을 동상방으로 안내했다. 망처도 재수가 없고 옥호색
도 재수가 없으니 얘기하기에 예만큼 적격인 곳이 없다.

"대저 손님이 오면 정방으로 모시는 법인데 동상방이라? 나
를 이리 대접하는 이유는 낭자가 아직 낭자라, 표기장군의 내
자가 아니라 정방을 차지하지 못해서요, 아니면 그냥 내가 싫
어서요?"

몰라서 그딴 걸 물어? 당연히 싫어서지. 자리에 앉으라 권하
지도 않은 나는 다짜고짜 물었다.

"대문 밖에서 한 얘기가 무어야?"

내 목소리가 사납기 그지없다. 어투도 마찬가지다. 미간에는
필시 주름이 져 있을 것이다. 그 옛날처럼. 하지만 무슨 상관이
랴. 이 버러지만도 못한 놈에게 무엇하러 착하게 굴까.

"아하, 그거."

잊고 있은 척을 하며 처웃는 옥호색의 입을 찢어버리고 싶다.

"무슨 얘긴지 낭자가 제일 잘 알 테면서?"

"······."

"수국왕의 후궁과 후궁의 궁녀를 우물에 빠뜨려 죽인 건 낭
자잖아."

주먹 쥔 손이 바르르 떨린다.

"낭자가 여인 둘을 밀어 넣은 그 우물에 귀신정(鬼神井)이라는 이름이 붙었다 하오. 게서 밤마다 계집들이 통곡하는 소리가 퍼져 나온대."

"……."

"낭자는 참 표독스러워."

표독스러워? 내가? 네놈이 뭘 말아! 그년들은 죽을 만했어! 고함치고픈 충동을 참느라 파들거리며 말했다.

"내가 죽이지 않았어."

"물론, 왕대비였었으니까 아랫것들을 시켜 죽였겠지."

더는 참을 수 없어 외쳤다.

"그년들이 단규를, 적운을 죽이려 했어! 그이가 환관이 아니라는 사실을 그놈에게 일러바치려 했다고!"

"참작해서 황후께 고하리다."

"무어?"

황후에게 고한다니?

황후는 그렇잖아도 날 마음에 들어 하지 않는데?

혀가 절로 움직였다.

"모르는 척해주면 아니 되어?"

"어떻게 그러겠소? 낭자에 관한 모두 알아오라, 황후께서 날 수국으로 보내신 건데."

나는 허망하게 단규와의 정표인 가락지를 내려다보았다. 옥호색의 고자질을 들은 황후가 악독한 년이다, 당장 날 내치려

하지 않을까?

"뿐만 아니라 수국 왕비도 그대 때문에 죽었다는 사실을 아시면 황후께서 얼마나 흥미로워하시려나?"

이건 또 무슨 소린가?

"나 때문에 소려진이 죽었다니? 없는 말 지어내지 마! 내가 그곳에서 나올 때만 해도 그 돼지 같은 계집, 잘만 살아 있었어! 지금도 입에 뭘 물고 있을 거야!"

"한때는 잘 살아 있었을 테지만 낭자, 수국 왕비는 지금은 죽어 없어졌다오."

"……거짓말."

"내가 왜 그런 거짓말을 하겠소?"

정말로 죽었단 말인가. 소려진이?

소려진이 없어지면 나는 내가, 신이 나 덩실덩실 춤을 추거나 박수를 쳐댈 줄 알았다. 하지만 실제로 부고를 받은 지금. 기쁨은 느껴지지 않는다. 왜인지 제 남편을 앞에 두고 눈물을 내비치던 소려진의 모습이 아른거릴 뿐이다.

정녕, 정녕 죽었다고. 이상하게 목이 잠긴다.

"어쩌다…… 어쩌다 죽은 게야?"

"왕의 명령으로 교형에 처해졌지."

"……."

"처음에는 그저 냉궁에 감금됐었는데, 어느 날 문득 수국 왕이 죽이라 명했다더군."

그 미친놈이. 그래도 제 정실인데 어떻게 그런 짓을.

"왕궁 안에는 왕이 왕비를 하루아침에 죽인 이유가 사라진 애첩을 찾지 못한데 대한 화풀이라는 소문이 자자한 모양이야. 실제로 왕은 왕비를 교형에 처하라 명하면서 '조모에게 망발을 일삼았다'는 죄명을 들었다고 해."

적막이 휘돌았다. 충격 받은 마음을 한참 만에 다잡은 나는 입을 열었다.

"나는 애첩이 아니야."

"……."

"또한 소려진이 죽은 건 내 탓이 아니라, 그게 그년의 팔자인 것뿐이야."

망자를 위해 애도하기는커녕 차갑게 내뱉은 날 주시하는 옥호색의 면상에 묘한 빛이 돌았다.

"못된 여인 같으니. 하지만 그래서 표기장군이 아니라 나와 어울려."

"헛소리 집어치워."

면박을 당하고도 옥호룡은 조금만큼도 민망해하지 않았다. 외려 능글맞게 처웃었다. 놈이 다시 떠들었다.

"수국 왕에 관해선 듣고 싶지 않소?"

"전혀."

이름을 부르기조차 싫은 그놈이 팔다리가 하나하나 뜯겨, 내장이 들어내져 뒤졌다는 소식 정도라면 반가울 법하지만 그게 아니라면 전혀 듣고 싶지 않다.

"그러시다면야. 한데 낭자, 우물에 빠져 죽은 후궁과 궁녀 이야기를 황후께 고하지 않을 수도 있어."

또 무슨 수작이야.

경멸을 담아 옥호색을 노려보았다. 놈의 눈알에 더럽고 음흉한 속내가 비추는 듯하다.

"낭자의 많고 많은 밤 중 딱 하룻밤을……."

"……."

"딱 하룻밤을……."

"……."

"딱 하루…… 하아. 되었소."

끝까지 듣기 전, 놈이 무어라 씨불이려 하는지 이미 눈치챘음이라. 뺨따귀를 후려치고 하인들을 부를 준비를 하는 나였거늘, 한데 어인 일진지 복잡한 표정을 지은 옥호색은 자진해서 포기했다. 하지만 이른 포기가 더 수상해 경계를 풀지 않았다.

"제안을 하려 했는데 관둘래. ……아무래도 내가 진심인 모양이야."

잠시 진지한가 싶던 옥호룡은 다시 헛소리를 지껄였다.

"더불어 낭자는 다섯 손가락에 들 만큼 어여쁘니까."

"……."

"난 어여쁜 여인을 괴롭히고 싶지 않아. 그러니 별도로 대가를 받지 않고, 황후께 아무 말 하지 않으리다."

"……."

"그 누구에게도 낭자에 관해 떠들고 다니지 않으리다. 날 낳아준 어머니께도."

못미더워하는 날 눈치챈 놈이 덧붙였다.

"낭자를 향한 내 사랑에서 비롯한 순수한 호의이니 믿어도 좋아. 그나저나, 황후낭랑께서 낭자에게 첩이 되라 하셨는데 싫다 버텼다며?"

내 얼굴이 한층 험악해졌다. '지겨워 죽겠으니 그놈의 첩 소리 좀 그만해라!' 그리 쏘아붙이고 싶었으나 성질을 부렸다가 옥호색이 마음을 바꿀까. 입을 꾹 다물고 있을 수밖에 없었다.

보나마나 뻔하다. 이제 저놈도 황후의 뜻을 거역 말라 지껄이며 날 설득하려 들 것이다.

"나는 낭자의 그 굳센 마음을 응원하니 앞으로도 쭉, 첩은 싫다 버티시오."

"무어……?"

"계속해서 그렇게 누님께 맞서다가, 짓밟히고 내쳐져 나한테 오시오. 누님은 내게만큼은 그대를 허락하실 테지. 우린 급이 맞으니까."

저놈이!

"꺼져! 당장 꺼져!"

폭발하여 발광한 나는 망처 년이 썼던 경대를 양손으로 치켜들었다. 곧바로 옥호색에게 집어던졌다. 아슬아슬하게 망나니를 비켜 가 바닥에 부딪친 경대가 굉음과 함께 박살났다.

"하하! 또 보오, 낭자! 난동을 피우는 모습조차 아름다워!"

"이이…… 닥……."

도망치는 놈에게 닥치라 외치려다 관뒀다. 동상방으로 들어

올 때 혹시 모를 상황에 대비해 문을 활짝 열어놓았던즉, 자꾸만 소란이 일자 궁금증을 참지 못한 아랫것들이 안을 흘끔거리기 시작했기 때문이다.

붉으락푸르락 달아오른 얼굴을 한 채 밖에 나온 나는 제일 가까이에 있는 계집종에게 온 힘을 다해 나긋이 청했다.

"실수로 경대를 떨어뜨렸단다. 깨졌으니 좀 치워줄래?"

"예예, 그러겠습니다."

계집은 눈을 빛내며 내 이곳저곳을 스쳐봤다.

"다치신 곳은 없으시고요, 마님?"

"없어. ……걱정해 줘서 고마우이."

후다닥 정방 안에 들어와 혼자가 되서야 씩씩 거친 숨을 몰아쉬었다. 나를 저와 같은 수준으로 취급한 호색한에게 화가 난다. 소려진을 깜빡할 만큼.

나는 단규에게 딸려 보낼 겨울용 내의에 복(福) 자를 수놓느라 끙끙대며 어리광 섞인 불평을 늘어놓는다.

"나 혼자 있는 동안 무슨 일이 생기면 어찌한담?"

아무래도 그와 헤어지는 것이 아쉬워 자꾸 이리 투정을 부리게 된다.

"황후가 또 부르면?"

물론 그러한 내 마음을 모르지 않는 단규인지라, 삐뚤빼뚤한 형편없기 짝이 없는 자수를 옆에서 쳐다보던 그는 익숙하게 나를 그러안았다. 그의 품 안에서 계속 수를 놓았다.

"아원은 웃을 때가 제일 고운데 저로 인해 근심하느라 미간이 펴지는 날이 없으니, 이 모든 게 제 잘못입니다."

'맞아! 다 네 잘못이야!' 나는 차마 사랑하는 이에게 그렇게 외치지 못했다. 그리고 어쩐지, 내가 못 그러리라는 걸 단규가 알고 있었던 것 같다는. 하여 부러 '다 내 잘못이다' 스스로를 자책하는 소릴 한 것 같다는 느낌이 들었다.

"능구렁이."

퉁명스레 중얼거리자 나지막한 웃음이 귓가에 울렸다. 이로써 확실하다. 내가 어떤 반응을 내보일지, 조용해질 거라는 걸 훤히 꿰뚫고 그런 말을 했던 거다.

"그냥 능구렁이도 아니야. 하늘 아래에 있는 모든 능구렁이들 중에서도 왕(王) 급인 능구렁이일 거야."

또 한 번의 굵직한 웃음소리.

평소대로 잔잔해진 그가 말했다.

"동명에게 부탁해 놓았습니다. 제가 없는 동안 아원을 지켜 달라."

"동명이 그러겠대?"

"참전하고 싶어 했기에 처음에는 불만스러워 했지만 결국 수락해 주더군요."

큰일이다.

"동명은 안 그래도 날 탐탁지 않아 하는데 나 때문에 가고 싶었던 전쟁터에도 못 가게 되었네. 날 참 잘 지켜줄 테야. 그렇지요, 낭군님?"

"……."

"게다가 동명은 나에 관해 황후와 황제에게 쪼르르 불었어."

톡 쏘아붙인 내게 아무 대꾸 않은 그는 대신 가느다란 내 허리를 붙든 그 자신의 손에 좀 더 힘을 실었다.

"혹여나 제가 없는 동안 무슨 일이 생긴다면, 그때는 성심성의껏 도와줄 겁니다."

단규를 곁눈질했다. 그의 진지한 표정을 보건데 확신하는 모양이다.

"어떻게 구워삶았는데?"

"진심을 담아 부탁했지요."

"무어야 그게."

난 또 무슨 대단한 수라도 쓴 줄 알았네.

"동명 외에 다른 분께도 말씀을 드려놨으니 걱정 마십시오."

다른 분 누구?

아니 그보다, 날 살펴봐 달라 청하면서 나에 관해, 내가 무슨 일을 겪으며 어떻게 살았었는지 말한 건가? 치솟은 불안 탓에 손이 떨려 수놓기를 멈췄다.

"그 다른 분에게…… 내 얘기를 많이 하였어?"

사르네와 동명, 황제, 황후, 옥호룡까지. 사르네는 저네 땅으로 돌아가 다신 볼 일이 없기로니 상관없다 쳐도, 여전히 너무 많은 이들이 박복했던 나의 지난날을 알고 있다. 이미 알게 된 이들이야 어쩔 수 있겠느냐마는, 더 이상은 그 누구도 나에 관해 몰랐으면 싶은 게 솔직한 내 심정이다. 나는 내 삶이 온갖

추접한 소문으로 범벅돼 호사가들의 입에 오르락내리락하던 옛날처럼 돌아가길 원치 않는다. 길가의 흔한 잡초처럼 튀는 일 없이 조용히 살고 싶다. 오직 단규의 눈에만 띄며.

"아원에 관한 이야기는 일절 하지 않고 다른 식으로 부탁드렸습니다. 염려 마십시오."

휴, 다행이다. 안도감에 밝아져 물었다.

"부탁드렸다는 그분이 뉘야? 도대체 뉘시기에 높으신 황후로부터 날 보살펴 주실 수 있는 건데?"

단규의 입술이 귀에 가까이 다가왔다. 기실 낭군과 나 자신 외엔 아무도 믿지 않기에 기대되진 않지만, 그가 조심스럽게 구니 궁금증이 피어올라 최대로 집중했다.

"궁금해 하니 외려 말해주기 싫은 것이, 비밀로 할까 합니다."

"무어야?!"

실 꿴 바늘과 내의를 완전히 내려놓은 난 단규의 팔을 팡팡 두드렸다. 아프기는 고사하고 간지럽다는 듯 웃는 모습을 보자 진심으로 약이 올라 내질렀다.

"미워!"

그는 내 말을 전혀 믿지 않는 눈치다.

지난 삼 일간은 생전 처음으로 내조라 불릴 만한 일을 하느라 꽤나 바빴다.

전란은 겪어봤어도 싸우러 전쟁에 참가한 적은 없기에 고향 떠난 군졸들이 어찌 생활하는지 전혀 모르지만. 그렇지만 나도 계집이라고, 낭군을 빈손으로 떠나보내기 싫었다. 하여 자꾸만 무언가를 바리바리 준비하게 되었다.

평소 시중을 받으며 살다가 집안일을 하려니 어색하기 짝이 없어 여종들의 도움을 받아 봄, 여름, 가을, 겨울…… 계절에 맞는 내의와 외의를 여러 벌씩 마련했다. 모든 옷에는 복(福) 자를 수놓았고, 어딘가가 헤지진 않았을까. 그의 갑주를 꼼꼼히 살폈다. 사르네를 따라해 포(脯)도 말안장 아래에 잔뜩 넣어두었다.

낮에는 그리 일을 하느라 바빴던 반면, 밤에는 못 볼 나날들을 고려해 단규와 정을 나누느라 바빴다. 때문에 나는 다가오는 이별로 인해 많이 슬퍼하지도 못했었다.

하지만 금일은 다르다.

초상이라도 난 것처럼 사저의 분위기가 침울하다. 정원 주변에 주르륵 나와선 하인들의 눈가가 붉다. 그네들은 대부분 사정이 딱한 이들을 단규가 거둬들여 예 살게 된지라 단규를 크게 흠모하는 고로, 떠나는 주인을 위해 진심으로 슬퍼하고 있다. 그래도 사내종들 같은 경우는 이번에도 당연히 단규가 승리해 살아 돌아올 거라 믿어 의심치 않기에 여종들보단 상태가 나았다. 몇몇 여종들은 코를 훌쩍거린다.

나는 왜 다른 계집들이 남의 사내 때문에 눈물까지 보이느냐, 분개할 겨를이 없다. 내가 제일 크게 훌쩍이고 있기 때문에.

퉁퉁 붓고 붉은 눈을 한 나를 빤히 내려다본 단규는 내 손을 감싸 쥐었다.

"아원이 울면 제가 마음 편히 갈 수 없습니다."

"……."

"힘내 싸울 수도 없을 터입니다."

여전히 눈물을 그칠 수 없다.

"아원."

"대장군!"

우리는 동시에 낯선 목소리가 날아든 방향을 바라보았다.

내가 그의 다리에 매달려 못 가게 말리기라도 할 줄 알았는지 황궁에서는 위장군이라는 자를 보내왔다. 한데 그 작자가 신혼부부나 마찬가지인 우리이거늘, 눈치 없게 어서 가자 재촉을 하고 있다. 나쁜 놈 같으니.

나를 살핀 단규는 다시 위장군을 돌아보았다. 그의 손이 여전히 내 손을 꽉 붙들고 있다. 손바닥이 축축하다.

"먼저 가게."

"하오나 폐하께서 대장군을 보좌하라 하셨습니다."

"늦지 않게 뒤따를 테니 먼저 출발하게."

"……서두르십시오."

젖은 내 눈에서 단규는 시선을 떼지 않는다. 혹은 떼지 못하는 걸 수도.

"아원."

"……."

"……아원에게 등을 보이기가 힘듭니다."

그리 말하고 슬쩍 나를 이끄는 그를 따라 정방 안으로 들어온 나는 울음을 터뜨렸다.

"흐흑."

단규는 내 뺨을 닦아주었다. 다시, 또 다시. 하지만 몇 번을 반복해도 소용이 없었다.

그의 입술 새로 나직한 한숨이 새어나왔다.

"두고 가는 제 마음도 편치 않음을 알잖습니까."

그러니 그만 울어라. 애틋한 채근에 축축한 얼굴을 가다듬었다. 애써 다부진 표정을 짓고 단규를 올려다보았다.

"낭군, 몸 건강히…… 으흑."

고작 한마디를 끝맺기 전 다시 눈시울을 붉혔다. 그런 나에게, 눈가를 닦아주는 대신, 그는 입을 맞춰왔다. 눈을 감자 뺨을 타고 물줄기가 흘러내렸다. 슬픔으로 범벅된 내가 흘린 소금물은 필시 내 얼굴을 감싸 쥔 그의 손에 닿았을 터다.

어느덧 다시 갑주를 차려입은 단규가 날 본다. 무거운 적막과, 질리지도 않는지 또 몰려드는 슬픔을 깨뜨릴 심산으로 그의 너른 품에 안겼다. 단단한 팔이 허리를 감싼다.

"화내기 전에 한 번 더 생각하는 것 잊지 마십시오."

"응."

"혹여 황궁에 갈 일이 생긴다 해도…… 되도록 가지 말고 버티십시오."

"알았어."

"기분이 좋지 않아 위로가 필요하거든 천비에게 도움을 청하십시오. 그 아이가 제일 착하니."

이번에는 대답 대신 그를 칩떠보았다.

"아원 다음으로. 실수했습니다."

뾰족한 내 눈초리에 낭군이 서둘러 정정했으매 그에 독기를 풀었다.

"정녕 가보겠습니다. ……아원은 예서 나오지 않는 편이 좋겠습니다."

밖으로 따라 나서려는 나였으나 단규는 제지했다. 서운함을 드러내며 물었다.

"왜?"

"만약에라도 뒤돌아섰을 때, 아원이 보이면 또다시 발이 묶일 듯해 그럽니다."

"……알았어. 나가지 않을게. ……기다리고 있을 테니 조심히 다녀와."

마지막으로 내게 입을 맞춘 그는 잠시 망설이다가, 결심을 굳혔는지 자못 서둘러 문 너머로 사라졌다. 쫓아가고픈, 멀어지는 뒷모습이라도 보고픈 욕심이 마음을 흔들었지만 방 안에서 꼼짝하지 않았다. 대신에 귀를 쫑긋 세우고 있으니 그를 따르는 하인들의 어지러운 발소리가 점점 작아져갔다.

차(茶) 두 잔을 마실 시간 정도가 흘렀을까?

"다치시는 일 없이 무사히 돌아오셔야 할 텐데."

"고우신 주인마님을 두고 떠나시려니 얼마나 힘드시겠어."

여종 둘의 대화가 문 틈새로 스며들었다. 저들은 분명 단규를 배웅하러 대문 밖에 나섰다가 돌아온 것일 터. ……단규가, 적운이 떠났다.

"으흐흑."

그와 헤어졌을 때와 변함없는 자세로 변함없는 위치에서 소낙비 같은 눈물을 쏟아냈다. 단규는 위로가 필요하면 천비에게 청하라 했지만 아이가 그를 대신할 수 있을 듯싶지 않다.

황후의 탁상에 기다란 그림 족자가 펼쳐 있다. 그림 속에는 풀밭에 앉아 근심 걱정 없는 즐거운 표정으로 이야기를 나누는 사내 둘이 있다. 옆에는 술병 하나를 두고, 손에는 작은 술잔을 쥔 채 자연 속에 포함돼 있는 그네들이 제법 초연해 보인다.

그림 위쪽에는 시(詩)가 한 수 적혀 있다.

술잔을 들며

달팽이 뿔 위에서 무엇을 다투는가?
부싯돌 불꽃처럼 짧은 순간 살거늘
풍족한 대로 부족한 대로 즐겁게 살자
하하 웃지 않으면 그대는 치인(癡人)

하하 웃지 않으면 그대는 치인(不開口笑是癡人)…….

백거이의 시를 눈에 담으면서도 가림은 그러나 웃지 않는다. 은근한 걱정이 그녀를 괴롭힌다.

"황후낭랑!"

그렇잖아도 심기 불편한데 저 흥분 섞인 요란한 목소리는 무언가? 가림은 '방문자가 있다'며 노상궁이 채 아뢰기 전, 제멋대로 들이닥친 호룡을 소가 닭을 보는 양 반갑지 않게 쳐다보았다.

"누님, 폐하께서 문수 형님을 후장군(後將軍)에 임명하셨다면서요?"

대군(大軍)이 육로와 수로를 통해 출병한 지 칠 일째. 한참 뒤늦게 들은 소식이 마음에 들지 않는다는 듯 호룡의 입술이 비뚜름했다. 눈가에는 심술이 맺혀 있다.

"후장군에 임명하신 걸로 모자라 전쟁에 내보내셨다면서요?"

"……."

"하, 세상에나."

탄식을 내뱉은 호룡이 계속 불만을 드러냈다.

"누님, 이 아우보다 검도 못 쓰는 문수 형이 후장군이라니요. 그로 모자라 전쟁에서 공을 세울 기회까지 얻다니요."

위로 누이만 넷인 귀한 외동아들에 늦게 본 막둥이라. 부모의 관심을 독차지하며 애지중지 길러진 호룡은 시기지심이 없지 않았다. 더군다나 그가 언급한 '문수 형님', 즉, 가림에게는 친사촌이요. 호룡 자신에게는 외사촌이 되는 한문수는 호룡과 두 살 터울로 둘은 은근히 서로에게 경쟁의식을 느끼는즉. 한데 저보다 검술 실력이 덜한 문수가 돌연 나름의 요직인 후장군에 임명됐다니 시샘 많은 젊은 사내의 속이 꼬일 만도 했다.

"네게 조금 못 미칠지 몰라도 문수의 실력 역시 뛰어난 축에 속하잖느냐."

"제게 못 미치는 이상 후장군에 임명되어서는 안 되었던 거지요. 누님께서 힘을 쓰신 겁니까?"

이제는 은근슬쩍 자신을 원망하는 철 덜든 사촌 동생을 가림은 인내했다.

"본궁이 그랬을 것 같으냐? 폐하께 문수를 중용해 주십사 청탁하였을 듯해?"

그랬다면 지금 이렇게, 문수가 남편의 밀명을 제대로 수행해 내지 못할까. 하여 역린으로 인해 또 다른 사촌 동생인 그가 해를 입진 않을까. 걱정하고 있지 않을 터다.

누이의 속을 알 길이 없는 호룡이 칭얼거렸다.

"누니임, 허면 대체 왜 그 형이 후장군이에요. 대체 왜."

"호룡아, 조용히 좀 하려무나."

"대장군이 지휘하는 이상 이 전쟁은 필히 승리할 텐데, 문수 형이 그 승전이 자기 공인 양 으스대는 꼴을 어찌 보란 말입니까아."

"본궁은 아는 바가 없으니 폐하께 가서 직접 따지든지."

"누님께서는 사랑스러운 이 아우가 폐하께 밉보여 평생 벼슬길이 막히길 바라시는 게지요?"

"황후낭랑!"

이제는 가림의 옆에 주저앉아 발을 구르던 호룡도, 그런 그를 피곤하게 바라보던 가림도 돌연 등장한 노상궁에게 주목했다. 놀란 기색이 가득한 노상궁을 눈치챈 가림이 물었다.

"무슨 일이 있는가?"

"황태후께서 환궁하셨다 합니다."

"무어라?"

역시나 놀란 가림 대신 호룡이 떠들어댔다.

"선황께서 붕어하신 이후 내리 무이산에 계시던 황태후께서 황궁에 오셨다니?"

"호룡이 너는 이만 귀가하도록 하여라. 본궁은 태후께 가보아야겠다."

궁금증에 댕그랗게 눈을 뜨고 있는 호룡을 뒤로하고 가림은 바삐 움직였다.

"태후 폐하!"

장신궁에 막 도착한 가림을 소박한 무명옷 차림새를 한 여인이 물끄러미 바라본다. 가림의 시모이자 성운의 친모인 황태후 조 씨이다.

가림은 얼른 시모에게 절부터 올렸다.

"바닥이 차니 황후는 어서 일어나시오."

"감사합니다, 태후 폐하."

아무리 대업을 위해서였던들, 선황이 전쟁터에서 무수한 인명을 살상한 것이 서럽다. 남은 생애를 죽은 이들과 선황을 위해 부처께 기도하며 살겠다, 떠났던 황태후가 불현듯 황궁에 온 이유가 무엇일까?

시모는 결코 생모만큼 편할 수 없는 고로 슬쩍 겁이 났지만 가림은 반가움만을 드러내 보였다.

"어머님, 기별도 않으시고 갑작스럽게 오셔 얼마나 놀랐는지요. 깊은 산 속에서 잘 지내시나 항상 걱정이 이만저만이 아니었는데, 이리 뵈니 안색이 나쁘지 않으신 듯해 그나마 마음이 놓입니다."

며느리의 애교스런 아부에 태후는 점잖게 미소 지었다. 그 모습이 아들과 딴판이었다. 성정이 유쾌하고 표현하는 데 있어 인색하지 않은 황제는 웃을 때 호탕하기 짝이 없건만, 그의 어미는 결코 소리를 내지 않는다.

"고맙게도 황후가 매번 따뜻하게 입으라, 건강을 챙기라, 옷이며 보약이며 이것저것을 보내주었거늘 내 안색이 나쁠 리가 있나."

"그리 말씀하시니 몸 둘 바를 모르겠습니다. 당연히 해야 할 일을 한 것을요."

"당연한 일을 못하는 이들도 많지. 고마워해야 함이 맞소."

과찬이 민망하다는 듯 웃은 가림이 조심스럽게 물었다.

"어머님, 오래간만에 뵈니 마냥 좋으면서도 궁금증을 참기 어렵습니다. 어찌 이토록 갑작스레 오셨는지요?"

황태후는 잠시 뜸을 들였다.

"적운이 부탁하였소."

아!

가림은 가까스로 얼굴빛을 평온히 유지했다. 시모가 본격적으로 자초지종을 설명하지 않았는데도 이게 어찌 된 영문인지 훤히 보였다. 예상치 못하게 적운에게 한 대 얻어맞은 양 뒤통수가 얼얼하다.

"상황이 여의찮아 직접 찾아뵙지 못하는 것이 송구하다며, 저가 전장에서 돌아올 때까지 황궁에 있어달라, 그리 서찰을 보내왔더군."

"……."

"그 애가 그 같은 청을 한 까닭은 내가 둘 중 한쪽을 견제해주길 바라서였겠지."

황태후의 목소리가 엄해졌다.

"적운과 문제가 있는 쪽은 황후요, 황제요?"

허를 찌르는 날카로운 물음에 가림은 대답하지 못했다.

"둘 다인가?"

"……."

"황제만이 아니라 황후도, 그 애도 내 자식이요. 나는 장장 십년을 선황께서 싸움터를 떠도시는 것을 지켜봤는데 이제는 자식들이 싸우는 모습까지 봐야 하는 거요?"

"……."

남편은 시모를 황궁에 어울리지 않는 여린 분이다 표현했지만 가림이 보기에 기실 그것은 틀린 표현이었다. 시모는 여린게 아니라 고결한 거였다. 살상과 싸움. 거짓말과 뒷말. 소문과 쓸데없는 수다와 같은 부정한 짓을 싫어하는, 더러운 꼴을 못보는 시모는 그 정직한 성품 때문에 이 황궁과 어울리지 않는 거였다.

그런 시모를 적운이 황궁으로 불러들였다. 혹여라도 가림과 성운이 아원에게 해를 끼치는 상황을 막으려.

"황후는 어찌 대답이 없소?"

더는 입을 다물고 있을 수 없어 가림은 일단은 남편의 몫까지 죄다 뒤집어썼다.

"신첩이 부덕하여 태후 폐하께 심려를 끼쳤습니다. 송구합니다. 하오나 며느리의 말을 들으시면 이해하실……."

"황후와 그 애 사이에 무슨 일이 있었는지 아직 듣지 못했다만 구태여 들어야 한다면, 적운과 황후를 동시에 보며 들을 것이오."

"……."

"한쪽의 얘기만 듣고 어찌 인과를 명명백백히 파악할까?"

"……."

"이미 말했듯이 황제와 황후와 더불어 적운 또한 내 자식이고, 지난날 적군의 야습으로 큰일을 당하실 뻔했던 선황을 구사일생으로 살려줬던 그 애에게 빚도 있거니와, 나는 다만 부탁받은 대로 그 애가 돌아올 때까지 황궁에서 자리를 지킬 뿐이오."

다만 예서 자릴 지키며, 불상한 일이 없도록 감시하리라. 시모가 소리 내지 않은 한마디일 터다.

"그러니 황후는 적어도 적운이 돌아올 때까지는 둘 사이의 문제에 관해 입 밖에 소리 낼 필요 없소."

지천명을 넘긴 여인의 꼿꼿한 의지가 가림을 억눌렀다. 가림
은 공손히 머리를 조아렸다.

"어머님의 말씀을 깊이 새겨듣겠습니다."

십일. 복인(福因)

「낭군, 몸 건강하지요?」

「낭군, 몸 건강하지요? 난 걱정 말아요.」

「거기는 여기보다 위에 있어요. 많이 춥지 않아요? 병 얻지 말아요.

난 좋아요. 걱정 말아요.」

「오늘 너무 많이 보고 싶어요.」

「언제 낭군을 볼 수 있을까요?

편지를 크게 쓰고 싶은데 난 글자를 조금 알아요.

낭군이 많이 알려줬어요. 그런데 많이 잊었어요.

어서 와요. 난 글자를 배우는 게 좋으니까.」

「오늘 밤에는 만월(滿月)이에요. 밝은 만월을 보니까 그 호수가 회상돼요.

당신이 그 호수에서 나한테 옥지ㅎ(玉指-)…… 신물(信物)을
주었잖아요.」

「보고 싶어요.

눈물이 나요…….」

어여쁜 네게 반해 하백이 잡아갈지 모른다. 그러니까 가까이
가지 말라……. 단규가 주의를 주었던 연못의 수면이 살짝 얼어
있다. 잉어라도 놀리면 덜 심심하련만.

자갈 몇 개를 톡톡 던져 봐도 연못의 언 수면이 깨지지 않거
니와, 얼음 아래로 불투명하게나마 잉어가 보이지 않았다. 하여
하릴없이 삭막한 정원을 구경했다. 찬바람이 뺨을 때리는데도
구태여 밖에서 버티는 이유는 따뜻한 방 안에 있어 몸이 편하
면 상념이 많아지기 때문이다. 추우면 그나마 그의 생각이 덜
난다.

"주인마님, 이거 받으셔요."

곁에 다가온 천비가 내민 목탄이 가득한 황동 손난로를 받아
들었다. 뜨거운 열기가 손바닥은 물론 몸을 데운다.

"내 옆에 붙어 있다간 감모에 걸릴지 모르니 어디든 들어가
있으렴."

"네에. 엇, 주인마님, 그 공자께서 오시네요?"

뒤를 돌아보자 후원에 있는 제 방으로 종종거리는 천비의 뒷
모습과, 평소와 다를 바 없는 불퉁한 표정으로 다가오는 동명
의 앞모습이 보였다. 단규가 떠난 지 석 달째. 동명은 짧으면

열흘, 길면 이삼 주가량에 한 번씩 사저에 들리며 나를 지켜 달라는 단규의 부탁을 나름 성실히 이행하고 있었다.

"별일 없는 듯하니 이만."

가까이 다가오던 동명은 나와 눈이 마주치자마자 팽 하니 내게서 돌아섰다. 멀어지는 그를 의미 없이 바라보며 곰곰이 생각했다.

별일이 없는 듯하다라. 확실히 별일은 없다. 단규의 걱정이 무색하게 지난 몇 달 간 황후도 황제도 본 적이 없다. 적당한 때가 되면 끼니를 해결하고, 날이 어두워지면 자고, 깨 있는 동안에는 멍하니 혹은 무언가 소일거리를 하며 시간을 보내고…… 내 일상은 정녕 평온하기 그지없다.

평온하기 그지없으면서 동시에, 지루하다. 허하다. 더불어 단규가 너무 많이, 매우, 몹시, 심하게 보고 싶다. 침상에 누우면 '난 지금 이렇게 편히 있는데 그는 그렇지 못하겠지' 하는 생각이 들며 보고 싶다. 먹음직스러운 음식을 앞에 두고는 '그이는 제대로 식사를 하고 있으려나?' 의문이 떠오르며 보고 싶다. 연못을 들여다볼 때면 그가 해준 하백 얘기가 어김없이 생각난다.

손난로를 꼭 쥔 채 동명을 뒤쫓았다. 동명이 사저에 들락거리기 시작한 이후 처음으로 불편한 그에게 말을 붙였다.

"적운은 잘 있을까?!"

헐레벌떡 뛰며 외치매 수화문을 코앞에 둔 동명이 멈췄다. 길게 찢어진 날카로운 눈초리가 내게 떨어진다. 그렇잖아도 날 싫어하는 데다 나 때문에 전쟁터에 못 간 그이니, 설사 대답을 해주더라도 목소리에서 짜증이 마구 배어나오겠지?

"무소식이 희소식 아니겠습니까."

이게 웬걸? 예상과 달리 동명의 어투가 이전에 비해 친절했다. 하여 외려 소름이 돋았지만 한편으론 안심이 돼 나는 재차 물었다.

"그렇긴 하지만…… 그래도 무어 아는 거 없어? 작은 거라도."

"열흘 전에 마지막으로 왔었던 전령병이 전하기를 대장군의 군대가 곧 수국 왕도를 칠 거라 했었으니까 지금쯤이면 충분히 결판이 났겠지요."

"단규가 이겼을까? 이겼겠지?"

동명은 마치 무슨 그런 멍청한 질문을 하냐는 듯 어이없다는 표정을 지었다.

"대장군은 십대 시절 단 두 번을 제외하고 한 번도 패한 적이 없습니다. 내가 괜히 존경하는 줄 압니까?"

"그럼……."

밝아져 묻다가 입을 다물었다. 왕도가 함락됐다면 '그놈'은 죽었으려나?

"수조(殊朝)를 흡수해 부친의 유훈을 완성시키고, 그 자를 단죄하고 나면."

그렇게 말했던 단규인데, 설마 그놈을 직접 처리한 건 아니겠지? 아니었으면. 그의 손이 더러운 피로 물들길 원치 않으니

다른 뉘가 그놈을 죽였기를.

"그럼, 뭐요."

"아…… 왕도를 함락시켰으면, 그이가 곧 돌아올까?"

"그거야 모르지요."

내 안색이 금세 어두워졌다.

"모른다니 무슨 뜻인 게야?"

"수국 땅덩어리가 제법 크니 조금 더 머물면서 지방에서 반란이 일어나지 않나 상황을 지켜볼 수도 있고, 직접 군대를 이끌며 지방을 순회할 수도 있고."

"……."

"전투에서는 본진을 함락시키는 게 제일 중요하긴 하다만 본진의 함락과 전쟁의 종결이 항상 일치한단 법은 없으니까."

"……."

"그렇지만 수국은 이미 쇠할 때로 쇠한 나라고, 유국 군대와 맞닥뜨릴 때마다 수국 지방 관리들이 줄줄이 항복했다 하니 쉬이 정리하고 돌아올 가능성도 있습니다. 남은 자잘한 일이야 하관(下官)들에게 맡기면 될 테지요."

그래서 결론이 무언데. 단규가 금방 돌아올 거라는 거야, 시일이 더 걸릴 거라는 거야.

마음 속 의문을 고대로 되풀이했다.

"결론이 무어야?"

"좋을 대로 생각하던가요. 더 이상 할 말 없으면 이만 가보렵니다."

"……."

희망을 버리지도 받아들이지도 못한 채 시무룩이 동명을 쳐다보았다.

「낭군에 관해 들었어요.」

왕희지(王羲之)처럼 글을 쓰려 한껏 집중하다가 붓을 멈췄다. '동명이 그랬는데 지금쯤이면 왕도가 함락됐을 거라더라. 그럼 당신은 조만간 오는 거냐라고 쓰고 싶은데, 너무 어렵다. 동명은 어찌 쓰며 함락은 또 어찌 쓴단 말인가?

"으음."

쓸 줄 아는 단어로 순화해서 표현해야 돼. 두통이 느껴질 정도로 고민한 끝에 다시 붓을 움직였다.

「낭군에 관해 들었어요. 낭군의 그 친구가 수국 왕도가 망했을 거래요. 그럼 당신은 조만간 오나요?」

됐어! 이 정도면 괜찮아! 만족스럽게 웃은 나는 편지를 접어 이미 가득 찬 경대의 서랍에 우겨넣었다.

거의 매일 하다시피 하는 소일거리를 끝내고 나니 금세 심심함이 몰려들어, 옆에서 빨래한 옷을 개는 천비를 돕기 시작했다. 나를 힐끔거린 계집아이가 입을 열었다.

"공들여 쓰신 서찰을 어째 모아만 두시나요?"

누군 보내기 싫어서 서랍 속에 쌓아두는 줄 알아? 답답함에 톡 쏘아붙였다.

"그럼 어찌해? 무슨 수로 멀리 있는, 그것도 전쟁 중인 낭군에게 서찰을 보내?"

"그 공자께 부탁하면 안 돼요?"

"구름 타고 다니는 신선도 아닌데 동명이 어떻게……."

가능하려나?

동명은 전령병이 알려온 소식을 전해주었었다. 그렇다는 것은 역으로, 동명이 전령병에게 전장으로 소식을 전해 달라 부탁할 수도 있다는 뜻이 아닐까? 게다가 동명도 황궁을 들락날락 거리는 무관이다.

"천비야."

이상하리만치 친절하게 아이를 부른 나는 눈웃음을 치며 말했다.

"네 덕분에 미처 생각지 못했던 바를 깨우쳤구나. 우리 천비, 똑똑하기도 하지."

"……."

"낭자! 낭자! 명아원! 명! 아! 원!"

갑자기 웬 난리인가?

싱글벙글거리며 아이의 뺨을 꼬집던 나도, 얼떨떨하게 날 쳐다보던 천비도 문가를 돌아보았다.

"명! 아! 원! 아원아!"

단규도 아니면서 어느 놈이 내 이름을 외쳐? 웃음기를 싹 지운 내가 혼잣말처럼 물었다.

"이게 무슨 소리야?"

"담벼락 바깥에서 들려오는 듯해요. 돌아다니면서 소리치는 것 같은데."

아이와 함께 밖으로 향했다. 걷는 동안에도 계속해서 '명아원!' 고함이 들렸다.

대문가에 닿자 이미 집안 하인들이 바글바글 몰려 나와 있었다. 그네들 중 몇몇은 오른쪽 담벼락 모퉁이 너머를 쳐다본다.

"석삼 아재, 무슨 일이에요?"

"응? 아이고, 주인마님 나오셨습니까."

그림자처럼 조용히 서 있는 나를 발견한 사내종이 사연을 고해 올렸다.

"대인께서 집안에 들이지 말라 했던 공자가 글쎄, 담벼락을 따라 돌며 항의하고 있습니다."

옥호룡.

"지금껏 대인의 명에 따라 공자의 가택 출입을 막아왔습니다만, 가택 안으로 들어오려 시도하는 게 아니라 고래고래 소리를 지르고 있으니 이런 경우에는 어찌해야 할지 막막하여······ 귀한 댁 자제로 보이는 이를 매를 쳐 내쫓기도 뭐하고······."

정녕 버러지만도 못한 놈이 창피한 줄도 모르고 별 수작을 다 부리는구나. 그 집념으로 출세할 방도나 찾을 것을.

진작부터 미간을 구기고 있은 나는 짜증스럽게 물었다.

"옥호룡이 어디 있느냐?"

"예?"

"지금 담벼락을 돌며 내 이름, ……시끄럽게 떠드는 그놈이 어디쯤에 있느냔 말이야."

"후원 쪽에 있는 듯합니다."

사내종의 추측이 맞을 법하다. 정방 바로 뒤편인 후원 쪽에 있으니 내가 그놈의 고함을 들었던 거겠지.

"어쩔까요, 마님? 오밤중에 소란을 피워대니 이놈이 못 자는 거야 참을 수밖에 없대도, 이웃들 눈치가 보입니다."

아닌 게 아니라 주변 사저의 노비들까지 하나둘, 바깥으로 나오고 있다. 이대로는 저네들의 주인까지 쫓아 나와 불평할 것이다.

나는 이웃에 폐를 끼치는 문제는 둘째 치고, 계속해서 내 이름을 불러대는 옥호룡과 나 사이에 난잡한 소문이 돌까 두려워 석삼에게 엄히 명했다.

"당장 관아에 가 신고하여라."

"지당하신 명입니다, 주인마님. 바로 갑지요."

"잠시만!"

어정쩡히 서 있는 석삼에게 덧붙였다.

"관아에 가 이리 전하려무나. 망측하게도 황후 폐하의 내척인 이가……."

눈을 굴리며 생각하다 천비를 주시했다. 나 스스로가 화제거리가 되길 원치 않으니 미안하지만, 저 아이를 이용해야겠다.

"대장군 댁의 노비 계집아이를 탐해 난동을 부린다고."

"하지만 집안에는 명아원이란 이름의 노비가 없는데요? 그러고 보니 명아원이 누구지?"

날 이름으로 부를 일이 없으니 모를 만도 하다.

남들이 듣지 못하게 작게 쏘아붙였다.

"그는 내 이름이야. 너는 네가 그리 존경하는 대인의 처인 내가 구설수에 오르내리길 바라느냐? 사통을 한 전적이 있는 저런 호색한 이가 나와 엮이길 원하여?"

"아!"

뭔가를 깨우친 양 탄식을 흘린 사내종의 안색이 금세 파리해졌다.

"아닙니다. 아닙니다, 그럴 리가요, 주인마님. 저 공자가 사통을 한 줄은 몰랐는데, 아주 몹쓸 이입니다. 그런 이가 주인어른과 마님께 해를 끼치려 하고 있다니…… 명하신 그대로 관아에 고하도록 하지요."

"명! 아! 원!"

석삼이 내달리는 것을 확인한 난 혐오스런 고함 소리를 피하려 귀를 틀어막았다. 옥호색 저 미친 자가 발광하는 까닭은 사저의 주인이고 건장한 사내인 단규가 없기에 기고만장해서다. 단규가 있었다면 저가 감히 이딴 짓을 할 수 있었겠는가?

"이런 식으로까지 낭군이 곁에 없다는 사실을 되새겨야 하는 거야?"

신경질적으로 중얼거린 나는 옥호색의 음성이 가까워지고 있음을 눈치챘다. 이러다간 놈과 마주칠까, 나는 서둘러 정방으로 향했다.

'명아원.'

안개 속 어딘가에서 목소리가 어렴풋이 들렸지만 무시했다. 계속 걸어 나갔다. 말라비틀어져 시든 꽃의 시체들을, 가시밭길을 지나는 동안 아무것도 신지 않은 가여운 두 발이 피투성이가 되었거늘 그럼에도 멈추지 않았다. 저 앞에 뉘가 있을지 알기에.

단규가 있을 것이다. 분명히. 날 기다리는 그가 느껴진다.

유일한 희망에 의지해 앞만 보며 나아가자 정녕 바라던 대로 그가 보였다. 단규와 나 사이에는 거세게 물결치는 강이 놓여 있지만 괜찮다. 다리를 건너면 그만이니까.

나를 보며 미소 짓는 그에게 마주 웃어 보이며 다리 위에 한 발을 내디뎠다. 나머지 발도…… 움직이지 않는다.

안 움직여! 무어지?

시선을 아래로 내렸다. 그제야 얼음처럼 싸늘한 냉기가 느껴지며 발목을 움켜쥔 피투성이 손 한 짝이 보였다.

'명아원.'

머리칼을 풀어헤친 채 땅에 처박혀 있던 고개가 회까닥 치켜들렸다. 핏물이 흘러내리는 벌건 두 눈이 나를 노려본다.

'너는 절대 저놈에게 갈 수 없어.'

"아, 아악!"

번쩍 상체를 일으킨 나는 팔과 어깨, 가슴…… 상체 이곳저곳을 더듬었다. 이불과 치마를 들쳐 발목도 확인했다. 피투성이 손 따윈 보이지 않는다.

꿈이었다. 그것도 지긋지긋하게 끔찍한 악몽.

안도감과 함께 몰려온 밤의 서늘함이 식은땀에 절은 몸을 떨게 만들어 내쳤던 이불을 끌어당겼다. 침상에 웅크려 누웠다.

단규가 떠나기 전까지는 그 없이 살 수 있을까 의심스러웠었거늘 스스로 생각하기에도 신기하게, 나는 그동안 생각보다 잘 살아왔다. 비록 그가 보고 싶고, 그가 주는 애정이 그립고, 사는 재미가 없을지언정 어쨌건 간에, 잘 살아왔다. 하지만 오늘 같은 밤에는.

"단규, 적운……."

끔찍한 꿈을 꾼 오늘 같은 밤에는 혼자만의 잠자리가 심히 두렵다. 외롭다. 옆에 그가 있었다면 오들오들 떠는 나를 꼭 안아주었을 텐데. 그저 악몽이었을 뿐이다 나직이 속삭이며 등을 어루만져 주었을 텐데.

여태 심장이 콩닥거려 이불을 머리끝까지 끌어올렸다.

혼자였기에 유독 힘겨웠던 그날 밤 이후, 악몽은 걸핏하면 나를 덮쳤다. 악몽의 내용은 물론 혐오스럽기 짝이 없는 지헌이었으매 또 놈을 보게 될까. 잠을 자기가 꺼려질 정도였다. 하여 요즘 나는 새벽 내리 뒤척거리다 동틀 녘이 돼서야 눈을 붙이는 경우가 허다했다.

놈은 필시 전쟁에서 패해 참혹하게 죽었을 텐데. 놈의 죽음이 전혀 슬프지 않은데. 그러한데 왜 자꾸 불쾌한 꿈을 꾸게 되는 걸까? 내게 무슨 원한이 있어, 귀신이 된 그놈이 해코지를 하고 있는 건가?

"마님, 일어나셨어요? 약을 가져온 참인데 마침 잘되었네요."

눈을 떴을 때의 자세 그대로 환한 창가를 바라보다 고개를 비틀었다. 어느샌가 옆에 다가온 천비가 고사리 같은 손에 받쳐 든 뜨거운 약그릇을 후후 분다.

"어떠세요? 약효가 있는 듯싶으세요?"

"그냥 그래. 딱히 좋은 줄은 모르겠느니."

내 반응을 이미 예상했다는 듯 계집아이는 담담했다.

"그런 것 같았어요. 예전에는 마님의 살결에 윤기가 흘렀었는데 지금은 푸석해 보이거든요."

어쩐지 기분이 나빠 흘끗 천비를 노렸다.

"허면 다른 의원으로 바꿔볼까요?"

"약을 마신 지 고작 삼일 째이지 않느냐. 며칠 더 마셔보고 바꿀지 말지 결정해도 될 테야."

"예. 아참, 주무시는 동안 공자께서 다녀가셨어요."

"무어?"

다녀갔다는 공자란 동명이 분명했다. 상체를 세워 침상 끝에 기댄 나는 신경질적으로 외쳤다.

"단규에게 편지를 전해줄 수 있는지 물어보려 했는데!"

금일 기회를 놓쳤으니 최소한 열흘은 기다려야 하지 않겠는가! 단규를 기다리는 것만으로 충분하건만!

"노비가 대신 여쭤봤으니 진정하세요. 여기, 약그릇이나 받으셔요."

"……참이야?"

짜증스레 발을 구르길 멈추고 약그릇을 건네받았다.

"동명이 무어래? 전해주겠대?"

"네. 무슨 이런 귀찮은 일을 시키느냐는 얼굴 표정을 지어 보이시긴 했지만 의외로 거절하진 않으시더라고요. 시도해 보시겠대요. 편지는 노비가 서랍에서 꺼내 드렸으니까 걱정 마세요, 마님."

"……."

"마님께서 지금까지 쓰신 편지 모두를 공자께 드렸어요."

다 좋은데, '무슨 이런 귀찮은 일을 시키느냐는 얼굴 표정을 지어 보이셨지만…….' 그 말을 꼭 덧붙였어야 했나? 하여간에 쟤는 가끔씩 굳이 안 해도 될 말까지 해 사람 기분을 찝찝하게 만드는 것 같아.

그래도 긍정적으로 생각하자. 어찌됐건 동명이 단규에게 편지를 전해주겠다지 않는가.

"마님, 완전히 식기 전에 어서 약을 드시지 않고요."

고분고분히 약을 마셨다. 금일 따라 약 맛이 좀 덜 쓴 것도 같다.

"마님! 공자님 오셨어요!"

정방 침실로 헐레벌떡 들이닥친 천비가 기쁘게 고하자마자 수화문 쪽을 향해 내달렸다. 나와 달리 느긋하기 짝이 없게 걸어오고 있는 동명에게 뛰어들어 물었다.

"단규에게서 답장이 오지 않았어?"

벌써 석 달째 마주칠 때마다 같은 질문을 쏟아낸 내게 짜증이라도 느낀 걸까. 동명의 미간이 구겨졌다. 덕분에 경계 태세에 들어간 나였으나 다행히 동명은 타박을 놓지 않았다. 대신 제 할 말만 해댔다.

"별일 없었을 테지요."

"없었어. 한데, 답장은?"

"없었습니다."

"……."

매번 혹시나 하고 기대하지만 동명의 대답은 역시나 '없었습니다'이다.

"……그렇구나."

많이 바쁠 테니까. 할 일이 산더미처럼 많을 테니까. 그러니까 서운해도 내가 참아야지.

그런데, 편지 한 통 쓸 시간도 없는 건가?

"답장 말고 그러면, 전령병이 가져온 소식은 없어?"

"지방에 주둔해 있는 군대에 관련한 소식뿐, 대장군 개인에 관해선 특별히 말해줄 것이 없습니다."

소태를 삼킨 양 입 안이 쓰다.

"근래엔 악몽을 꾸지 않습니까."

시무룩이 고개를 떨어뜨리고 있던 나는 토끼 눈이 돼 동명을 쳐다보았다.

"계집아이에게 듣기론 밤에 잠을 못 잔다면서요."

하마터면 입을 틀어막을 뻔했다. 다른 뉘도 아닌, 사르네와 더불어 내 인생의 방해물 역할을 자처하던 동명이 날 걱정하다니. 이럴 수가.

무슨 일이 있느냐고, 사람이 갑자기 바뀌면 죽을 때가 된 거라던데 어디가 아픈 거냐고 묻고 싶었지만 참았다. 대신 묘한 기분에 사로잡혀 말했다.

"한창 때는 너무하다 싶을 정도로 자주 꿨었는데 약을 꾸준히 마셔서 그런지, 요즘은 덜하여."

"조금 덜한들 힘든 것은 여전한가 봅니다."

"……."

"안색이 좋지 못한데요."

동명이 힘드냐 물을 정도로 내 얼굴이 못나 보이는 걸까? 그러고 보니 저번에 천비도 피부가 푸석해 보인다 했었지.

"몸조리 잘하십시오."

"그런데 어째서 내 걱정을 해?"

나도 모르게 불쑥 물었으나 후회스럽지는 않았다. 편지를 전해주고, 말하는 어투가 친절해진 데다, 이제는 건강을 챙기라 격려까지 해주다니. 내가 아는 동명은 절대 그럴 이가 아닌데 왜 갑자기 변한 걸까?

"날 싫어하잖아."

"……."

"애초에 적운의 부탁을 수락한 이유가 무어야?"

"……."

"적운이 말해줬는데, 전쟁에 참가하고 싶어 했다지? 그런데 왜 가지 않고……."

그 마음은 아직까지 변함이 없는 듯 동명의 입술이 불만스레 비죽였다.

"일찍도 묻습니다."

"……."

"참전하고 싶었습니다. 그렇지만 황성에 남아 그쪽을 지키지 않는다면 죽이겠다 위협하는 대장군을 앞에 두고 거부하는 소리가 나왔을까 봐요?"

"무어?"

어디서 거짓말을. 양미간을 찌푸린 내가 쏘아붙였다.

"그이가 얼마나 다정하고 바른데! 그런 무서운 위협을 했을 리가 없잖아!"

감히 단규한테 흉한 누명을 씌워? 참전을 못 했다, 단단히 앙금을 품은 게지.

"직접적으로 죽이겠다 하진 않으셨죠. 하지만 대장군께선 내게, 필요하다면 황제폐하와 황후 폐하께 목숨을 걸고 맞서서라도 그쪽을 지켜 달라 청하시며 거부한다면 당신으로부터 큰 원한을 사게 될 거라 덧붙이셨으니, 이가 죽인다는 위협과 뭐가 다릅니까?"

"……."

"그쪽을 걱정하는 소릴 한 것도 대장군의 부탁의 일환일 뿐입니다. 나야 그쪽이 여전히 마음에 들지 않지만, 데리고 사는 당자인 대장군의 마음이 깊은데 내가 더 뭐라 하겠습니까. 존경하는 그분을 위해 원하시는 대로 해드릴 수밖에."

"……."

"이만 갑니다."

동명을 잡지 않았다.

날 아껴주는 단규에게 항상 고마움을 느끼긴 했으나, 은연중에 난 그를 향한 내 마음이 날 향한 그의 마음보다 훨씬 깊을 거라 여겼었다. 한데 오늘만큼은 그게 아닐지도 모르겠다는 생각이 든다.

"대장군께선 내게, 필요하다면 황제폐하와 황후 폐하께 목숨을 걸고 맞서서라도 그쪽을 지켜 달라 청하시며 거부한다면 당신으로부터 큰 원한을 사게 될 거라 덧붙이셨으니, 이가 죽인다는 위협과 뭐가 다릅니까?"

단규와 동명은 꽤나 가까워 보였거늘 둘 사이에 저러한 대화가 오갔다고.

나 때문에 싫은 일을 하게 된 동명에겐 미안하지만 동시에, 그가 들려준 얘기로 말미암아 날 아끼는 단규의 마음을 새삼 실감하게 되는 것을 멈출 수 없다.

아까보다 기분이 한결 묘해 우두커니 선 나는 움직일 줄을 몰랐다.

깊은 새벽, 모두가 잠들어 있다. 나만 제외하고.

악몽을 꿀까 무서워서인지, 아니면 동명에게 단규에 관한 이
야기를 들어서인지는 모르겠으나 금일 따라 잠이 오지 않는다.
심장이 평소보다 활발히 뛰는 듯하고, 두 눈은 확실히 졸린 기
미라곤 없이 말똥말똥하다.

안 되겠다. 계속 누워 있은들 잘 수 있을 것 같지 않아.

일어나 옷장을 뒤적였다. 그리운 향이 배어 있는 단규의 내
의를 꺼내고 색실과 바늘도 같이 집어 들었다. 맞다. 그이의 옷
에 복(福) 자를 수놓을 요량이다.

"명아원!"

……잘못 들었겠지?

"명아원!"

잘못 듣지 않았어. 아직 바늘에 실도 꿰지 않았건만 벌써부
터 집중력이 와장창 깨졌다.

"아원아!"

"저 미친놈이!"

또 한 번 옥호룡의 고함이 울렸으매 화를 참을 수 없어 욕지
거리를 내뱉었다. 관아에 신고한 이후 한동안 잠잠하더니, 정신
나간 놈이 또 처왔다. 또!

"주인마님, 그 공자가 또 왔습니다."

나도 알아! 안다고!

씩씩거리며 쾅 문을 열고 나온 나를 석삼이 놀란 눈으로 쳐다본다. 그 모습이 제법 안쓰러워 소리를 지르고픈 충동을 억눌렀다.

"어서 관아에 가 신고하려무나."

"예에."

"명아원!"

옥호룡의 발광이 계속되는 고로 내 속의 울화도 덩달아 가라앉지 못함이랴. 가슴께의 옷깃을 움켜잡아 부채인 양 펄럭거리고 있으니 한참 만에 석삼의 목소리가 다시 들려왔다.

"주인마님."

오늘 밤으로서 벌써 두 번째 밖에 나와 섰다. 거친 숨을 몰아쉬는 사내종의 안색이 좋지 못하다.

"무어야? 어찌 그래?"

"관아에서 군졸들이 나왔으나 공자가 버팅기고 있습니다."

"군졸들은 여럿일 게 아니야? 여러 명이서 그깟 삐쩍 마른 놈 하나를 끌고 가지 못해?"

"그 공자가 하인들을 잔뜩 끌고 온 데다, 자신이 황후님의 사촌 아우인데 어딜 감히 손을 대냐 으름장을 놓으니 군졸들이 주춤거리고 있습니다."

아무 욕이라도 마구 내지르고 싶다.

"화내기 전에 한 번 더 생각하는 것 잊지 마십시오."

하지만 단규가 그렇게 말했으니까. 그러니까 한 번만 더 참아보자, 명아원.

커다란 숨을 들이마시며 마음을 다잡길 잠시, 걸음을 옮겼다. 옥호색 그놈이 난리를 피우는 까닭은 나를 만나기 위해서가 틀림없는즉. 그리 원한다면 만나줘야지 어쩌겠는가. 단, 곱게 맞이하진 않을 것이다.

나는 우선 서상방에 들러 망처 년이 썼던 화병 하나를 들고 나왔다. 화병을 석삼에게 건넸다.

"그 안에 연못물을 가득 채워오너라."

옥호색에게는 깨끗한 물을 쓰기조차 아깝다. 잉어들의 똥오줌이 가득 섞여 있을 연못물이 적격이다.

"마님, 담아왔습니다."

"따라오려무나."

대문가에 다다르자 역시나 하인들이 몰려나와 있었다. 그네들뿐만 아니라 길가에는 옥호색과, 놈이 끌고 온 제 놈의 하인들 그리고 군졸 여섯까지 서 있다. 정말이지 너무나 창피하다. 싫다. 이 야심한 밤에, 정신 나간 작자 하나가 죽어라 내 이름을 부른 탓에, 잔치라도 열린 양 사람들이 모여 있는 꼴이라니.

"다들 물러나거라."

인파들을 헤치고 길가로 나와선 나는 분노를 꾹꾹 우기 누르며 옥호룡을 불렀다.

"공자님."

군졸들을 흘기던 놈이 날 돌아본다. 환하게 처웃는다.

"낭자!"

"……."

"대체 얼마 만에 낭자의 그 고운 자태를 보는지 모르겠구려! 낭자가 내가 이 댁 하찮은 노비 계집을 쫓아다닌다, 관아에 거짓 신고를 한 바람에 그간 꽤나 고생했다오. 양친과 누이들이 한동안 날 외출 금지시키기까지 했……."

석삼에게서 화병을 빼앗아 신소릴 지껄이는 옥호색에게 냅다 찬물을 끼얹었다.

"……낭자."

푸른 이끼를 얼굴 곳곳에 붙인 옥호룡은 경련이 이는 입가에 애써 미소를 그려 보였다.

"한밤중에도 유쾌하기도 하지. 그리 앙칼지게 구니 내 정복욕이 한층 불타올라."

"나는 부녀자이니 공자는 다시는 날 낭자라 칭하지 말아요. 더불어 예 찾아오지도 말아요. 한밤중인 걸 잘 알면서 소란을 피워 주변에 폐나 끼치고, 창피하지도 않나요? 황후께서도 공자의 이 무례한 작태를 아세요?"

상욕을 퍼붓고 싶은 마음과 달리 주변을 의식해 얌전히 지껄인 고로. 오장육부 속 화($\mathcal{K}$)가 한 톨도 해소되지 못했다.

"지난번에는 가내에 내가 들어가게끔 허락해 주더니 지금은 어찌 처음 본다는 것처럼 모르는 체를 한답니까. 심히 서운하오, 낭자."

이 올가미 같은 호래자식. 왜 자꾸 나를 저와 엮으려 해.

짜증을 삼킨 나는 천연덕스럽게 거짓말했다.

"그때는 공자가 내 낭군에 관해 긴한 얘기를 하려는 줄 알았답니다. 착각이었지요."

"아하, 그랬답니까?"

옥호룡은 마치 내 속이 훤히 보인다는 듯 비식거렸다.

"뭐, 좋습니다. 낭자가 그렇게 말한다면야 그것이 곧 진리일 테지요."

"……"

"낭자를 보았으니 금일은 이만 돌아가겠소. 아참, 내일 또 오리다."

"오긴 무얼 와! 오기만 하여, 멍석에 말아 연못 속으로 처넣을 거야!"

결국 울컥하여 외쳤으나 옥호색은 끄떡하지 않았다. 외려 욕하는 소리가 좋다는 듯 히죽거렸다. 징그러워!

"연못 속에 처빠지면 다시 바깥으로 나와 낭자의 방으로 숨어들 테야."

나는 사색이 됐다. 주변 사람들이 뭐라 생각할까?

"낭자가 뭐라 하건 나는 계속 올 거라오. 대장군이 없는 이틈에 자꾸 얼굴 도장을 찍어야 우리 사이에 정이 쌓일 테니까."

"네, 네놈이……."

듣는 귀도 많은데 매번 저딴 소릴 지껄이다니. 지난날 연못가에서 쓰러졌을 때처럼 눈앞이 핑 돈다. 뉘가 뒤통수를 마구 후려치는 것처럼 골이 아프다.

"게다가 나는 보고 싶은데 안 보고 참으면 열병에 걸리는 경향이 있단 말이오. 금일도 참다가 안 되겠어서 온 거라고."

"그렇다 한들 참아야 할 것이다. 한 번만 더 내 사저에 찾아온다면 그때는 열병 대신 사병(死病)을 얻게 될 테니."

당장 숨이 넘어가도 이상하지 않으리만치 헉헉거리며 옥호룡을 노려보는 내 귀를 관통한 저음이 낮익었다. 낮익으면서 그립고 좋았다. 내가 감히 그의 목소리를 헷갈릴 리가 없는데.
……설마.

"대인어른! 대인어른께서 돌아오셨다!"

누군가의 놀란 외침을 끝으로 하인들과 군졸들, 그리고 옥호색까지 모두가 한 곳을 쳐다보았다. 나 또한 그네들과 마찬가지로 눈도 깜빡이지 않고 한 곳을, 아니, 한 사람을 직시했다.

집요한 내 시선을 그는 굳건히 맞받아친다. 휘황한 달 아래에서 빛나는 검은 눈동자에 기개뿐만 아니라 무거운 그리움과 애정이 담겨 있는 듯싶다.

"나, 낭군."

숨소리가 점점 거칠어진다. 겨우 움직이는 두 다리는 언제고 풀려도 이상하지 않을 만큼 바들거린다.

"낭군님!"

석삼의 품에 화병을 우겨넣고 안간힘을 다해 내달렸다. 말에서 내리는 모습조차 멋있는 그에게 안겨들어 울부짖다시피 소리쳤다.

"낭군님, 보고 싶었어요!"

장장 반 년 만에 느끼는 온기, 감촉, 향기. 그 모든 게 미칠 듯이 좋아 젖 먹던 힘까지 끌어내 적운을 껴안았다. 그 역시 더 단단해진 두 팔로 내 허리를 힘껏 감싸 안았다. 그가 나를 지금처럼 숨을 제대로 못 쉴 정도로 세게 안은 적이 있었던가? 기억나지 않는다.

"보고 싶었어…… 보고 싶었어요……."

"마찬가지입니다."

아아…… 이게 정녕 생시인가. 설마, 오늘 밤은 악몽을 꾸는 날이 아니라서. 그래서 대신 봄꿈을 꾸고 있는 건 아니겠지. 만약 꿈이라면 제발 부탁이니까, 깨지 말기를.

혹여나 행복한 순간이 끝날까 두려워 단규에게 매달린 자세 그대로 꼼짝 않고 있으니 몸뚱이가 휘청거렸다. 꼭 감고 있은 눈을 뜨자 날 들어 안은 채 주위의 하인들을 휘둘러보는 단규가 보인다.

"깊은 새벽에 나와 있을 연유가 무엇이더냐. 들어가 눈들 붙이도록 하여라."

"대인, 저 부끄러운 줄 모르는 공자 때문에 이 난리가 난 거여요."

어느샌가 쫓아 나와 있던 천비가 새치름하게 고해 올렸지만 단규는 옥호색 쪽을 절대 돌아보지 않았다.

"신경 쓸 필요 없다. 가솔 외의 이들은 모두 조용히 돌아갈 터이니 이만 대문을 닫거라."

드물게 위압적인 어조에 그 뉘도, 심지어 불만을 생생히 드러내고 있는 옥호색조차 아무런 대꾸를 하지 못했다. 하지만 단규는 재차 입술을 뗐다.

"네가 죽인 그 부녀자의 지아비는 너를 살려두었을지 모르나, 내 경우에는 그렇지 않을 것이다."

헉.

나는 순간 움찔했다. 옥호색을 저격한 것이 틀림없는 경고를 소리 냈을 때의 단규의 표정이 무서웠기 때문이다. 옥 놈 또한 내 마음과 마찬가지인 모양. 여전히 벙어리 꼴이다.

덕분에 고요한 사위를 뒤로하고 단규는 나를 안은 그대로 서둘러 대문을 통과했다. 영벽(影壁)을 지나고 수화문을 넘어서도 그는 느긋하지 못했다. 그의 바쁜 걸음걸이의 이유는 나와 단둘이 있고 싶은데 여유를 부렸다가, '무사히 다녀왔냐' 하인들이 말을 걸까 염려스러워서가 분명했다. 굳이 서두르지 않아도 싸늘했던 그의 표정을 본 하인들은 어차피 그에게 다가오지 못할 테지만.

"아원."

정방의 처마 아래, 어둠 속에 다다라서야 걸음을 멈춘 단규는 부드러이 날 불렀다. 나는 대답하지 않았다. 단규를 쳐다보느라, 다시 다정해진 그의 얼굴을 만지작거리느라 정신이 없다.

헤어졌을 때와 달리 수염이 자란 턱이 거뭇하지만 그럼에도 잘생겼다. 오랜 시간 말을 몰았을 그에게서 풍기는 땀 내음조차 싫지 않다. 내 손 안쪽에 닿은 살결의 촉감이 이보다 생생할 수 없다.

꿈이 아니다. 정녕 그가 나와 함께 있다.

"적운!"

한층 거세게 휘몰아치는 감격에 취해 그의 목을 껴안았다. 상상 속에서나 되새기던 나직한 웃음소리가 귀를 자극한다.

"아원, 얼굴 좀 보여주십시오."

단규의 목에 묻고 있던 고개를 들었다. 익숙한 따스한 눈빛이 구미호처럼 날 홀린다.

"잘 지냈습니까."

"으응."

"어째 더 가벼워진 듯한데."

말소리를 듣는 둥 마는 둥, 우리는 서로를 느끼기에 여념이 없다. 나는 그의 목에 자꾸만 얼굴을 묻고서 감각에 집중한다. 그는 내 뺨이며 아래턱 등등 얼굴 이곳저곳을 쉴 새 없이 입술로 어루만진다.

"낭군 없이 삼 일은 버틸 수 있을까, 살 수 있긴 할까 걱정스러웠는데 살아지더라고."

"……."

단규가 애무를 뚝 그친 틈에 그의 뺨에 마음껏 쪽쪽거렸다. 내 모양새는 필시 낟알을 쪼는 참새와 같을 터다.

"의외로 꿋꿋하게 살아져서 신기했어."

"……분명 다행스러운 일인데 기분이 좋진 않군요."

"응? 아."

큰일 났다. 마냥 분위기가 좋아도 부족한데 되레 서운하게 만들었어. 재빨리 수습에 나섰다.

"살아지긴 했는데, 행복하지가 아니했어. 맛난 음식을 먹으려 하면 숟가락위에 낭군 얼굴이 비추고, 자려고 누우면 외로움이 몰려들어 정신이 외려 또렷해졌어."

"그래서야 되겠습니까."

물론 그래서는 안 되지. 그런데 왜 기분이 좋다는 듯 그리 웃는 건데?

전쟁터를 떠돌다 이제 막 돌아왔으면서 그는 어쩌 더욱 사내 다워지기는커녕 감성이 여인처럼 풍부해진 것 같다.

"그런데 어떻게 이렇게 갑자기 온 거야? 동명을 볼 때마다 소식을 물었지만 별다른 얘기는 없었단 말이야. 아까는 정녕 좋다 못해 심장이 바스러질 뻔했다고."

"제 귀성 소식을 전할 전령이 저와 함께 온 까닭이지요."

"아……."

"마음이 급해 서두르지 않을 수 없었습니다. 실은 민망하게도, 전령을 포함한 함께 출발했던 부대를 뒤에 제쳐두고 온 참입니다."

"나 때문에?"

"여부가 있겠습니까."

"흐."

나 정말 좋아서 미칠 것 같아.

웃음을 멈추지 못하는 내 입가에 단규는 입을 맞췄다.

"아원, 저는 이만 씻고 와야겠습니다."

"응?"

만난 지 얼마 되지 않았는데 벌써 떨어지자고? 싫어! 차가운 쇠붙이에 뒤덮인 단규의 어깨에 머릴 기대 거부 의사를 표했다.

"아끼는 이에게 좋은 모습만 보이고 싶고, 좋은 향기만 맡게 하고 싶은 것은 사내도 마찬가지입니다."

"낭군은 지금도 멋지고 향기로워요. 그래도 씻어야겠다면…… 나도 같이……."

그간에 목욕통도 큰 걸로 바꿨는데.

"그럴까."

쑥스러워 말끝을 흐렸을지언정 단규는 내 뜻을 알아들었다. 벌써 몇 번째인지 모르겠지만 여하간, 또 한 번 내게 입을 맞춘 그는 날 데리고 목욕간으로 향했다. 그의 걸음걸이가 퍽 자연스러운 것이 내가 같이 씻자 말하길 기다린 건 아닐까 의심이 들 정도였다.

"아!"

선명한 신음을 끝으로 크게 찰랑이던 수면이 잔잔해졌다. 잠시간 거친 숨을 몰아쉰 나는 내 허리와 귓가의 뺨을 어루만지는 적운의 목을 다시 껴안았다. 예전처럼 매끄러워진 그의 턱에 쪽쪽 입을 맞추며, 그간 쌓인 애욕을 해소하느라 미뤄두었던 질문을 꺼냈다.

"나 얼마나 보고 싶었어? 많이 보고 싶었어?"

"……."

재까닥 대답해야 할 것을 적운은 뜸을 들인다. 서운하게.

"엄청나게 많이 보고 싶었다 하면 되지 무슨 시간을 이렇게 끌어?"

서운함을 거침없이 드러냈거늘 그는 여전히 물끄러미 나를 올려다보기만 한다.

기다리기 지친 내가 재차 재촉하려 입술을 떼서야 다정한 저음이 울렸다.

"어찌 말하면 아원이 만족스러워 할까 고민 중이었습니다. 아원은, 제가 낯간지러운 소릴 하는 것을 은근히 좋아하지 않습니까."

"……맞아. 나 그런 거 좋아. ……실은 은근하게가 아니라 대놓고 좋아."

별처럼 빛난단 소릴 들었을 때도, 어여뻐서 하백에게 납치당할지도 모른단 소릴 들었을 때도 좋았어.

쑥 내밀고 있는 입술을 집어넣은 대신 히죽 웃은 나는 기대에 차 닦달했다.

"어찌 말할 건지 결정하였어?"

"그전에 먼저 물을 것이 있습니다. 옥호룡이 무슨 까닭으로 대문 앞에 와 있던 겁니까."

잔뜩 추켜올리고 있는 양쪽 입꼬리를 끌어내렸다. 적운의 얼굴에 비치는 불쾌감이 생생해 더는 웃을 수가 없다. 사실대로 토설할 뿐.

"가내에 못 들어오게 하니 항의하는 의미로다가 내 이름을 외쳤었어."

"……."

"담벼락을 돌며 그 난리를 부리기에 처음에는 천비 핑계를 대 관아에 신고했는데, 그 이후로 얼마간 잠잠하더니 아까 막 또 온 참이었어."

내게서 고개를 돌린 적운은 화를 참으려는 듯이 큰 숨을 들이쉬었다.

"옥 대인에게 아들을 멀리 유학 보내든지 해달라 청해야겠습니다."

혼잣말처럼 중얼거린 그의 냉담한 옆얼굴을 빤히 쳐다보다 불쑥 물었다 .

"질투 나?"

내가 무서워할까 봐 배려하는 걸까? 그가 냉기를 지운 채로 나를 본다. 물기를 머금은 도톰한 입술이 움직인다.

"그럼 안 나겠습니까. 아원이 하는 것, 저라곤 못 할까 봐요."

어머나!

누군가를 샘내는 게 매우 괴로운 일임을 잘 안다. 하지만 막상 당해서 관망하는 입장이 되자 모순적이게도 기분이 나쁘지 않다. 아니 실은, 좋다.

결국 환하게 웃어버리고 만 나는 적운이 '무어 좋아하느냐' 성이라도 낼까. 아님 혹여 삐칠까. 그의 젖은 가슴을 애교스럽게 쓰다듬었다. 동시에 간드러지기 짝이 없는 목소리로 속닥거렸다.

"아이, 낭군님. 질투 같은 거 하지 마셔요. 저한텐 낭군뿐이라는 사실을 잘 아시잖아요."

아직까지 웃는 나를 쳐다보는 그의 얼굴 표정이 마치, 언제까지 기뻐하나 두고 보겠다 말하는 듯했다.

이대로는 진정 다툼이라도 나겠다. 그 같은 생각이 머릿속을 스쳐 얼른 화두를 돌렸다.

"낭군님, 이제 말씀해 주시면 아니 돼요? 전장에 있을 적에 제가 얼마만큼 보고 싶었는지?"

공손하게 부탁한 걸로 부족해 적운의 이마 옆에, 뺨에 차례로 진하게 입을 맞췄다. 이러 저러한 이유로 불편했던 마음이 내 애교 덕에 좀 가라앉았는지, 그는 평소와 다르지 않은 어투로 운을 뗐다.

"많이 보고 싶었습니다."

무어야. 저게 다야?

"치. 애써 생각해 낸 게 그거야?"

"……."

"이럴 거면 애초에 왜 기대하게 만들었담?"

불만을 드러내니 잠시 망설인 그가 다시 말한다.

"아원, 저는 부친께 도탄에 빠진 백성들을 구하는 방법은 여러 개로 찢겨 전쟁이 난무하는 대륙을 통일하는 거라 들으며 자랐습니다."

얼마만큼 보고 싶었느냐 물었는데 왜 엉뚱하게 이런 얘기를 꺼내는 거지?

궁금했지만 잠자코 들었다.

"하여 십대 시절부터 당연하게 전장을 누볐고, 그러한 제 삶을 싫다 생각한 적이 없었습니다. 하지만 수국에 있는 동안은 처음으로 싫더군요."

나도 모르게 토끼 눈을 해보였다. 하여간에 낭군은 낯간지러운 소릴 어쩜 저리 담담하게 하나 몰라.

"부친의 말씀이건, 백성이건, 다 뒷전으로 하고 싶을 만큼 아원이 보고 싶었습니다."

"……."

"제가 아원을 만족시켰답니까."

"몰라아."

쑥스러워 대충 얼버무린 나를 보며 미소 짓는 그를 피해 목욕통 한구석만 쳐다보았다. 그가 내 등허리를 간지럽히듯 살살 어루만지는데도 기어코 외면하고 있길 한참. 거세게 콩닥거리던 심장이 가라앉아 조잘거리기 시작했다.

"그래도 이제는 지헌도 죽었겠다, 수국도 없어졌겠다, 더는 다른 나라로 안 쳐들어갈 거 아냐? 앞으로는 낭군이 나랑 떨어져 있느라 힘들 일이 없을 테니까 그나마 다행……."

입을 앙다물었다. 그놈의 이름을 꺼낸 것이 뒤늦게 신경이 쓰여 적운을 살피니 역시나. 그의 얼굴이 다시 차다.

"아원."

"……."

"그자는."

"아니, 말하지 말아! 내가 말실수를 하였어! 더러운 소식으로 귀 더럽히기 싫어! ⋯⋯낭군, 입 맞춰줘요."

우리 사이의 이 아기자기한 분위기를 망치고 싶지 않았다. 그것도 그놈 때문에. 하여 기다릴 새도 없이 적운에게 입술을 붙였다. 당연하게도 그는 나를 거부하지 않았다. 오히려 내가 그를 힘껏 부둥켜안으니 그 또한 가는 내 어깨를 붙든 손에 한결 힘을 실었다.

나는 어느샌가 미지근해진 물의 온도를 다시 뜨겁게 하려 애쓴다.

황제의 커다란 탁자 앞에 두 사람이 사이좋게 나란히 앉아 있다. 한 명은 당연지사 가구의 주인인 황제요, 나머지 한 명은 그의 사랑스러운 처다.

가림은 자신의 손을 붙잡은 상태로 상소문을 들여다보는 성운에게 은근하게 말을 붙였다.

"폐하, 호룡이 이르기를 대장군이 돌아왔다더군요."

그녀는 글자를 따라 움직이던 성운의 눈동자가 멈췄음을 눈치챘다.

"문수가⋯⋯ 폐하께서 흡족하시게끔 맡은 일을 제대로 처리했나이까."

조심스럽게 소리 낸 가림의 질문이 이상하다. 황후는 어째서 적운이 돌아왔음을 알리다가 돌연 그녀의 사촌동생에 대해 묻는 걸까?

"그럼. 그렇고말고."

성운의 시원스러운 대답을 들은 가림의 안색이 눈에 띄게 밝아졌다.

"황후."

"예, 폐하."

"짐이 문수에게 내린 밀명이 무엇이었는지 그간 많이도 궁금했을 테지."

어찌 아니 그랬으랴. 그 내용은 모르는, 남편이 사촌 동생에게 내린 밀명. 그것에 관해 궁금하면서도 문수가 일처리를 제대로 못할까. 혹여나 실수를 범할까 싶어 가림의 속은 지난 반년 간 촛불 앞의 종잇장처럼 불안정했었다.

"한데, 종형이 돌아온 이 시점에 문수의 이야기를 꺼내는 걸 보면, 황후는 짐의 밀명이 종형과 관계가 있을 거라 생각한 모양이오?"

"폐하께선 대장군을 위해 쓰셨던 책봉서를 불태우신 이후 아무런 조치를 취하지 않으셨습니다. 하지만 신첩이 아는 한, 폐하께선 어떠한 계획 하나를 버리셨을 땐 반드시 버린 것과 대체되는 또 다른 계획까지 세워놓으시는 분입니다. 그러니……."

"짐의 '또 다른 계획'이 문수의 밀명과 연관지어졌소?"

"아녀자는 상상력이 지나치게 풍부한 법이지요."

유쾌히 웃으며 몸을 일으킨 성운은 가림에게 손을 내밀었다.

"상상력이 풍부한 것이 아니라 황후는 영명하오."

그의 손을 잡은 가림 역시 자리에서 일어났다.

"문수는 짐의 밀명을 더없이 잘 수행하여 짐에게 유용하게 쓰일 도구를 보내주었소."

도구를 보냈다고? 수국에 남편이 관심을 가질 만한 귀물(貴物)이 있었나? 남편이 수국으로부터 원하는 것은 통일뿐인 줄 알았는데?

"도구라 하시면……."

대답 대신 성운은 가림을 부드럽게 끌어당겼다.

"같이 냉궁으로 산보나 갑시다. 지난 두 달간 고이 모셔만 두었으나 종형이 왔겠다, 종형의 승전에 취해 그이를 따르는 절반의 개국공신들이 기고만장해 있겠다, 짐도 이제는 슬슬 만나봐야겠소."

후궁들 중 그 뉘도 냉궁에 유폐되지 않았다. 한데 텅 비어 있을 이곳에 황제는 왜 왔단 말인가? 의문스러워하던 가림은 이상한 낌새를 눈치챘다.

차갑고 황량해야 할 곳이 냉궁이건만 주변에 적게나마 궁인들이 배치돼 있다. 게다가 시위들도 있다. 전각의 벽면과 지붕, 마당은 공들여 청소를 해 먼지로 인해 탁하기는커녕 청결하며 선명하다.

냉궁이 냉궁이 아니다.

"폐하, 뉘에게 냉궁을 내어주셨습니까."

"그렇소"

"다른 궁도 많거늘 어찌 이 적절치 못한 곳을 처소로 내어주셨나이까."

"다른 궁이 많긴 하나 냉궁만큼 이목을 피하기 쉬운 곳은 없다 생각했지. 들어가겠네."

대뜸 전각 안쪽을 향해 통보한 성운은 직접 문을 열어젖혔다. 방과 복도의 구분이라곤 없이 한 덩어리로 트여 있는 캄캄한 내부에는 침상 하나, 의자 하나가 놓여 있을 뿐이었다. 아니, 하나가 더 있다. 한 사람도 있다.

성운을 따라 전각 내로 들어온 가림은 비뚜름히 의자에 널브러져 있는 자를 꿰뚫어보았다. 황제와 황후를 대면하고 있으면서도 일어나 예를 갖추지 않는 저 천인공노할 자가 대체 뉘인가? 그녀의 시선이 방자한 자의 아무렇게나 풀어헤쳐진 기다란 머리카락을, 흉악하게 번뜩이는 두 눈을, 아무것도 신지 않은 상처투성이 두 발과 비쩍 마른 발목, 손목을 차례로 훑었다.

"그 계집은 언제 보는 거지."

날카로우면서 탁한 중저음의 목소리에 가림은 뒤늦게 어둠 속 인영이 사내라는 사실을 깨달았다. 전각 내부에 있는 빛이라 해봐야 문을 통해 슬쩍 들어오는 태양빛이 전부인 데다, 상대의 희고 작은 얼굴이 머리칼에 가려져 있고, 남루한 포(袍)에 감싸인 몸은 여인이라 해도 믿기지 않을 만큼 호리호리해 성별을 구별하기가 헷갈렸었다.

"짐을 도우면 보게 될 것이오."

잔뜩 갈라진 요악한 목소리가 반발했다.

"그런 말은 없었는데."

"하여 지금 말하지 않는가."

"……."

"'보고 싶지 않냐'는 한마디에 따라나설 정도라면, 그 마음은 분명 대해(大海)만큼이나 깊을 터."

"……."

"그토록 보고 싶다면 무슨 짓을 해서든 보아야 하지 않겠는가? 설사 짐을 도와주는 한이 있더라도?"

"……어찌 도와달라는 거지?"

사내는 계속해서 너무나 당연하게 황제를 하대한다. 그 사실이 불쾌해 가림의 안색이 어둡다. 그러나 정작 하대 받는 당사자인 성운은 담담히 맞받아쳤다.

"불과 얼마 전까지 그대 역시 왕이었으니……."

"황제."

사내의 안광에 악독한 기운이 서렸다. 가능만 했다면 사내는 당장이라도 자신을 깎아내린 성운을 찢어 죽였을 거다.

"왕이 아니라, 황제이니라."

"……비록 지금은 아니지만 그대 역시 황제였었으니 잘 알 테지. 가장 강력한 권력은 천자에게 있어야 함을."

"……."

성운이 뭐라뭐라 말을 잇건만 가림의 귀에는 멀리서 들려오는 것처럼 잘 들리지 않았다. 슬쩍 벌어진 그녀의 입술이 닫힐 줄 모른다.

문수에게 내린 밀명이 이것이었던가? 수국 왕을 이리로 데려오는 것?

가림은 그녀답지 않게 당혹감을 숨기지 못하고 헌을 바라보
았다.

십이. 혈우(血雨)

나는 잠에서 깨 눈을 뜨자마자 부지런히 몸을 움직였다. 허리에 달라붙은 팔과, 다리에 얽혀 있는 나무 몸통처럼 단단한 사내의 다리가 생생히 느껴지는데도 구태여 적운의 상체 위에 엎드리다시피 해 잠든 그를 내려다보았다.

"믿기지 않아."

기쁘게 중얼거린 그대로다. 재회한 때로부터 사흘이 지났지만 단규가 돌아왔다는 사실은, 매번 잠에서 깰 때마다 새롭게 느껴진다.

"너무 좋아아."

싱글벙글 웃으면서 혼잣말을 하고, 단단한 맨 가슴에 뺨을 비비고…… 요란을 떨어대니 당연한 결과로 잠귀 밝은 단규는 눈을 떴다.

"아원."

아직 잠결에 취해 너털웃음을 터뜨린 그는 상체를 일으켜 침상 끝에 기대앉았다. 그런 그의 위에 마주보는 자세로 날름 올라가 앉았다. 내게 꼼꼼히 이불을 씌워준 따스한 손길이 허리를 어루만진다.

"그 애교는 밤이건 낮이건 상관없이 항상 넘치는가 봅니다."

"아이, 몰라아. ……아."

수준은 척, 어여쁜 척 표정을 지어 보이던 나는 돌연 이불의 끄트머리로 눈 아래 얼굴을 가렸다. 어째서냐?

단규가 돌아오기 전까지만 해도 악몽으로 피로해했던 나다. 천비에게 피부가 푸석해 보인다는 망발을 듣고, 동명에게 안색이 좋지 못하단 평을 들었었다. 그런고로 뒤늦게 문득, 단규의 눈에 못생겨 보이지 않을까. 예전만 못해 보이지 않을까 싶어 걱정이 됐다. 더군다나 난 지금 분을 바르기는커녕 세수조차 안 한 민얼굴이다. 뿐인가? 창을 뚫고 들어오는 햇볕이 나를 적나라하게 비추고 있다.

어찌 그러느냐 묻는 표정을 하고 있는 단규에게 나는 소심히 물었다.

"나 예전보다 못나지 않아?"

사내에게 어떻게 보일지 혹은 외모 때문에 고민해 본 적이 없었는데, 못생겨 보일까 봐 걱정하는 날이 올 줄이야! 새삼스레 놀라워하고 있는 내 머리카락을 그는 길쭉한 손가락으로 만지작거렸다.

"그는 어여쁘다, 칭찬을 듣고 싶어 부러 반대로 묻는 겁니까."

"무어?"

정녕 걱정이 돼 물었건만 그의 눈에 비치는 내 모습은 한결같나 보다. 한결같이 어여쁜가 보다. 여전히 이불자락으로 얼굴 반절을 가린 상태로 입이 찢어져라 웃었다.

"아이, 그런 거 아니야."

"정녕 아닙니까."

"글쎄 아니래도."

"그러면 그 고운 얼굴, 가리지 마십시오."

단규는 내 손에 쥐인 이불자락을 밀어내고 나를 그의 옆으로 끌어내려 눕혔다.

"제 눈에는 아원이 제일입니다."

나직이 속삭인 그가 뺨과 어깨에 차례로 입을 맞춰와 자극적인 감각을 참지 못한 나는 까르륵 웃음을 터뜨렸다.

중천에 걸려 있던 해가 다시 질 때가 되어서야 우리는 바깥바람을 쐬러 나왔다. 연못 한 구석에 놓인 정자에서 그의 품속에 앉은 내가 새침하게 따져 물었다.

"내가 그렇게나 많은 편지를 보냈는데 답장 한 장을 안 써서 보냈지?"

내 항의에도 단규는 태연스럽기 짝이 없다. 뿐인가. 앙탈을 부리는 내 모습이 재미나다는 듯 빙긋 웃기까지 한다. 그가 이처럼 여유를 부리는 까닭은 재회로 말미암은 기쁨을 주체할 수가 없어 내가 부러 톡톡거린다는 사실을 모르지 않기 때문이다.

그렇지만 태연해도 너무 태연한 그를 보고 있자니 은근히 오기가 뻗쳐 재차 쏘아붙였다.

"농담하는 거 아니야. 진심으로 따져 묻는 거야."

"답장은 못 했지만 대신 실제로 왔잖습니까."

"오는 건 오는 거고 답장은 답장이지!"

앙앙거리는 잔소리가 듣기 싫지도 않나? 나에게 붙박인 반달 모양의 두 눈에서 애정이 쏟아지는 듯하다. 그가 이러니 자꾸만 버릇없는 아이처럼 굴게 된다.

"아원."

"무어, 어찌 불러?"

'쪽' 내 뺨에 대뜸 입을 맞춘 그가 말했다.

"실은 북쪽에 있을 당시에는 아원의 편지를 읽지 못했습니다. 황성으로 돌아오는 길에야 읽었지요."

"그렇게나 바빴어?"

"바빴던들 편지를 읽을 시간조차 없었겠습니까."

"그럼 왜 북쪽에 있을 땐 안 봤는데?"

"보면 당장 돌아가고 싶어질 듯해서."

"……."

"마음이 급해지고 집중력이 흐트러질까 두려웠습니다."

벙어리가 되어 은근히 뺨만 붉히고 있는 나는 마침내 입을 열었다.

"뉘한테 어찌하면 계집과의 말싸움에서 이길 수 있는지 배우고 다니는 거 아냐? 혹은 어찌하면 계집 입을 다물게 할 수 있는지라든가."

불만스럽게 중얼거린 나와 반대로 단규는 즐거운 웃음소릴 흘렸다.

"다른 여인에겐 제 말솜씨가 효과가 있을 듯싶지 않습니다. 아원이니까 통하는 것 아니겠습니까."

나니까 통한다? 그만큼 내가 그를 많이 사랑한다는 뜻인가, 아님 내가 쉽다는 뜻인가?

"대장군."

나는 골똘히 생각하고, 그는 내 허리를 좀 더 바싹 끌어안은 참. 카랑카랑한 음성이 날아들었다. 우리는 동시에 정자의 입구를 돌아보았다. 계단 아래에 과거, 친왕 책봉서를 들고 왔었던 환관이 서 있다.

환관에게 다가선 단규를 뒤따른 나는 반사적으로 침을 꼴깍 삼켰다. 저 고자가 오늘은 또 무슨 일로 왔으려나 싶어 얘기를 듣지도 않았는데 벌써부터 두렵다.

"대장군. 노재, 폐하의 명령으로 왔나이다. 황제 폐하께서 말씀하시기를, '대륙의 통일이라는 큰 공을 세우느라 피곤했을 테니 푹 쉬고, 다만 삼일 뒤에 열릴 대연회 때 보자' 라고 하셨습니다."

환관은 이번에는 나를 보며 혀를 놀린다.

"대소신료는 물론이고 신료들의 부인들도 참석하는 경축연이니 대장군의 부인께서도 오소서."

나도?

억지로 웃어 보였다.

"그럴게요. 고마워요, 공공."

"황궁 예법에 박식하신 부인께 노재, 놀라고 갑니다."

'황궁 예법에 박식하신…….' 그냥 한 소리겠지? 뭘 알고 말한 게 아닐 테지?

"아원."

멀어지는 환관에게서 눈을 떼 단규를 올려다보았다. 환관의 등장으로 인해 내 마음이 상했을까 걱정되는 모양. 그의 얼굴이 근심스러웠다.

너른 품에 안겨 짐짓 밝게 말했다.

"낭군님, 딱 삼일, 연회가 열릴 때까지 남은 삼 일간은 저는 머리 아픈 생각은 안 할래요. 낭군과 행복하기만 할래. 단 며칠만이라도 세상에 우리 둘만 있는 것처럼 살 거야."

"……아원이 그러겠다는데 어찌 싫다하겠습니까."

"같이 잉어들에게 먹이를 줘요."

싱긋 웃으며 재빨리 화두를 돌린 나는 그를 잉어들에게 줄 먹이통이 놓여 있는 쪽으로 끌어당겼다.

삼 일은 마치 이각(二刻)의 시간처럼 빠르게 지나가 금일은 연회 날이다. 하지만 나는 황궁에 갈 준비를 전혀 하지 않았다. 내가 사람이 많은 장소를 싫어하고 또한 황궁과 황제, 황후…… '황(皇)' 자가 들어간 그 모든 걸 싫어하니. 더불어 내가 황궁에 가봐야 좋을 일이 없을 거라 판단되니, 적운 혼자만 연회에 참석키로 결론을 지은 까닭이다. 만약 뉘가 적운에게 '어찌 혼자 왔느냐' 물으면, 그는 내 몸 상태가 건강치 못하다고 대답할 것이다.

나는 대문가에서 낭군을 배웅한다.

"술 너무 많이 마시지 말아요."

아양스러운 속삭임에 소리 없이 웃은 단규는 다시 진중해져 말했다.

"연회가 끝난 후에 폐하께 말씀드릴 겁니다. 조정을 떠나 한적한 곳으로 거처를 옮기겠다고."

"……."

황제가 그래도 된다, 허락할 리가 없다. 그러니 삿된 희망을 품지 말자. 그리 되새기며 힘겹게 운을 뗐다.

"만약 불가하다 하시면…… 낭군, 부디 폐하께 맞서지 말아요. 맞서지 말고 내가……."

단규가 눈치챌까 봐 주먹도 멋대로 쥘 수 없다.

"첩이 될 거라 말씀드려요."

"……."

적운은 '알았다' 수긍하진 않았지만 그렇다고 내 마음이 은근히 바라는 '그러지 않을 것이다'라는 부정의 한마디를 소리 내지도 않는다. 하지만 그가 원망스럽지 않다. 외려 미안하다. 지금 이 순간 가장 힘든 이는 나를 신경 쓰면서 동시에 황제, 황후와 갈등하고 있는 바로 그일 터다.

그리고 황제는 결코 적운의 짐을 덜어주지 않을 것이다. 왜냐하면 황제란 놈들은 하나 같이 세상이 저가 원하는 대로 굴러가야 만족하니까. 고로 그의 짐을 덜어주는 건 나여야 한다.

"늦겠어요. 어서 가."

단규의 손을 잡아 흔들어 재촉했다. 말에 오른 그는 무슨 말이라도 해주고 싶은 눈치였으나 결국, 침묵으로 일관한 채 황궁으로 향했다.

무겁기 짝이 없어 보이던 그의 뒷모습을 되새기면서 곰곰이 생각했다. 황제와 황후는 단규가 저들 기준에 맞는 소위 '버젓한 여자'에게서 아들을 얻길 바란다. 그 아들이 다음 대 혹은 다다음 대 황제가 되길 바란다. 그렇다는 것은…… 일단 아들만 낳으면 '버젓한 여자'는 없어져도 되는 거 아닌가?

"끌고 가거라!"

돌연히 날아든 고함과 양팔을 붙드는 손길에 놀라 어깨를 움찔했다. 악독한 생각에 푹 빠져 있느라 몰랐는데 어느 틈엔가 궁녀 년들과, 황후의 노상궁 년이 주변을 에워싸고 있다.

"노상궁, 어찌 이래요!"

저 망할 늙은이!

"어서 태우거라!"

성화 가득한 재촉에 궁녀들은 이번에는 나를 가마가 아닌, 옥(獄)처럼만 보이는 커다랗고 시커먼 마차에 우겨넣었다. 내부에 배어 있는 비릿한, 마치 피 냄새 같은 향이 싫어 마차의 문을 밀었지만 바깥에서 무슨 수를 쓴 겐지, 열리지 않는다.

황후는 오늘은 또 왜 이런단 말인가? 소맷자락으로 코를 틀어쥔 나는 속절없이 황궁으로 끌려갔다.

말발굽 소리가 그치자 궁녀들은 나를 아무렇게나 바깥으로 끌어내렸다. 고통과 불쾌감을 모르는 무감각한 돌멩이 취급을 당하자니 분통이 터져 매섭게 년들의 손을 후려쳤다. 철썩 하는 소리가 메아리친다.

"내 발로 갈 것이니 손대지 말거라!"

처맞은 걸로 모자라 살벌한 경고를 들어놓고도 궁녀 년들은 다시 내 팔에 매달렸다. 이년들이, 내가 우습다는 게지. 누구 하나의 얼굴이 망가지는 꼴을 봐야 정신을 차릴 테지.

"놓아주거라."

잔뜩 세운 손톱으로 잡티 하나 없는 어느 궁녀 년의 새하얀 뺨을 긁어내리려는 참, 순식간에 년들이 좌우로 갈라졌다. 그와 동시에 시위들과 궁녀, 환관들을 뒤에 거느린 황후가 보였다.

금일은 또 무슨 소리를 지껄여 속을 뒤집으려고 날 부른 거야. 이미 단규에게 첩이 되겠다 했는데, 하여 충분히 속이 쓰린데 반갑잖은 저년까지 꼭 봐야 돼?

싫은 내색을 숨기지 못하고, 아니, 숨기지 않고 물었다.

"무슨 일로 나를 부르셨나요. 나는 이미 적운에게…… 첩이 되겠다 했어요."

그러니까 짜증나게 네 그 면상 들이밀지 마.

"그대가 동의하는 걸로 끝나기엔 상황이 조금 복잡해져서 말입니다."

무슨 뜻이지?

"같이 걸을까요."

일방적으로 통보하고 뒤돌아선 황후가 당연지사 불만스럽지만 그렇다 한들 어찌 따르지 않으랴? 어디가 어딘지 모르겠는 빌어먹게 큰 황궁을 여유롭게 헤쳐 나가는 황후의 곁에서 입한 번 뻥긋하지 않고 걸었다.

"대장군의 망처에 대해 들어본 적이 있습니까."

그 말에 금세 질투로 범벅돼 붉어진 내 얼굴을 황후는 흘끗 쳐다보았다.

"대장군은 과묵한데 그대는 투기가 심하니 둘 중 하나일 테지요. 죽은 이 얘기를 아예 하지 않았거나, 구태여 해가며 다투었거나. 하지만 다투었을 것 같진 않아요. 옛 여인을 빌미 삼아 보채는 이와 산다기엔 대장군의 신수가 훤하니까."

"......"

"신혜령."

황후는 갑자기 생뚱맞은 소릴 지껄였다.

"망처의 이름이랍니다."

"아......"

반사적으로 탄식을 내뱉었다. 신혜령. 그게 바로 한때나마 단규와 살을 섞으며 산 년의 이름이다.

"본궁과는 두 살 터울로 그이가 아래였는데 꽤나 친하게 지냈었어요. 혜령이 지아비인 대장군을 포함한 사내들에게는 싸늘했었지만, 그 밖의 이들에게는 상냥했었거든요. ……그대는 혜령이와 반대일 테지요? 아니 그런가요?"

무슨 뜻이냐 묻는 대신 황후를 노려보았다.

"그대가 만약 혜령이와 성품이 비슷했다면, 하여 지금 본궁에게 하듯이 대장군에게도 범연하게 군다면 대장군이 그대를 왜 데리고 살겠어요?"

"……."

"혜령이와는 반대로 적어도 대장군에게만큼은 애교가 있으니 그토록 아낌을 받는 것이겠지요."

싫어하는 황후가 나를 분석해 대니 기분이 나쁘다.

"혜령이가 어찌해서 지아비와 사내들에겐 친절하지 못했는지 그 까닭이 궁금하지 않습니까? ……혜령의 양친은 부친의 여인 문제로 허구한 날 다퉜었다 합니다. 그러한 양친의 모습을 보며 자라서 그런가, 혜령은 사내들이 믿음직스럽지 않고 어렵다 했었어요. 물론, 그 같은 속마음은 본궁에게만 털어놓았었지요. 죽기 직전까진."

"……."

"혜령이 사근사근하지 못하고 대장군은 무뚝뚝하니 당연한 결과로, 둘의 사이는 화목치 못했었습니다. 그렇다고 혜령이 대장군을 싫어한 건 아니었어요. 비록 사내를 보는 시선이 부정적이라 하나 어찌되었건 그이 또한 여인이요, 자연의 이치로 말미암아 사내이자 지아비인 대장군만은 마음에 담게 되었지요. 다만 그이는 표현할 줄을 몰랐어요."

속이 거북하면서도 궁금증을 모르는 체할 수 없어 묵묵히 황후의 얘기를 들었다.

"한쪽이 무뚝뚝해도 다른 한쪽이 애교가 있으면 부부 사이는 충분히 좋을 수 있는 법인데, 한데 이 부부는 양쪽 모두가 서툴렀던지라 대장군 역시 남처럼 혜령을 대했었습니다."

듣던 중 반가운 소리.

"그런 대장군에게 눈길 한 번을 받고자 혜령이 무슨 짓을 했는지 상상이 가나요?"

"……."

"혜령은 결코 자신을 아껴달라는 둥의 애교스러운 말은 하지 못했었습니다. 대신."

"……."

"처음에는 그저, 고의로 찬바람을 쐬거나 찬물에 목욕을 해 감모를 얻는 정도였다더군요."

휘둥그레져 황후의 옆얼굴을 쳐다보았다. 망처 그 멍청한 년이 단규의 관심을 끌려 자해를 했단 말인가?

"예상대로 대장군이 '몸은 괜찮냐' 묻는 것을 확인하자 스스로를 상처 입히는 것을 멈추기가 어려웠대요. 부러 돌부리에 걸려 넘어지고, 뜨거운 차를 손등에 붓고…… 우연으로 인한 안타까운 사고였었겠거니 치부했었던 그 모든 일의 전말을 대장군과 본궁은 혜령이 죽기 직전에야 알 수 있었습니다."

"……."

"옛 이야기를 갑자기 어찌 꺼냈느냐 하면, 대장군은 실패한 부부 생활의 원인을 망처에게 무심했던 스스로에게서 찾는 듯 싶지만, 본궁은 그렇게 생각하지 않아요. 혜령이 부족한 이였던 것이지요. 그이가 누군가의 처가 되기에 부적합했기에, 그래서 지금 그 두 사람 사이에는 애틋한 추억 하나조차 남지 않은 겁니다."

부족. 부적합. 그 단어들이 나를 겨냥한 듯하다 여긴다면 착각일까.

"한데 말이에요, 그리 부족했던 혜령이보다 그대가 더 부족한 걸 아나요?"

착각이 아니다. 이를 악물었다.

"혜령은 적어도 출신이 하찮지 않았고, 평생 한 지아비만을 섬겼어요."

"하고 싶은 말이 무엇인 게야?"

입술 사이로 제멋대로 튀어나간 내 목소리가 날카로웠으나 황후는 노하는 기색이 없었다. 차라리 '감히 내 앞에서 건방을 떠느냐' 일갈했다면 나 역시 이때다 싶어 회까닥 눈을 뒤집고 덤벼들었을 것을, 황후는 지독하게 침착했다. 그래서 더 짜증이 났다.

"세상 그 어느 여인보다 부족한 그대는 본궁이 첩이 되라, 좋게 말했을 때 들었어야 했어요."

황후의 말이 원체 의미심장하게 들린지라 내 두 발이 절로 굳었다.

역시나 걸음을 멈춘 황후의 표정이 복잡 미묘하다. 무언가를 찝찝해 하는 것 같기도 하고, 내게 고정된 두 눈에 얼핏 연민이 스치는 듯도 하다.

대체 무슨 흉계를 꾸미는 거지? 등허리를 타고 싸늘한 기운이 흘러 작게 어깨를 떤 나는 노여움조차 잊고 말했다.

"나는 이미 적운에게 첩이 되겠다 했어요."

"물론 그대는 첩이 될 겁니다. 황태자비가 될 그릇이 못 되니까. 하지만 그 전에…… 설명은 나중으로 미루도록 하지요. 연회장으로 데려가거라!"

엄한 명령이 떨어지자 궁녀도 아닌, 외간 사내인 시위들이 나를 질질 끌어당겼다. 계집이 사내의 힘을 이기기는 불가능이라. 저항 한 번 제대로 못하고 끌려가던 나는 이윽고 눈앞에 펼쳐진 풍경 탓에 공포에 질려 하느작댔다.

"무어, 무얼 하려는 거야!"

떠는 나를 시위들은 기어코 만조백관과 그네들의 처자식으로 가득한 광활한 연회장의 한가운데로 데려갔다. 삼층 높이의 거대한 전각 앞에 나이든 여자와 나란히 앉아 있는 황제를 향해 쭉 뻗어 있는, 붉은 비단이 깔려 있는 어로(御路). 그 어로의 중간 부분에 나는 내동댕이쳐졌다.

일어날 생각도 못하고 주변을 둘러보았다. 셀 수 없이 많은 눈동자들이 나를 지켜본다. 나를 지켜보며 수군거리고…… 나와, 다른 누군가를 번갈아 살핀다.

재빨리 다시 정면을 응시했다. 냉정한 표정을 한 황제로부터 시작해 찬찬히 주변을 관찰하자 회색빛의 시린 계단 아래에 서 있는 인형이 보였다.

머리를 길게 풀어헤친 누군가가 내게서 단 한순간도 눈길을 떼지 않는다. 이상하리만치 뚫어져라 날 쳐다보며 붉은 길을 걸어 다가온다. 아는 이인가? 이전에 만난 적이…….

"명아원."

기억하고 싶지 않지만 아직 잊지 못한 끔찍한 목소리.

몸뚱이가 뻣뻣하게 경직됐다. 신조차 신지 않은 초라한 행색에 비쩍 말라 광대뼈가 툭 불거진. 내게서 다섯 보 앞에 멈춰선 지헌을 나는 시체처럼 하얗게 질려 올려다보았다.

"네가…… 네놈이 왜 여기에……."

"……."

충격에 절어 사지를 바들바들 떠는 나를 한참을 물끄러미 쳐다본 지헌은 이윽고 교활한 혓바닥을 놀렸다.

"방금 전에 어느 신료 분께서 어찌해서 망국의 황제인 내가 이곳에 있느냐, 물으셨던가?"

뼈마디가 툭툭 불거진 손이 내 쪽을 가리킨다.

"저기, 내 애첩을 찾으러 왔소."

한때에는 궁녀들로부터 선망 어린 시선을 받았었지만 작금은 너무나 볼품없는 흰 얼굴에 미소가 떠올랐다.

"명아원. 내가 내치지도 않았는데 다른 사내에게 가서야, 두 지아비를 섬겨서야 쓰나."

불쾌감에 몸부림치는 내게서 마침내 눈을 뗀 놈은 신료들의 무리를 휘둘러보았다.

"아, 저기 있군."

당황하여 붉은 비단만 내려다보던 나는 번쩍 고개를 치켜들었다. 문득 치솟은 불안에 취해 허겁지겁 지헌의 고개가 향해 있는 방향을 살피니…… 단규다. 어로의 왼편, 가장 앞줄에서 단규가 나와 지헌을 바라보고 있다.

불에 타는 양 눈시울이 뜨거워졌으나 울지 않으려 이를 악물었다. 울면 안 된다. 절대. 지금 상황에서 내가 눈물까지 보인다면, 지난날 옥호룡을 대면했을 때보다 한결 무서운 표정을 하고 있는 그가 무슨 짓을 저지를지 모른다.

"지아비 있는 계집을 빼앗으니 좋던가? 그간에 재미 좋았나, 환관?"

역겨운 목소리와 신료들이 술렁거리는 소음이 내리꽂히는 귀를 찢어버리고 싶다.

"저년 맛이 좋지? 그냥 두고 봐도 어여쁘지만, 침상 위에선 더 그렇고 말이야. 아니 그런가? ……하지만 환관은 나만큼 저년에 관해 자세히 알지는 못할 거야."

닥쳐.

"나는 장장 십 년을 저년을 봤고, 그중 육 년은 살을 맞대며 살았거든."

제발 닥쳐!

"실은, 환관 네놈이 저년을 빼앗아간 게 이해가 되기도 해. 나도 저년에게 홀려 내 친할아비라는 작자에게 독약을 먹여가며, 결국에는 죽여가며 저년을 취했거든. 큼직한 저 눈으로 눈웃음을 치면서 나비인 양 살랑살랑 걸어 다니는 모습을 보고 있자니 가지지 않고 배길 수가 있었어야 말이지. 가짜 환관 또한 나와 다르지 않았을 테지."

제발 닥치란 말이야! 제발!

"하지만 아무리 그래도 그렇지, 아직 내가 질리지도 않았는데 간략한 통보조차 없이 빼앗아 가서야 되나. 그래서 말인데, 이제 내가 예 왔으니 저년을 돌려줘야 하지 않을까? 그게 싫다면 공유하는 것도 괜찮은데 말이야."

"으흑……."

수치심을 참지 못한 나는 결국 굵다란 눈물을 쏟았다. 마치 뉘가 머리 위에서 물이라도 퍼부은 것처럼 바닥에 깔린 붉은 비단이 흠씬 젖어갔다.

"공유를 한다 치면, 저년의 어디를 공략해야 반응이 좋은지 알려줄 의향도 있……."

불현듯 지헌의 목소리가 뚝 끊긴 대신 경악한 탄식이 연회장을 뒤흔들었다. 재빨리 눈가를 훔치고 정면을 바라본 나 역시 인파들과 마찬가지로 비명을 내질렀다.

"적운!"

단규는 더 이상 신료들과 함께 있지 않았다. 그는 나와, 놈과 마찬가지로 어로에 서 있다. 시위에게서 빼앗았을 것이 분명한 새빨갛게 물든 창을 쥔 채로.

순식간에 시위들이 그에게 창끝을 겨누었거늘 그는 그저 피를 줄줄 흘리며 바닥에 무릎을 꿇고 있는 지헌만을 노려보았다.

그의 목 부근이 벌겋다. 이마 옆에는 핏줄이 불거져 있다. 악다문 턱이 격노로 실룩인다.

"으흐흑, 적운……."

찬찬히 고개를 돌린 그가 이제는 황제를 노려본다. 평소 청명하기만 하던 그의 두 눈에 서려 있는 것은 역정과 살의, 불충이다.

황제는 적운을 마주보며 자리에서 일어섰다.

"시위를 제외한 그 누구도 황제의 앞에서 무기를 들어서는 아니 되건만 금제를 어기다니, 이가 짐에 대한 도전이 아니고 무언가?"

"황제!"

"더군다나 폐군(廢君)은 짐이 초대한 내빈이거늘 연회의 분위기에 맞지 않는 실언을 좀 하였다, 창으로 찔러? ……당장 대장군을 구금하라!"

황태후가 분명한 나이든 여자의 만류에도 불구하고 황제는 뜻을 굽히지 않았다.

끌려가는 단규, 어째서인지 애틋하게 날 바라보는 지헌, 파랗게 질린 신료들…… 아비규환의 한가운데에서 어찌할지 모르고 거친 숨만 씨근거리던 중 시야가 갑자기 새카매졌다.

"깨어났습니까."

화려하게 채색된 높다란 천장을 멍하니 응시하던 나는 옆으로 고개를 돌렸다. 이가 대체 무슨 조화인가. 전혀 자연스럽지 않게도, 황후가 내 옆에 앉아 있다. 눈치로 보아 이미 오래전부터 있은 듯하다.

네가 왜 여기 있냐. 마음속의 의문이 얼굴에 드러났던지 황후는 계면쩍게 웃었다.

"함원문(含元門)을 통해 지켜봤어요. ……울던 모습이 뇌리를 떠나지 않더군요."

이는 크나큰 모순 아닌가. 날 이 꼴로 만든 당사자 중 하나인 저년이 내 걱정을 하다니. 침상 머리맡의 탁자 위, 찻잔을 흘끔거린 내가 이상하리만치 침착하게 물었다.

"적운은 어찌 되는 건가요."

"예정대로 황태자가 되고, 황태자비를 얻어, 황국을 위해 마땅히 해야 할 일을 할 겁니다."

"……."

"폐하께서는 대장군을 버리실 수 없으니 걱정하지 않아도 됩니다. 비단 후계가 없어서 뿐만이 아니라, 폐하께서도 대장군을 많이 아끼세요. 다만 황제이시기 때문에 때로는 원치 않으시는 일도 불가피하게 하셔야 하지요."

원치 않았는데도 불구, 아까 전의 그 상황을 불가피하게 만들었어야 했다고. 황후를 계속 눈에 담고 있으면 기어이 때리고 말듯해 정면을 쳐다보았다. 그 상태로 물었다.

"나는 머리가 나빠 정말 모르겠네요. 황상께서 어찌 그러셨는지를."

"그대도 왕궁에서 살았으니 잘 알겠지만, 가장 강력한 힘은

군주에게 있어야 하는 법입니다."

"……."

"폐하께서는 즉위하신 이후 줄곧 대장군을 자애롭게 대하셨어요. 하여 대장군과, 대장군을 따르는 이들의 권력이 계속해서 팽창하는데도 관망하셨지요. 하지만 영원히 관망하실 생각은 아니셨던 겁니다."

"……."

"수국과의 전쟁을 승리로 이끈 덕분에 대장군의 입지는 더욱 단단해졌습니다. 대장군이 기세등등하니 덩달아 그를 따르는 개국공신들 또한 한결 교만해졌고요. 어디 그뿐입니까. 이제 막 조정에 진출한 젊은 신하들조차 어떻게든 대장군과 줄이 닿길 원하고 있어요."

"그래서 그놈과 나를 이용해 적운을, 그이를 따르는 개국공신들의 기세를 꺾기로 했군."

금일 황제가 한 짓거리는, 지헌이 제 권위를 세우려 신하의 목을 내리쳐 죽였던 것과 비슷한 맥락일 터다.

"맞아요."

역시 황궁은 사람이 살 곳이 못 된다.

"대장군을 친형제처럼 아끼시고, 황태자로 봉하고자 하시지만 그렇다 한들 폐하께선 대장군의 권력이 폐하의 그것보다 강해지길 원친 않으십니다. 대장군은 언제고 폐하보다 아래에 있어야 해요. 그가 받았던 봉호인 '예도 예(禮)' 자의 의미대로 항상 폐하를 공경해야 해요."

"왜 꼭 나여야 했나요."

단규를 짓밟는 데 하필이면 왜 나를 써야 했어. 왜.

"그대가 대장군을 옭을 명분을 만들 수 있는 유일한 수단이었으니까."

"……."

"그대라는 존재가 나타나기 전까지 대장군은 폐하의 명을 그토록 거세게 거역한 적이 없었습니다."

그랬던 적운은 나 때문에 세 번씩이나 친왕 책봉을 거부했다. 사내가 처첩을 여럿 거느리는 것은 당연한 이치이건만, 황제와 황후에게 맞서가며 혼인을 거부했다. 황제의 앞에서 무기를 휘둘렀다.

"지저분한 개국공신들에게서야 어떻게든 흠을 잡을 수 있겠지만, 대장군의 경우에는 그렇지 않지요."

"……."

"몸가짐이 반듯한 그이니 그대를 이용하지 않는 한, 명분을 만들어낼 수 없을 것이다…… 폐하께선 그리 생각하신 모양입니다."

단규는 더할 나위 없이 나를 아껴주었는데. 한데 나는 그에게 도움이 되기는커녕 약점이 되어 폐를 끼쳤다.

"황상께선 금일 연회의 결과에 만족하신 답니까."

"대장군은……."

잠시 머뭇거린 황후가 말을 이었다.

"대장군은 요악한 여인에게 푹 빠져 사리분별을 할 수 없게 된, 하여 감히 천자의 앞에서 금제(禁制)를 깨고 무기를 휘두른 불경한 자가 되었습니다. 수국과의 전쟁을 통해 쌓은 위세를 상쇄시키기에 충분한 오욕이지요."

"……."

"한껏 고취되어 있던 대장군의 세력 또한 폐하의 눈치를 살피기 급급한 상태예요."

"……."

"지금은 이쯤으로 만족하시는 듯하더군요."

"'지금은'이라니?"

"이미 말했듯이 대장군은 언제까지나 무사할 테니 걱정 말아요. 다만 개국공신들 중 일부는 하루라도 서둘러 죽는 편이 나을 겁니다."

"……."

대화가 뚝 끊긴 방 안을 정적의 불편함이 들쑤셨다. 그럼에도 나는 분위기를 완화시키려는 노력 따위 일절 하지 않았다. 그런 내 곁에서 황후는 끈질기게 자릴 지켰다.

"금일 연회의 열기가 식은 후에 대장군이 황태자에 봉해지면, 그대에게 특별히 황태자비 다음으로 으뜸가는 재인 자리를 줄 수 있도록 노력해 볼게요."

이윽고 퍼진 말소리가 속을 긁는다.

"또한 처소를 직접 고르는 것을 허락할게요. 본궁이 내미는 화해의 손길이라 생각해 주면 좋겠……."

"내가 언제 황궁에서 살겠다 했느냐?"

참으로 기괴하게 나는 눈물을 줄줄 흘리며 웃었다. 울면 우는 거고 웃으면 웃는 거지 상반되는 감정 표현을 동시에 행하다니 이가 무슨 경우인가, 스스로 생각하기에도 이상스럽지만, 하지만 정녕 우습다. 우스워서 참을 수가 없으면서 또한 슬프기 그지없다.

나를 이 수렁에 처넣고선 아량을 베풀듯 한다는 소리가 무어, 재인 자리를 주겠다고? 처소를 직접 고를 수 있게 해줄 거야?

"그 많은 이들 앞에서 날 음란한 년으로 만들어놓고 황궁에서 살라는 소리가 나와? 네년이 제정신이야?!"

탁자 위의 찻잔을 온 힘을 다해 황후 년에게 집어던졌다.

"앗!"

둔탁한 소음과 함께 황후의 광대뼈에 부딪친 찻잔이 바닥에 떨어져 박살났다. 제 얼굴을 부여잡고 경악하여 날 노리는 황후 따위, 무섭지 않다. 상황이 이 지경이 됐는데 더 이상 무엇이 무서우랴?

거칠게 이불을 내팽개친 나는 침상에서 내려와 섰다. 고함을 치다 목이 터져 죽고 싶은 것처럼 황후를 향해 내질렀다.

"개미떼처럼 많은 연놈들 앞에서 나를 그놈과, 지헌과 만나게 해놓고선!"

뒤늦게 터진 분노가 너무나 커다래 울고 싶지 않은데도 눈물을 주체할 수 없다.

"그놈이 나를, 그놈과 그놈의 할아비 사이를 오간 요악한 계집이라 낙인찍게 해놓고선!"

"……."

"그래놓고 무어, 나보고 다시 황궁에 들어와 살라고? 어떻게 그래!"

"……."

"네년이라면 그럴 수 있느냐? 네년이 나라면 수많은 이들에게 요녀, 더럽다 욕을 들으며 살 수 있겠어?!"

"……."

"나는 못 그래! 못 그런다고! 숨도 제대로 못 쉬어!"

목구멍 어디가 찢어지기라도 한 걸까. 목소리가 볼품없게 쩍쩍 갈라져 나온다.

"네년은 내게, 내가 어쩌다가 그리 기구하게 살았는지 한 번도 묻지 않았지? 네년뿐만은 아니야. 모두가 그랬어. 내가 어쩌다 네들이 말하는 그 요녀가 되었는지 한 번 물어보기는커녕, 그저 나를 불결하다는 듯 쳐다보았어. 모두가!"

"……."

"아느냐? 나는 단 한 번도 지헌과 엮이고 싶은 적이 없었다. 한데 그놈이 제 할아비에게 품은 원한을 나를 통해 표출했어."

이제는 눈물을 너무 많이 흘려 앞이 보이지 않는다. 당연지사 황후가 어떤 표정을 하고 있는지 알 길이 없다.

"처음에는 영감에게 사실을 토설하면 영감이 제 손자를 선택하고 날 없앨까 두려웠다. 하여 입을 다물고 있었어. 한데 그랬더니 어느 순간부터 나는 천하에 둘 없을 막돼먹은 년이 되어 있더군."

"······."

"나는 잘못이 없었는데, 피해를 입은 것뿐이었는데, 그랬는데 너무 많은 사람이 나를 욕했어. 어찌 된 거냐 묻지도 않고 지헌보다 내게 더 많이 손가락질을 했다고!"

"······."

"예전처럼 살 수는 없어."

절대 그럴 수 없다. ······단규를 떠나는 한이 있더라도.

"단규가 곁에 없어도 살 수 있다는 것은 확인했지만, 그렇지만 나는 또 다시 예전처럼 살지는 못하겠단 말이야. 으흑······."

수국 황궁에서의 삶과는 다른 삶을 살아본 나다. 욕받이가 되어 타인의 입에 오르락내리락 하지 않는, 그저 곱다는 칭찬이나 듣는. 걱정근심 없이 애인에게 사랑만 받는 평범한 삶. 그것을 이미 맛보았는데 어찌 다시 옛날로 돌아가리?

차마 그럴 수 없다.

"예서 기다려."

노상궁 년과 시위들에게 보란 듯이 거만하게 명령한 나는 냉궁 안에 발을 디뎠다. 대담하게도 문까지 닫고 어둠 속을 향해 말했다.

"밖에는 시위들이 있어. 내가 소리를 지르면 곧장 이 안으로 들어와 네 뱃속 창자를 헤집을 거야. 그러니 허튼 생각 말아."

위협 아닌 위협에 헐떡거리는 숨소리와 뒤섞인 메마른 목소리가 답을 해왔다.

"네가 그렇게 말해도 무섭기는 고사하고 내 눈에는 그저 어여뻐 보이는군."

다 죽어가는 꼴을 하고 있으면서 지헌은 기어코 한 발자국, 두 발자국, 내게 다가왔다. 식은땀에 절은 이마. 건조하여 찢어진 입술. 독기와…… 믿을 수 없게도, 그리움이 깃든 두 눈. 지헌의 그 모든 것이 코앞에 있다.

"그 괘씸한 가짜 환관."

"……."

"그놈 덕에 이미 죽어가고 있는데 뱃속 창자가 헤집어진들 두려울까 봐."

흘끗 지헌의 복부를 내려다보았다. 왼쪽 옆구리에 피가 묻어 있다. 그럼에도 아직까지 살아 있는 걸 보면 태의가 치료라도 해준 건가?

"다만 내가 두려웠던 건."

마치 족히 백일은 굶은 걸인이 눈앞에 놓인 진수성찬을 탐하듯 지헌은 허겁지겁 나를 부둥켜안았다. 잃어버린 줄 알았던 어린 자식을 되찾은 어미의 손길인 양 놈의 손아귀가 거세다.

"너를 못보고 죽을까 봐, 그건 좀 두렵더군."

나와는 반대다.

지헌에게서 빠져나오려 몸부림을 치지도, 소릴 지르지도 않았다. 그저 양손으로 내 턱을 감싸 쥔 채 신기한 물건을 관찰하듯 날 살피는 지헌을 무미건조하게 쳐다보았다.

실컷 구경했는지 놈은 한참 만에 젖은 내 눈을 들여다보며 비식 웃었다.

"내가 그놈과의 네 행복한 삶에 타격을 주었나?"

"……그래."

"널 모욕하고 싶진 않았지만, 그놈과 문제가 생겼다는 소릴 듣는 건 좋군."

"…….."

더는 울기 싫어 눈을 질끈 감자 살가죽은 거칠거칠할지언정, 움직임만큼은 섬세하고 부드러운 손이 달래듯이 뺨을 어루만졌다. 내가 지헌의 손길을 인내할 수 있다니. 땅이 하늘로 솟고 하늘이 땅으로 꺼질 일이다.

"명아원, 그놈이 그리 좋았어."

"그래, 좋았어."

지금도 좋아. 나 자신보다 더. 아마 머리가 하얗게 새 뒤질 때가 돼서도 좋을 거야. 그렇기에 우리 사이를 파탄시킨 네놈이 미워. 저주스러워.

"무엇이."

지헌은 이제 내 손을 붙들었다. 손가락 하나하나에 깍지를 껴가며 움켜쥐는 모양새가 제법 애틋한 것이, 남들이 보면 놈과 내가 서로에게 목숨까지 내어줄 수 있는 오래된 연인이라 착각할 법하다.

"그놈의 무엇이 그리 좋았어."

"너랑은 달라. 내가 싫다하면 내게 손대지 않아. ……애초에 싫다 말한 적도 없긴 하지만, 분명 그럴 거야."

"……그리고."

"나를 다정하게 대해줘. 서로 바라볼 때도, 대화를 나눌 때도, 언제나 따스함이 느껴져."

"또."

"내가 세상에서 제일 어여쁘댔어."

"네 외모 찬양은 나도 한 적이 있는 걸로 기억하는데."

반박에 아랑곳 않고 이어 말했다.

"나를 위해 그간 쌓은 힘도, 명예도 버릴 수 있다 했어."

"……."

"내가 네게 모욕을 당하는 모습을 차마 볼 수가 없어서 너를 찔렀어."

지헌의 표정이 점점 굳어갔지만 나는 거침없었다.

"너 따위와는 완전히 달라."

"……."

"적운을 위해서라면 나는 백번이고 천 번이고 죽을 수 있어."

"……내가 왜 견자근 놈을 천수를 다할 때까지 그냥 두었는지 아나."

"알고 싶지 않아."

나를 노려보는 지헌의 두 눈에 광기가 돌았다.

"네년 때문이었지."

"……."

"아버님이 돌아가시던 그날, 나를 끌고 갔던 환관들 중 하나인 그놈을 살려둔 이유는 네가 소중히 여기니까!"

"……."

"황제인 내가 굴욕을 참으며 이곳에 온 이유는, 이용당한 이유는 네년이 그리웠으니까!"

상처에서 급격히 피가 배어나오는데도 그러거나 말거나, 목에 핏대를 세워 악을 쓰는 지헌에게 질세라 나 역시 소리쳤다.

"날 아낀다고 말하려는 거라면 집어치워!"

"나는 네년에게 해줄 만큼 해줬어! 그 늙은이를 네게서 떨어뜨렸고, 견자근을 살려두었어! 모용덕도 찢어 죽여줬어! 네년을 황후로 삼으라 한 것도 나야! 그런데도 너는 끝내 날 받아들이지 않았지! 그러기는커녕 감히 내 앞에서, 그 환관 놈을 예찬하고 있어!"

"네가 나한테 해준 거라곤 끔찍했던 나날 뿐이야!"

"……."

고함 소리로 뒤흔들리던 전각이 문득 차분히 가라앉았다. 갑자기 조용해져 살기등등하게 날 꿰뚫어보는 지헌이 내 뺨이라도 갈길 줄 알았으나 놈은 비식 웃어 보였다.

"내가 더 뭘 어떻게 해줬어야 하지? 황제인 내가 일개 계집인 네 발밑에 머리를 조아리고 연모한다, 고백이라도 했었어야 하나? 아무렇게나 가지고 놀라, 옥새라도 바쳤어야 했던 건가?"

"그런 건 애초부터 바라지 않았어. ……어서 죽기나 해."

놈이 조용해졌겠다, 나도 더는 소리칠 기운이 없겠다, 턱에 주렁주렁 매달린 눈물을 손등으로 훔쳐내고 나직이 말했다.

"나를 그리 생각한다면, 그 증거로 죽어줘."

"……."

"황후가 내게 많이 미안한가 봐. 내 취향에 맞게 널 끝내도 좋대."

"……."

"죽은 네 모습을 보고 싶어."

"……."

"뭘 꾸물거리는 게야! 당장 들어와!"

매섭게 외치니 노상궁 년이 재까닥 냉궁의 문턱을 넘었다. 년의 자글자글한 손에 들린 약그릇을 빼앗아 지헌에게 들이밀었다. 멀거니 그릇을 내려다보는 지헌을 재촉했다.

"네가 죽은 모습을 두 눈으로 확인하지 않으면 마음이 놓일 것 같지 않아."

"……."

"이 악몽이 끝날 것 같지 않아. 오늘처럼, 어느 날 갑자기 다시 널 보게 되면 어떡해?"

"……."

"나는 네가 너무나 끔찍해, 헌."

외로운 눈물방울 하나가 눈에서 뚝 떨어졌다. 그 눈물과 진심이 가득했던 내 애절한 고백에 마음이 동한 걸까. 지헌은 손을 뻗었다. 집요하게 내 팔목을, 손을 어루만진 놈의 손이 약그릇으로 미끄러져 내려갔다.

그릇을 든 지헌은 한참을 나를 빤히 쳐다보았다. 마치 내 이목구비 하나하나를 결코 잊지 않겠다는 듯이.

"그놈은 네가 싫다 하면 손대지 않는다 했던가? 품고 싶지만, 조금이나마 네게 어여쁨을 받으려면 나 역시 그놈 흉내를 내야 할 테지."

"……."

"내 죽은 모습, 그게 네가 원하는 거라면."

"……."

"그렇다면야."

처연히 뇌까린 지헌은 곧장 약을 들이켰다. 갈색빛의 액체가 가득 차 있던 그릇은 이제는 텅 비어 있다.

놈과 나는 각각의 이유로 맹렬히 빛나는 서로의 눈을 들여다보았다.

"앞으로도 환관 놈과 사는 건가?"

"네 덕분에 그럴 수 없어."

"좋군."

비식 웃는가 싶던 지헌의 입술 새로 왈칵 핏물이 터져 나왔다. 붉어진 얼굴로 거센 기침과 함께 피를 토하다가 돌연, 지헌은 조용해졌다.

쨍그랑. 그릇이 깨지는 날카로운 굉음을 이어 둔탁한 소리가 피어올랐다.

소름끼치는 냉기 속에서 시선을 찬찬히 아래로 향했다. 여전히 부릅뜬 채 날 좇는 텅 빈 두 눈을 공허하게 내려다보았다.

몸을 씻었다. 지헌이 나를 부둥켜안은 바람에 피투성이가 된

옷도 갈아입었다. 곱기 짝이 없는 자줏빛 옷으로. 머리에는 과하지 않은 흰색 꽃 비녀를 꽂았다.

적운에게 어여쁜 모습을 보여주고 싶다. 언제 다시 만날지, 만날 수 있기는 할는지 알 수 없으니까.

그리 꾸미고 나오니 이미 초저녁 때였던지라. 밖은 그래도 노을 때문에 캄캄하지 않은데 옥(獄) 안은 정녕 오밤중 같다.

미미한 횃불이 전부인 어둠 속을 멀거니 쳐다본 나는 옥에 들어온 지 일각 만에 발을 움직였다. 고요하던 주변에 가벼운 인기척이 울린다.

"적운……."

창살 너머에 꼿꼿이 앉아 있는 그를 가냘프게 부르자마자 후드득 눈물이 떨어졌다.

"아원."

어느 때보다 낮게 가라앉은 저음을 좇아 비틀비틀 걸었다. 우리 사이를 가로막은 옥방의 창살에 최대한 달라붙어 주저앉아 울음소리를 흘리니 그의 손이 뺨에 달라붙는다.

"울지 마십시오."

"흐흑…… 으흐흑……."

하지만 부드러운 손길에도, 위로에도 소용없이 난 그 어느 때보다 서럽게 운다. 어린 아이처럼 한껏 입술을 열고선 절규한다.

"낭군, 미안해요…… 미안해. 나를 끔찍이 아껴줬는데, 귀한 계집처럼 대해줬는데, 그런데 나는 낭군에게 해준 게 없어. 폐나 끼쳤어. 나 때문에, 내가 처신을 잘못한 바람에 다 망쳤어. 으흐흑."

"아원 때문이 아닙니다. 굳이 따지자면, 아원이 등장하던 순간 황상의 의도를 알아챘음에도 감정을 추스르지 못해 덫에 빠진 제 잘못입니다."

"흐흑……."

마음이 한결 쓰라리다. 내가 얌전히 첩이 되겠다 했으면, 혹은 그가 날 적당히 아꼈다면, 그는 황제에게 트집 잡힐 거리를 주지 않았을 터다. 황제는 기껏해야 개국공신들이나 때려잡을 수 있었을 테지, 적운까지 짓밟진 못했을 터다. 그런 고로 상황이 이 지경이 된 것은 분명 내 탓이건만 그는 이렇게 되고서도 되레 날 감싼다.

"또한 아원 덕분에 이전과는 다른 삶을 살고, 미처 몰랐던 행복을 알게 되었는데 어찌해 준 게 없다 합니까. ……아원, 부디 울지 마십시오."

적운이 속상해하는 것이 느껴져 눈물을 숨기려 내 손을 붙든 그의 손을 내려다보았다.

설사 그의 말대로 내가 폐만 끼친 게 아닌들. 그에게 행복감을 주었던들…… 더 이상은 그럴 수 없다.

"조금쯤은 낭군에게 도움이 되었을지언정…… 지금 이 상황이 나로 인한 결과라는 사실은 변하지 않아."

"그렇지 않습니다."

"아니. 내 탓이야."

"......입에 담기조차 싫은 그자를 찔러서는 아니 됨을 알았지만 차마 가만히 있을 수 없었습니다."

"......"

"제 탓이니 자책 마십시오."

여전히 치마폭만 내려다보며 나는 눈물로 얼룩진 뺨과 눈가를 거칠게 닦았다.

"뉘의 탓이건 간에...... 나, 더는 낭군과 살 수 없어. 낭군의 곁에, 황성에 있을 수 없어."

용기를 내 그를 향해 시선을 올리니 무슨 뜻이냐 묻듯 그가 나를 쳐다본다. 그 고집스러운 눈빛이 버거워 금세 눈을 내리떴다.

"며칠 안 가 황성은 물론 황성 밖에까지 연회장에서 있었던 일이 소문 날 거야. 사람들은 또 날 욕할 테고, 덩달아 낭군의 위신까지 깎일 테지."

"......"

"난 수국 황궁에서처럼은 살 수가 없어...... 미안해요."

"아원."

그의 숨결이 거칠어진 듯하다.

"혹여 어디로 갈지 이미 결정한 겁니까."

목소리는 마치 무언가를 한껏 억누르고 있는 듯하다.

화가 난 거다. 항시 바다처럼 넓은 마음으로 나를 감싸 주던 그가 화가 났다.

"어디로 가려는 겁니까."

"말해줄 수 없어."

"……."

"적운, 나를 볼 때마다 연회장의 일을 안 떠올릴 자신이 있어? 그래서 황상을 원망하지 않을 자신이 있어?"

"……."

돌려받지 못한 대답이 무엇일지 뻔하다. 그가 어찌 오늘의 원한을 쉬이 잊겠는가? 평생을 걸려 잊을 수만 있다면야 그만으로도 대단한 수확이리라.

"날 볼 때마다 아까의 기분을 되새기고, 하여 황상을 향한 원망을 못 지우면 어떡해?"

"……."

"그러한 속내를 황상에게 들키기라도 하면, 매정한 황상이 가만히 있을까?"

결코 그럴 것 같지 않다. 황후와는 비교도 되지 않을 정도로 무서운 황제 그놈, 또 적운을 짓뭉개려 할지 모른다.

"황후에게 말해두었어. 날 아끼는 당신의 마음이 식어서…… 당신이 오늘 일을 웃으며 얘기할 수 있게 되면…… 그때 내가 있는 곳을 알려주라고."

"……."

"그때가 되면 낭군, 한 번쯤은 나를 보러 와줘요. 나는 항상 이 마음에 변함이라곤 없이…… 언제나 낭군을 기다리고 있을 테니까."

죄인처럼 단 한순간을 고개를 들지 못한 채 말끝을 맺은 나는 그에게 잡힌 손을 빼내려 했다. 그러나 적운은 놓아주지 않는다.

"흐윽…… 놔줘."

"어디로 가려는 겁니까."

"놔줘."

"어디로 가려 하느냐 물었습니다."

"적운, 내가 힘으로 밀어 붙이는 걸 싫어하는 거 알잖아……."

역시나 손은 빠지지 않는다.

"아파. 아프다고."

"아프게 하는 것도 힘으로 밀어붙이는 것도 미안하게 생각하나, 어디로 가려 하는지 알려주십시오."

"흐흑, 도와줘!"

절박하게 외치자 시위들이 쏟아져 들어왔다. 금세 곁에 다가온 그네들이 내게서 적운의 손을 떼어내려 애썼다. 하지만 장정 다섯이 덤벼들었음에도 적운은 쉬이 물러나지 않았다.

"대장군, 이러시면 안 됩니다!"

마침내 틈이 생긴 순간, 안간힘을 다해 그의 손을 뿌리치고 벌떡 일어섰다. 눈앞이 제대로 보이지 않는데도 무작정 바깥으로 내달렸다.

"아원!"

"대장군!"

안 돼. 뒤 돌아보지 마. 절대로.

"으흐흑……!"

바깥에 나오자마자 다시 울음을 터뜨린 나는 쥐가 쥐구멍에 숨는 모양새로, 쏜살 같이 대기 중인 가마 안에 처박혔다. 병이라도 걸린 것처럼 아픈 가슴께의 옷깃을 움켜쥐고 슬피 울었다. 한 서린 내 통곡 소리가 드넓은 황궁을 뒤흔든다.

십삼. 발복(發福)

한때나마 간절히 절간에서 살길 소망해서인가. 나는 실제로 절간에서 살게 되었다. 그것도 비구니들만 가득한 곳에서. 운문사(雲門寺)라는 이름의 이 절간에 황후가 데려다주었다. 덧붙이자면 황후는 꽤나 자주 생활에 필요한 물품들을 보내준다. 그래봤자 그 재수 없는 년이 주는 것들, 대부분 비구니들에게 줘버리지만.

여하간에, 한때의 소망이 이루어졌거늘 나는 그다지 행복하지 못하다. 그럼에도 목을 매지 않고 꿋꿋이 살아 있는 첫 번째 이유는 당연지사 그와 같은 하늘 아래에서만이라도 살고 싶어서. 이렇게 살다보면 언젠가 한 번쯤은, 그를 만날 날이 있지 않을까 싶어서다.

"어마……."

"우리 단이, 일어섰어?"

대충 눈가를 훔친 나는 나지막한 머릿장에 기대 일어선 아이를 향해 미소 같지 않은 기괴한 미소를 지어보였다.

아이는, 이제 막 첫돌을 넘긴 그와 나의 아들은 나를 살게 하는 두 번째 이유다.

처음 뱃속에 애가 들어선 걸 알았을 때는 전혀 기쁘지 않았었다. 평소 아이를 좋아하지도 않은 나인데 잘 낳을 수 있을까, 잘 키울 수 있을까 걱정이 들어 외려 무서웠었다. 만약 딸이면 어떡하나. 딸은 어미 팔자를 닮는다던데 싶은 생각이 들어 두 번 무서웠었다. 그래도 높은 곳에서 뛰어내리거나 낙태약을 구해 마실 수는 없었다. 내가 그의 아이를 어찌 없애려 할 수 있었겠는가?

열 달을 채워 생전 처음 경험한 신체적 고통 끝에, 내 속으로 낳은 애를 대면했을 때도 나는 데면데면하긴 마찬가지였다. 정녕 쟤를 내가 낳았나 싶어 믿기지가 않았고, 빨간 얼굴로 빽빽 울어대는 모습을 볼 때면 난감하기 짝이 없었다. 물론 전혀 귀여워 보이지도 않았었다. 심지어 몇 번은, 젖을 물리기 싫어 울기도 했다.

그랬는데 웬걸. 비구니들의 도움을 받아 서툴게 키우다 보니 애는 점점 그와 닮아갔다. 천운으로 어미인 나의 모습은 전혀 보이지 않는, 그만 쏙 빼닮은 애가 갈수록 어여뻐 보였더란다. 그리하여 아이는 지금 내게 소중한 존재가 된 터다.

"단이야. 우리 아들, 귀엽기도 하지."

나를 향해 손을 흔들며 방긋 웃어 보이는 아이의 이름은 단규의 단 자에서 따왔다. 비록 '단규'는 그가 고약한 십상시 중 하나에게서 대충 빌려 쓴, 좋다 할 수는 없는 이름이지만. 그렇지만 그 이름은 적어도 내게는 나쁜 것이 아니었다. 내게 단규는 부패한 환관의 이름이 아닌, 그와의 추억이 깃든 그의 가명일 뿐이다.

애를 '적'이나 '운', 둘 중 하나로 부를까 하고 고민도 했었다. 하지만 그럴 수 없었다. 그를 버리고 도망친 내가 무슨 자격으로 그 귀한 글자를 멋대로 쓰랴.

"신녀님, 빨랫감이 있는데요."

서툴게 걷는 단이를 쳐다보던 나는 차가운 산바람이 들이닥친 문가를 돌아보았다. 조촐한 방 안으로 불쑥 들어온 젊은 비구니가 옷가지가 가득 든 나무통을 내려놓았다.

부처를 모시며 공부하는 비구니란들 엉덩이가 무거운 것은 여타의 계집들과 매한가지라. 비구니들은 은근슬쩍 저들 허드렛일을 내게 떠넘기곤 했다.

"알았으니까 단이나 봐줘요."

그리고 나는 웬만해선 시키는 일을 고분고분히 해냈다. 왜냐? 비록 황후 년이 알게 모르게 내 뒤를 돌봐주고 있다 해도, 그년은 멀리 떨어져 있다. 지척에서 나와 함께 사는 건 이 비구니들이다. 그러한데 이네들과 사이가 나쁘게 지내봐야 이득이 될 게 무어 있겠는가? 힘없는 우리 모자가 조금이라도 더 편히 살려거든 주변 이들과 잘 지내야 한다. 더불어 비구니들은 단이를 키우는 걸 참 많이 도와줬고, 도와주고 있다.

"걱정 마셔요. 제가 잘 놀아줄게요. 단이야, 이리 오렴. 아참,
황궁에서 신녀님께 서찰이 왔어요."

"......나에게요?"

"자, 여기요."

비구니가 내민 종이를 받아들였다. 필시 황후가 보냈겠지만,
서찰이 온 적은 처음이다.

"황자님의 첫 탄일을 기념해 황궁에서 은, 면주, 목탄...... 이
것저것 패물이 잔뜩 왔는데 그 틈에 있더라고요."

뭐?!

얼굴이 순식간에 굳었다. 두 손이 덜덜덜 떨린다.

"황자...... 라니요? 황궁에 갓난아이가 있어요?"

"저도 이번에 알았어요. 아기들이 태어난 지 얼마 안 돼 잘못
되는 경우가 많으니 부러 탄생을 크게 알리지 않았다가, 이번
에 일 년을 넘기면서 제대로 축하했다 하더라고요."

입도 닫지 못한 멍한 얼굴을 한 상태로 재빨리 시기를 계산
했다. 단이도 막 첫 생일을 넘겼는데, 황궁의 애도 그렇다는 것
은...... 내가 떠나자마자 다른 계집과 잤단 말인가?

울렁거리는 속을 겨우 참고 거칠게 서찰을 펼쳤다. 다행인지
불행인지, 내용은 충분히 읽을 수 있는 수준이다.

「울던 모습이 아직도 생생합니다.

본궁과 황상은 원망하더라도, 아이를 위해서는 부처께 기도

해 주길.」

나보고 그가 다른 년한테서 얻은 애를 위해 기도를 해달라고? 이 미친년!

"신녀님, 이러다 날이 저물겠어요. 해가 없으면 계곡물이 더 차니 어서 움직이셔야 하지 않을까요?"

눈치 없는 비구니에게 눈을 부라린 나는 황후 년의 서찰을 갈기갈기 찢어발겼다. 곧바로 놀라 날 쳐다보는 비구니에게서 단이를 빼앗아 안고 계곡으로 향했다. 빌어먹을 빨래를 하기 위해서가 아니라 계곡 물소리에 숨어 펑펑 울고 싶기 때문이다.

"흐흑."

무슨 낯짝으로 그를 원망하겠느냐마는…… 하지만 아무리 그래도 그렇지. 어떻게 나와 헤어지자마자 딴 년과 동침했을 수가 있어?!

"으흐흑……."

터덜터덜 걷는 와중에 이미 울기 시작한 나는 계곡에 도착해서는 너른 바위 위에 애를 끌어안은 채 웅크려 앉아 대성통곡을 하기 시작했다. 계곡물이 풍성한 것이 다행이다. 그렇지 않았다면 비구니들을 비롯한 산에 사는 온 동물들이 몰려나와 초라한 내 꼴을 구경했을 테니까.

"으흑, 단이야."

어미 되는 이가 이렇게 우니 평소 어지간해선 울지 않은 순한 아이의 눈시울까지 젖어갔다. 하지만 나는 도통 눈물을 멈출 수 없었다.

서운한 것은 물론이요. 분한 마음을 참을 길이 없어 처소에 돌아온 후에도 밤새, 잠든 단이에게 등을 돌리고 누워 소리 없이 눈물을 흘렸다.

눈 한 번 붙이지 않았지만 해가 완전히 뜬 지금, 여전히 졸리지가 않아 몸을 일으켰다. 일단 빨래통을 안고 사찰의 널따란 마당 한가운데로 나오니, 대웅전 앞에서 빗자루질을 하던 뉘가 나를 발견해 쪼르르 다가왔다. 어제 나에게 매서운 눈초리를 받았던 동광이라는 법명의 젊은 비구니다.

"신녀님…… 헉, 우셨어요?"

통통 부었을 게 분명한 내 두 눈을 살핀 비구니의 얼굴 가득 당혹이 서렸다. 나는 잔뜩 가라앉은 음울한 목소리로 말했다.

"전날 못한 빨래, 지금 하고 올 테니 안에서 자는 단이를 봐 줘요."

"신녀님, 단이랑 저랑 같이 가셔요. 잠시만요!"

내가 어지간히 안쓰러워 보이는 모양. 후다닥 움직인 비구니는 행각(行閣)의 내 방 안에 들러 아직 자는 애를 품 안에 감싸 안고 나왔다.

"가요, 신녀님."

"……."

"어제 나가셔서 우셨던 거예요?"

궁금증이 잔뜩 서린 물음에 대답하지 않았다. 아무 말도 하고 싶지 않다.

"서찰의 내용이 무엇이었기에 우셨어요?"

"……."

"저녁은 드시고 주무셨어요?"

"……."

"옆모습이 더 가늘어 보이시는 것이, 밥도 안 드시고 주무신 거죠?"

"……."

"설마, 단이도 굶기셨어요?"

힘없이 땅만 보고 걷는 나와 달리 이른 아침부터 무슨 할 말이 그리 많은지 동광은 조잘거리기를 멈추지 않는다. 수다스런 비구니에게 굴복해 마침내 입을 열었다.

"단이는 먹였어요."

"아휴, 잘하셨어요. 그런데 단이 먹이시는 김에 신녀님도 드시지 그러셨어요."

대꾸 않은 난 전날 대성통곡을 했던 바위에 쪼그려 앉아 아직 차가운 계곡물에 빨래를 하기 시작했다. 비구니는 아이를 안고 있다는 핑계로 말미암아 그저 옆에 앉아만 있다.

"단이는 착하기도 하지. 깨도 크게 울지도 않아."

한동안 물소리와, 내가 내려치는 방망이 소리만 가득하던 주변에 동광의 목소리가 번졌다.

시린 손을 양쪽 겨드랑이에 하나씩 끼고서 옆을 돌아보았다. 어느 틈엔가 잠에서 깬 단이가 동광의 품속에서 졸린 눈으로 날 쳐다보고 있다.

"우리 아기 일어났어?"

단이에게 빙긋 웃어 보이고 다시 빨래를 하려다가 동광이 갑자기 옆구리를 쿡 찔러 건조하게 물었다.

"왜요?"

"저기 좀 보세요. 거사님 한 분이 이쪽으로 와요."

그냥 무시하면 되지 지레 겁을 먹어서는.

뒤편 어딘가를 쳐다보는 비구니의 시선을 좇은 나는 그만 오른손에 쥔 방망이를 떨어뜨리고 말았다. 뿐만 아니라 왼손에서도 힘이 빠져나가 물속에 담그고 있던 옷가지를 놓쳤다. 세찬 계곡물에 휩쓸려 순식간에 옷이 떠내려갔지만 그딴 걸 신경 쓸 겨를이 없다.

눈앞의 풍경을 쉬이 믿을 수가 없어 얼음장 같은 붉은 손으로 세차게 눈가를 문질렀다. 그럼에도 여전히…… 그가 앞에 서 있다. 일 년 하고 열 달, 십오일이 흘렀음에도 기억 속의 모습과 다르지 않은 그가, 적운이 날 바라보고 있다.

벌떡 일어선 나는 달달 떨리는 입술을 떼었다가, 붙이기를 한참 반복해서야 겨우 겨우 울먹이는 소리를 냈다.

"안 오기에…… 앞으로도 평생 못 보려나 했어요……."

아니, 그보다.

"미안해…… 미안해요. 흐흑."

밤새도록 울었음에도 지겹지도 않은지 눈물이 또 쏟아진다.

"뒤 한 번 안 돌아보고…… 끝끝내 도망쳐서 미안해요."

"……조금 삐치긴 했었지만 이제는 괜찮습니다."

"으흑."

그립고 또 그립던 저음을 듣게 됐거늘 나는 더 펑펑 운다. 차라리 날 원망한다 고함치지. 그러면 그나마 덜 미안할 것 같은데. 덜 슬플 것 같은데. 적반하장으로 나도 힘들었다고, 당신을 떠나기 싫었다고 뻔뻔하게 맞설 텐데.

"저는 아원이 아니고 또한 여인이 아니라 아원의 선택을 완전하게 이해하지는 못해도, 존중은 합니다. 비록 제 곁을 떠나겠다는 그 말을 들은 직후에는 받아들이기 힘들었지만."

"으흐흑……."

내게 더 가까이 다가온 적운은 예전처럼 흠뻑 젖은 내 빰을 닦아주었다.

"미안…… 미안해요."

"사과를 받기 위해 온 게 아닙니다."

"……."

"더불어 저는 정녕 아원이 우는 것이 싫으니 그치십시오."

애써 눈물을 참은 내 빰을 한 번 더 부드러이 닦아준 그는 여태 바위에 주저앉아 있는 동광에게서 단이를 안아들었다. 낯설기만 할 처음 보는 아비의 품속에서도 애는 울지 않는다. 멀뚱히 나와 적운을 번갈아 쳐다볼 뿐. 그 덤덤한 얼굴이 아비와 똑같다.

잠시간 단이를 살핀 적운은 다시 나를 바라보았다.

"곁에 있어주지 못했는데도 이리 건강한 아들을 낳아줘 고맙습니다, 아원."

보통은 누구 아이인지부터 묻지 않나? 대뜸 날아든 치사(致詞)에 놀라 토끼 눈을 한 내게 적운은 미소를 지어 보였다.

"제 아들이잖습니까."

확신하는 그의 태도가 감동스러웠다. 하지만 마음과 달리 예전 버릇대로 새침하게 말했다.

"누구 아들이냐 물었으면 미웠을 거야."

"제 아들이지 누구 아들일까요."

적운은 다시 단이를 내려다본다.

"네가 반갑긴 하나 네 모친만큼은 아니니, 둘만의 시간을 가질 수 있도록 자리를 비켜다오."

그렇게 말한 그가 단이를 다시 동광에게 건네주었으나 착하지만 눈치 없는 비구니는 꼼짝할 기미가 없었다. 괜히 비구니가 아니다.

답답증을 느껴 앙칼지게 말했다.

"동광스님, 자리 좀 비켜줘요."

"아······!"

그제야 벌떡 일어난 동광이 사찰을 향해 달음박질쳤다. 하여 마침내 둘만 남게 되었는데, 그에게 안겨들고 싶은데, 나는 웬일로 주춤거렸다. 그에게 미안한 마음과 죄책감이 여전해 몸이 선뜻 움직이지 않았다.

"얼마나 보고 싶었는지 모릅니다, 아원."

"······."

미동조차 없이 애틋한 한마디에 눈시울만 붉히는 내게 적운은 과감히 입을 맞춰왔다. 꿈속에서나 되새기던 그리운 입맞춤이 현실이 됐으매 얼른 눈을 감은 나는 비로소 그를 껴안았다.

내 처소에 돌아오자마자 우리는 누가 먼저랄 것 없이 서로에게 매달렸더란다. 간만에 부부가 만난고로 당연한 결과였으니, 부처조차 이해했을 터다.

처소가 시원찮지 못한데, 그의 무릎이 상하지 않을까. 크게 염려스러울 정도로 뜨겁게 운우지정을 나눈 후. 단단한 품속에서 말했었다. 이제 내가 억지로라도 잘 테니까 낭군께선, 한 열흘 이곳에서 머무르려는 계획이 아니거든 차라리 내 눈이 감겨 있는 동안 가시라고. 한데.

"왜 안 갔어?

한데, 두려움에 떨며 깨니 적운은 여전히 나를 바라보고 있지 않겠는가. 더불어 언제부터인지 모르겠으나 그와 나 사이에서 단이가 자고 있다.

슬쩍 몸을 돌려 문가를 쳐다보았다. 빛 한 줄기가 보이지 않는 것이 이미 해가 진 모양이다.

다시 적운을 올려다보았다.

"날이 저문 듯한데, 밤중에 산길을 어떻게 내려가려고?"

"매정도 합니다."

자는 애를 고려한 평소보다 한결 나직한 저음에서 서운함이 진솔히 배어나왔다.

"일 년에 한 번 만나는 견우와 직녀도 그토록 애틋하다던데, 장장 이 년 만에 처를 만난 저는 어떻겠습니까."

"……."

"한데 아원은 내쫓으려고만 하니…… 그간에 그 마음에서 저를 많이 지웠답니까."

"흑, 그럴 리가 없잖아."

같이 있는 시간이 길어질수록 이별이 더 무서워질까 봐 이러는 것을.

단이를 방 제일 안쪽에 옮겨 눕힌 적운은 인내심 많게도, 축축해진 내 얼굴을 또 한 번 닦아주었다. 그러고는 곧장 나를 그러안았다.

그의 가슴을 때리며 어찌 내 마음을 몰라주느냐 원망하듯 말했다.

"헤어졌던 그날 말했었잖아. 내 마음에는 절대 변함이 없을 거라고."

"……."

"한 번 '떠나길 잘한 거다'라고 생각할 때마다 두 번, '그래도 버틸걸 그랬나' 하고 후회했었어."

"……."

"매일 그립고 미안하고 보고 싶었어."

"그렇다면 저와 함께 가지 않고요."

함께 가자고. 황궁으로.

황궁에는 어찌 생겨 먹었는지 모를 낭군의 정실과 정실이 낳은 애가 있다. 황후와 황제가 있다. 이 년 전 연회장에서 나를 구경했을 궁인들도 있을 터다. 그때의 신료들도 여태 조정의 문턱을 넘나들고 있을 것이다. 이렇듯 끔찍하기만 한 작자들 투성이지만…… 하지만 황궁에는 세상에서 가장 소중한 한 사람, 적운도 있다.

입을 앙다물고, 눈을 내리뜨고 있길 한참 만에 도전적으로 적운을 쳐다보았다.

"예전에 호숫가에서 내가, 정실로 들어올 년과 그년에게서 태어날 아이에게 잘 대해줄 거라 말했었던 거 기억해?"

"어찌 잊었겠습니까."

우리 둘 모두 그 밤을 생생히 기억하고 있음을 오래간만에 만난 백옥가락지 한 쌍이 증명한다.

"실은 거짓말이었어."

"……."

"그년과 그년의 애에게 잘해줄 자신이 전혀 없었으니까 거짓말이나 마찬가지야."

질투와 소유욕을 담아 그의 허리춤을 꼬집듯이 세게 붙들었다. 한껏 턱을 치켜들고선 표독스레 선언했다.

"만약 내가 황궁으로 간다면…… 내 낭군의 계집과 아이, 고이 두지 않을 거야."

머리가 아픈 겐지 이마를 매만지던 적운은 그러나 돌연 미소를 지었다.

허언을 늘어놨다 여기는 건가?

"진심이야."

"압니다."

"한데 어찌 웃어?"

"아원과 단이 외의 제게 처자식이 없는 것이 다행이다 싶어서요."

"무어?"

발딱 일어나 앉은 나를 따라 상체를 일으킨 그는 아직 나체 상태인 내 어깨에 이불을 걸쳤다.

"비구니 중 하나가 그랬어. 황궁에 이제 막 첫 생일을 넘긴 황자가 있다고."

"제가 아니라 황제의 아들입니다."

"아……."

하지만 황제는 거의 환관이나 마찬가지이지 않았나? 수태 능력이 없는 거 아니었어?

"투옥된 지 한 달가량이 됐을 때 황후가 찾아왔더군요."

"……."

"회임을 했음을 밝히며 태어날 아이가 황자라면, 또한 잘못되는 일 없이 첫돌을 넘기면 아원이 있는 곳을 알려주겠다 했습니다."

그의 얼굴에 한순간 불쾌감이 비쳤다. 황제와 황후를 향한 원망을 털어내지 못했나 보다.

"그 다음은 아원이 아는 바와 같습니다."

황후는 아들을 낳았다. 그리고 황후의 아들은 무사히 생후

일 년을 넘겼다.

"그러면…….."

"저는 더 이상 필요치 않은 이가 되었습니다."

기뻐해야 할지 슬퍼해야 할지 애매하다. 황자의 탄생으로 말미암아 적운은 황실을 보존할 임무를 띤 존재에서 견제해야 할 대상으로 전락했다. 하지만 덕분에 우리는 지금 함께 있다. 그토록 원하던 대로 단둘이서. 아니, 단이까지 셋이서. ……기뻐해야 함이 맞는 것 같다.

"황제도 황후도 저주스러워."

"……."

"그렇지만 망할 연놈들 사이에 자식이 생겨서 너무 좋아."

비로소 황후의 편지가 이해가 됐다. 저와 황제 놈은 원망하더라도 아이를 위해선 부처에게 기도해 달라 했던가?

나는 황후의 부탁을 수락할 수밖에 없다. 왜냐하면 그년의 아이가 잘못되는 날엔 다시 적운을 빼앗길 테니까.

"그런데, 황자가 나중에라도 잘못되면 어찌해? 요절한다거나 하면?"

"황자가 둘입니다."

"둘? ……쌍둥이란 말이야?"

"그렇습니다. 덧붙이자면 건강하더군요. 그러니 아원, 염려 마십시오."

여전히 선뜻 기뻐하지 못하는 날 달래기 위해 그는 무진 애를 썼다.

"아원과 함께 어디에서 살지 그 누구에게도 절대 말하지 않았습니다."

"……."

"그래도 불안하다면 외국에도 사저를 한 채 사둘까요. 언제든 도망할 수 있게."

"치, 그게 무어야."

제법 짓궂은 한마디에 마침내 안도를 해 울며 웃으며 적운에게 안겨들었다. 그는 마치 단이를 대하듯 섬세하게 날 보듬어 안았다.

"아원이 곁에 없는 동안 많이 외로웠습니다. 반년 간 떨어져 있었을 때와 비교가 되지 않을 정도로."

애틋한 고백이 마음을 다시 물렁물렁하게 만든다.

"예전에는 아원이 절 필요로 한다 생각했었는데, 이제는 제가 아원이 필요합니다."

내 턱 끝에서 떨어진 눈물방울이 회색빛의 무명 이불에 둥그런 무늬를 새긴다.

"제 삶의 기쁨인 아원을 다시는 놓치고 싶지 않습니다."

"흐흑…… 나도. 나도 평생 같이 살래."

나는 따스한 품에 고개를 묻고 또 한 번 울기 시작했다. 하지만 지금의 이 눈물의 이유는 슬픔이 아니다. 그를 되찾은 것이 너무나 감격스럽거니와 앞으로 다가올 행복 때문에 마음이 크게 설레서, 그래서 흘러나오는 기쁨의 눈물이다.

"나…… 나 슬퍼서 우는 거 아냐. 기뻐서 그래."

"그러면 이번 한 번만은 그치라 재촉하지 않겠습니다. 대신."

내게 지긋이 입을 맞춘 그가 웃어 보여 나 또한 울던 얼굴로 마주 웃었다.

종장. 쌍서(雙棲)

적운은 잠든 아들을 유모에게 맡기고 얼른 정방의 침실 안으로 들어왔다. 그러나 은근히 기대한 보람 따윈 없이, 침상 위에 등을 놀리고 누워 있는 아원은 꼼짝하지 않는다. 그녀는 여전히 낮잠에 푹 빠져 있다.

아쉬움이, 서운함이 마음에 깃드는 것을 막지 못한 그는 침상 옆에 앉아 아원의 잘록한 뒷모습을 우두커니 쳐다보았다.

낮인 지금 저렇게 자도, 밤이 오면 아원은 또 잔다. 밤새 내리 쓰러진 듯이 자고, 다음 날 낮에 또 잔다. 자신은 아직 떨어져 있은 이 년 간 축적된 설움을 떨치지 못했는데. 한데 요즘 행동양식만 본다면 아원은 수면이 낭군보다 좋은 듯했다. 눈웃음을 치며 애교를 몇 번 부려주곤 잠들기 일쑤니까 말이다.

아들이 잠들어 있는 금쪽같은 이 시간을 정녕 허망하게 보내야 하나?

아무래도 아쉬워 그는 침상, 아원의 곁에 앉았다. 입을 앙다문 채 자는 또렷한 옆모습을 한참을 쳐다봐도 타인의 시선이 느껴지지 않는지, 아원은 조용하다. 적운은 슬쩍 그녀의 손목을 붙들어 장난스럽게 흔들었다. 여전히 무반응이다.

그가 작게 혼잣말했다.

"이래도 일어나지를 않는다니, 신기할 정도구나."

"으음……."

문득 소나무처럼 굳세게 미동조차 않던 이의 작은 고개가 홱 움직였다. 흐리멍덩한 두 눈이 적운을 바라본다.

"내 낭군."

잠에 취해 읊조린 아원은 몸을 움직거려 적운의 허리를 끌어안았다. 절호의 기회를 놓치지 않은 적운 역시 아원의 옆에 누워 그녀의 가느다란 허리를 감싸 안았다. 작은 귀 옆, 부드러운 뺨에 입술을 지그시 붙인 그가 속삭였다.

"아원아."

"……."

"일어나면 아니 되겠느냐."

아이, 왜. 더 자고 싶은데.

괴로운 탄식을 흘린 아원은 하지만 짜증을 내진 않았다. 아니, 내지 못했다.

"싫어어……."

"아원."

돌아오는 대답이 없다. 어쩔 수 없이 옆에서 같이 낮잠이나 자야겠다. 그가 그리 결론 내린 찰나, 보드라운 손이 그의 팔 윗부분을 탁 움켜잡았다.

재차 홱 하니 고개를 든 아원은 빤히 적운을 쳐다보았다. 마음 같아서야 계속 자고 싶다. 꼭 단이를 뱃속에 담고 있었을 때처럼 시도 때도 없이 졸음이 쏟아지니까. 그렇지만 낭군이 자신을 서운함이 생생한 목소리로 불렀거니와 생각해 보니, 기운 좋은 그를 외롭게 한 지가 닷새가 넘었다.

적운의 팔을 베고 누운 아원은 그의 가슴에 애교스레 이마를 문질렀다.

"하늘같은 낭군님, 외로우셔요?"

"왜 아닐까 봐."

"으음…… 부디 너무 서운해 마셔요. ……제가 또 회임한 거 같으니까."

아원의 목에 입을 맞추던 적운은 평소보다 커진 눈으로 그녀를 내려다보았다. 비몽사몽을 떨치려 애쓰며 아원은 자꾸만 놀랄 소리를 던져댄다.

"달거리를 안 해. 할 때가 훨씬 넘었는데."

적운의 반응을 살피던 그녀는 돌연 인상을 찌푸렸다. 생각해 보니 성질이 난다.

"애 낳는 게 얼마나 아픈데! 배고 있는 동안 얼마나 몸이 무겁고 불편한데!"

"……"

갑자기 벙어리가 된 낭군을 밀쳐내고 아원은 침상에 얼굴을 묻었다. 베개가 적운이라도 되는 것처럼 옴팡지게 쥔 주먹으로 팡팡 내려쳤다. 그러다가 낭군을 흘기니, 그는 여태 가타부타 말이 없다. 덕분에 한결 심술이 난 그녀가 외쳤다.

"어쩔 거야! 자꾸 자는 것도, 기운이 없는 것도, 단이 뱄을 때랑 똑같단 말이야!"

"……."

아이가 생긴 것은 경사라 할 만한 일이다. 하지만 정작 수고를 해야 하는 당자인 아원의 반응이 심상찮다. ……이럴 때는 어떻게 해야 하지.

"무어라 말 좀 해봐! 회임시킨 건 당신이잖아!"

이제는 자신의 가슴을 때리는 아원을 적운은 얼결에 껴안았다. 성질 급한 이가 진정하는 데 도움이 될까. 가느다란 등허리를 어루만지며 당혹스럽게 말했다.

"다 제 탓입니다."

"알긴 알아?!"

"……압니다."

"애 낳는 게 얼마나 아픈지 모르지! 커다란 배를 안고 뒤뚱뒤뚱 걷는 게 얼마나 짜증나는지 모르지!"

"……."

"처음에는 무슨 냄새만 맡으면 웩웩거리고, 뒤로 갈수록 요의(尿意)가 자주 느껴져! 몸이 퉁퉁 부어서 거북하고 배는 산봉우리만 해져!"

"……해산을 대신해 주지 못해도, 다른 건 아원의 손발이 돼 열심히 하겠습니다."

초조한 기색을 여과 없이 내보이는 적운을 곱지 않게 흘기던 아원은 이윽고 표정을 풀었다. 이 정도면 많이 쏘아붙였고, 많이 투정을 부렸다. 낭군에게 지겨운 계집으로 인식되지 않으려면 바가지를 긁어도 적당히 긁어야 한다.

"그럼 나, 밖에 나갔다 오면 손발도 씻겨주고 목욕도 시켜줄 거야?"

"그래 달라면, 해줘야지요."

"밥도 떠먹여 줄 거야?"

"떠먹여 줄 겁니다."

"머리도 빗겨주고, 옷도 갈아입혀 주고?"

"예."

샐쭉이 웃은 아원은 적운의 품에 파고들었다. 덕분에 안도한 그는 다시 그녀를 껴안았다. 달큼한 숨결이 생생히 느껴진다.

"한데 확실한 겁니까."

"달거리가 끊긴 지 아예 오래된 건 아니라 확실하다고는 못하겠어. 의원에 가서 물어볼까? ……가서 물어보자!"

자문자답하고 침상에서 내려선 아원을 따라 적운 또한 일어섰다. 그러나 아원은 돌연 다시 침상에 엎어졌다. 갑자기 기운이 없어지기라도 했다는 듯 그녀가 힘없이 말했다.

"나 배가 무거워서 못 걷겠어. 업어주어."

"……."

확실하지도 않으면서.

"어서어……. 안 업어줘서 걸어 다녀오면 나, 쉬이 피곤해져 돌아오자마자 또 자고 말 거야 분명. 낭군하고 회포도 못 푼 채로 쓰러질걸?"

아원의 납작한 배를, 뒹굴거리면서 조르는 아원을 구경하던 그는 순순히 등을 내줬다. 날름 매달린 처를 업고 바깥에 나서니 앙큼한 속삭임이 들린다.

"만약 회임이 아닌들, 올 때도 업어주면 안 돼?"

"새털이나 아원이나 가볍기가 매한가지인데 그 정도도 못해 줄까요."

"이따 저녁에 목욕도 시켜주면 안 돼?"

"됩니다. 게다가 어차피 목욕은 예전부터 시켜주었잖습니까."

"아니야! 같이 탕조에 들어가기만 했지 매번 내가 알아서 씻었었어!"

"……."

"외려 내가 낭군을 씻겨줬었잖아!"

"그러면 금일부터는 역할을 바꿔보지요."

그의 귓가에 기분 좋은 웃음소리가 울렸다. 기뻐하는 아원을 적운은 흐뭇이 바라보았다. 이제는 한 아이의 어미가 되었음에도 아원은 예전과 다름없게 귀엽다.

— 完結.